二見文庫

ヴァージンリバー

ロビン・カー／高橋佳奈子＝訳

Virgin River
by
Robyn Carr

This edition is published by arrangement
with Harlequin Books S.A.
through Japan UNI Agency, Inc., Tokyo

助産師の女神であり
わが心の友であり、姉である
パム・グレンにささげる

ヴァージンリバー

登　場　人　物　紹　介

メリンダ(メル)・モンロー	助産師の資格を持つ看護師
ジャック・シェリダン	元海兵隊員。 町で唯一のレストランバーを営む
(ドック)マリンズ	ヴァージンリバー診療所の医師
ホープ・マクリー	ヴァージンリバーの裕福な未亡人
プリーチャー	ジャックの店で働く料理人。元海兵隊員
リッキー	ジャックの店を手伝う16歳の高校生
ジョーイ	メルの姉。インテリアコーディネーター
シャーメイン	隣町のウエイトレス
コニー	雑貨屋を営む50代女性
リズ	コニーの14歳の姪
ジョイ	コニーの幼なじみの女性
シェリル・クレイトン	アルコール依存症の女性
クリフォード・ポーリス	森で生活する浮浪者
キャルヴィン・トンプソン	森の浮浪者の居住地にやってきた大麻栽培者
リリー	アンダーソン農場の夫人
ジューン・ハドソン	グレースヴァレー病院の女医
マーク・モンロー	メルの亡き夫。 同じ病院に勤める救急救命医だった

1

うっそうと生い茂る木々のあいだを泥だらけの細い道が曲がりくねって続いていた。道に垂れこめる暗闇と降り注ぐ雨をにらみつけ、メルは何度となくくり返した問いをまた胸でつぶやいた。わたしはどうかしてしまったの？　そのとき、ＢＭＷの右の後輪がスリップして道をはずれ、路肩の泥にはまったのが音でも感触でもわかった。車は大きく揺れて停まった。メルはアクセルを踏み、車輪がまわる音に耳を傾けたが、ぬかるみから脱出できそうな気配はなかった。

ほんとうに最悪だ。次にそんなことばが胸に浮かんだ。

室内灯をつけて携帯電話に目をやる。一時間まえに高速道路を降りて山道へと車を乗り入れたところで電波ははいらなくなっていた。じっさい、険しい坂をのぼりはじめたときには、姉のジョーイとかなり激しい舌戦を交わしていたのだが、信じられないほど背の高い木々に電波をさえぎられ、通話はそこで途切れたのだった。

「そんなこと、本気でするなんて信じられない」とジョーイは言っていた。「そのうち目が覚めると思ってたわ。こんなのあなたらしくない、メル！　小さな町で暮らせるタイプじゃないじゃない！」

「そう？　まあ、これからそんなタイプになるのかもね――仕事を受けて、何もかも売り払っちゃったんだから。戻りたくなっても戻れないように」

「単に休職するわけにはいかなかったの？　小さな私立病院に移るとか？　よくよく考えたわけ？」

「すべてを変えたいの」とメルは言った。「もう戦場のような病院はたくさん。たぶんだけど、こんな森のなかだったら、お産に呼ばれても、麻薬漬《づ》けの赤ん坊ばかりと り上げるってこともないと思う。あの女の人が言っていたから。このヴァージンリバーという町は穏やかで静かで安全な場所だって」

「で、スターバックスから百万キロも離れた森のなかから出られず、報酬は卵や豚足《とんそく》で支払われるってわけ――」

「手錠をかけられ、看守に付き添われた患者が運びこまれるってことがなくなるわけ」そこでメルはひと息つき、思わず笑って言った。「豚足？　何言ってるの、ジョーイ――また森のなかへはいりそう。電波がはいらないかも……」

「待って。後悔するよ。こんなことしなきゃよかったって。ばかげてるし、衝動的だし——」

ありがたいことにそこで電波が途切れたのだった。ジョーイの言ったことは正しかった——道中ずっとメルは田舎へ逃げようと決心したことが正しかったのかどうか自分に問いつづけていた。

道はカーブのたびに狭くなり、雨は激しさを増した。まだ午後六時だったが、すでにあたりは真っ暗だった。うっそうと生い茂る高い木々のせいで、日の入りまえのわずかな明るささえも失われている。もちろん、曲がりくねった道沿いには明かりらしきものはまったくなかった。与えられた道案内からいって、新たな雇い主に会うことになっている家まではそれほど遠くないはずだったが、ぬかるみにはまった車を乗り捨てて歩く勇気はなかった。森のなかで迷って二度と見つけてもらえない可能性もあったからだ。

そこでメルはこの仕事に就こうと思った理由の一端を思い出すために、ブリーフケースから写真をとり出した。玄関ポーチと屋根窓を持ち、下見板を張った家々から成る、趣《おもむき》のある小さな集落の写真。昔風の校舎、尖塔教会、タチアオイ、タンポポ、満開の林檎《りんご》の花。もちろん、家畜が草を食《は》む緑の牧草地の写真もあった。パイとコーヒーを出す店、雑貨屋、ひと部屋だけの小さな一戸建ての図書館。そして、森のなかにあるかわいらしいロッジ。その家は契約の一年間、住まいとして無料で提供されることになっていた。

その町は見事なセコイアスギが立ち並び、トリニティとシャスタの山脈の向こうまで数百平方キロメートルにわたって広がる国有林の奥にひっそりとあった。町の名前の由来となったヴァージン川《リバー》は、深く、広く、長い川で、巨大なサーモンやチョウザメやマスの住処《すみか》だった。インターネットでそのあたりの写真を眺めたときに、これ以上美しい土地は存在しないと簡単に思いこんでしまったのだった。もちろん、いま見えるのは雨と泥と暗闇だけだが。

ロサンゼルスを離れたくてたまらなかったメルが看護師登録所《ナース・レジストリ》に履歴書《りれきしょ》を送ったところ、派遣担当者《リクルーター》のひとりがヴァージンリバーを紹介してきたのだった。いわく、町の医者は老齢に差しかかっており、手助けが必要だという。その町に住むホープ・マックリーという女性が住まいとなる家を無料で貸してくれ、最初の年の報酬を負担してくれることになっている。この人里離れた田舎町に診察看護師《ナース・プラクティショナー》兼助産師を少なくとも一年間雇うための賠償責任保険の保険料は郡が支払うという。「ミセス・マックリーにあなたの履歴書と推薦状をファックスしたんです」とリクルーターは言った。「そうしたら、ぜひお願いしたいとのことでした。おそらく、向こうへ行って、どんなところかたしかめてきたほうがいいでしょうね」

メルはミセス・マックリーの電話番号を教えてもらい、その晩電話をかけた。ヴァージンリバーは想定していたよりもずっと小さい町だったが、ミセス・マックリーと一時間ほど話しただけで、メルは翌朝ロサンゼルス脱出計画を実行に移したのだった。それがほんの二週間まえのことだ。

ナース・レジストリはあずかり知らないことだったが――そういう意味ではヴァージンリバーの町もそうだが――メルにはどうしても逃げ出さずにいられない理由があった。遠くへ。もう何カ月ものあいだ、心穏やかに静かに新しいスタートを切ることを夢見てきた。最後に夜ぐっすりと眠れたのがいつだったか思い出せないほどだった。近隣で犯罪が多発する、危険に満ちた大都会で暮らすことで神経がすり減りはじめていた。銀行や商店へ行くだけでも、不安に駆られずにいられなかった。ありとあらゆる場所が危険に思えた。三千床の郡立病院や外傷センターに勤務していれば、あまりに多くの犯罪被害者の治療をすることになる。追われたり逮捕されたりした際にけがをした犯罪の加害者も例外ではなく、そうした患者は病棟のベッドや救急救命室《ER》のベッドにしばりつけられ、警官が警備にあたった。すり減ったメルの魂は傷ついて痛んでいた。それでもそれは空っぽのベッドのさみしさに比べれば、なんということもなかった。

友人たちには、名も知れぬどこかの小さな町に逃げ出すなどという衝動は抑えるようにと説得された。メルは最愛の人を亡くした悲嘆の自助グループに参加したり、個別にカウンセリングを受けたり、この九カ月というもの、過去十年のあいだ以上に頻《ひん》繁《ぱん》に教会に通ったりしたのだったが、そのどれもが助けにはならなかった。玄関に鍵《かぎ》をかける必要もないような田舎の小ぢんまりとした町へ逃れ、野菜畑を鹿に荒らされるのだけを恐れればいい生活を思い描くことのみが唯一心に平和をもたらした。そんな場所は天国にほかならないように思えたのだった。

しかしいま、こうして室内灯の明かりのもとでそれらの写真を見ていると、自分がどれほどばかげていたかがわかった。ミセス・マックリーは田舎の診療所には耐久性のある衣服――ジーンズとブーツ――だけを持ってくるようにと言っていた。それで、わたしは何を持ってきた？　ブーツはスチュアート・ワイツマンとコール・ハーンとフライのもので、それぞれ頓着《とんじやく》せずに四百五十ドル以上というかなりの値段で買った。牧場や農場を歩きまわるのに持ってきたジーンズは、ロック＆リパブリック、ジョーズ、ラッキーズ、セブンフォーオールマンカインドのもので、どれも百五十ドルから二百五十ドルぐらいした。髪を切りそろえてハイライトを入れてもらうのには一回に三百ドル払ってきた。大学時代から看護研修時代を通して何年も節約生活を続けたあとで、ナース・プラクティショナーとして働きはじめ、高額の報酬を手にするようになると、自分が上質のものを好むことがわかった。勤務日はほぼずっと手術着姿で過ごすとしても、手術着を脱いだら、見栄《みば》えのいい恰好をしたかった。

きっと魚や鹿もすごいと思ってくれることだろう。

この三十分ほど、道で見かけたのは古いピックアップトラックが一台だけだった。この道がどれほど危険で険しいか、ミセス・マックリーは教えておいてくれなかった。ヘアピンカーブや大きな段差ばかりの道は、ときおり対向車とすれちがうのは無理だと思うほどに狭くなった。暗闇に包まれたときにはほっとしたほどだ。少なくともカーブを曲がるごとに対向車のヘッドライトが見えるからだ。いま車は路肩にタイヤがはまっていたが、それは斜面に面した側で、ガードレールもなく崖に突き出した側ではなかった。メルは森のなかで途方に暮れ、悪運を呪うしかなかった。ため息をついて振り返ると、後部座席に積んだ箱の上から厚手のコートをまえに引き寄せた。落ち合うことになっている家へ行く途中か、そこから帰る途中のミセス・マックリーと出くわさないものかと期待する。そうでなければ、車のなかでひと晩過ごすことになるだろう。まだリンゴが二個とクラッカーが何枚かと蠟《ろう》で包まれたチーズが二個ある。それでも、忌々《いまいま》しいダイエットコークはなくなっていた――カフェイン不足で朝には震えと頭痛に悩まされることだろう。

スターバックスもない。もっとコーヒー豆を買いこんでおけばよかった。

メルはエンジンを切ったが、狭い道を車が通りがかった場合に備えてヘッドライトはつけておいた。救助されなければ、朝までにはバッテリーが切れてしまうことだろう。メルは座席に背をあずけて目を閉じた。脳裏にとても見慣れた顔が浮かんだ――マーク。もう一度彼に会いたいという思いがときに抑えようもなく湧き起こる。ほんの少しでいいから話がしたい。悲しみに暮れないときも、ひたすら彼が恋しかった――頼れる相棒がいて、帰りを寝ずに待ったり、同じベッドで目覚めたりといったことが。彼が仕事に長時間しばられていることで言い争ったことすら恋しく思えた。かつてこう言われたことがあった。「この――きみとぼくとのことは永遠に続くんだ」

永遠は四年で終わった。わたしはまだ三十二歳で、これから先はずっとひとりだ。マークは死んでしまった。わたしも心は死んでいる。

車の窓を強くたたく音がして、はっとわれに返った。居眠りしていたのか、単に物思いにふけっていたのか、自分でもわからなかった。窓をたたいたのは懐中電灯の尻で、それを持っているのはひとりの老人だった。そのしかめ面はひどく心を騒がせ、メルはとうとうこの世の終わりが来たのかもしれないと思った。

「お嬢さん」老人が声をかけてくる。「お嬢さん、泥にはまっちまったんだな」

メルは窓を開けた。霧雨に顔が濡れる。「え……ええ。やわらかい路肩にはまってしまって」

「こんなぽんこつ、このあたりじゃ、あまり役には立たんな」と老人は言った。

ぽんこつ！　新ぴかのBMWのコンバーティブルなのに。さみしさをまぎらわすためのたくさんの試みのひとつ。「その、誰も教えてくれなかったから！　でも、ご明察にはお礼を言います」

老人の薄くなった白髪は頭に貼りつき、白く太い眉《まゆ》は斜めにまっすぐ上がっている。雨は老人の上着を光らせ、大きな鼻からしずくとなってしたたっていた。「そのまま乗っていてくれ。きみの車のバンパーにチェーンをつけて引っ張り出してやるから。マックリーの家に行くんだろう？」

そう、それを求めていたのだった――みんながほかのみんなを知っている場所。バンパーに傷をつけないでくれと注意したかったが、「え、ええ」と口ごもるのが精一杯だった。

「それほど遠くはない。引っ張り出してやったら、私の車のあとをついてくればいい」

「ありがとう」とメルは言った。

つまり、結局ベッドで寝られるわけね。それに、ミセス・マックリーが心ある人だったら、何か飲み食いするものも用意してくれているはず。屋根に打ちつける雨音を聞きながら、暖炉の火が赤々と燃えるロッジのなかで、きれいなシーツやキルトに包まれてやわらかいベッドに沈みこむことを思い描きはじめる。安全で、安心。やっと。

車はうなるような音を立てて引っ張られ、ようやく溝から道路へ戻った。老人は硬い地面まで数メートル引っ張ってくれ、それから車を停めて牽引《けんいん》用のチェーンをはずした。チェーンをピックアップトラックの荷台に放ると、メルについてくるようにと手振りで示した。メルもそれに異存はなかった。また溝にはまったとしても、老人に再度引っ張り出してもらえるだろう。メルは老人の車のすぐ後ろをついていった。老人の車が跳《は》ね飛ばす泥のせいで視界が完全にさえぎられたため、ワイパーのウィンドー・クリーナーを何度も作動させなければならなかった。

五分も経たないうちに、まえを行くピックアップトラックがウィンカーを出して郵便ポストのところで右に曲がり、メルもそれに従った。短いドライブウェイはでこぼこで、あちこち穴だらけだったが、すぐに開けた空き地に出た。ピックアップトラックが戻るために空き地で大きくUターンしたので、メルは家のすぐそばに車を寄せることになった……あばら家のそばに！

かわいらしい小さなロッジなどという代物《しろもの》ではなかった。ポーチのついた三角屋根の家であるのはたしかだったが、ポーチは片側だけが家についていて、もう一方の端ははずれて下に傾いていた。外壁の板は長年風雨にさらされたせいで黒ずんでおり、窓のひとつは板が釘打ちされていた。家のなかにも外にも明かりはなかった。煙突から心なごませる煙が上がってもいない。

写真は助手席に置いてあった。メルは警笛を鳴らして写真をつかむと、急いで車から飛び降りてウールの上着のフードを頭にかぶった。ピックアップトラックに駆け寄ると、老人が窓を開けておかしくなったのかと問うような目をメルに向けた。「ほんとうにここがマックリー家のロッジなの？」

「ああ」

メルは小さくてかわいらしい三角屋根のロッジの写真を老人に見せた。玄関ポーチにはアディロンダック椅子が置いてあり、色とりどりの花で一杯の鉢が吊り下げられて家の正面を飾っている。写真の家は陽光を燦々《さんさん》と浴びていた。

「ふうむ」老人は言った。「ここがそんなふうだったのはだいぶ昔だな」

「そんなこと言われてない。一年間無料でこの家を借りられて、報酬も支払われるって話だった。この町の医師の手伝いをすることになっているの。でも、これって
――？」

「医者に手伝いが必要だとは知らなかったな。医者に雇われるわけじゃないんだろう？」と老人は訊《き》いた。

「ええ。その医師は町の医療を担うには年をとりすぎてきているので、町には別の医師が必要なんだけど、わたしが一年かそこら手伝うことになるって話だった」

「手伝うって何を？」

メルは雨音に負けないように声を張りあげた。「わたしはナース・プラクティショナーなの。助産婦の資格も持っているわ」

それを聞いて老人は興味を持ったようだった。「それはほんとうかい？」

「町の医師のことを知っているの？」とメルは訊いた。

「みんながみんなを知ってるさ。あんたは決断するまえにここへ来て家の様子をたしかめたり、医者に会ったりすべきだったようだね」

「ええ、そのようね」メルは自分を責めるように言った。「財布を持ってこさせて。車を引っ張ってもらったお礼をしなきゃ――」しかし、すでに老人は手を振ってそれを拒んでいた。

「きみからお金をもらおうとは思わないね。ここの連中は近所の誰かに手を借りたからってばらまくような金は持っていない。それで――」老人は冗談めかしてそう言うと、ぼさぼさの白い眉の片方を上げた。「どうやら彼女のほうが一枚上手だったようだな。その家はもう何年も空き家だったんだから」そう言って忍び笑いをもらした。「ただで貸すだとさ！　はっ！」

揺れるヘッドライトの光が空き地に射し、古いシボレー・サバーバンがドライブウェイにはいってきた。車が空き地に到達すると、老人は言った。「ほうら、おいでなすった。幸運を祈るよ」それから笑い声をあげた。空き地から出ていく車からは高笑いが聞こえてきた。

メルは写真を上着の下に突っこみ、雨のなか、サバーバンが停まるまで自分の車のそばに立っていた。ポーチで雨宿りすることもできただろうが、そこは安全な場所には見えなかった。

サバーバンは車体を高くしてあり、タイヤも巨大なものに換えられていた。この車が泥にはまることはなさそうだ。跳ねた泥にまみれていたが、古いモデルであるのははっきりわかった。運転してきた人間はドアを開けるときもヘッドライトをロッジに向けてつけたままにしていた。SUVから降りてきたのは、ふさふさとした白髪頭で、顔のわりに大きすぎる黒縁眼鏡をかけた、なんとも小柄な老女だった。ゴムの長靴を履き、大きすぎるレインコートにすっぽりと包まれたその体は、身長百五十センチもないぐらいだった。老女は煙草を泥に放ると、思いきり歯を見せた笑みを浮かべてメルに近づいてきた。「よく来たわね！」とうれしそうに言う声は電話で話したときと同じ、太くかすれた声だった。

「よく来たわね？」メルは真似して言った。「よく来た？」そう言って上着の内側から写真を出して老女のほうに振ってみせた。「これと全然ちがうじゃない！」

ミセス・マックリーはまるで動じなかった。「ええ、この家はちょっとばかりきれいにしたほうがいいわね。わたしが昨日のうちに来るつもりだったんだけど、すっかり忘れていて」

「きれいにする？　ミセス・マックリー、この家はいまにも崩れそうじゃない！　すてきな家だっておっしゃってたのに！　貴重な家だって！」

「おやおや」ミセス・マックリーは言った。「あなたがそんな感傷的な人だなんてレジストリからは聞いてなかったわ」

「こっちだってあなたが人をだます人間だなんて聞いてない！」

「さあ、さあ、こんなことを言い合っていてもどうしようもないじゃない。雨のなかにこのまま突っ立っていたいの？　それともなかへはいって状態をたしかめる？」

「正直に言えば、このままUターンしてここから出ていきたいぐらい。でも、四輪駆動車じゃないとそれほど遠くまではいけないでしょうね。そんなちょっとしたことも教えておいてほしかった」

　小柄な白髪の老女はそれには何も言い返さずに家のポーチへと三段の階段をどすどすとのぼった。ドアを開けるのに鍵を使うことはしなかったが、思いきり肩をぶつけて開けなければならなかった。「雨のせいで膨張してる」そうおちついた声で言うと、なかへ姿を消した。

　メルはそのあとに従ったが、ミセス・マックリーのようにどすどすとポーチへのぼることはしなかった。むしろ恐る恐る強度を試すようにしてのぼった。ポーチは危険なほどに傾いていたが、玄関のドアのまえはしっかりしているようだった。メルがドアまで達したところで、なかの明かりがついた。薄暗い照明がついたと思うと、すぐにほこりが舞い上がるのが見えた。ミセス・マックリーがテーブルクロスを振ったのだ。メルは咳《せき》こみながらポーチへ戻った。咳が止まると、冷たく湿った空気を思いきり吸いこんでから、意を決してなかへはいった。

家のなかは汚かったが、ミセス・マックリーはどうにか多少ましな状態に見せようとせわしなく動きまわっているようだった。テーブルに椅子を戻し、ランプシェードのほこりを払い、本を本棚に戻して本立てで押さえている。メルはなかを見てまわったが、その家がどれほどひどい状態かわかって好奇心が満足しただけだった。ここで寝泊まりするなどあり得ない。部屋には色あせた花柄のソファー、そろいの椅子と足置き、コーヒーテーブルとして置かれている古いタンス、レンガと板でできた本棚、何かを作りかけの板などがあった。そこからほんの数歩離れたところに、カウンターで居間と仕切られた小さなキッチンがあった。誰かが最後に料理してから一度も掃除されていないように見える——おそらく何年も。冷蔵庫とオーブンの扉は開いていて、食器棚の扉のほとんども同様だった。シンクは鍋や皿であふれていた。食器棚にはほこりをかぶった皿やたくさんのカップやグラスがあったが、どれも汚すぎて使えそうもなかった。

「ごめんなさい。これはとてもじゃないけど、無理だわ」メルが声を張りあげた。

「ちょっとほこりがついているだけよ」

「オーブンのなかに鳥の巣が！」メルはすっかりわれを忘れて叫んだ。

ミセス・マックリーは泥だらけのゴム長でキッチンにやってくると、開いたままのオーブンの扉のなかに手を突っこみ、鳥の上の巣を引っ張り出した。それから玄関へ行き、それを庭に放り投げた。彼女は鼻の眼鏡を押し上げてメルをじっと見つめた。

「もう鳥の巣はないわよ」あなたのせいで忍耐力が試されるとでも言いたげな声だった。

「ねえ、うまくいくとは思えない。ピックアップトラックのあの老人に路肩の泥にはまった車を引き出してもらわなきゃならなかったし。こんなところで寝泊まりなんかできません、ミセス・マックリー。論外よ。それに、すごくおなかが空いているのに、何も食べ物を持ってないの」メルはうつろな笑い声をあげた。「ちゃんとした住まいが用意されているっておっしゃったから、家はきれいになっていて、自分で買い物に行けるようになるまで数日分の食料が備蓄されているんだろうと思ってた。でも、こんな——」

「契約したはずよ」ミセス・マックリーは指摘した。

「そちらもね」メルは言い返した。「相手が誰であっても、こんな状態をちゃんとしてるとか、用意ができているとか認めさせることはできないと思う」

ミセス・マックリーは目を天井に向けた。「雨漏りはしていない。それは悪くない兆候ね」

「それだけじゃ、充分とは言えない。残念ながら」

「あの忌々しいシェリル・クレイトンがここをちゃんと掃除することになっていたのよ。なのに、もう三日続けて言い訳ばかり。たぶん、またお酒のせいだと思うけどね。車のなかにシーツがあるし、食事ができるところに連れていってあげる。明日の朝になれば、ましに思えるわよ」

「今夜どこかほかに泊まれる場所はありません？　ベッド・アンド・ブレックファストとか？　高速沿いのモーテルとか？」

「ベッド・アンド・ブレックファスト？」ミセス・マックリーは笑いながら訊き返した。「ここが観光地に見える？　高速までは一時間かかるし、今夜は異常な雨だしね。わたしの家は大きいんだけど、天井までゴミで一杯でスペースが全然ないの。わたしが死んだら、家に火をつけることになるわね。ソファーの上を片づけるだけでもひと晩かかるわ」

「きっと何か……」

「いちばん近い家はジョー・エレンのところだけど――ガレージの上に悪くない部屋

があって、ときどき貸したりしてる。でも、あそこには泊まりたくないはずよ。彼女の夫というのが手に余る男でね。ヴァージンリバーでは何度となく女性からぴしゃりとやられてるわ。あなたが寝間着姿でうろついていたら、困ったことになる。ジョー・エレンがぐっすり眠っているあいだに、夫がいけないことを思いつくでしょうから。いやらしい男なのよ」

ああ、なんてこと。メルは胸でつぶやいた。どんどんここが最悪の場所に思えてくる。

「こうしましょう。ヒーター用の湯沸かしを点火して、冷蔵庫とヒーターの電源を入れるわ。それからいっしょに温かい食事をとりに行くの」

「パイとコーヒーを出す店で？」

「あそこは三年まえに閉店したわ」とミセス・マックリーは答えた。

「でも、そこの写真を送ってくださったじゃない――これからの一年、お昼と夜に食事できる場所だって！」

「細かいわね。まったく、勝手にかっかしちゃって」

「かっかしてる？」

「わたしの車に乗って。わたしもすぐに行くから」ミセス・マックリーは命令した。

それから、メルを完全に無視して冷蔵庫のところへ行き、身をかがめて電源を入れた。庫内にはすぐに明かりがつき、ミセス・マックリーはなかに手を入れて温度を調節し、扉を閉めた。冷蔵庫のモーターがまわりはじめたが、正常とは思えないいきしる音を立てている。

メルは言われたとおり、サバーバンが停めてあるところへ行ったが、車高が高すぎて、ドアを開けてから座席をつかんで這《は》うように乗りこまなければならなかった。車のなかのほうが家のなかよりもずっと安全に思えた。家のなかでは家主がガスの湯沸かし器を点火しようとしていた。ガスが爆発してこの家が壊れれば、いまここで最悪の事態に終止符を打てるかもしれないとふと思った。

助手席にすわって肩越しに後部座席を見やると、クッションや毛布や箱で一杯だった。崩れかけた家のために持ってきた品々というわけね。そう、今夜脱出できなければ、車で寝てもいい。これだけの毛布があれば、凍え死ぬこともなさそうだ。それでも、夜が明けたらいちばんに……。

数分経ち、ミセス・マックリーがロッジから出てきてドアを閉めた。鍵は閉めなかった。老女自身がサバーバンに乗りこんだときの敏捷さにメルは感心せずにいられなかった。ステップに片足をかけ、ドアの上にあるハンドルを片手でつかみ、もう一方でアームレストをつかんではずむように運転席に乗りこんだのだ。シートの上にはかなり大きなクッションが置いてあり、足がペダルに届くようにシートは最大限まえに出してあった。ミセス・マックリーはことばを発することなく、ギアを入れ、狭いドライブウェイを巧みにバックで戻り、道に出た。

「二週間まえにお話ししたときには、ご自分のこと、かなりタフな人間だって言ってたわよね」とミセス・マックリーは言った。

「ええ。この二年は三千床ある郡立病院で女性の病棟の責任者でした。とてもむずかしい症例も多く、望みのない患者も大勢いた。自分で言うのもなんですけど、かなりよく務めをはたしていたと思う。そのまえはロサンゼルスのダウンタウンにある病院のERに何年もいたし。誰にとっても、かなりタフな場所でした。タフと言ったときには、医療従事者としてという意味だと思ったんです。まさか、未開の地での経験を問われているとは思わなかった」

「あら、あきらめないで。何か食べたら気分もよくなるわよ」

「そうだといいんだけど」とメルは答えたが、内心ではこうつぶやいていた。ここにはいられない。こんなのおかしい。さっさと降参してここから逃げ出さなければ。ジョーイに対してまちがいを認めなければならないのだけが怖かった。

車では何も話さなかった。メルにとってみれば、話すことはあまりなかった。それに、ミセス・マックリーが大きなサバーバンを楽々と巧みに扱い、かなりのスピードを出すことに感心していた。車は土砂降りの雨のなか、急カーブだらけの並木道を跳ねるように進んだ。

ここへ来れば、心の痛みや孤独や恐怖から一時的に逃れられるかもしれないと思っていたのだった。犯罪の加害者や被害者である患者や、どこまでも貧しく、頼りになるものも希望もない患者を相手にするストレスから解放されるのではないかと。かわいらしい小さな町の写真を見たときは、人々に必要とされ、居心地よく暮らせる場所がすぐに想像できた。バラ色の頰《ほお》をした田舎の患者たちに感謝され、光り輝く自分の姿が目に浮かんだ。私生活にどんな問題があろうとも、有意義な仕事をしていれば必ず道は開けた。もちろん、スモッグと交通渋滞から逃げ出し、素朴な美しい森のなかで自然に還ると考えると気分も浮き立った。これほど奥地の自然に還ることは想定外だったが。

田舎町のヴァージンリバーで、ほぼ誰も保険を持たない女性たちのために出産を手助けできるのだという思いが最終的な決断を後押しした。ナース・プラクティショナーとしての仕事にもやりがいはあったが、メルにとっては助産師の仕事こそが天職だった。

いまや残された家族はジョーイだけだった。ジョーイはメルにコロラド・スプリングスに来てほしいと言っていた。自分と夫のビルと三人の子供たちのそばで暮らしてほしいと。しかし、メルは大都市から大都市に移るつもりはなかった。たとえコロラド・スプリングスがロサンゼルスに比べればだいぶ小さな都市だとしても。ほかによりよい考えもないいま、そこで働くことを考えざるを得ないようだ。

車が町らしきところに差しかかると、メルはまた顔をしかめた。「これがその町なの？　これも送ってくださった写真とはちがう」

「ヴァージンリバーよ」とミセス・マックリーは言った。「ありのままの。昼間のほうがずっとよく見えるのはたしかだけど。まったく、今夜は土砂降りね。三月はいつもこういういやな天気になるの。あそこが医者の家。訪ねてきた患者はあそこで診《み》てる。往診することも多いわね。あれが図書館」彼女は指差した。「火曜日に開くの」

車はかわいらしい三角屋根の教会のまえを通りすぎた。板が打ちつけてあるようだったが、少なくとも教会であることはわかった。写真よりもずっと古びていたものの、雑貨屋もあり、店主が入口の戸締まりをしているところだった。十あまりの家々が通りに面している――どれも小さく古い家だ。「学校は？」とメルは訊いた。

「なんの学校？」ミセス・マックリーが訊き返した。

「あなたがリクルーターに送った写真のなかに学校があったから」

「うーん。どこでそれを手に入れたか見当もつかないわ。町に学校はないから。いまはまだ」

「嘘」メルは声をもらした。

通りは広かったが、暗くがらんとしていた。街灯もない。この年輩の女性はきっと大昔のアルバムをあさって写真を手に入れたのだ。もしくは、別の町を写したものもあるのかもしれない。

医者の家から通りをはさんだ向かい側に、広いポーチと前庭を持つ、大きなバンガローのような建物があり、ミセス・マックリーがそのまえに車を停めた。〝オープン〟という窓のネオンサインがついているところから、居酒屋かカフェのようなものだとわかった。「ここよ」とミセス・マックリーは言った。「あなたのおなかと気分を温めましょう」

「どうも」メルは礼儀を保とうとしながら言った。あまりの空腹に、夕食を食べ損ねる事態を招くような振る舞いをしたいとは思わなかったからだ。とはいえ、胃以外が温まるとは思えなかった。腕時計に目をやると、七時ちょうどだった。

ミセス・マックリーはポーチでレインコートを振ってから店のなかにはいったが、メルはレインコートを着ていなかった。傘も持っていない。上着はびしょ濡れで、濡れた羊のようなにおいがしていた。

店のなかにはいると、そこはうれしい驚きと言ってよかった。ログハウスのような造りの店内は薄暗く、大きな石造りの暖炉では火が燃えていた。磨《みが》きこまれた木の床はぴかぴかに光っており、何か食べられそうなもののいいにおいが漂《ただよ》っていた。長いバーカウンターの奥に酒瓶が並んでいる棚があり、その上の壁には巨大な魚のはく製が飾られている。別の壁には熊の毛皮がかけられていたが、そのあまりの大きさに、壁の半分が隠れていた。入口のドアの上には牡鹿の首があった。へえ。狩猟小屋ってわけ？　テーブルクロスのかかっていない十あまりのテーブルがあったが、客はバーカウンターにひとりいるだけだった。飲み物をまえに背を丸めてすわっているのは、ぬかるみから車を引き出してくれたあの老人だった。

バーカウンターの奥には格子柄のシャツを着て袖をまくり上げている背の高い男がいて、ふきんでグラスを磨いていた。三十代後半に見え、茶色い髪を短く切りそろえている。メルとミセス・マックリーがはいっていくと、男は挨拶するように眉と顎《あご》を上げた。それから口の端を持ち上げてほほ笑んだ。

「ここにすわりましょう」ホープ・マックリーは暖炉のそばのテーブルを示して言った。「何か食べる物を頼んでくるわ」

メルは上着を脱ぎ、乾かすために暖炉のそばの椅子の背にかけた。冷たい手を炎にかざして激しくこすり合わせ、暖をとろうとする。ここは期待以上だった――小ぢんまりとしたきれいな店で、暖炉には火が燃えており、ストーブの上には食べ物ができている。死んだ動物たちはなくてもよかったが、狩猟がふつうにおこなわれている田舎ではしかたのないことだ。

「さあ」ミセス・マックリーが琥珀《こはく》色の液体がはいった小さなグラスをメルの手に押しつけた。「これで暖まるわ。ストーブの上にはスープができているし、パンも保温器のなかにはいっている。それであなたの夕食になるわよ」

「これは?」とメルは訊いた。

「ブランデーよ。そのぐらい飲み干せるでしょう?」

「もちろん」メルはそう言ってありがたくひと口飲んだ。喉《のど》から空っぽの胃までが焼けるようだった。思いがけず上等のブランデーだったので、一瞬目を閉じてそれを味わった。バーカウンターに目を戻したが、バーテンダーは姿を消していた。しばらくしてメルは、「あの人」と唯一の客を指差して言った。「あの人がぬかるみから引っ張り出してくれたの」

「ドック・マリンズよ」ミセス・マックリーは言った。「いま引き合わせてもいいわね。暖炉のそばを離れても大丈夫なようなら」

「どうしてわざわざ？」メルは応じた。「言いましたけど——わたしは帰らせてもらいますから」

「わかったわよ」年輩の女性はうんざりしたように言った。「だったら、はじめましてとさようならをいっぺんに言ったらいいじゃない。こっちに来て」彼女は振り返って老いた医者のほうへ歩き出した。メルはあきらめのため息をついてそのあとに従った。「先生《ドック》、こちらメリンダ・モンローよ。まだ名前を聞いてないかもしれないから、教えるわね。ミス・モンロー、こちらドック・マリンズ」

医者はしょぼついた目を飲み物から上げてメルを見たが、関節の曲がった手をグラスから離すことはなかった。何も言わずにうなずく。

「もう一度お礼を言います」とメルは言った。「車をぬかるみから引き出してくださったことに」

老いた医者はうなずいて飲み物に目を戻した。

友好的な小さな町の雰囲気といってもこんなものね。メルは胸の内でつぶやいた。

ミセス・マックリーはすでに暖炉のそばに向かっており、テーブルのまえにどさりと腰を下ろした。

「失礼します」メルは医者に言った。医者はグラス越しにメルに目を向けたが、はっきりと顔をしかめるように太く白い眉毛を寄せていた。白髪はそばかすの散った頭皮が透けて見えるほど薄くなっており、頭よりも眉の毛が多いほどだった。「お会いできて光栄です。それで、この町の診療所で手伝いが必要なんですか？」医者はメルをにらみつけただけだった。「必要ないと？　どっちなんです？」

「手伝いなどさほど必要ない」医者はぶっきらぼうに言った。「ただ、あのばあさんが何年もまえからこの町の医者をすげかえようとしているだけだ。躍起《やっき》になって」

「それはどうしてなんです？」メルは思いきって尋ねた。

「さあね」医者はグラスに目を戻した。「私のことが嫌いなんだろう。こっちもそれほど好きじゃないから、どうでもいいが」

バーテンダーで、おそらくは店主でもある男が奥から湯気の立つボウルを運んできたが、メルが老いた医者と話をしているのを見て、バーカウンターの端で足を止めた。

「まあ、ご心配なく」メルは答えた。「わたしはすぐに帰りますから。とんでもない誤解があったんです。明日の朝には出ていきます。雨が上がったらすぐに」

「時間の無駄だったというわけか?」医者はメルに目もくれずに訊いた。

「どうやら。あの家が話に聞いていたのとちがうというだけでも最悪なのに、医師自身がナース・プラクティショナーも助産師も要らないと思っているなんて状況が複雑すぎませんか?」

「たしかに」と医者も認めた。

メルはため息をついた。コロラドでちゃんとした仕事が見つかるといいのだが。

ティーンエイジャーの少年がキッチンから店内にラックにはいったグラスを運んできた。ふさふさとした茶色の髪を短くし、フランネルのシャツとジーンズを身に着けた姿はバーテンダーとよく似ている。ハンサムな子ねとメルは胸の内でつぶやいた。たくましい顎とまっすぐな鼻と太い眉をしている。少年はラックをバーカウンターの下に置こうとして、はっと動きを止め、驚いてメルを見つめた。目が丸くなり、しばし口がぽかんと開く。メルはわずかに首を傾げて少年にほほ笑んでみせた。少年はゆっくりと口を閉じたが、グラスを持ったまま凍りついたようになっている。

メルは少年と医者に背を向け、ミセス・マックリーがすわっているテーブルに向かった。バーテンダーがボウルとナプキンとスプーンなどをテーブルに置き、そこに立ったまま待っていた。それからメルのために椅子を引いてくれた。近くで見ると、大男であるのがわかる。身長百八十センチ以上で肩幅が広い。「ヴァージンリバーで過ごす最初の晩が最低の天気になりましたね」男は愛想よく言った。

「ミス・メリンダ・モンロー、こちら、ジャック・シェリダン。ジャック、ミス・モンローよ」

メルは訂正したい衝動に駆られた——ミスではなく、ミセスだと。しかし、もはやミスター・モンロー、じっさいにはドック・モンローがこの世にいない事実を説明したくなかったので、訂正はしないでおいた。そこで、代わりに言った。「お会いできて光栄です。ありがとう」シチューを受けとって付け加える。

「ここはきれいな町ですよ。天気さえよければ」と彼は言った。

「きっとそうね」メルは彼には目を向けずに小声で言った。

「一日か二日待ってみるべきだ」と彼は勧《すす》めた。

メルはスプーンをシチューに入れ、ひと口味わった。バーテンダーはしばらくテーブルのそばに留まっていた。やがてメルは彼へと目を上げ、驚きとともに言った。

「これ、おいしい」

「リスのシチュー」と彼は言った。

メルは喉をつまらせた。

「冗談ですよ」と彼はにやりとして言った。「牛肉です。トウモロコシで育てた」

「ごめんなさい。ちょっと冗談を理解する気分じゃなくて」メルは苛立《いらだ》って答えた。

「ずいぶんと長くて骨の折れる一日だったから」

「いまも?」彼は訊いた。「それだったら、レミーのコルクを開けておいてよかった」

そう言ってバーカウンターの奥に戻ったバーテンダーをメルは肩越しに見やった。彼はまだメルをじっと見つめている少年に小声で手短に何か言ったようだった。息子なのねとメルは判断した。

「そんなにかりかりしなきゃならない理由がわからないわ」とミセス・マックリーが言った。「電話で話したときにはこんな態度をとる人だとは気づかなかったのに」そう言ってバッグに手を突っこみ、煙草のパックをとり出した。パックから一本出して火をつける——がらがら声の理由がわかった。

「煙草を吸わなきゃいられないんですか?」とメルは訊いた。

「残念ながら、そうなの」ミセス・マックリーは長々とひと吸いして言った。

メルは苛立って首を振るしかなかった。口はつぐんでおいた。明日の朝にはここを離れることは決まりで、今夜は車で寝なければならないようなのだから、文句を言いつづけて事態を悪化させてもしかたない。ホープ・マックリーにもうこちらの意図は伝わったにちがいない。メルはおいしいシチューを食べ、ブランデーを飲んだ。満腹になると、少しだけ気持ちがおちつき、頭もわずかに軽くなった。ほら、ましになった、とメルは心の内でつぶやいた。この雨のなかでも、どうにか今夜ひと晩やり過ごせるはず。まったく、もっとひどい目にあったこともあるんだから。

夫のマークがERでの夜のシフト勤務を終えてコンビニエンスストアに寄ったのは九カ月まえのことだった。シリアルにかける牛乳を買おうと思ったのだ。しかし、店で受けたのは至近距離から胸目がけて発射された三発の弾丸で、即死することになった。夫もメルも週に少なくとも三度は立ち寄るコンビニエンスストアで強盗が発生していたのだ。それが愛する人の命を奪った。

それに比べれば、雨のなか、車でひと晩過ごすなど、なんということもないはずだ。

ジャックはお代わりのレミー・マルタンをミス・モンローに届けたが、お代わりのシチューは断られた。彼女がシチューを食べ、ブランデーを飲み、おそらくは煙草を吸うホープのせいで不機嫌な顔をしているあいだ、ジャックはバーカウンターの奥に留まっていた。彼女の様子を見てひとりほくそ笑まずにいられなかった。度胸のある女性だ。見かけもいい。小柄で、ブロンドで、鮮やかな青い目と小さなハート型の口をしている。ジーンズを穿いた後ろ姿は何とも言えずすばらしい。女性たちが帰ると、彼はドック・マリンズに言った。「まったく、あの若い女性に多少チャンスを与えることもできただろうに。去年の秋にブラッドリーのとこの年寄りのゴールデンレトリーバーが死んでから、このあたりじゃ、めぼしいものは何もなくなったっていうのにな」

「ふん」医者は鼻を鳴らした。

リッキーがバーカウンターの奥にやってきてジャックの横に立った。「ほんとうだよ」と熱心に同意する。「まったく、ドックったら。いったいどうしちゃったのさ？ときにはぼくたちのことを考えてくれてもいいのに」

「おまえは黙ってろ」ジャックは笑いながらリッキーの肩に腕をかけた。「彼女はおまえに手の届く相手じゃないよ」

「そうかな？　あんたに手の届く相手でもないさ」リッキーはにやりとして言った。

「もう帰っていいぞ。今夜は誰も来そうもないからな」ジャックはリッキーに言った。

「シチューを少しお祖母さんに持って帰れよ」

「うん、ありがとう」とリッキーは言った。「また明日」

リッキーが帰ると、ジャックはドックのまえに立って言った。「多少手助けしてもられれば、あんただってもっと釣りに時間が割けるじゃないか」

「手助けは要らないんだ、おあいにくさま」とドックは言った。

「ああ、またそれだ」ジャックは笑みを浮かべて言った。手助けを得るようホープがドックにどれだけ言い聞かせても、頑固に拒絶されるのがおちだった。ドックは町の誰よりも意固地で強情な人間かもしれない。老いて関節炎にも悩まされており、年々動作ものろくなってきているようだった。

「もう一杯くれ」とドックが言った。

「約束したはずだぞ」とジャックは言い返した。

「じゃあ、半分でいい。この忌々しい雨のせいで死にそうなんだ。骨まで冷えちまって」そう言ってジャックを見上げた。「あのちっちゃなあばずれを、凍るような雨のなかで溝から引っ張り出してやったんだから」

「彼女はあばずれじゃないと思うな」とジャックは言った。「おれだったら、そんな幸運には恵まれなかっただろうよ」ジャックはバーボンの瓶を老人のグラスに傾けてワンショット分だけ注いでやった。しかしそれから、瓶は棚に戻した。ドックの体を気遣《きづか》ってやるのは習慣になっていた。気をつけてやらないと、少々飲みすぎてしまうのだ。ドックがちゃんと通りを渡って家に帰るかどうか、雨に打たれながら外で見届けたいとは思わなかった。ドックの家には酒はなく、飲むときは必ずジャックの店にやってきた。そのおかげで酒量を制限できているのだ。

飲みすぎたとしてもこの老人を責めるわけにはいかない。日々激務に追われ、孤独な生活を送るこの老人を。短気であるとしても。

「あの女性に暖かい寝場所を提供することもできただろうに」とジャックは言った。

「ホープがあのぼろ家をきちんと準備しておかなかったのはまちがいなさそうだ」

「お仲間がほしい気分じゃないんでね」ドックは言った。それから、ジャックの顔へ視線を持ち上げた。「私よりあんたのほうが関心ありそうじゃないか」

「いまはここの誰も信用ならないって感じだったな」とジャックは言った。「でも、小柄でかわいらしい人だった、そうだろう?」

「さあね、気づかなかったよ」とドックは言い、酒をひと口飲んで続けた。「いずれにしても、ここの仕事ができるようには見えなかった」

ジャックは笑った。「気づかなかったって?」しかし、彼は気づいた。背はおそらく百六十センチ足らず。体重五十キロぐらい。やわらかそうなブロンドの癖毛は濡れてさらに癖が強くなっていた。どこか悲しげに見える目は瞬時に怒りに燃えた。冗談を理解する気分じゃないと鋭く言い返してきたときのぴりっとした感じは悪くなかった。ドックと対決したときには、どんなことでもうまく対処できる人間だという気がした。しかし、いちばんはあの口だ。小さくてピンク色のハート型の口。それともあの尻だろうか。

「まあ」とジャックは言った。「ちょっとばかり大目に見て、多少愛想よくしてもよかったってことさ。この町の景色もましになるだろうから」

2

メルとミセス・マックリーがロッジに戻ったときには、なかは暖まっていた。もちろん、少しもきれいにはなっていなかったが。汚い室内を見てメルが身震いすると、ミセス・マックリーが言った。「わからないわね。あなたと電話で話したときには、そんな小うるさい人だとは思わなかったのに」

「いいえ、別に小うるさいわけじゃない。わたしが勤めていた大きな病院の産科病棟は魅力的な場所ってわけじゃないし」あの混乱した、ときにぞっとするような環境に身を置いていたときのほうが、このずっと単純な状況下以上におちついていられたことがふと不思議になった。おそらくは、だまされていたことがわかってびっくりしたせいだろう。そのことと、得体の知れないじゃりじゃりしたものが居間とダイニングに積もっているせいだ。これまでは、帰る家はつねに居心地よく、清潔な場所だったのだから。

ミセス・マックリーがクッションと毛布とキルトとタオルを置いていってくれたので、メルは寒さのなかで寝るよりはほこりを我慢するほうが理にかなっていると判断した。車からスーツケースをひとつだけ下ろすと、スウェットスーツと厚手の靴下を身に着け、ほこりっぽい古いソファーを寝床にしつらえた。シミだらけでくぼんだマットレスはあまりにおぞましい代物に思えたからだ。

メルはブリトーさながらにキルトにくるまり、やわらかくかび臭いクッションに身をあずけた。夜中に起きなければならなくなった場合に備えて、バスルームの明かりはつけたままにし、扉をわずかに閉めておいた。二杯のブランデーと長距離運転と期待が打ち砕かれたストレスから、メルは深い眠りに落ち、久しぶりに不安や悪夢に眠りを邪魔されずに済んだ。屋根を打つ静かな雨音も子守歌のように眠りにいざなってくれた。朝のほの暗い光が顔にあたり、目が覚めてみると、夜のあいだずっと身動きひとつせずにキルトにくるまったままでいたのがわかった。体はすっかり休まり、頭は空っぽだった。

めったにないことだった。

信じられず、メルはしばらくそのまま横たわっていた。そうね、と胸でつぶやく。状況を考えるとあり得ないことなのに、気分は悪くなかった。しかしそこで、マークの顔が目に浮かんだ。何を期待しているの？　自分で呼び起こしたんじゃない！

さらに考えをめぐらす。悲しみから逃れられる場所なんてどこにもないのに、どうして逃れようとするの？

かつてとても満ち足りていたときもあった。とくに、朝起き抜けには。頭のなかで音楽が鳴るという奇妙でおかしな習慣があったのだ。毎朝、最初に意識するのはラジオがついているかのようにはっきりと聞こえる歌だった。歌は毎朝ちがった。日中は楽器を演奏することもできなければ、歌も下手くそだったのに、毎朝、目覚めたときには、メロディーを口ずさんでいるのだった。その音程のはずれた鼻歌に起こされたマークは肘をついて身を起こし、にやにやしながら妻のほうに身を寄せ、妻の目が開くのを待ったものだ。そして、「今日はなんだい？」と訊いた。

「『ビギン・ザ・ビギン』よ」とか、「『ディープ・パープル』」と彼女が答えると、マークは大笑いしたものだった。

彼が亡くなって頭のなかの音楽も失われた。

メルはキルトにくるまったまま起き上がった。朝の光のせいで家のなかは余計に汚く見えた。小鳥の鳴き声がしたので、ソファーから立ち、玄関へ向かった。ドアを開けると、明るくすっきりと晴れた朝だった。メルは体にキルトを巻きつけたままポーチに出て目を上に向けた――マツやモミやポンデローサマツが陽光を浴びて高々とそびえたっていた。このロッジよりも十五、六メートルも高い。もっとずっと高い木もあった。雨に洗われた木々からはまだしずくが垂れていた。枝には緑の松ぼっくりがぶら下がっている。松ぼっくりも非常に大きく、落ちて頭にあたったら、脳震盪《のうしんとう》を起こしそうなほどだ。木々の根元にはみずみずしい緑のシダが生い茂っている。幅広い葉を持つしなやかな扇型のシダからレースのように繊細な葉を持つものまで、四種類もの異なるシダがあった。何もかもが新鮮で健全だった。小鳥は枝から枝へ飛び移っては歌い踊っている。空を見上げれば、ロサンゼルスでは十年も見たことがないような澄《す》み渡った青空が広がっていた。ふわふわとした白い雲があてもなく漂い、翼を大きく広げた鷲《わし》が頭上に舞い上がり、木々の陰に姿を消した。

メルはさわやかな春の朝の空気を深々と吸いこんだ。ああ、この家と町と年寄りの医者が期待に沿わなくて残念だわ。この土地はきれいなのに。人間に害されてなくてとても爽快《そうかい》だ。

めりめりと音がしてメルは眉根を寄せた。傾いていたポーチの端が前触れなしに完全に崩れて地面に落ち、ポーチは大きな滑り台と化した。メルは足をとられて滑り落ち、泥だらけの深い水たまりにまともにはまった。キルトにくるまれたまま、汚れて濡れて冷えきったブリトーとなって横たわる。「くそっ」メルは悪態をついてキルトを体からはがすと、右側だけまだ家についているポーチを這いのぼり、家のなかにはいった。

そしてスーツケースに荷物をつめた。これでおしまい。

少なくとも道路は通行可能だろう。昼日中であれば、道路からはずれてぬかるんだ路肩にタイヤをとられる危険もないはずだ。少なくともコーヒーを飲まずには遠くまで行けないと自分に言い訳して、メルは町へ向かった。さっさとここを去り、コーヒーは途中で手に入れたほうがいいと直感は命じていたが。朝早くからあのバーが開いているとは思っていなかったが、選択肢はかぎられているようだった。老医師の家のドアをたたいてコーヒーを一杯めぐんでもらいたくなるほどにコーヒーが飲みたかったが、あのしかめ面とまた顔を合わせるのは気が進まなかった。それでも、医者の家はすぐそこにあって手招きしているように見えた。ジャックのバーのまわりや通りの反対側の店にはなんの気配もなかったが、完全なるカフェイン中毒のメルは、バーのドアが開いているかどうか試してみた。ドアは開いた。

暖炉には火がはいっていた。まえの晩よりも明るい店内はどうぞおはいりくださいと誘っているようだった。広くて居心地がいい――壁に自慢げに動物のはく製を飾っているとしても。店内にはいってみると、驚いたことに、髪がなく、片耳にイヤリングを光らせた大男が奥から出てきてバーカウンターのなかに立った。たくましい胸にはきつそうな黒いTシャツを着ていて、腕にぴったりした袖の下からは大きな青いタトゥーの下の部分がのぞいている。その体の大きさにはっとしなかったとしても、不愉快そうなその表情を見ればしたことだろう。男は黒っぽい色の太い眉を寄せてバーカウンターに両手をついた。「何か？」と訊く。

「その……コーヒーはありますか？」とメルは訊いた。

男は振り返ってマグカップを手にとると、それをバーカウンターの上に置いて取っ手のついたポットから中身を注いだ。メルはマグカップをつかんでテーブルに逃げようかと思ったが、ただ男の見かけが気に入らないだけで無礼な態度をとりたくはなかったため、バーカウンターのところへ行ってコーヒーが置かれた場所のスツールに腰を下ろした。「ありがとう」とおとなしく礼を言う。

男はうなずいて少しだけバーカウンターからあとずさり、背後のカウンターにもたれて胸のまえで大きな腕を組んだ。ナイトクラブの用心棒やボディガードを思わせる男だった。怒った態度のジェシー・ベンチュラ（アメリカのプロレスラー、俳優、政治家）。

メルは香り高い熱い飲み物をひと口飲んだ。強烈な刺激を与えてくれるコーヒーへの嗜好は、人生におけるほかのどんななぐさめをも凌駕《りょうが》していた。メルは声をもらした。「ああ、おいしい」大男は何も言わなかった。別にかまわないとメルは胸の内でつぶやいた。こっちも話をしたい気分ではないから。

妙に気安い沈黙のなかで数分が過ぎたころに、バーの横のドアが開いてジャックがはいってきた。腕に薪《まき》を抱えている。彼はメルを見てにやりとし、きれいに並んだ白い歯を見せた。薪の重みで青いデニムのシャツに包まれた二の腕が盛り上がり、肩幅が広いせいで腰が細く見えた。明るい茶色の胸毛が開いた襟《えり》からわずかにのぞいている。ひげを剃ったばかりの顔を見て、昨晩の彼の頬や顎には一日分伸びたひげのせいでわずかに影ができていたのだとわかった。

「あ、なんだ」彼は言った。「おはよう」そう挨拶すると、薪を暖炉のところへ持っていって身を折り曲げてそこに積んだ。メルは男らしい広い背中と完璧な形の尻に気づかずにいられなかった。厳しい田舎の生活がこのあたりの男たちにはいいトレーニングになっているにちがいない。

髪のない大男がメルのカップにお代わりを注《つ》ごうとポットを持ち上げると、ジャックが言った。「おれがやるよ、プリーチャー」

ジャックがバーカウンターの奥に来て、〝プリーチャー〟はドアを抜けてキッチンへ下がった。ジャックがコーヒーのお代わりを注いでくれた。

「プリーチャー？」メルはささやくように言った。

「ほんとうの名前はジョン・ミドルトンなんだが、大昔からそのあだ名で呼ばれてきた。ジョンと呼んでも、振り向きもしないだろうさ」

「どうして説教師《プリーチャー》なんて呼ぶの？」とメルは訊いた。

「ああ、だいぶ堅苦しい人間だからさ。ほとんど悪態もつかないし、酔っ払ったのを見たこともない。女性を悩ませたりもしない」

「見かけはちょっと怖いけど」メルは声をひそめたまま言った。

「いや。おとなしい男さ」とジャックは言った。「昨日の晩は大丈夫だったかい？」

「どうにか」メルは肩をすくめて答えた。「コーヒーを飲まずには町を出ることもできないと思って」

「ホープの息の根を止めてやりたいぐらいだろうな。コーヒーすら用意してなかったのかい？」

「ええ、残念ながら」

「それは申し訳ない、ミス・モンロー。こんな歓迎の仕方はないよな。この町が最悪の場所だと思われても当然だ。朝食に卵はどうだい？」ジャックは肩越しに奥を示した。「彼の料理の腕はたしかなんだ」

「要らないとは言わない」とメルは答えた。口に笑みを浮かべたいような妙な感覚を抱く。「それに、わたしのことはメルと呼んで」

「メリンダの略か」とジャック。

ジャックはドアからキッチンに声をかけた。「プリーチャー、こちらのご婦人に朝食を作ってくれないか?」バーカウンターに戻ると、こう言った。「まあ、おいしい食事できみを送り出すのがおれたちにできるせいぜいだな——何日かここに残るってわけにもいかないんだろうから」

「ごめんなさい」とメルは答えた。「あの家じゃ。住める状態じゃないから。誰かが掃除することになっているってミセス・マックリーが言っていたけど、その人は酒飲みなんですって? たしか、そんな話だった」

「それはシェリルのことだな。たしかにちょっとばかり飲酒の問題を抱えている。ほかの誰かに頼むべきだったな。このあたりには多少手間仕事を請け負ってもいいという女は大勢いるんだから」

「まあ、それももう関係ないけど」メルはまたコーヒーを飲んで言った。「ジャック、このコーヒー、いままで飲んだなかで最高だわ。ほんとうにそうなの? それとも、ここ二日ほど最悪の経験をしたから、心をなぐさめてくれるものにはなんにでも簡単に感心してしまうってこと？」

「いや、そのコーヒーはほんとうに上等なんだ」ジャックは顔をしかめて手を伸ばし、彼女の肩から髪の房を持ち上げた。「髪に泥が？」

「そうかもね」とメルは言った。「ポーチに立って、すがすがしい春の朝の美しさにひたっていたら、ポーチの片側が崩れて、大きな泥の水たまりに落ちることになったから。おまけに、シャワーを試してみる勇気もなかった。汚いなんてもんじゃないの。でも、どうにか泥は落としたつもりだったんだけど」

「ああ、まったく」ジャックはそう言って、大笑いしてメルを驚かせた。「それ以上最悪のことってあるかい？　よかったら、おれのところのシャワーを使うといい。ぴかぴかにきれいだから」またにやりとする。「タオルは〈ダウニー〉のにおいさ」

「ありがとう。でも、このまま出発したほうがいいと思う。海に近いところまで出たら、ホテルに部屋をとって、静かで暖かできれいな夕べを過ごすつもり。映画を借りてもいいし」

「悪くないな」とジャックは言った。「それで、ロサンゼルスに戻るのかい？」

メルは肩をすくめて「いいえ」と言った。戻ることはできない。病院から家にいたるすべてが甘い記憶を呼び起こし、悲しみを表に浮かび上がらせてしまう。ロサンゼルスにいるかぎり、まえには進めない。それに、ロサンゼルスにはもう何もなかった。

「わたしにとって変化のときなの。ただ、ここで暮らすのは変化が大きすぎる。あなたはここで生まれ育ったの？」

「おれかい？　まさか。ここへ来てまだまもないよ。サクラメント育ちだ。いい釣り場を探しては、そこに滞在していた。この家を食事を出すバーに改装して、建て増しもしてそこを住まいにしている。小さいけど、住み心地はいい。プリーチャーの部屋はキッチンの階上《うえ》だ」

「いったいどうしてここに住もうと思ったの？　軽々しく言うつもりはないんだけど、この町にそれほど魅力があるようには思えない」

「きみに時間があれば、案内してあげるんだがな。ここは田舎だけど、すごいところなんだ。町やその周辺には六百人以上の人が住んでいる。都会の連中の多くはヴァージン川の上流や下流にロッジを持っている。穏やかで、釣りには願ってもない場所なんだ。町に観光客はあまり来ないが、釣り人はかなり頻繁に来るし、シーズンには狩りの連中もここを通る。プリーチャーの料理の腕は有名で、ここは町で唯一ビールを出す店なんだ。町のそばにはアカスギ林もあって――それはすごいよ。圧巻さ。夏のあいだはずっとキャンプ好きやハイキング好きの連中が大勢国有林をうろついている。それに、ここの空と空気といったら――都会じゃ絶対にお目にかかれないものだ」

「それで、息子さんもいっしょにここで働いているの？」

「息子？　ああ」ジャックは笑った。「リッキーのことかい？　彼は町の子さ。ほぼ毎日学校帰りにバーで働いている。いい子だ」

「あなたに家族はいるの？」とメルは訊いた。

「女きょうだいや姪たちがサクラメントにいる。父もまだあっちにいるんだが、母は数年まえに亡くなった」

プリーチャーが湯気の立つ皿とナプキンを持ってキッチンから出てきた。彼がそれをメルのまえに置くと、ジャックがバーカウンターの下からナイフやフォークとナプキンをとり出した。皿には胡椒《こしょう》のかかったおいしそうなチーズオムレツ、ソーセージ・パティ、果物、フライドポテト、全粒粉のパンのトーストが載っていた。氷入りの水が置かれ、コーヒーのお代わりが注がれる。

メルはオムレツにフォークを入れ、口に運んだ。濃厚でおいしいそれは口のなかで溶けた。「んー」メルは声をもらして目を閉じ、卵を呑みこんでから、言った。「ここで二度食事したけど、これまで食べたなかで最高の料理だと言わざるを得ないわ」

「おれとプリーチャーとで、ときどきちゃっちゃとうまいものを作ってる。プリーチャーにはほんとうに才能がある。でも、ここへ来るまでは料理人じゃなかったが」

メルはもうひと口食べた。どうやらジャックは食事のあいだずっとそこに立って客が食べ物をかきこむのを見ているつもりらしい。「で」とメルは言った。「ドックとミセス・マックリーのあいだには何があったの？」

「まあ、そうだな」ジャックは背後のカウンターに背をあずけ、両手を広げて大きな手でカウンターをつかんだ。「あのふたりはちょっとしたことでぶつかるんだ。どちらも自分の意志を通そうとする頑固な年寄りで、何につけても意見がくいちがう。じつを言えば、おれもドックには手伝いがいてもいいと思うんだ――でも、どうやらきみは彼がちょっと頑固すぎると思っているようだな」

メルは是認するような声を出した。口のなかがこれまで食べたなかで最高にすばらしい卵で一杯だったからだ。

「この小さな町の問題は――何日も誰も医者を必要としないこともあるってことだ。それから、みんながドックに診てもらわなきゃならない日々が何週間も続く――インフルエンザがはやっていて、三人の女性のお産が近づいているときに、誰かが馬や屋根から落ちるってわけだ。そんなこんなさ。それに、本人は認めたがらないけど、ドックもう七十だ」ジャックは肩をすくめた。「隣町の医者へ行くには少なくとも三十分はかかる。農場や牧場で働く連中の場合は一時間以上だ。病院はもっと遠い。だから、ドックが亡くなったらどうなるか、おれたちも考えなくちゃならなくなったんだ。それがあまり近い将来のことじゃないといいんだけどね」

メルは卵を呑みこみ、水を飲んだ。「どうしてミセス・マックリーが今回のことを引き受けることになったの？」と訊く。「ドック・マリンズが言っていたように、ほんとうに医者をすげかえようとしているの？」

「ちがうさ。でも、ドックの年を考えれば、そろそろ後継者を考えなきゃならないってことじゃないかな。旦那がかなりの財産を遺《のこ》したから、ホープは生活には困らないしね。たしか、未亡人になってだいぶ経つはずだ。それに、町がばらばらにならないようにするためなら、なんでもしようと思っているみたいだし。牧師や、警官や、一年生から八年生まで教えられる学校の先生も探している。この町に学校があれば、ちびたちが町ふたつ分もバスに乗らなくて済むからね。あまり成果はないようだが」

「ドック・マリンズは彼女の努力を認めてないようだけど」メルはナプキンで口を拭きながら言った。

「縄張《なわば》り意識が強いからな。ドックは引退しようなんて気はこれっぽっちもない。たぶん、誰かが町に現われて医者の仕事を受け継いだら、自分には何もすることがなくなると不安なんだろうな。ドックみたいに生涯独身のまま町につくしてきた男は、引退すると考えただけでびびっちまうんだろう。でも……。数年まえ、おれがここへ来る少しまえに、ちょっとした出来事があったんだ。二件の緊急事態が同時に起こった。トラックが道をはずれて運転手が重傷を負った。それから、ひどいインフルエンザにかかった子供が肺炎を起こし、呼吸が止まってしまった。ドックはトラックの運転手の出血は止められたが、川向こうの子供の家に着いたときには手遅れだった」

「まあ」メルは言った。「きっと辛い思いをしたわね」

「ドックのことは誰も責められないはずだ。この町で何度となく命を救ってきた人だ。でも、ドックに手伝いがいたほうがいいという意見が高まっているのもたしかだ」

ジャックは笑みを浮かべた。「それではじめて現われたのがきみってわけさ」

「ふうん」メルはコーヒーの最後のひと口を飲みながら言った。背後でドアが開く音がして、男がふたり店にはいってきた。

「ハーブ、ロン」とジャックが挨拶した。男たちも挨拶を返し、窓際のテーブルについた。ジャックはメルに目を戻した。「どうしてここへ来ようと思ったんだい？」と訊く。

「燃え尽き症候群よ」とメルは答えた。「警官や殺人課の刑事たちと名前で呼び合うような仲でいるのにうんざりしたの」

「へえ、どんな仕事をしていたんだい？」

「戦争に行ったことは？」とメルは訊いた。

「じつはある」ジャックはうなずいて答えた。

「そう、大都市の病院とか外傷センターって戦場に似てると思う。わたしは家族診察看護師《ナース・プラクティショナー》になるための研修でロサンゼルスのダウンタウンのERに何年かいたんだけど、戦場にいるような日々だった。逮捕される際にけがをした重罪人が運びこまれてきたこともあった——まだ暴れていて抑えるのが不可能な犯人に看護師が点滴の針を刺そうとするあいだ、三人か四人の警官が押さえつけていなくちゃならなかったりね。ドラッグをやりすぎた麻薬中毒者は、警官がテーザー銃を三度撃ってもおとなしくならなかった。ナロキソン（ドラッグの過剰摂取時の拮抗薬）なんかもちろん効かなかったし。薬物の過剰摂取者や、暴力犯罪の被害者もいた。ロサンゼルスで最大の外傷センターだったから、最悪のMVAやGSWも……。ごめんなさい。自動車事故遭遇者と銃の被弾者の略よ。それから、薬を呑むのをやめ、行くあてもなく、監視もついていない頭のおかしな人たち。誤解しないで。わたしたち、ほんとうによくやっていたのよ。

すばらしい仕事をしていた。自分たちの仕事を誇りに思っていたの。たぶん、アメリカ一優秀なスタッフばかりだった」

　メルはしばらく考えをめぐらしながら目をそらした。荒っぽく、混沌《こんとん》とした職場だったが、夫になった人とともに働き、恋に落ちていたときには、刺激的で満足できる仕事だった。メルは小さく首を振って続けた。

「その後、ＥＲから産婦人科に転属になったんだけど、それこそが求めていた職場だとわかった。産科が。そこでは助産師の資格で働くことになったわ。まさしく天職だったんだけど、必ずしも幸せな経験ばかりじゃなかった」メルは悲しげに笑い、首を振った。「最初の患者は警察によって運びこまれたの。患者の手錠をはずさせるのに、ブルドッグさながらに警官に噛《か》みついた。ベッドに手錠でつないだまま出産させろなんて言うから」

　ジャックは笑みを浮かべた。「まあ、だったら、運がよかったな。この町には手錠なんてものはないはずだから」

「毎日そういうわけじゃなかったけど、結構頻繁にあったわね。わたしは二年ほど産科病棟の看護師たちを監督する役目を担った。そんなふうに刺激的で予測不可能な仕事に長く追われていたけど、しまいに壁に突きあたったの。産婦人科の仕事は大好きなのに、ああいう都市の医療を続けることはもうできないって思った。そう、もっとゆったりしたペースが必要だって。へとへとになってしまったから」

「ずいぶんとアドレナリンが噴き出るような仕事をしてきたんだね」とジャックは言った。

「ええ。アドレナリン中毒だなんて言われたこともある。ERの看護師にはよくあることだけど」メルはにっこりした。「それをもうおしまいにしようと思って」

「小さな町に住んだことはあるのかい？」ジャックはコーヒーのお代わりを注ぎながら訊いた。

メルは首を振った。「これまで住んだなかでいちばん小さい町でも、少なくとも人口百万人だった。シアトルで育って、大学は南カリフォルニア大学に行ったの」

「小さな町も悪くないよ。それなりに刺激的な出来事もある。危険もあるけどね」

「どんな？」メルはコーヒーを飲みながら訊いた。

「洪水とか、火事とか、山火事とか。決まりを守らない狩猟家もいる。犯罪もたまに起こる。このあたりには大麻を栽培している連中が大勢いるんだが、おれの知るかぎり、ヴァージンリバーにはいない。この辺では、ハンボルト自家栽培《ホームグローン》と呼ばれている。結びつきの強い集団で、ふつう自分たち以外の人間とは交流しない――注意を引きたくないってわけさ。でも、ときおり、ドラッグがらみの犯罪は起こる」ジャックはにやりとした。「都会ではそういう問題はなかっただろう？」

「変化を求めていたとしても、ここまで思いきった変化は求めるべきじゃなかったのね。薬物だったら、禁断症状が出ているところよ。もっと少しずつ減らしていくべきだった。たぶん、二十万人ぐらいの人口でスターバックスのある町からはじめてみるとかね」

「スターバックスがいま飲んでいるコーヒーよりもおいしいなんて言わないでくれよ」ジャックはカップに顎をしゃくって言った。

メルは短い笑い声をあげた。「ここのコーヒーはすばらしいわ」そう言って愛想よく笑みを浮かべてみせた。この人は悪い人じゃないと思いながら。「道路のことも考えておくべきだった。ロサンゼルスのあの恐ろしい高速を逃れたと思ったら、この山岳地帯では心臓が止まりそうになるカーブや崖が待っていた……ふう」全身に震えが走った。「こんな場所にわたしが留《とど》まるとしたら、この店の食べ物のためでしょうね」

ジャックはバーカウンターに手をついてメルのほうに身を寄せた。褐色の目がまじめそうな太い眉の下で温かく輝いている。「あの家をきみが住めるようにするのは朝飯前だよ」

「ええ、そうでしょうね」メルは片手を差し出し、ジャックがその手をとった。そっとにぎってくる手にはまめがあった。きつい肉体労働をする人の手。「ありがとう、ジャック。今回のお試しの旅であなたのバーで過ごした時間が唯一たのしいひとときだった」メルは立ち上がり、財布を探してバッグをあさった。「おいくら?」

「おごりさ。せめてもだ」

「そんなの悪いわ、ジャック――今回のことはあなたにはなんの非もないんだから」

「わかった。ホープにつけておくよ」

その瞬間、プリーチャーがタオルに包まれたおおいのついた皿を持ってキッチンから出てきた。そしてそれをジャックに渡した。

「ドックの朝食だ。そこまでいっしょに行くよ」

「いいわ」とメルは応じた。

車のところで、ジャックは言った。「本気で言っているんだけど、ここに残ることを考えてもらいたいな」

「ごめんなさい、ジャック。この町はわたしには合わない」

「そうか、残念。このあたりじゃ、きれいな若い女性がえらく不足しているんだがな。運転に気をつけて」ジャックは片手でうまくおおいのついた皿を持ち、もう一方の手でメルの肘を軽くつかんだ。メルはなんてすてきな人なんだろうと、それしか考えられなかった。黒っぽい目はなんとも言えずセクシーで、たくましい顎には小さな割れ目がある。礼儀正しいのんびりした態度から、自分がハンサムだとは気づいていないように見える。本人がそれに気づくまえに誰かつかまえてしまうべきだ。おそらくすでに誰かがつかまえているのだろう。

メルは通りを横切って医者の家へ向かう彼の後ろ姿を見送ってから車に乗りこんだ。誰もいない通りで大きくUターンをし、元来た方角へと進みはじめる。ドックの家のまえを通りがかったときにはスピードを落とした。ジャックがポーチにしゃがみこみ、何かを見ていた。おおいのついた皿をまだ片手に持ったまま、もう一方の手を上げてメルに停まれと合図している。メルの車のほうへ振り向けた顔にはショックが浮かんでいた。信じられないという表情。

メルは車を停めて降りた。「大丈夫?」と訊く。

ジャックは立ち上がり、「いや」と答えた。「ちょっとこっちに来てくれるかい?」

メルは車のエンジンを止めず、ドアも開けたままポーチにのぼった。医者の家のドアのまえには箱が置いてあり、ジャックは依然ぎょっとした顔のままでいる。メルがしゃがんで箱のなかをのぞきこむと、なかで布に包まれてもぞもぞと身動きしているのは赤ん坊だった。「なんてこと《ジーザス》」とメルは言った。

「いや」とジャック。「キリスト《ジーザス》じゃないと思うよ」

「さっきこの家のまえを通りすぎたときにはこの赤ちゃん、いなかった」

メルは箱を持ち上げ、ジャックに車をちゃんと停めてエンジンを切ってくれと頼んだ。それから医者の家のベルを鳴らした。緊張とともに何分か待っていると、フランネルの格子縞のバスローブをはおった医者がドアを開けた。バスローブのひもは突き出た腹の上でゆるく結ばれており、パジャマを隠す役にはほとんど立っていなかった。裾からは細い足が突き出している。

「ああ、きみか。いつ辞めていいかわからないのか？　私の朝食を運んできたとでも？」

「朝食だけじゃない」メルは答えた。「あなたの家の玄関にこれが置かれていたの。誰がこんなことをしたのか見当がつきます？」

医者が赤ん坊用の毛布を引っ張ると、赤ん坊の体があらわになった。「生まれたばかりだな」と医者は言った。「おそらくは生まれて数時間だ。なかへ運んでくれ。きみの赤ん坊じゃないんだね？」

「まさか」メルは苛立って答えた。妊婦にしては細すぎると気づいていなかったとでもいうの？　それに、出産したばかりにしては動きも速い。「そう、わたしの赤ちゃんだとしたら、ここに置き去りになんてしない」

　メルは医者の脇をすり抜けて家のなかにはいった。そこは家ではなく診療所だった。右に待合室があり、左のカウンターの奥は受付エリアになっていて、コンピューターとファイルキャビネットが置かれている。メルは直感に従ってまっすぐ奥へ向かった。診察室を見つけると、そこへはいった。いまは赤ん坊が病気だったり、緊急の医療処置が必要だったりしないかたしかめなければとそれだけしか考えられなかった。箱を診察台に置くと、上着を脱いで手を洗った。カウンターに聴診器があったので、コットンと消毒用のアルコールを見つけた。アルコールでイヤピースを消毒する――メルの聴診器は荷造りされて車のなかだった。赤ん坊の心音を聞いてみる。さらに調べてみると、女の子で、へその緒はひもで結んで切られていた。メルはそっとやさしく赤ん坊を箱から持ち上げ、よしよしと言いながら赤ん坊用の体重計に置いた。

　そのときには医者も診察室にはいってきていた。「二千九百五十二グラム」とメルは告げた。「正常満期出産。心音も呼吸も正常。顔色も良好」赤ん坊はぐずりはじめた。「肺も健康。完全に健康な赤ん坊を誰かが捨てたのね。すぐにソーシャル・サービスに連絡しなきゃならない」

ドックが短い笑い声をもらしたところで、ジャックがその後ろに現われ、部屋のなかをのぞきこんだ。「ああ、きっと連中もすぐに駆けつけるさ」と医者は言った。

「それで、どうするつもりです？」とメルは訊いた。

「ミルクを調合しないといけないな」とドックは言った。「おなかを空かせているようだ」そう言って診察室を出ていった。

「まったく」メルは赤ん坊を包み直して腕に抱き、揺らしながら言った。

「ドックにあまりきつくあたらないでやってくれ」ジャックが言った。「ここはロサンゼルスじゃないんだから。ソーシャル・サービスに連絡したからって、すぐに誰かが家に来てくれる場所じゃないんだ。ここでは自分たちでなんとかするしかない」

「警察は？」とメルは訊いた。

「町に警察はいない。郡の保安官事務所はかなりよくやってるけど――」ジャックは言った。「きっときみが考えているようには動かないと思うな」

「そんな、どうして？」

「ほかに重大な犯罪が起こっていなかったら、時間をとってくれるかもしれない」とジャックは言った。「担当地域がとんでもなく広いんだ。来たとしても、保安官助手が報告書を作成して、警察のほうからソーシャル・サービスに連絡を入れてくれるだけさ。それで、ソーシャル・サービスが過重労働させられたり、安い給料で働かされたりしているんでなければ、ソーシャル・ワーカーか里親を見つけてくれるだろう。この……」ジャックは咳払いをした。「小さな問題に対して」

「ちょっと、赤ちゃんのこと、問題なんて言わないで」メルは警告した。戸棚の扉を開けたが、何も見つからなかったため、「キッチンはどこ？」とジャックに訊いた。

「あっちだ」ジャックは左を示した。

「タオルを見つけてきて」とメルは指示した。「できるだけやわらかいタオルを」

「どうするつもりだい？」

「この子を洗ってやるの」メルは赤ん坊を腕に抱いて診察室をあとにした。

キッチンは広々としていてきれいだった。ジャックが食事を届けているとしたら、あまり使われていないのだろう。メルは食器用のラックを部屋の隅《すみ》の床に置き、赤ん坊をそっと水切り板の上に置いた。シンクの下にクレンザーがあったので、シンクをすばやくこすって洗った。それから温度をたしかめてシンクに湯を張った。そのあいだ赤ん坊は真っ赤な顔をゆがめ、不満を表わす声でキッチンを満たしていた。幸いシンクにはアイボリーの固形石鹼があったので、メルはできるだけきれいにそれを洗った。

袖をまくり上げると、裸の小さな生き物を腕に抱き上げ、そっと温かい湯のなかに下ろした。泣き声がやんだ。「あら」とメルは言った。「お風呂が好きなの？　おうちにいるような気がする？」

ドック・マリンズがキッチンにはいってきた。着替えを済ませており、手には粉ミルクの缶を持っている。その後ろには、見つけてほしいと頼んだタオルを持ったジャックがいた。

メルはそっと石鹼を赤ん坊にこすりつけ、出産のときの汚れを落とした。温かい湯が赤ん坊の体温を上げてくれることを祈りながら。「このおへそには処置が必要ね。誰が産んだのか、見当がつきます？」

「まるでつかんね」ドックは瓶にはいった水を計量カップに注ぎながら言った。

「妊娠していた人は？　そこから推測するのが理にかなっているわ」

「妊娠していて妊婦健診にここへ来ていたヴァージンリバーの女性たちはひとりで産んだりしないさ。おそらく、よその町から来た人間だろう。もしかしたら、医療の助けなしに出産した患者がどこかにいるのかもしれないが。そうなると、今日第二の危機が訪れる可能性もある。きっとその意味はきみにもわかるだろうが」医者はどこかとり澄まして言った。

「ええ、きっと」同じようにとり澄ましてメルは応じた。「それで、どうするつもりです？」

「おむつを替えてミルクを飲ませたら、あとは腹を立ててるだけさ」

「いまよりももっとってことね」

「あまり選択の余地はないようだ」と医者は言った。

「町の女性で手を貸してくれる人はいないんですか？」

「頼める相手はかぎられているが――」ドックは哺乳瓶にミルクを入れ、電子レンジにかけた。「どうにかなるさ。心配要らない」それから、どこか上の空で付け加えた。「夜のあいだ赤ん坊の声が聞こえないかもしれないが、この子はどうにか生き延びるだろうよ」

「この子に家を見つけてやらなければ」とメルは言った。

「きみはここに仕事を探しに来たはずだ。どうして自分が手を貸すと言い出さない？」

メルは大きく息を吸って赤ん坊をシンクから持ち上げ、ジャックが広げて持っているタオルに乗せた。ジャックが赤ん坊をしっかりした手つきで受けとり、タオルでうまく包んで抱きしめるのを見てメルは感心するように首を傾けた。「扱いがとても上手ね」

「姪っ子たちがいるからね」ジャックは広い胸に抱いた赤ん坊を揺すりながら言った。「何人か赤ん坊を抱っこしたこともある。きみはもう少しここにいることになるのかい？」と彼は訊いた。

「でも、そうするには問題がある。泊まるところがないもの。あの家はわたしひとりでも泊まれない状態だけど、この赤ちゃんにはなおさらだわ。ポーチが崩れ落ちているのよ、言ったでしょう？　それに、裏口には階段もないし。文字どおり這ってのぼるしかなかにはいるすべがないの」

「ここの二階に部屋がある」とドックが言った。「ここに留まって手を貸してくれるなら、給料は払う」それから、老眼鏡の上からメルに目を向け、きっぱりと付け加えた。「赤ん坊にあまり愛着を感じてはだめだ。母親が現われて、返してくれと言ってくるだろうから」

ジャックはバーに戻り、キッチンから電話をかけた。くぐもった酔っ払いの声が応えた。「もしもし？」

「シェリル？　起きてるか？」

「ジャック」電話に出た女性は言った。「あなたなの？」

「おれさ。頼みがある。いますぐに」

「なあに、ジャック？」

「町に来る看護師のためにマックリーのロッジを掃除するように頼まれなかったか？」

「ああ……うん。まだとりかかってないけど。その……風邪を引いたみたいで」

スミルノフ風邪だな、とジャックは思った。それとも、エバークリア風邪のほうが可能性が高いか——アルコール度数九十五度のたちの悪いピュア・グレーン・アルコール。「今日とりかかれるかい？　あそこにポーチを直しに行く予定なんだが、家のなかをきれいにしなきゃならないんだ。そう、ほんとうにきれいにね。看護師はもうこっちに来ていて、いまはドックのところにいる——が、あの家をどうにか住める場所にしなきゃならないんだ。どうかな？」

「あなたもあそこにいるってこと？」

「ほぼずっとね。掃除はほかの誰かに頼んでもいいんだが、まずきみに打診したほうがいいと思って。でも、しらふでいてくれなくちゃならないが」

「いまもしらふよ」彼女は言い張った。「完全に」

そうかな、とジャックは思った。きっと掃除するときもフラスクを隠し持ったままだろう。いま自分が冒そうとしている危険は愉快なものではなかった。シェリルに自分のために掃除すると思わせるわけだから。そのためだったら、シェリルは精一杯頑張るはずだった。ジャックが町に来て以来、シェリルは彼にのぼせており、何かと言い訳をしてはまとわりついてきた。ジャックはできるかぎりその気があると思わせないよう努めてきたのだった。しかし、アルコールの問題を抱えてはいるものの、シェリルは強い女で、やる気になれば、掃除も上手だった。

「ドアは開いている。はじめていてくれ。おれはあとで行くから」

ジャックが電話を切ると、プリーチャーが言った。「手伝いが要るかい？」

「ああ」とジャックは答えた。「店を閉めて、あの家の修理をしよう。町に留まるよう彼女を説得できるかもしれない」

「それがあんたの望みなら」

「町にとって必要なことさ」とジャックは応じた。

「ああ」とプリーチャーは言った。「たしかに」

メルの専門が産科でなかったら、赤ん坊を老医師の関節の曲がった手にあずけて車に乗りこみ、そのまま町をあとにしたかもしれなかった。しかし、助産師の資格を持つ者はけっしてそんなことはしない。生まれたばかりの赤ん坊が捨てられていたとしたら、それに背を向けることはできない。そう考えれば、赤ん坊の母親についての大きな懸念も振り払えなかった。すぐにも心は決まった。夜のあいだ赤ん坊が泣く声も聞こえないような老いた医者に赤ん坊を託していくことはできない。母親に治療が必要な場合に備えてここを離れるわけにもいかなかった。出産と産後のケアを専門とする診察看護師《ナース・プラクティショナー》として。

その日は診察室を出て医者の家のなかを見てまわる機会が充分にあった。医者が宿泊所として提供してくれた予備の部屋は単なる客間ではなかった。部屋には病院用のベッドがふたつ、点滴の台、トレイを置くテーブル、ベッドサイドの引き出しダンス、酸素吸入器が置かれていた。部屋にたったひとつある椅子は揺り椅子で、その形状から、出産直後の母親と赤ん坊のためのものにちがいなかった。赤ん坊は階下《した》の診察室から持ってきたアクリルガラスの保育器に入れられた。

医者の家は診療所兼病院として完璧に機能していた。一階の居間は待合室で、ダイニングルームのまえには受付のカウンターがあった。診察室と治療室はどちらも狭かったが、医者のオフィスもあった。キッチンには、ジャックの店に行かないときにそこでドックが食事をしていると思われる小さなテーブルがあった。キッチンもふつうとはちがった。殺菌のための加圧減菌器《オートクレーブ》があり、鍵のついた麻酔薬用の薬品棚が手近なところにあった。冷蔵庫には食べ物だけでなく、血液と血漿のパックがいくつかはいっていた。食べ物よりも血液のパックのほうが多い。

二階には寝室がふたつだけだった。病院用のベッドの置かれた部屋とドック・マリンズの寝室。住まいとして住み心地がいいとは言えなかったが、あの汚い家よりはましだった。しかし、部屋は寒く殺風景だった。硬材の床、小さなラグ、きめの粗いシーツとうるさい音を立てるビニール製のマットレスカバー。すでにダウンの上がけと手触りのいいシーツ、やわらかいエジプト製のタオルと厚手のビロードのカーペットが恋しくなっていた。肉体的な快適さをどんどん手放していくような気がしたが、それも悪くないように思えた。大きな変化に心の準備はできていた。

メルの友人たちや姉はそれをあきらめさせようと説得したが、うまくいかなかった。マークの衣服や身のまわりの品を手放すという心痛む仕事もどうにかやりおおせたのだった。写真や、腕時計や、最後の誕生日に贈ったプラチナのカフスボタンや、結婚指輪はとっておいた。ヴァージンリバーで仕事に就くことが決まって、家にあった家具を売り払い、家を売りに出した。家にはロサンゼルスらしいばかばかしい値段をつけたが、三日もしないうちに購入の申しこみがあった。ささやかな宝物――気に入りの本やＣＤや写真や飾り物など――は段ボール三箱に荷造りした。デスクトップのコンピューターは友人にくれてやったが、その代わりにノートパソコンとデジタルカメラを購入した。服に関しては、スーツケース三つと一泊用のかばんにはいらなかったものは処分してしまった。華やかな慈善の催し用のストラップのついていないドレスも、マークが早く帰宅できた晩に活躍したセクシーなネグリジェなどももう必要なかった。

メルはなんであれ、一からやり直すつもりでいた。戻る場所はどこにもなかった。自分をロサンゼルスにしばりつけるものなど何も要らなかった。ヴァージンリバーでの仕事が予想とはちがったいま、数日ここに留まって手助けしたら、コロラドに向かおうと決心していた。そう、ジョーイとビルと子供たちのそばにいるほうがいい。どこでやり直してもいいのだから、コロラドでもいいはず。

この世に残された家族がジョーイだけとなってずいぶん経つ。ジョーイは四歳年上で、ビルと結婚して十五年になっていた。姉妹の母はメルがたった四つのときに亡くなったので、メルはほとんど母を覚えていなかった。父は母よりもだいぶ年上だったが、十年まえ、七十歳のときにリクライニング・チェアにすわったまま、やすらかに息を引きとった。

マークの両親はまだ健在で、ロサンゼルスにいたが、彼らとは最初からうまくいっていなかった。堅苦しく冷ややかな態度をとられるのがつねだったのだ。マークが亡くなったときには、つかのま親密になったが、ほんの数カ月で、彼らのほうから連絡をくれることがないのに気づいた。メルのほうは連絡して、マークの両親の悲しみを癒そうとしたのだが、向こうはメルとそのまま疎遠になってもかまわないようだった。メル自身、マークの両親に会いたいと思っていないことに気づいたが、それも意外ではなかった。彼らにはロサンゼルスを離れることを報告もしなかった。

友人に恵まれているのはたしかだった。看護学校の同級生や病院の同僚たち。みな頻繁に連絡をくれた。家から連れ出してもくれた。マークの話をさせてくれ、泣かせてもくれた。友人たちのことは大好きだったが、しばらくするうちに彼女たちに会うとマークの死を思い出すようになった。会って目に同情の光を見ると、心の痛みが引き出されるのだ。まるですべてがひとつの大きな悲しい球体にまとまってしまったかのようだった。ただひたすら一からやり直したくなった。自分の人生が空っぽになってしまったことを誰も知らない場所で。

その日の夕方、メルは赤ん坊をドックにあずけ、どうしても浴びずにいられなかったシャワーを浴び、頭のてっぺんから爪先までをごしごし洗った。シャワーを浴び、髪を乾かして長いフランネルのガウンとボアのついた大きなスリッパを身に着けると、メルは赤ん坊と哺乳瓶を受けとりにドックのオフィスに降りた。ドックはそんな姿の彼女を見て驚いた顔になり、目をみはった。「ミルクをあげて、寝かしつけてくるわ」とメルは言った。「あなたのほうでほかに何かこの子にしてやることがなければ」

「頼むよ」と言って、ドックは赤ん坊をメルに渡した。

二階の部屋に行くと、メルは赤ん坊を抱いてミルクを与えた。そして思ったとおり、涙が目ににじみはじめた。

この町の誰も知らないことはもうひとつあった。メルは子供を持てない体だった。マークとともに不妊治療はおこなっていた。メルが二十八歳でマークが三十四歳のときに結婚し、それまですでに二年間同棲していたため、子供を持つことを先延ばしにしようとは思わなかった。避妊用のピルも使っていなかった。一年経って結果が出ないとわかり、ふたりは専門家の診断をあおぎに行った。

マークにはまったく異常はなかったが、メルは卵管を広げなければならず、子宮の外側から子宮内膜を削りとらなければならなかった。しかしそれでも、何も起こらなかった。ホルモン剤を服用し、挿入のあとで逆立ちしたりもした。排卵期を確認するために毎日体温をはかった。何度となく家庭用の妊娠検査薬を使ったため、製造会社から大量に買いこむほどだった。それでも何も起こらなかった。マークが殺されたのは、一万五千ドルかけてはじめて体外受精を試みたばかりのときだった。ロサンゼルスのどこかの冷凍庫に、受精卵が眠っている。メルがひとりでも妊娠を試みようと思ったときのために。

ひとりで。なんとも心に痛いことばだ。あれほどにほしかった赤ちゃん。いま、腕のなかにいるのは捨てられた小さな女の赤ちゃんだった。ピンク色の肌をし、頭がうっすらと茶色の髪でおおわれたきれいな女の赤ちゃん。文字どおり、いとしさのあまり泣かずにいられなかった。

赤ん坊は健康でたくましく、喜んでミルクを飲み、大きなげっぷをした。すぐそばのベッドで泣いている人間がいるにもかかわらず、すやすやとよく眠った。

その晩、ドック・マリンズは本を膝に載せてベッドに起き直り、耳を澄ませていた。つまり——彼女は心に痛みを抱えているというわけだ。ひどい痛みを。それをあの機転のきく威勢のよさと皮肉で隠している。見た目どおりのものなど何もないとドックは心でつぶやき、明かりを消した。

3

　電話の呼び出し音がして、メルは目覚めた。赤ん坊の様子をたしかめると、夜中に二度起きただけだった赤ん坊はまだすやすやと眠っていた。メルはスリッパを見つけ、コーヒーを飲めないかと階下《した》に降りた。ドック・マリンズはすでに着替えてキッチンにいた。

「ドリスコルの家に行ってくるよ——どうやらジーナンが喘息《ぜんそく》の発作を起こしたようなんだ。薬品棚の鍵はそこにある。私のポケットベルの番号を書いておいた——ここじゃ、携帯電話は無用の長物だからな。私が留守のあいだに患者が来たら、面倒を見ておいてくれ」

「わたしは赤ちゃんの世話だけしていればいいと思ったんですけど」とメルは言った。

「きみはここへ働きに来たんじゃなかったのか？」

「手伝いは要らないっておっしゃったじゃない」メルは医者の言ったことを思い出さ

せた。

「きみのほうもこの町はいやだと言っていたが、お互いここにこうしている。さて、どうなるかね」ドックは上着をはおって往診かばんを手にとった。それからメルに向かって顎を突き出し、〝どうする？〟というように眉を上げた。

「今日の予約は？」

「予約をとるのは水曜日だけだ――あとは予約なしで来院する。もしくはこんなふうに呼び出しが来る」

「診察料がいくらかも知らないし」メルは言い返した。

「私もだ」とドックは言った。「たいした問題じゃないが――この町に金を持ってるやつはいないし、保険がある人間もほとんどいない。きちんと記録だけとっておいてくれればいい。あとはどうにかするから。いずれにしても、きみには荷が重いだろう。それほど頭がよさそうには見えんからな」

「ねえ」とメルは言った。「これまでも史上最悪のくそ野郎と働いたことはあるけど、あなたはトップクラスね」

「お世辞と思っておくよ」ドックはぶっきらぼうに応じた。

「そうでしょうね」メルはうんざりしたように言った。「ところで、昨日の晩は問題なかったわ」

頑固な老人から返事はなかった。すでに玄関へと向かっており、途中で杖をつかんだ。「足を引きずっているの？」とメルが訊いた。

「関節炎さ」とドックは答え、ポケットから制酸剤をとり出して口に放りこんだ。「それと胸焼けもする。ほかに質問は？」

「ありません！」

「よし」

メルは哺乳瓶にミルクをを準備し、それを電子レンジで温めているあいだ、二階へ行って着替えた。着替え終わるころに、赤ん坊がもぞもぞしはじめた。メルは赤ん坊のおむつを替え、抱き上げながら思わずこう言っていた。「かわいいクロエ、かわいい赤ちゃん……」マークとのあいだに女の子が生まれたら、クロエと名づけるはずだった。男の子ならアダム。わたしは何をしているの？

「でも、おまえにも名前は必要よね？」メルは赤ん坊に言った。

おくるみで包んだ赤ん坊を肩に抱いて階下《した》に降りると、ちょうどジャックが玄関のドアを開けるところだった。片手におおいのついた皿を持ち、脇の下に保温瓶を抱えている。「ごめんなさい、ジャック——ドックはちょうど出かけたばかりなの」

「これはきみにさ。ドックがバーに寄ってきみに朝食を運んでおいたほうがいいと言っていったんだ。だいぶ機嫌が悪いからって」

メルは思わず笑った。「わたしの機嫌が悪い？　ほんとうに虫の好かない医者ね！　あなたはどうやってあの人に耐えているの？」

「ドックを見てると祖父を思い出すんだ。昨日の晩はどうだった？　赤ん坊は寝る子かい？」

「よく寝てた。二回しか目を覚まさなかったぐらい。これからミルクをあげるところよ」

「きみが朝食を食べているあいだに、ぼくがミルクを与えるよ。コーヒーを持ってきたんだ」

「ああ、あなたみたいな男性がいるなんてね」メルはそう言って先に立ってキッチンにはいった。ジャックが皿と保温瓶を下ろすと、赤ん坊を手渡し、ミルクの温度をたしかめた。「新生児の扱いにとても慣れているのね。男の人にしては。サクラメントに姪が何人かいるだけの男の人にしては」ジャックはただほほ笑んでみせただけだった。メルは彼に哺乳瓶を渡し、コーヒーマグをふたつとり出した。「結婚したことは？」と訊いて、即座に後悔した。向こうからも同じ質問をされることになる。

「海兵隊と結婚していた」と彼は答えた。「最悪の相手だったよ」

「何年ぐらい？」メルはコーヒーを注ぎながら訊いた。

「二十年ちょっとさ。入隊したのはまだガキのころだ。きみは？」

「海兵隊に入隊したことはないわ」メルはにっこりして答えた。

ジャックはにやりとした。「結婚は？」

メルは目を合わせたまま嘘をつくことができなかった。そこでコーヒーのはいったマグカップに目を落とした。「病院と結婚していた。あなたにとっての海兵隊と同じぐらい最悪の相手だった」まったくの嘘とは言えない。病院のシフトについてはマークも文句を言っていたものだ——へとへとにさせられると。彼はＥＲ勤務だった。コンビニエンスストアに寄って強盗に遭遇したときは、三十六時間勤務を終えたばかりだった。思わず体に震えが走る。メルはマグカップをジャックのほうに押し出した。

「戦闘には何度も参加したの？」と訊く。

「ああ、何度も」ジャックは器用に哺乳瓶の吸い口を赤ん坊のほうに向けながら答えた。

「ソマリアや、ボスニアや、アフガニスタンや、イラク。イラクは二度だ」

「釣りに専念したくなる気持ちもわからないでもないわね」

「海兵隊に二十年いると、誰でも漁師になれる気がするものさ」

「あなたは引退するには若すぎるようだけど」

「四十になった。尻に銃弾をくらったときに、そろそろ辞めどきだと思ったんだ」

「痛そう。完全に回復したの？」とメルは訊いた。それから、頬が熱くなるのを感じて驚いた。

ジャックは口の片端を持ち上げた。「くぼみはできたけどね。見たいかい？」

「いいえ、結構。それで、ドックにここをまかされたんだけど、何をしたらいいのか見当もつかないの。最寄りの病院がどこにあるか、教えてもらったほうがいいわね。この町に救急車を送ってくれるかどうかも」

「最寄りだったらヴァレー病院だろうな――救急車も送ってくれる。ただ、救急車がここへたどりつくのにあまりに時間がかかるので、たいていはドックがあの古いピックアップトラックに患者を乗せて自分で運んでいくよ。絶対に救急車が必要で、一時間待てるなら、グレースヴァレーの診療所にも救急車はある。でも、おれがここへ来てから、この町で救急車を見かけたことはないと思うな。トラックの事故で死にかけたやつのためにヘリコプターが来たというのは聞いたことがある。事故以上にヘリコプターが注目を浴びたはずだ」

「まったく、ドックが帰ってくるまでこの町の人が健康でいてくれることを祈るしかないわね」とメルは言い、卵を食べはじめた。「うーん」今日のはスペイン風オムレツのようだ。前日に食べた卵と同じだけおいしかった。メルは称賛するように声をもらした。「もうひとつ問題があるの――ここには携帯の電波が届かないみたい。家族に無事を知らせなければならないんだけど。どうにかこうにか無事でいるって」

「マツの木も高いし、山も険しいからね。固定電話を使えばいい――長距離通話の料金を心配することはないよ。家族には連絡しなきゃ。家族って誰だい？」

「結婚してコロラド・スプリングスに住んでいる姉だけよ。姉もその夫も今度のことには大反対だったから――まるでわたしが平和部隊に志願するとでもいうような感じだった。まあ、それに耳を傾けるべきだったわけだけど」

「きみが耳を傾けないでくれてよかったと思う人がこのあたりに大勢現われるだろうな」

「そういう意味ではわたしって頑固なの」

それは悪くないというようにジャックは笑みを浮かべた。

即座にメルは胸の内でつぶやいた。妙な考えを起こさないでね。わたしは既婚者よ。夫がここにいないからって独身に戻ったわけじゃない。

それでも、どこか気になる男性ではあった。身長少なくとも百八十五センチ、体重九十キロほどの岩のように硬い筋肉の持ち主が、新生児をやさしく器用に抱いている姿にはどこか引きつけられるものがあった。やがてジャックは赤ん坊の頭に唇を寄せてそのにおいを嗅いだ。メルの壊れた心を包む氷が解けはじめた。

「今日は仕入れのためにユリーカに行くつもりなんだ」と彼は言った。「何か入り用なものはあるかい？」

「使い捨てのおむつがほしいわ。新生児用。それと、あなたは町の人をよく知っているようだから、赤ちゃんの世話をしてくれる人がいないか訊いてまわってくれない？フルタイムでも、パートタイムでもなんでもいいから。わたしといっしょにドックの家にいるより、どこかの家庭にあずけられたほうがこの子にとっていいはずよ」

「それに」と彼は言った。「きみはこの町から出ていきたいわけだから」

「二、三日は赤ちゃんの世話をするつもりだけど、それ以上延ばしたくはない。この町にはいられないのよ、ジャック」

「訊いてまわってみるよ」と彼は言った。そう言いながらも、じっさいにそうするつもりはなかった。なぜなら、そう、彼女はここにいられるからだ。

朝のミルクのあと、小さな赤ん坊のクロエが眠って三十分ほど経ったときに、その日最初の患者が現われた。赤い頬をした健康そうな若い農家の女性といった外見で、着ているオーバーオールの腹の部分が大きく突き出していた。手にはブラックベリーの砂糖漬けらしきものがはいっている大きな瓶をふたつ持っている。彼女はベリーのはいった瓶を玄関のドアの内側に置いた。「町に新しい女の先生が来たって聞いたんで」と若い女は言った。

「正確にはちがうわ」とメルは言った。「わたしは診察看護師《ナース・プラクティショナー》よ」

若い女はがっかりした顔になった。「へえ」と言う。「そのときが来たら、女の先生だとありがたいと思ったんだけど」

「そのとき？」メルは訊いた。「お産ということ？」

「うん。ドックのことは好きだから、誤解しないでもらいたいんだけど――」

「予定日は？」とメルは訊いた。

女は突き出た腹を撫でて答えた。「あとひと月ほどだと思うけど、はっきりしてないの」編み上げ式のワークブーツを履《は》き、オーバーオールの下に黄色のセーターを着て、茶色の髪はポニーテールにしている。多く見積もっても二十歳ぐらいにしか見えなかった。「初産《ういざん》なの」

「わたしは助産師でもあるのよ」とメルは言った。若い女は顔を輝かせてきれいな笑みを浮かべた。「でも、言っておかなくちゃならないけど、わたしは一時的にここにいるだけなの。すぐに出て行くことになる――」何を終えたらすぐにと言えばいいか考えた。そして、赤ん坊のことを説明する代わりに、こう口に出していた。「最近検診は受けたの？　血圧検査とか体重測定とか？」

「何週間かまえに」と女は答えた。「たぶん、そろそろ受けなきゃならない時期だと思う」

「せっかくいらしたんだから、いま受けたらどう？　必要な器具が見つかればの話だけど」とメルは言った。「お名前は？」

「ポリー・フィッシュバーンよ」

「どこかにあなたのカルテがあるはず」とメルは言い、カウンターの奥にまわってファイル用の引き出しをあさりはじめた。少し探しただけでカルテが見つかった。リトマス紙やその他の妊婦健診用の器具は診察室で探した。「奥に来て、ポリー」とメルは呼びかけた。「最後に内診を受けたのはいつ？」

「受けたのは最初だけよ」とポリーは答え、しかめ面になった。「次に受けるのが怖くて」

メルは関節炎のせいで曲がったドックの指を思い出してほほ笑んだ。たしかに気持ちのいいものではなかっただろう。「わたしに診てもらいたい？　子宮口の拡張や子宮頸管《けいかん》の短縮のように何か症状が出ていないか診ましょうか？　そうすれば、あとでドックに診てもらう手間を省けるわ。服を脱いでこの短いガウンを着て。すぐに戻るから」

メルはキッチンで眠っている赤ん坊の様子をたしかめ、患者のもとへ戻った。ポリーは体重増加も通常の範囲内で、健康そのものだった。血圧も問題なし……。「あ、ポリー。赤ちゃんの頭が下がっている」メルは立ち上がってポリーの子宮へと指を伸ばしながらおなかを下に押した。「それに……子宮口が少し開いていて、子宮頸管も五十パーセント短くなってる。いまも小さな収縮がある。引きつる感じがわかる？　ブラクストン・ヒックス収縮っていうんだけど」メルは患者にほほ笑みかけた。

「赤ちゃんはどこで産むつもり？」

「たぶん――ここで」

メルは笑った。「近いうちに産むつもりなら、わたしたち、同じ部屋に泊まることになるわね。いまわたし、ここの二階に泊まっているの」

「お産はいつになると思います？」とポリーが訊いた。

「一から四週間のあいだ。予想にすぎないけど」とメルは答えた。それから一歩下がって手袋を脱いだ。

「赤ちゃんをとり上げてもらえます？」とポリーが訊いた。

「正直に言うとね、ポリー——出ていけるようになったら、すぐにここを出ていくつもりなの。でも、あなたが産気づいたときにまだここにいたら、それで、ドックの許可が出たら、喜んでお手伝いするわ」メルは手を差し出してポリーを助け起こした。

「着替えて。あとは表の部屋で」

診察室を出て家の正面の部屋に戻ると、待合室は人で一杯だった。

夕方になるころには、メルは三十人もの患者と対面していた。そのうちの少なくとも二十八人は〝新しい女のドック〟をひと目見たくて訪ねてきた人々だった。女の先生を訪ねて質問を浴びせ、歓迎の品を贈りたくてやってきた人々。

それは大きな驚きではあったが、この仕事を受けたときにひそかに期待していた反応でもあった。

六時になるころには疲れきっていたが、一日はあっというまだった。メルは赤ん坊を肩に抱き、そっと揺すった。「食事は済んだんですか？」彼女はドック・マリンズに訊いた。

「自宅がオープンハウスになっているときに、いつ食事をするというんだい？」ドック は言い返した。しかし、そのことばは意図したほど嫌味っぽくは聞こえなかった。

「わたしが赤ちゃんにミルクをあげているあいだにバーに行ったらいかがです？」メ ルは提案した。「あなたと小さなクロエの食事が終わったら、わたしには新鮮な空気 が必要なので。いいえ、そうさせてください——わたしはどうしても気分転換しない ではいられないから。それに、朝食から何も食べてないんです」

ドックは節の曲がった老いた手をまえに出して訊いた。「クロエだって？」

メルは肩をすくめた。「呼び名が必要だったんで」

「行きなさい」とドックは言った。「その子のミルクは私がやろう。それから、ここ で何か食べ物を探すよ」

メルはにっこりして赤ん坊を手渡した。「悲惨な一日だったたって振りをしようとし たのに、うまくいかなかったってわけね。でも、助かります。ほんとうに一時間はこ こから離れていたいので」

メルは玄関のそばの釘にかけてあった上着をつかみ、春の宵闇のなかへ足を踏み出 した。都会のスモッグや産業から遠く離れたこの地では、少なくとも百万は星が多く見えた。メルは深呼吸した。スモッグまみれのロサンゼルスの空気よりもずっと清浄なこんな空気に慣れたら、肺がびっくりするかもしれない。

ジャックのバーにはかなりの数の客がいた。メルが到着した嵐の晩とは大ちがいだ。その日すでに会ったふたりの女性が夫連れで来ていた。雑貨屋のコニーとロン、それと、コニーの親友のジョイとその夫のブルース。ブルースは郵便配達人で、必要とあれば、どんな標本でもヴァレー病院の研究室に運ぶという。彼らはキャリーとフィッシュのブリストル夫妻とダグとスーのカーペンター夫妻にメルを紹介してくれた。バーカウンターには男性がふたりいて、もうふたりがテーブルでトランプゲームのクリベッジをしていた。そのふたりはキャンバス地のベストを着ていることから、釣り人だと思われた。

メルは上着を釘にかけ、セーターをジーンズのウエストのほうへ少し引っ張ると、バーカウンターのスツールに腰かけた。自分の顔に笑みが浮かんでいることには気づかなかった。目が輝いていることにも。ここにいる人たちはみなわざわざ会いに来て歓迎してくれ、自分たちのことを話してくれ、助言を求めてきた。その日は必要としてくれる人が大勢いたおかげで——必ずしもみな病気ではなかったが——心が満たされていた。あえて言うなら、幸せを感じたと言ってもいい。

「通りの向こうはずいぶんとにぎわっていたらしいね」ジャックが彼女のまえのカウンターを拭きながら言った。

「バーは閉まっていた」とメルは言った。

「やることがあったんだ。プリーチャーもそうだ。店はたいてい開けているんだが、用事があるときは表示を出しておいて、夕食の時間までに戻るようにしている」

「用事があるとき？」とメルは訊いた。

「釣りとかさ」プリーチャーがバーカウンターの下にグラスのはいったラックを置きながら言った。それからキッチンへ戻っていった。奥からリッキーが出てきてウエイターを務めはじめた。メルに気づくと、にっこりし、皿を載せたトレイを持ったままバーカウンターのところまで来た。「ミス・モンロー、まだいたんですか？　すごいや」そう言ってキッチンへ消えた。

「とてもかわいい子ね」

「そのことばをあいつには聞かせないほうがいいな」とジャックが助言した。「惚れやすい年ごろだから。危険な十六歳ってやつさ。何を飲む？」

「そうね——冷たいビールがいいわ」とメルは答えた。ビールはすぐに目のまえに現われた。「夕食には何があるの？」とメルは訊いた。

「ミートローフ」とジャックは答えた。「それと、きみがこれまで食べたなかで最高のマッシュポテト」

「メニューみたいなものはないの？」

「ない。プリーチャーが作りたい気分の料理を出している。少しのあいだビールだけをたのしむかい？　それとも、すぐに食事したいかい？」

メルはビールをひと口飲んだ。「少し時間を置く」そう言ってまたひと口飲んで声をもらした。「ああ」それを聞いてジャックはほほ笑んだ。「今日は町の半分の人に会った気がする」

「半分にはまったく届かないさ。でも、今日訪ねてきた連中がきみについて噂《うわさ》を広めるはずだ。本物の患者もいたのかい？　それとも、みんなきみに会いに来ただけかい？」

「ふたりぐらいは病人もいた。そう、ここへ来る必要もなかったのよ。あの家にはたくさん食べるものがあるんだもの。ほんとうに病気かどうかにかかわらず、みんな食べ物を持ってくるの。パイとか、ケーキとか、薄切り肉とか、焼き立てのパンとか。まさに……田舎よね」

ジャックは笑った。「気をつけたほうがいい。どんどん慕われるようになるぞ」

「ベリーの瓶詰めがふたつあるんだけど、何かに使えるかしら？　たぶん診察料のつもりなのね」

「そうさ。プリーチャーはこの郡で最高のパイを作る。赤ん坊の母親については何かわかったかい？」

「赤ちゃんのことはクロエと呼ぶことにしたの」メルはそう言って涙が目を刺すのを待ったが、涙はにじまなかった。「ううん、なんでもない。産んだ女性がどこかで具合を悪くしていないといいんだけど」

「このあたりじゃ、みんながみんなを知ってるから、具合の悪い女性がいたら、噂になるだろうよ」

「別の町から来たのかもしれないわね」

「なんだかうれしそうだね」とジャック。

「そうかも」とメルは返した。「ベリーを持ってきた若い女性はわたしに赤ちゃんをとり上げてほしいって言ってた。うれしいことだった。唯一の問題は——わたしがいま寝泊まりしている部屋で彼女が出産するつもりでいることよ。それももうすぐって感じだし」

「ああ」とジャックは言った。「ポリーだな。赤ん坊が転がり落ちそうな腹をしてるものな」

「どうして知ってるの？　ああ、気にしないで。みんながみんなを知ってるのよね」

「このあたりで妊娠している女性はそれほど多くないからね」ジャックは笑った。

メルはスツールにすわったまま後ろに目を向け、店内を見まわした。暖炉のそばのテーブルではふたりの年輩の女性がミートローフを食べていて、すでに紹介された夫婦たちはみな四十代か五十代だったが、笑ったり噂話に興じたりして社交にいそしんでいるようだ。店内にはおそらく十人あまりの客がいた。「今夜はお店もずいぶんとにぎわっているのね？」

「雨の日はみなそんなに出歩かないからね。たぶん、雨漏りしているところにバケツを置くので忙しいんだな。それで——まだここからとっとと出ていきたいと思っているのかい？」

メルは少しビールを飲んだ。空腹のせいで即座に酔いがまわっていた。じっさい、気分もとてもよかった。「ここにはいられないもの。たとえ、髪にハイライトを入れてくれる店がないという理由だけでも」

「近くの町にビューティ・ショップはあるよ。ヴァージンリバーではドット・シューマンがガレージで髪を切ってくれる」

は笑った。

「それってそそられる」メルはジャックの顔を見上げて言った。「ちょっと酔ったみたい。ミートローフをいただいたほうがいいかも」そこでしゃっくりが出て、ふたりは笑った。

七時になると、ホープ・マックリーが店にはいってきて、メルの隣のスツールにすわった。「今日は大勢のお相手をしたって聞いたわ」とホープは言った。彼女がバッグから煙草のパックを出し、一本とり出そうとすると、メルはその手首をつかんだ。

「少なくとも、わたしが夕食を終えるまでは待ってもらいます」

「ちょっと――あなたって興ざめね」ホープは煙草のパックを下ろした。「いつもの」と彼女は注文し、メルに向かってはこう言った。「で――どうだったの？　ほんとうの初日は？　ドックにまだ追い出されていないの？」

「彼はとっても扱いやすかったわ。何度か傷の縫合《ほうごう》をまかせてくれたりもした。もちろん、褒めてくれることはなかったけど、下手くそとも言われなかった」メルはホープに身を寄せて言った。「わたしのしたことを自分の手柄にしようとしているんじゃないかと思うの。わたしは自分のために立ち上がらないといけないかもしれない」

「ここに留まる気になったってこと？」

「何日かは。解決しなきゃならない問題がいくつか片づくまで」

「聞いたわ。生まれたばかりだって」ジャックがホープのまえに飲み物を置いて、

「ジャック・ダニエルのストレート」と言った。

「母親について思いあたる節はない？」メルはホープに訊いた。「ないわね。でも、みんなほかのみんなに目を光らせているから、このあたりにいるなら、現われるわよ。その皿の食べ物を突きまわすのはまだ終わらないの？　煙草吸いたいんだけど」

「吸わないほうがいいって、わかってるでしょう」

ホープ・マックリーは苛立って顔をしかめ、メルに目を向けた。それから、鼻に載せた大きすぎる眼鏡を押し上げた。「いまさら何を気にするっていうの？　もう長生きしすぎるほどしたわ」

「ばかなことを言わないで。寿命までまだ何年もあるじゃない」

「ああ、まったく。そうじゃないといいんだけど！」

ジャックが笑った。メルも思わず笑った。

ホープはしなきゃならないことが山ほどあるというように、飲み物を飲んで煙草を吸い終えると、バーカウンターに金を置いてスツールから降りた。「また連絡するわ。

必要だったら、赤ん坊の世話を手伝うわよ」

「赤ちゃんのまわりで煙草を吸うのはだめよ」メルは冷静に言った。

「何時間も手伝うとは言ってないわ」ホープは言い返した。「それは覚えておいて」

そう言うと、何度かテーブルのそばで足を止め、世間話をしてから店を出ていった。

「お店は何時まで開いているの？」メルはジャックに訊いた。

「どうしてだい？　寝酒でも飲みたいとか？」

「今夜じゃなくて。もうへとへとだもの。今後のために」

「たいてい九時ぐらいには閉める――けど、開けておいてくれと頼まれたら、開けておく」

「ここはわたしが通ったなかでいちばんサービスのいいレストランね」メルは笑い、腕時計をたしかめた。「ドックと交代したほうがよさそう。彼が新生児にどのぐらい我慢できるかわからないから。朝食にまた来るわ。ドックが往診に出なければ」

「店は開けておくよ」とジャックは言った。

メルはジャックにさよならと言い、上着をとりに行く途中でいくつかのテーブルで足を止め、知り合いになった人たちにお休みの挨拶をした。「彼女、しばらくここにいると思うかい？」プリーチャーが小声でジャックに訊いた。

ジャックは眉根を寄せた。「あのジーンズの穿き方は法に反しているんじゃないかと思うな」そう言ってプリーチャーに目を向けた。「ここをまかせていいかな？　クリアリバーにビールを飲みに行こうと思うんだが」

それは暗号だった。クリアリバーには女がいた。「大丈夫だ」とプリーチャーは請け合った。

車で三十分かけてクリアリバーへ向かう途中、ジャックが考えていたのはシャーメインのことではなかった。そしてそのせいでかすかに罪の意識に駆られずにいられなかった。今夜ジャックの頭には別の女性が浮かんでいた。ブーツとジーンズを身に着けたその姿を見るだけで、男ならひざまずきたくなるほど美しい若いブロンドの女性。二年ほどまえ、ジャックはクリアリバーの居酒屋へビールを飲みに行き、そこのウエイトレス——シャーメイン——と会話するようになった。成長した子供がふたりいる離婚女性だった。気立てのいい女で、働き者だった。たのしいことが大好きで、男といちゃつくのも好きだった。何度か居酒屋を訪れ、何杯もビールを飲んだあとで、男シャーメインに自宅に連れていかれ、ジャックは羽毛のベッドに倒れこむように彼女の上に倒れかかったのだった。それから、自分について女たちに必ず納得してもらっていることを彼女にも話した。自分はひとりの女にしばりつけられるタイプの男ではないということ。彼女がもしそういう気持ちを抱きはじめたら、自分は去ることになると。

「どうして女という女が男に支配されたがっているなんて思うの？」とシャーメインに訊かれたことがあった。「わたしはやっとひとり追い出したばかりなのよ。別の男に引っかかるつもりはないわ」彼女はほほ笑んでこう言った。「そんなのどうでもいい。みんなときどきちょっぴりさみしくなるものなんだから」

ふたりが関係を持つようになってもう二年だった。ジャックが彼女に会いに行くのはそれほど頻繁ではなかった。週に一度、二週に一度かもしれない。ときには一カ月会いに行かないこともあった。自分が現われないあいだ、彼女が何をしているのかはわからなかった――おそらくはほかにも男がいるのだろう。しかし、それを証明するものは何も見つからなかった。ほかの誰かとバーで会っているのに行きあたったこともなく、彼女の家でほかの男の持ち物を見かけたこともなかった。彼女の部屋のベッドサイドの引き出しにコンドームの箱を置いてあるのだが、それがなくなっているということもなかった。ジャックは彼女がもてなしている男は自分ひとりだという幻想をたのしんでいた。

自分については、一度に付き合う女はひとりという個人的な不文律に従っていた。一年もつ女もいれば、ひと晩で終わる女もいたが、何人もの女のあいだをふらふらすることはなかった。今夜、その決まりを破るつもりはなかったが、守るかどうかもわからなかった。

クリアリバーでひと晩過ごすことはなく、シャーメインをヴァージンリバーに招くこともなかった。来てほしいと連絡が来たことも二度しかなかった――そうして頼まれても、別にたいしたこととは思わなかった。結局、たまに誰かといっしょにいたいと思うのは自分だけではないのだから。

居酒屋にはいっていってシャーメインが自分に気づいたときに、来てくれてうれしいと全身で表現する姿を見るのは悪くなかった。ただ、そうして見せる以上に強い思いを抱いているのではないかと疑ってもいた。彼女には感謝していた――ほんとうになぐさめになってくれた――が、関係が深くなるようなら、終わらせなければならないことはわかっていた。そこでたまに、紳士らしく振る舞うこともできると示すために、ビールを飲みに行くだけで終わらせることもあった。彼女にスカーフやイヤリングなどの贈り物をすることもあった。

バーカウンターにつくと、シャーメインがビールを運んできた。ふわふわとふくらませている髪はブロンドだ。色を抜いたブロンド。身長は約百七十センチで、たいていいつも体形を維持していた。ほんとうの年は知らなかったが、四十代後半か五十代前半ではないかと思っていた。いつも体にぴったりした服を着ていて、トップスは豊かな胸を強調していた。最初は——安っぽく——見えなくもなかった。シンプルというよりもけばけばしく下品に。洗練されていない女に。しかし、シャーメインをよく知るようになり、彼女が親切でどこまでも誠実な女だとわかれば、そうした思いもなくなる。ジャックが思うに、豊かな胸やぽってりとした唇を持つ彼女は、若いころにはかなり魅力的に見えたことだろう。いまもそうした外見のよさをすっかり失ったわけではないが、腰のあたりに余分な肉がつき、目の端には皺《しわ》ができていた。

「いらっしゃい」とシャーメインは言った。「久しぶりね」

「たぶん、二週間ぶりぐらいさ」

「四週間じゃないかしら」

「元気だった？」とジャックは訊いた。

「忙しかった。働いてばかり。先週は娘に会いにユリーカまで行ったけどね。娘もろくでもない結婚をしてるから——でも、しかたないわよね？　片親で育てたわけだし」

「離婚するのか？」じつはそれほど関心はなかったが、ジャックは礼儀で尋ねた。彼女の子供たちには会ったこともなかった。

「ううん。でも、すべきよ。あのテーブルだけ行かせて。すぐに戻る」

ほかの客たちに注文の品がいきわたっているかたしかめるために彼女はジャックのそばを離れた。客はほんの数人しかおらず、店のオーナーのブッチには、ジャックが現われるとシャーメインが少し早くあがりたがることがわかっていた。シャーメインがグラスを載せたトレイを持ってバーカウンターの奥に行き、オーナーに声をひそめて何か言うと、オーナーはうなずいた。それから、シャーメインはジャックのところに戻ってきた。

「ビールを一杯やって挨拶したかっただけなんだ」とジャックは言った。「それで戻らなくちゃならない。大きな仕事を抱えていてね」

「へえ、そうなの？　どんな？」

「町のある女性のためにロッジを直しているんだ。今日は新しいポーチをつけたんで、明日はそれにペンキを塗らなくちゃならないし、裏口の階段もつける予定だ」

「そうなの？　きれいな女性？」

「きれいと言えると思うな。七十六歳にしては」

シャーメインは声をあげて笑った。思いきり笑う女だった。腹の底から湧き出るいい笑いだ。「そう、だったら、わざわざ嫉妬するのはやめるわ。でも、わたしを家まで送ってくれる時間はある？」

「あるさ」ジャックはビールを飲み干して言った。「でも、今夜は寄らないよ」

「いいわ」とシャーメインは言った。「コートをとってくる」

店の外に出ると、シャーメインはジャックの腕に腕をからませ、いつものようにここ二週間ほどの出来事を話し出した。低くて少しかすれた彼女の声の響きは悪くなかった。いわゆるウィスキー・ボイスというやつだが、彼女はあまり酒は飲まなかった。たわいもないことを延々と話しつづけているのだったが、愚痴ではなく、たのしい話だった。店のことや、町の人々のことや、自分の子供たちのことや、最近買ったものや、読んだものの話。時事ニュースにも興味を持っていて、毎朝仕事に出かけるまえにはＣＮＮを見ていた。最近の大きなニュースについて自分の意見をジャックに聞かせるのも好きだった。住まいのロッジにはいつも何かしら変更を加えていた。壁紙を張り替えたり、ペンキを塗ったり、家電を新しくしたり。家は持ち家だった。相続したか何からしい。だから、稼いだ金は自分や子供たちのために費やしていた。

玄関に着くと、ジャックは言った。「じゃあ、帰るよ、シャーメイン。でも、また近いうちに会いに来る」

「わかったわ、ジャック」とシャーメインは言い、キスを求めるように顔を上げた。ジャックはそれに従った。「キスとも言えないようなキスね」とシャーメインは言った。

「今日は寄ることになると困るからさ」とジャックは答えた。

「きっとひどく疲れているのね」と彼女は言った。「でも、わたしがこれから一時間か二時間は忘れないようなキスをするぐらいのエネルギーは残ってるんじゃないの？」

ジャックはもう一度やってみた。今度は口で口をおおい、彼女をきつく抱きしめて舌で口のなかを探った。シャーメインが尻をつかんでくる。くそっ!! ジャックは胸の内で毒づいた。彼女は彼の舌を吸いながら腰をこすりつけてきた。それからジーンズのまえに手をかけて彼を引き寄せ、指を腹の下のほうへとさまよわせた。

「わかったよ」少しばかり誘惑に負けて刺激されたジャックは弱々しく言った。「ほんの数分だけ寄るよ」

「それでこそよ」シャーメインはにっこりしてそう言うと玄関のドアを押し開けた。

ジャックはそのあとからなかにはいった。「ちょっとした睡眠薬だと思って」

ジャックは椅子に上着をかけた。ウエストをつかんで引き寄せ、突然熱く激しくむさぼるようにキスをしたときには、シャーメインはまだ上着を脱いでもいなかった。ジャックはその上着を肩からはずし、彼女を寝室のほうへあとずらせてベッドに押し倒した。トップスを引っ張り上げて胸をあらわにし、片方ずつ頂きを口に含む。それからパンツを脱がせ、自分のズボンを下ろした。肩から尻、太腿へと豊かな体に手を走らせる。ベッドサイド・テーブルに手を伸ばし、そこに置いてあるコンドームをとり出すと、パッケージを開けた。それを装着してすばやく彼女のなかに挿入する。その性急さは自分でも驚きだった。突き入れて引き、また突き入れると、彼女が声をもらした。「ああ！　ああ！　ああ！　すごい！」

ジャックはすぐにも爆発しそうだったが、彼女が腰に脚を巻きつけてきて激しく体を動かすあいだ我慢していた。何かがおかしかった――少々われを忘れている。どこに誰といるのかわからなくなっている。ようやく彼女がきつく締めつけてくると、ジャックは大きな声とともに自分を解放した。組み敷かれたシャーメインはあえいでいる。すっかり満足したことがわかる声だ。

「すごい」ようやく息ができるようになるとシャーメインは言った。「どうしてそんなに熱くなったの？」

「え？」

「ジャック、あなた、ブーツも脱いでないじゃない！」

ジャックは一瞬ひるんだが、すぐに彼女の上から降りた。ああ、こんなふうに女を扱ってはいけない。シャーメインのことをちゃんと考えてはいなかったかもしれないが、少なくともほかの誰かを思い浮かべてはいなかったと自分をなぐさめる。脳はまるで関与していなかった――何もかも本能的なものだ。体が求めていた。

「すまない、シャーメイン。大丈夫かい？」

「大丈夫なんてもんじゃないわ。でも、お願い、ブーツを脱いでわたしを抱きしめて」

帰らなければと口に出しそうになる。帰りたいと。しかし、これのあとでそんなことを言うわけにはいかない。ジャックは身を起こしてブーツとズボンとシャツを脱ぎ、床に投げ捨てた。すばやくバスルームに行ってから戻ってきて彼女を腕に抱きしめた。ずっしりと重くやわらかな体はクッションのようだった。

ジャックはシャーメインの体を撫でてキスをし、結局、再度愛を交わした。先ほどの性急な行為とはちがって、今度は穏やかな行為だったが、満足感は変わらなかった。

午前一時になって、ジャックは床を手で探ってズボンを見つけた。

「今夜は泊まっていくんじゃないかと思ったのに」シャーメインがベッドから言った。

ジャックはズボンを穿き、ベッドに腰をかけてブーツを履いた。後ろに身をまわして彼女の頬にキスをし、「泊まれないんだ」と答える。「でも、きみはもう大丈夫なはずだ」そう言ってにっこりした。「ちょっとした睡眠薬だと思ってくれ」

ヴァージンリバーへと車を走らせながら、ジャックは胸の内でつぶやいた。もう終わりだ。終わりにしなければ。これ以上は無理だ。良心のとがめなしには。ほかの誰かに気が向いているいまは。

4

ジャックはピックアップトラックの荷台に資材を積んでロッジへ向かった。今日で三日目だった。小屋に着くと、シェリルが家から新たにとりつけたポーチに出てきた。「やあ、シェリル」とジャックは呼びかけた。「掃除は進んでいるかい？　ほとんど終わったとか？」

シェリルは手に雑巾を持っていた。「今日一日かかるわね。ほんとうに汚い家だったから。あんたは明日もここへ来る？」

来る予定だったが、口に出してはこう答えた。「いや。だいたい終わったからね。今朝はポーチにペンキを塗りたいんだ。帰るときは裏口から出てくれるかい？　まだ階段を作ってないけど」

「飛び降りるわ。何を持ってきたの？」シェリルはポーチの階段を降りた。

「この家に置くものさ」とジャックは答え、ポーチに置く大きなアディロンダック椅子を下ろした。椅子はもう一脚トラックに載っていた。

「へえ。本格的なんだ」とシェリル。

「きちんとやらなきゃならないからな」

「その人、看護師か何かだよね」

「ここに留まるつもりはないって言ってるんだが、いずれにしても、この家は直さなきゃならないからな。ホープにきちんと直すと約束したんだ」

「みんながみんな、そんな大変なことを請け負うとはかぎらないよ。あんたってほんとうにいいやつだわ、ジャック」と言ってシェリルはトラックのなかをのぞきこんだ。大きなビニール袋にはいった新しいダブルのマットレスが荷台に載っていて、その上には、丸めた居間用の大きなラグと、ホープが自宅のタオル用のタンスから持ってきた黒ずんだ使い古しのシーツやタオルとはまるでちがう、まっさらのシーツやタオルが一杯にはいった〈ターゲット〉（アメリカの総合ディスカウント・チェーン）の袋と、玄関ポーチに置く鉢植えのゼラニウムと、裏口の階段用の材木とペンキと、キッチン用品がつまった箱が置いてあった。「修理に必要なものというのを超えてるわね」とシェリルは言い、ヘアクリップからほつれた髪の毛を耳にかけた。ジャックが彼女にちらりと目を向けると、悲しい目に羨望の色が広がっていた。ジャックは急いで目をそらした。

「半端なことをしてどうするんだい？」とジャックは言った。「やるなら、いいものにしないと。その看護師が町を出ていったとしても、ホープが夏に来る連中に貸せるからな」

「そうね」とシェリル。

ただそばにまとわりついているシェリルをよそに、ジャックは荷物を下ろしつづけた。彼女のことは無視しようとした。世間話すらしようとしなかった。

シェリルは三十歳になったばかりの背の高い骨格のしっかりした女だったが、あまりいい状態には見えなかった。ティーンエイジャーのころからかなりの酒飲みだったからだ。赤らんだ顔をし、髪は細くぺたっとしており、目は充血してたるんでいた。酒のせいで腹まわりには余分な肉がついている。ときおり、数週間から数カ月、しらふでいるときもあったが、結局は酒瓶へと戻ってしまうのだった。いまも両親と暮らしているが、両親も娘の飲酒問題については万策尽きていた。だからといってどうすればいい？　シェリルは何にしても酒に手を伸ばすだろう。ジャックの店で彼女に酒を提供することは絶対になかったが、いまのように偶然会うたびに、たいていそうとわかるにおいがし、まぶたが半分閉じていた。それでも、今日はかなりましな状態を保っていた。それほど大量に飲んでいないにちがいない。

二年まえに困った出来事があり、シェリルもジャックもそれを乗り越えなければならなかった。ある晩、少々飲みすぎた彼女が真夜中にバーの裏にあるジャックの住まいに押しかけ、ドアをたたいたのだ。ジャックがドアを開けると、シェリルは彼に飛びついて、体を撫でまわし、悲しい愛を告白した。かわいそうなことに、シェリルはそのときのことを何から何まで覚えていた。数日後、しらふの彼女をつかまえたジャックは言った。「もう絶対にやめてくれ。二度とあんなことは。どうにか乗り越えて、ああいうことはもうしないでくれ」それを聞いてシェリルは泣いた。

ジャックはできるだけ何事もなかったかのように過ごし、彼女が彼の店ではなく、自宅で飲むようになったのをありがたく思った。シェリルはウォッカをストレートでやるのが好きだった。おそらくは瓶から直接あおって。それも手にはいれば、エバークリア――ほんとうにたちの悪い、強い酒だ――の瓶から。たいていの州で違法とされている酒だが、酒屋の店主はふつう、カウンターの下に何本か隠しているものだ。

「わたしも看護師だったらよかったな」とシェリルは言った。

「学校に戻ろうと考えたことはないのかい？」ジャックは手を休めずに訊いた。必要以上に関心を持っていると思わせないように注意しながら。トラックの荷台からラグを下ろすと、それを肩にかついで家のなかに運ぶ。

その背中に向かってシェリルは言った。「そんなお金ないもの」

「仕事があれば稼げるはずだ。もっと大きな町に行く必要があるけどな。広い漁場を試すってわけだ。臨時の仕事に頼るのはやめて」

「うん、わかってる」シェリルは彼のあとをついてきながら言った。「でも、ここが気に入ってるの」

「そうかい？　それほど幸せそうには見えないが」

「あら、幸せなときもあるのよ」

「ならよかった」とジャックは言い、丸めたラグを居間に放り入れた。広げるのはあとだ。「時間があったら、買ったばかりのシーツやタオルを一度洗ってタンスにしまっておいてくれないか？　それで、おれが新しいマットレスをベッドに据えたら、ベッドメイキングをしてくれ」

「いいわ。マットレスを置くのも手伝わせて」

「悪いな」と彼は言った。ふたりは協力してマットレスを家のなかに運び入れた。ジャックはそれを壁に立てかけ、古いマットレスをベッドから下ろした。「これは家に帰るときに捨てていくよ」

「ドックのところに赤ん坊がいるって聞いたわ。あそこに捨てられていたとか」

　ジャックは凍りついた。え、まさか、シェリルが？　シェリルということはあり得るだろうか？　思わずジャックは彼女の全身に目を走らせた。大柄だが、太ってはいない。それなのに腹まわりに肉がついていて、シャツはゆるくだぼっとしたものを着ている。しかし、まさにあの日から彼女はここの掃除をはじめたはずだ――出産直後にそんなことができるはずはないのでは？　もしかしたら、あれはスミルノフ風邪ではなかったのだろうか。出血が止まらず、母乳をもらしていたと？　それで電話したときに弱って疲れはてていたのか？

「ああ」しばらくしてジャックは答えた。「そんなことをしそうな人間について聞いたことがあるかい？」

「ないわ。先住民の赤ん坊じゃないの？　このあたりには保護区があるし、あそこの女性たちは辛い目にあっているから。わかるでしょう」

「白人の子だ」と彼は答えた。

「そう、ここを終えたら、赤ん坊の世話を手伝いに行ってもいいわ」

「ああ、それは大丈夫だと思うよ、シェリル。でも、礼を言うよ。ドックに言っておく」ジャックは古いマットレスを外に運び出し、トラックの荷台に立てかけた。見るからにひどい代物だった。メルの言ったとおりだ――この家は最低最悪だ。ホープは何を考えていたんだ？　掃除ができていると思っていたのはたしかだが、新しい看護師がこんなものの上で眠れるとでも？　ときどきホープはこういう細かいことに無頓着だ。ぞんざいな年寄りそのものになる。

ジャックはトラックのなかからシーツ類のはいった袋をとり出した。「これを頼む」とシェリルに向かって言う。「さあ、なかにはいってくれ――ペンキを塗りはじめるから。夕食の時間までにバーに戻りたいんだ」

「わかったわ」シェリルは袋を受けとって言った。「ドックにわたしの手助けが必要だったら、知らせてね。わかった？」

「もちろんさ、シェリル」絶対にないなとジャックは胸の内でつぶやいた。危険すぎる。

ジャックがバーに戻ったのは夕方近くになってからだったが、客が夕食をとりに現われだすまえに飲み物の在庫をたしかめる時間はあった。バーには誰もいなかった。この時間にはよくあることだ。プリーチャーは奥で夕食の準備をはじめていて、リッキーは少なくともあと一時間しないと現われない。

男がひとりバーにはいってきた。釣り客の恰好でもない。ジーンズと褐色のTシャツにデニムのベストを身に着け、髪は長めで野球帽をかぶっている。一週間ほど剃っていないような短いひげ面の大男だ。男はジャックがクリップボードを持って在庫を調べているところからいくつか離れたスツールに腰をかけた。会話したくないという意思表示だ。

ジャックは客のそばに寄った。「どうも。通りがかりですか？」男のまえにナプキンを置いてジャックは訊いた。

「ああ」男は答えた。「ビールとウィスキーを頼む。ハイネケンとジム・ビームを」

「了解」ジャックは答えて酒を準備した。

男はすぐさまウィスキーを飲み干し、それから、ジャックとは目を合わさずにビールを持ち上げた。いいさ、話さないならそれはそれで、とジャックは胸の内でつぶやいた。こっちにもやらなきゃならないことがあるし。そこでジャックは瓶を数える作業に戻った。

十分ほど経ったところで、声がした。「なあ、お代わりを頼めるかい」

「もちろん」ジャックはお代わりを用意した。また沈黙が流れた。男はビールにさっきよりも少し時間をかけた。そのあいだにジャックは大方在庫の確認を終えた。バーカウンターの奥にしゃがみこんでいるあいだに影が差し、目を上げると、男がバーカウンターの向こうで立ち上がり、金を払おうとしていた。

ジャックが立ち上がったときには、男はちょうどポケットに手を突っこんだところだった。シャツの袖からタトゥーの一部が見えた――見覚えのあるブルドックの足。デビル・ドッグ。ジャックはそれを指摘しそうになった。見まちがえようもないアメリカ海兵隊のタトゥーを入れていることについて。しかしそこで、男が分厚い札の束をとり出し、そこから百ドル札を一枚とって言った。「これで釣りをもらえるかい？」

札に触れる必要もなかった。青臭い大麻のスカンクのようなにおいが漂ってきたからだ。この男は大麻を剪定《せんてい》するか収穫するかしてきたのだ。札がにおうことから、販売もしたのだろう。釣りを出すことはできたが、いまどのぐらいの現金がここにあるかを知らせたいとも思わず、この店でにおう金を扱いたくもなかった。大麻を育てている人間は大勢いた――医療用に合法的な規定に従って栽培している者もなかにはいた。大麻もトウモロコシと同じく、昔からある単なる作物だと考える連中もいる。農作物にすぎないと。金をもうけるひとつの方法。そして、ドラッグが大きなもうけを生むので、ドラッグを扱う連中がいる。このあたりの地域は大麻の取引で有名な三つの郡があるため、エメラルド・トライアングルと呼ばれることが多い。見習いウエイターほどの収入しかないはずの連中が真新しいいかした半トントラックを運転していることもよくある。

このあたりには、違法な大麻栽培者が必要とする資材――灌漑《かんがい》用の配水管や植物育成灯、カモフラージュ用の防水シート、ビニールシート、収穫や剪定に使うさまざまな大きさのハサミなど――を彼らに提供している町もある。秤《はかり》や発電機、森の奥の秘密のキャンプまで道なき道を行き来するための全地形対応車《ATV》なども。〝CAMPお断り〟という表示を窓に出している店もある。CAMPとは。郡の保安官事務所とカリフォルニア州の共同作戦である反大麻栽培キャンペーンの略だ。クリアリバーはCAMPに反対で、大麻栽培者の金を受けとることもいとわない町だ。それは結構な大金になる。シャーメインは違法な栽培をよしとしていないが、ブッチはくさい札も断ったりはしない。

ヴァージンリバーはそういう町ではない。

大麻栽培者はたいてい目立とうとはせず、警察の手入れを恐れて問題を起こすこともない。しかし、ときに縄張り争いや偽装栽培があって、なんの罪もない市民に害がおよぶことがある。ドラッグがらみの犯罪は窃盗から強盗、殺人までさまざまだ。ガーバーヴィル近郊の森のなかに大麻栽培者の仲間の死体が埋められているのが発見されたのもつい最近のことだ。その男は二年も行方不明になっており、栽培者自身が最初から容疑者とされていた。

　ヴァージンリバーでは、違法な栽培を奨励するようなものは何ひとつ見あたらない。そういう連中を遠ざけておく唯一の方法だ。もし町に栽培者がいるとしたら、そいつはよほど厳重に秘密を守っていることになる。ヴァージンリバーではそういった類《たぐ》いのことは撥《は》ねつけられるのがつねだ。しかし、通りすがりの栽培者はこの男がはじめてではなかった。

「そうだな」ジャックは男の目を真剣に見つめて言った。「今回はおごりということにしよう」

「悪いな」男は札を束に戻してポケットに突っこんだ。そして背を向けて店を出ていこうとした。

「お客さん」ジャックは店を出ようとドアのところまで行った男に声をかけた。男が振り向くと、続けて言った。「保安官助手とカリフォルニア高速警察もここではただで飲み食いしている」

　男は声を出さずに笑い、肩を持ち上げた。警告は伝わった。男は帽子のつばに触れて店を出ていった。

　ジャックはバーカウンターをまわりこんで窓のところへ行った。男が最新型の黒いレンジローバーに乗りこむのが見えた。スーパーチャージャーつきで、車高を思いきり高くし、大きなタイヤに換えた車だ、窓ガラスは着色され、ルーフには照明がつけられている。あのモデルは十万ドルはくだらないだろう。この男は道楽で大麻栽培をしているわけではない。ジャックは車のナンバーを記憶した。

ジャックがキッチンへはいっていくと、プリーチャーはパイ生地《きじ》をこねていた。

「飲み物の代金を、おれのこぶしほども分厚い、大麻くさい百ドル札の束で払おうとした客が来たよ」とジャックは言った。

「くそだな」

「真新しいレンジローバーを乗りまわしている。スーパーチャージャーつきで、車高を高くして照明をとりつけたやつだ。大男だった」

「この町の近くで栽培してると思うかい?」

「さあな」とジャックは言った。「注意しておいたほうがいい。今度町に保安官助手が来たら、言っておこう。でも、くさい金を持っていたり、大きな車を乗りまわしたりしていても、違法ってわけじゃないからな」

「金を持ってるなら、小規模にやってるわけじゃなさそうだな」とプリーチャーが言った。

「右の上腕にブルドッグのタトゥーを入れていた」

プリーチャーは顔をしかめた。「昔の兄弟がそんなふうになるのを見るのはいやってわけか」

「ああ、そのとおりさ。おそらくやつはこのあたりで商売しているわけじゃない。この町が商売に向いている場所かどうか探りを入れに来ただけだろう。向いていないことははっきり伝わったはずだ。この店では警察関係の連中もただで飲み食いしてると言ってやったから」

プリーチャーは笑みを浮かべた。「じゃあ、ほんとにただで飲み食いさせないとな」

「まずは値引きするってのはどうだい？　無茶はよくないからな」

メルは姉のジョーイに電話をかけた。

「ああ、まったく、メル！　死ぬほど不安だったんだから！　どこにいたの？　どうしてすぐに電話をくれなかったの？」

「ヴァージンリバーにいたわ。固定電話は持ってないし、ここでは携帯はつながらないの。それにかなり忙しかったしね」

「州兵に通報するところだったわよ！」

「ほんと？　まあ、でも無駄ね。彼らにこの場所を見つけられるはずがない」

「大丈夫なの？」

「それが……。これを言ったら、それ見たことかと言われちゃうかも」メルは姉に言った。「あなたの言ったとおりだった。こんなことすべきじゃなかった。おかしくなっていたのね。まあ、これにかぎった話じゃないけど」

「そんなにひどいの？」

「そう、最初は最悪だった——ただで貸してくれる住まいというのが、崩れ落ちそうなあばら家で、医者は手伝いなんてほしいと思っていない気難しい老人なの。それで、この町を出ていこうとしたら——信じられないだろうけど——医者の家の玄関ポーチに誰かが産んだばかりの赤ちゃんを捨てていったのよ。でも、おかげでほんのちょっとだけど、ましな感じになった。少なくともあと数日はここに残って赤ちゃんの世話をするつもり。年寄りの医者は真夜中に赤ちゃんがおなかを空かせて泣いても起きもしないだろうから。ああ、ジョーイ、はじめて会ったときは、これまで会った町医者のなかで最悪だって思った。ヘビのように意地悪で、酸っぱいミルクのように不作法なんだもの。まあ、ありがたいことに、ロサンゼルスの研修医たち、とくにあのポンコツの外科医たちと働いた経験から、そういう人間に対する心の準備はちゃんとできてたけどね」

「そう、それが最初の印象ってわけね。いまはどう変わったの？」

「扱いやすい人だってわかった。用意された住まいが住める状態じゃなかったので、わたしは医者の家の客間に泊まっているの。じっさい、町で唯一の病室の役割をはたしている部屋よ。この家は悪くない。きれいだし、機能的だし。いつもちょっとした不便はあるけどね。初産の赤ちゃんをわたしにとり上げてほしいと頼んできた若い女性もここで——わたしの部屋で——出産することになると思う。そう、捨て子とわたしの部屋で。つまり、こういうことよ。出産後の患者には何もかも整った保育室が用意されているってわけ」

「そうなったら、あなたはどこで寝るの？」

「隅で立って寝ることになるかもね。でも、それも彼女が来週中、わたしがまだここにいるあいだに出産することになったらの話よ。きっとこの赤ちゃんの里親はすぐに見つかるから。ただ、出産の手伝いをするのは嫌じゃない。かわいらしくて幸せな赤ちゃんを愛情たっぷりでわくわくしている健康な両親に届けるのは……」

「だからって残る必要はないわよ」とジョーイはきっぱりと言った。「医者がいないわけじゃないんだから」

「わかってる——でも、まだとても若い母親なの。それにとっても喜んでいた。偏屈な年寄りじゃなく、女の医者が赤ちゃんをとり上げてくれるっていうので」

「メル、いますぐ車に乗りこんで出発するの。わたしたちのところへいらっしゃい。しばらく面倒を見てあげるから」

「面倒を見てもらう必要なんかない」メルは笑って言った。「働くことが助けになるもの。働かずにいられないのよ。マークのことを思い出さずにいられる時間が必要なの」

「そのことについてはどうしているの？」

メルは深々と息を吐いた。「それは別の問題。ここではそのことを誰も知らないし。だから、あわれむような悲しい目で見られることもない。それに、そういうふうに見られないから、わたしが泣き崩れることもそれほど多くないしね。少なくとも、人まえで泣くことはないわ」

「ああ、メル、どうにかしてあなたをなぐさめられたら……」

「でも、ジョーイ、悲しむのは必要なことよ。それしか方法がないんだもの。けっして乗り越えられないという事実とともに生きていかなきゃならないわけだし」

「そうならないよう願うわ、メル。わたしの知り合いにも未亡人が何人かいるのよ。

再婚して幸せになった未亡人もいる」

「そういうことにはならないわね」とメルは言った。それから、町についてわかったことをジョーイに話した。新しい看護師をひと目見るためにドックの家に集まった人たちについて。ジャックとプリーチャーについて。ここでは都会よりどれほど多くの星が見えるか。山々と、驚くほど澄んでいて身を切るように冷たい空気について。医者の家に贈り物を持ってくる人々について。そうして運びこまれた山ほどの食料の多くは通り向こうのバーに持ちこまれ、プリーチャーが料理に使っていること。ジャックが食事や飲み物の代金をドックからもメルからも一セントも受けとろうとしないこと。町のために尽くしている人は、誰でも無料の食事券を与えられているも同然だということ。

「でも、とんでもない田舎であるのはたしか。ドックが郡のソーシャル・サービスの事務所に連絡を入れたはずなんだけど、たぶん、キャンセル待ちのリストに入れられているんじゃないかと思う。どのぐらい赤ちゃんをあずかることになるかもわからないのに、里親を見つけることなんてできないんじゃないかな。正直、これまであの年寄りの医者が誰の助けも借りずにどうやってやってこられたのか、見当もつかないぐらい」

「町の人はいい人たちなの？」とジョーイは訊いた。「医者以外の」

「わたしがこれまで会った人たちは――とても。でも、こうして電話したいちばんの理由は、無事を知らせたかったこともあるけど、いま使っているのが年寄りの医者の家の電話だって知らせるためよ。ここでは携帯電話は役に立たないから。番号を言うわね」

「まあ――」ジョーイは言った。「少なくとも声は元気そうね。それどころか、そんな元気な声は久しぶりに聞いた気がする」

「さっきも言ったけど、患者がいるからよ。難題もいろいろ。ちょっと興奮しているのかも。初日から、ここに赤ちゃんと薬品棚の鍵とともに残されて、患者が来たら診ておいてくれって言われたの。研修も何もなし。三十人ほどがやってきた――ただ挨拶しに。それが電話の声に表われているのね。アドレナリンのせいよ」

「またアドレナリンが出るような仕事なのね。そういう仕事はもう辞めたんだと思ったのに」

　メルは笑った。「まったくちがう種類のアドレナリンよ」

「それで――そっちを切り上げたら、コロラド・スプリングスに来るの？」

「それ以上にいい考えが浮かばないから」とメルは答えた。

「いつ?」

「わからない。できれば数日以内に。多くても二週間以内には。でも、ここを出るときには知らせる。それでいい?」

「いいわ。でも、ほんとうに……元気そうな声ね」

「この町には髪にハイライトを入れてもらえる場所もないのよ。自宅のガレージで髪を切ってくれる女性がいるけど、それだけ」とメルは言った。

「ああ、とんでもないわね」とジョーイは言った。「染めた部分が根元ではっきりわかるようになるまえに、そっちを切り上げたほうがいい」

「うん、わたしもそう思っていたところ」


予約診療日の水曜日になり、メルは赤ん坊に目を配りながら、何人かの軽症の患者を診た。足首の捻挫がひとり、ひどい風邪がひとり、妊婦健診がひとりと、乳児健診と予防接種がひとり。その後、予約なしの患者がふたり現われた。メルが十歳の子供の頭部の裂傷を縫ってやると、ドックは「まあまあだ」と言った。ドック自身は二件の往診に出かけた。メルと医者は交代で通り向こうのジャックの店に行って食事をとった。バーで出会った人もドックのオフィスを訪ねてきた人も愛想よくメルを歓迎した。「でも、これは臨時の仕事なので」メルは相手に誤解させせまいと説明した。

「ドックは手助けなんて必要としていないから」

雑貨屋のコニーに対しては、おむつの注文を増やした。店は小さな食料雑貨店にすぎず、地元の人々は文具や動物の餌《えさ》を買うのにはふつういちばん近い大きな町へ行くのだという。雑貨屋を使うのはたまに何か足りないものが生じたときだ。狩りや釣りに訪れる人たちが何かを探しに来ることもある。雑貨屋には瓶入りの水から靴下までなんでもそろっていたが、それぞれ数個ずつしかなかった。

「まだその赤ちゃんの引きとり手は現われないんだってね」とコニーは言った。「赤ちゃんを産んで捨てるような人はここにはいないと思うけど」

「医療的処置を受けずに赤ちゃんを産みそうな人を誰か思いつきます？　とくにこの町には医者がいるわけだから」

コニーは五十代ぐらいの小柄でかわいらしい女性だったが、肩をすくめた。「この町の女たちはみな自宅で出産するけど、ふつうはドックが呼ばれるわね。人里離れた森のなかで暮らす家族もいるわ——何があってもほとんど顔を見せないような人たちが」コニーは身を乗り出してささやいた。「変わった人たちよ。でも、わたしは生まれてこのかたこの町を離れたことがないけど、彼らが子供を捨てるなんて話は聞いたともないわ」

「ソーシャル・サービスが介入してくるまでどのぐらいかかるかしら？」

コニーは笑った。「まったく想像もつかないわ。ここでは問題が起こったら、みんなで助け合って解決するの。外部の助けを求めることはあまりないわね」

「そう、で、使い捨てのおむつの在庫が補充されるまでどのぐらいかかります？」

「ロンが週に一度、在庫を補充するの。それが明日朝だから、明日の午後までにはお届けできると思う」

ティーンエイジの少女が教科書用のバッグを持って店にはいってきた。スクールバスが子供たちを下ろしたところなのだろう。「ああ、リジー」コニーが声をかけた。「メル、こちらわたしの姪のリズよ。この町に来たばかりなの。しばらくうちにいることになるわ」

「はじめまして」とメルは挨拶した。

「こんにちは」リズはにっこりして言った。ふさふさとした長い茶色の髪は高く逆立てられ、色っぽく肩に落ちている。きれいな弧を描く眉の下の明るい青い目には濃いアイメイクが施され、つやつやとした唇はふっくらとしていた。小さなセクシー・クイーンねと思わずメルは胸の内でつぶやいた。少女は短いデニムのスカートにヒールの高いニーハイのブーツを履き、豊かな胸をおおいながらもウエストまで達していないセーターを着ていた。それとへそピアス。ふうん。「しばらくお手伝いしたほうがいい？」リズはコニーに訊いた。

「大丈夫よ、リズ。奥へ行って宿題をしなさい。初日はうまくいった？」

「まあまあかな、たぶん」リズは肩をすくめた。「お会いできてよかった」そう言って店の奥の部屋へ消えた。

「きれいな子ね」とメルは言った。

コニーはわずかに眉根を寄せた。「十四歳なの」

メルは目をみはり、声に出さずにそのことばをくり返した。十四歳？「嘘」とコニーにささやく。少女は少なくとも十六歳か、十七歳にすら見えた。十八歳と言っても通るだろう。

「ええ。だからここに来たわけ。彼女の母親がわたしの妹なんだけど、あの小娘に手を焼いていて。生活が乱れてるの。でも、それもユリーカでのことよ。このあたりじゃ、乱れたくてもそんな場所はないから」コニーはにっこりした。「あの子があわにしすぎる肌を何かでおおうことさえできれば、うんと気分がよくなるんだけど」

「でしょうね」メルは笑った。「フォースとともにあらんことを」でも、わたしなら避妊を考えるわねとメルは胸の内でつぶやいた。

バーで食事をとるときには、店にコニーやその親友のジョイやロンやホープがいない場合は、メルはバーカウンターにすわってジャックとおしゃべりしながら食事をした。ジャックがいっしょに食事をとることもあった。そうした食事のあいだに、町についてさらに知識を深めることになった。ハイキングやキャンプに訪れる夏の観光客たちや、シーズンのあいだに町を通りすぎる狩りや釣りの愛好家たちについても。ヴァージン川はフライフィッシングには最高だと聞いて、メルは忍び笑いをもらした。それから、カヤックもできる。それはおもしろそうだった。

リッキーがごくたまに夕食をとりに来る祖母を紹介してくれた。リディー・サダーは七十歳を超えており、関節炎を患っているらしく、ぎごちない歩き方をしていた。

「とてもいいお孫さんですね」とメルは言った。「おふたりだけなんですか？」

「ええ」と彼女は答えた。「息子と義理の娘を孫がまだ小さいころに事故で失ったので。ジャックがいなかったら、困りはてていたところよ。この町に来てからずっとリッキーに目を配ってくれているの。ほかにも大勢の面倒を見ているわ」

「彼はそんな感じですね」とメルは答えた。

三月の陽射しが地面を暖め、木々のつぼみがふくらんでいた。メルはこの町に花が咲き乱れる様子はとてもきれいだろうとふと思ったが、すぐにおまえがそれを目にすることはないのだと自分に言い聞かせた。赤ん坊——小さなクロエ——はすくすくと育っており、町の何人もの女性が医者の家に寄って子守りを申し出てくれた。

気がつけば、この町に来て一週間以上が過ぎていた。ほんの数分のように思えたが。一度に四時間以上は眠れないことで、時間の流れを速く感じるのかもしれない。ドック・マリンズとの生活は予想以上に耐えやすいものだった。ドックは怒りっぽい頑固な年寄りかもしれないが、こちらも同じような態度を返せた。しかもドックはそれを内心たのしんでいるようだった。

ある日、赤ん坊が眠っていて、患者が訪ねてくることもなく、往診の依頼もないときに、ドックがトランプをとり出した。そしてそれを切って言った。「さあ。きみの腕前を見せてもらおうじゃないか」ドックはキッチンのテーブルにつき、カードを配った。「ジンだ」と言う。

「わたしが知っているジンは、トニック・ウォーターと混ぜるものよ」メルは医者に言った。

「よし。金を賭けてやろう」とドックは言った。

メルはテーブルについた。「わたしからしぼりとろうって魂胆ね」

「ああ、もちろん」ドックは肯定した。それから、めったにないことだが、笑みを浮かべてジン・ラミーの遊び方を説明しはじめた。一ポイントに一ペニー賭けることになった。一時間もしないうちに、メルは勝って高笑いしていた。ドックの表情は時間を追うごとに渋いものに変わっていき、それを見てなおさらメルは笑った。「さあ」とカードを配りながら言った。「腕前を見せてもらいましょうか」

誰かが玄関からはいってくる音がして、一時的にゲームは中断された。メルは言った。「すわっていて。誰が来たのか見てくるから」メルはドックの手を軽くたたいた。

「ズルをする時間をあげるってわけ」

玄関のドアのところに立っていたのは、白髪まじりの長いひげを生やしたやせ細った男だった。オーバーオールは汚れており、ズボンの裾は汚いブーツのまわりでぼろぼろになっている。シャツの袖と襟もすり切れており、その服を身に着けてからだいぶ長い時間が経っているように見えた。男は泥の足跡をつけることを恐れてか、家のなかへはいってこようとせず、ドアの内側に立ってすりきれたフェルトの帽子を手でもみしだいている。

「どうされました?」とメルは男に訊いた。

「ドックはいますか？」

「え、ええ。います。連れてきますね」

メルはドックを呼びに行き、彼が玄関のドアのところで訪ねてきた男と話しているあいだにクロエの様子を見に行った。ようやくキッチンに戻ってきたドックは不機嫌そのものといった顔をしていた。「往診に行かなくちゃならない。誰か赤ん坊を見ていてくれる人がいないか探してくれ」

「わたしの手伝いが必要ってこと？」とメルは訊いた。おそらくは自分でも意外なほどに期待をこめた声になっていた。

「いや」とドックは言った。「ただ、きみにも来てもらうべきだと思う。高木限界線の向こう側で何が起こっているか知るために」

ベビーベッドのクロエがむずかり、メルは赤ん坊を抱き上げた。「さっきの人は誰だったの？」

「クリフォード・ポーリス。仲間と森のなかで暮らしている。娘とその夫が少しまえにそこに加わった。連中は絶えず問題を抱えている。きみにも見てもらったほうがいいと思う」

「了解」メルは困惑しながらも言った。

いくつか電話をかけたが、子守りは見つからなかった。赤ん坊をジャックのバーにおむつと哺乳瓶とともに連れていくのがせいぜいだった。メルは小さなベビーベッドを運び、ドックが片手に赤ん坊を、もう一方の手に杖をどうにか持った。メルは自分が二往復すると申し出たのだったが。

「ほんとうに大丈夫？」メルはジャックに訊いた。「おむつを替えたりとか、いろいろやってもらわないといけないんだけど」

「姪っ子たちで経験済みさ」彼はまた言った。「何もかも心得ている」

「正確には姪っ子さんは何人いるの？」とメルは訊いた。

「最後に数えたときは八人。女きょうだいが四人いて、姪が八人いる。どうやら誰も息子を産めないようなんだ。きみはどこへ行くんだい？」

「よくわからないのよ」

「ポーリスのところだ」とドックが答え、ジャックは口を鳴らした。

車で町を出ると、メルは言った。「なんか、嫌な感じじゃね。わたし以外のみんながこの家族のことを知っているみたい」

「きみも心の準備をしておいたほうがいいだろうな。ポーリスの連中はほかのいくつかの家族といっしょに、小屋やトレイラーを住まいとする小さな集落で暮らしている

——キャンプと言ってもいい。みな人目を避けて暮らしていて、大量の酒を飲み、町に出てくることはめったにない。純度の高いグレイン・アルコールをつねに持ち合わせているんだ。汚くて貧しいみじめな連中だが、ヴァージンリバーで問題を起こしたことはない。クリフォードが言うには、昨日の晩けんかがあって、傷を縫《ぬ》う必要があるらしい」

「けんかってどんな？」

「かなり荒っぽい連中だ。私を呼びに来たということは、だいぶ激しいけんかだったにちがいないな」

車は森のなかを延々と走った。舗装されていない、でこぼこの細い一本道を進むと、ようやく開けた場所に出た。空き地のまわりには、ドックが言っていたように、ふたつの小屋といくつかのトレイラーがあった。トレイラーも動かせる状態ではなく、車に載せる居住部分《キャンパー・シェル》が、かつては移動に使われていたと思われるちっぽけなトレイラーとブロックの上に置かれたタイヤのない古いピックアップトラックとともに、円を描くように据えられていた。円の中央は空き地になっていて、そこにはレンガで雑に作られたオーブンのようなものがあった。キャンパー・シェルや小屋からは防水シートが張り出しており、その下に家具が置かれていた。アウトドア用の家具ではなく、室内用のテーブルと椅子と、詰め物が飛び出している古いソファーだ。それとそのそばに、古いタイヤ、小さなピックアップトラックが二台、何とはわからないゴミのようなもの、絞り機つきの洗濯機などが置かれている。メルは木々のあいだに目を凝らし、視界をはっきりさせようとまばたきした。地面に半分埋まり、防水シートで隠されているのはセミトレイラーのようだ。その脇にはガスを燃料とする発電機があるのがはっきりわかった。

メルは声をもらした。「なんてこと」

「手伝えるようだったら、手伝ってくれ」とドックが言った。「ただ、口はきかないように」そう言ってメルに目を向けた。「きみにはむずかしいだろうが」

ドックは往診かばんを持って車から降りた。人が空き地に集まってくる。家のなかから出てきたというよりも、その後ろから現われた感じだった。ほんの数人の男たち。年齢を言いあてるのは不可能だった。みな汚くてすりきれたダンガリーシャツとオーバーオールを身に着けていて、浮浪者のように見えた。ひげを生やし、長い髪は汚れてもつれている。本物の悲しい山岳民族のようだった。誰もがやせ細っていて青白い顔をしている。ここには健康な人間などいないのだ。あたりに漂うにおいもひどく、メルは用を足す設備のことを考えずにいられなかった。きっと森のなかで済ませているのだろう。キャンプからそれほど遠くないところで済ませているようなにおいだった。住まいの設備は最小限で、小さな第三世界の国のようだった。

ドックがまえに進みながら人々に会釈すると、みな会釈を返してきた。まえにもここへ来たことがあるのは明らかだ。メルはさらにゆっくりとドックのあとに従った。ドックはクリフォード・ポーリスが立っている小屋のまえで足を止めた。メルがついてきているのをたしかめると、小屋のなかにはいった。

メルは人々の視線が自分に集まっているのを感じたが、みな距離を保っていた。怖いというわけではなかったが、神経がぴりぴりしてどぎまぎせずにいられず、急いでドックのあとから小屋のなかにはいった。

小屋のなかにはランタンの置かれた小さなテーブルがあった。テーブルのそばの低い椅子に男女がすわっていた。メルは息を呑みそうになるのをこらえた。ふたりとも顔が腫《は》れ、切り傷や青あざだらけだったのだ。男のほうは三十歳ぐらいで、汚いブロンドの髪を短くして立てており、じっとしていられずに体をねじったり揺らしたりしていた。女のほうも年は同じぐらいで、手を妙な角度に抱えている。骨が折れているのだ。

ドックは往診かばんをテーブルに置いて開いた。ゴム手袋をとり出してはめる。メルも同じようにしたが、鼓動が速くなったため、動作をゆっくりにした。往診看護師として働いた経験はなかったが、その経験がある看護師を何人か知っていた。ロサンゼルスの貧しい界隈にもこうした汚らしい小屋が数多くあり、そこに救急車が呼ばれることもあるが、都市でこういう状況に遭遇したら、警察に知らせることになる。患者はERに運ばれ、今回の件も明らかにそうだが、ドメスティック・バイオレンスの場合、ERを出たらすぐにどちらも拘留されることになる。家庭内での傷害事件では、告発の義務があるのは警察だけだからだ。

「どうした、マキシン?」ドックはそう言って女が差し出した腕のほうに手を伸ばした。腕をざっと調べると、「クリフォード」と呼びかけた。「バケツ一杯の水が要る」それからメルに向かって言った。「キャルヴィンの顔をきれいにしてやって縫合が必要かどうか見てくれ。私は折れている尺骨をどうにかする」

「麻酔注射は?」とメルは訊いた。

「要らないだろう」とドックは答えた。

メルは過酸化水素水とコットンをとり出し、警戒しながら若い男に近づいた。男はメルの顔を見上げ、汚い歯をむき出しにしてにやりとした。そのうちの何本かは根が腐っているように見えた。男の目を見ると、瞳孔がとても小さくなっていた。アンフェタミン（中枢神経興奮剤。覚醒剤の一種）を目一杯使い、空を舞う凧《たこ》のようにハイになっているのだ。男はにやにやしつづけ、メルは男と目を合わせないようにした。顔の切り傷をいくつかきれいにしてから、我慢できずに言った。「その顔をやめないと、ドックに処置してもらうわよ」それを聞いて男は愚かしく忍び笑いをもらした。

「痛みをなんとかしてもらわないと」と男は言った。

「痛みに効くものはもう摂取してるじゃない」とメルは応じた。男はまた笑った。しかし、その目には敵意があらわで、メルはもう絶対に目を合わせることはやめようと思った。

ドックが突然動き、関節の曲がった手でキャルヴィンの腕をつかんでテーブルに強く打ちつけた。「二度とするな。わかったか?」これまで聞いたどんな声よりも恐ろしげな声でドックは言った。それから怒りの目でじっとにらみつけながら、ゆっくりとキャルヴィンの腕を放した。そしてすぐにマキシンに注意を戻した。「この骨を元の位置に戻さなきゃならないよ、マキシン。それから、ギプスを作ろう」

メルには何が起こったのかわからなかった。「レントゲンを撮らないの?」思わずそうドックに訊いていた。それには険しい目が返ってきた。口をきくなと言われていたのだった。メルは男の顔の処置に戻った。

目の上の切り傷はテープを貼るだけで縫合は必要なかった。すわっている男のまえに立つと、頭頂部の薄くなりつつある髪を透かして大きな紫色のこぶが見えた。マキシンが何かでなぐったにちがいない。そのあとで腕を折られたのだ。メルは男の肩と腕に目を落とした。薄いシャツの生地越しに筋肉の盛り上がりがわかる。おそらくは力も強いだろう。骨を折るぐらいには。

バケツ一杯の水が運びこまれた。バケツは錆《さび》だらけで汚かった。その瞬間、マキシンが痛みに悲鳴をあげるのが聞こえた。ドックが突然思いきり力を加え、尺骨を元に戻したのだ。

年寄りのドック・マリンズは黙々と作業を続けた。マキシンの腕にエースの包帯を巻き、ギプス用の材料をバケツに入れて水と混ぜ、それを折れた腕の包帯に塗りはじめた。ドックに命じられた処置を終え、メルはキャルヴィンから離れてドックの作業を見ていた。年のわりに力が強く、手際もいい。関節炎で節の曲がった手の持ち主にしては器用だったが、考えてみれば、生涯これを生業《なりわい》にしてきた人だった。ドックはギプスを作り終えると、往診かばんからひもをとり出した。

作業を終えると、手袋をはずして往診かばんに放り入れ、かばんを閉めて手に持った。それから目を伏せたまま車へ向かった。今度もメルはそのあとに従った。

車がキャンプ地から出ると、メルは口を開いた。「それで――あそこでは何が起こっているんです？」

「何が起こっていると思うね？」とドックは訊き返した。「推測するのはむずかしくないはずだ」

「わたしにはかなりひどい状態に見えました」とメルは答えた。

「最悪さ。でも、複雑な事情はない。汚らしい貧しいアル中が何人か集まっているだけさ。森に住みついたホームレスというわけだ。クリフォードが何年もまえに家族のもとを離れてあそこに住みつき、その後ほかの連中が彼のキャンプに加わった。キャルヴィン・トンプソンとマキシンがやってきて、あそこで大麻を育てるようになったのはわりと最近だ。あのセミトレイラーのなかで育てているんだ。何よりも不思議なのは、どうやって彼らがあれをあそこに運びこんだかだ。キャルヴィンひとりでは無理だったはずだ。きっとキャルヴィンが誰かとつながっていて、そいつにここにこもって大麻の番をすると請け合ったんだろうな。管理人というわけだ。発電機があるのもそのせいさ――育成灯のためだ。水は川から引いている。キャルヴィンが震えていたのは大麻のせいじゃない。大麻だったら、神経がおちついて動きもゆっくりになるはずだ。メタンフェタミン（覚醒剤の一種）か何かをやってるんだろう。おそらくは雇い主をだまして多少大麻をピンハネし、ほかの何かと交換してるってわけだ。肝心なのは、私が思うに、クリフォードやほかの老人たちは大麻栽培にはかかわっていないということさ。私の知るかぎり、以前はあそこで大麻栽培はやっていなかった。まあ、そうではなかった可能性もあるが」

「驚きね」とメルは言った。

「このあたりの森には、大麻栽培をしている小さなキャンプが数多く隠れている。なかにはかなり大きなキャンプもあるが、冬の時期は大麻を屋外で育てることはできない。カリフォルニアではいまも大麻がもっとも金を生む作物なんだ。でも、クリフォードやあの老人たちに何百万ドルという金をやったところで、連中の暮らし方は変わらんよ」ドックは息をついた。「この地域の大麻栽培者がみな浮浪者のようなりをしているわけじゃない。百万長者みたいな連中も多い」

「彼の腕をあんなふうにつかんだときには何があったの？」とメルは訊いた。

「見えてなかったのか？　きみに触れようとあの手を持ち上げていたんだ。いやらしい手を」

メルは身震いした。「お礼を言うべきね。たぶん。どうしてあそこをわたしに見せたかったの？」

「理由はふたつある――田舎の医療の現状をきみにわからせたかった。大麻栽培キャンプのなかには偽物もあるが、あそこはちがう。ああいう場所にひとりで出かけては絶対にだめだ。たとえ赤ん坊が生まれるとなってもね。それについては私の言うことを聞いたほうがいい」

「それはご心配なく」メルは身震いしながら答えた。「誰かに通報したほうがいいわ、ドック。保安官か誰かに」

ドックは笑った。「私の知るかぎり、保安官事務所は認識しているさ。このあたりには大麻栽培者がわんさかいるんだ。たいていは目立たないようにしているが――誰も見つかりたいとは思わんからな。もっとはっきり言えば、私は医者であって警察じゃない。患者については口外しない。きみもそういう職業倫理は持ち合わせているはずだが」

「あんな不潔な環境で暮らしているなんて！　おなかも空かせているし、たぶん、病気にもかかっている！　水だってあの最悪に汚い入れ物で汲みおきしているんだから、きっと汚染されているにちがいないし。なぐり合ったり、お酒を飲んだりとか……何かのせいで死にかけているのよ」

「そうさ」とドックは言った。「私にしたって、よしとしているわけじゃない」

メルはとんでもないことだと思った。あんな絶望的な人々をそのままにしておくなど。「こんなこと、どうして続けられるの？」メルは静かな声で訊いた。

「私は自分のできることを精一杯やっているだけだ」とドックは答えた。「できる範囲で手を貸している。誰だってそれしかできないはずだ」

メルは首を振って言った。「わたしにはほんとうに無理。病院に運びこまれてきた患者なら、こういう件も扱えるけど、田舎の診察看護師《ナース・プラクティショナー》にはなれない。平和部隊みたいだもの」

「ここの医者の仕事にも明るい一面はあるさ」とドックは言った。「あれがそうじゃないというだけで」

赤ん坊を迎えにバーへ行ったときには、メルは完全に意気消沈していた。「きれいなところじゃなかっただろう？」とジャックは言った。

「最悪だった。あなたもあそこに行ったことあるの？」

「二年ほどまえに狩りをしていて行きあたったことはある」

「通報しようとは思わなかったの？」とメルは訊いた。「警察とかに？」

「浮浪者でいるのは違法じゃないからね」彼は肩をすくめて答えた。

つまり、セミトレイラーについては知らないのね。ドックはあれが現われたのはわりと最近だと言っていた。「あんなふうに暮らすなんて想像できない。バスルームを借りてもいい？　赤ちゃんに触れるまえに手を洗いたくて」

「キッチンの奥だ」と彼は言った。

店に戻ってくると、メルはクロエを抱き上げて抱きしめ、清潔なベビーパウダーの香りを嗅いだ。

「幸い、きみは連中みたいに暮らす必要はない」とジャックは言った。

「あの人たちだってそうよ。誰かがあそこに介入すべきだと思う。支援の手が差し伸べられるように。なんにしても、食べ物ときれいな水は必要だし」

ジャックがベビーベッドを通り向こうへ運んでくれた。「それをどうにかするには、あそこの連中は脳細胞を死滅させすぎていると思うよ」と彼は言った。「できることに気持ちを集中させて、絶望的なことでくよくよしないことだな。悲しくなるだけだから」

夕方近くになるころには、メルも気を持ち直しつつあった。バーで夕食をとりながら、ジャックと笑い合い、プリーチャーですらときおり笑みを見せた。しまいにメルは小さな手をジャックの手に重ねて言った。「さっきの態度を謝るわ、ジャック。赤ちゃんを見てもらったのに、ちゃんとお礼も言わなかった」

「きみは動揺していたからね」とジャックは答えた。

「そうね。自分で自分に驚いた。浮浪者や路上生活者なら大勢見てきたのに。病院ではそういう人もよく運びこまれてきたから。今日まで気づかなかったんだけど、都会では、そういう人たちは街から排除され、矯正を施されて、なんらかの機関に受け渡される。心の奥底では、そういう人たちもすぐにまたごみ箱をあさるようになるとわかっていたんだと思うけど、それをじっさいに目にすることはなかった。あそこはまるでちがった。あそこの人たちはどこへも行かないし、なんの支援も得られない。すべてドックにまかされてきたのよ。ドックだけに。彼がやっていることはとても勇気の要ることだと思う」

「ドックはたいていの人よりずっと多くを担っているよ」とジャックは言った。

メルはほほ笑んだ。「ここは荒っぽい田舎ですもんね」

「そういう一面もある」と彼は言った。

「頼れるものも多くないし」

「あるだけのものでずいぶんとうまくやってるさ。でも、忘れてならないのは、あの小さなキャンプの老人たちは、物が豊富にあるより、放っておいてもらいたがっているってことさ」とジャックは言った。「耐えがたいのはたしかだけど、このあたりのほとんどの地域はあれとは真逆で――豊かで健康的だ。森のなかへ行ったことで、ここから逃げ出したい気持ちに拍車がかかったかい？」

「目を開かせてくれたのはたしかね。小さな町の医療は平和で喜ばしいものだと思っていたから。ああいう一面があるなんて思ってもみなかった。都会の最悪の問題と同じぐらい望みのないあんな一面が」

「あれに望みがないかどうかはわからないが――」ジャックは否定するように言った。「喜ばしくて平和なもののほうが望みのないものよりずっと多いさ。それは絶対だ。自分の目でたしかめて、おれを嘘つき呼ばわりすればいい。でも、それにはしばらくここにいないとならないが」

「赤ちゃんのおちつき先が見つかるまではいると約束したの」とメルは言った。「それ以上を約束できなくて申し訳ないけど」

「約束なんて必要ないさ。選択肢を示しているだけなんだから」

「でも、お礼を言うわ。赤ちゃんを見ていてくれたことには」

「いい子だからな。全然面倒じゃなかった」

メルがドックの家へ帰ってから、ジャックはプリーチャーに言った。「ひとりで大丈夫かい？　ビールを飲みに行こうかと思うんだが」

プリーチャーは驚いて黒く太い眉を上げたが、何も言わなかった。「またビールかい？　こんなにすぐに？」とは言わなかった。しばらくして、「ここは大丈夫だ」とだけ言った。

何週間もシャーメインに何も言わなかったとしても、彼女には知るべき何かがあることもわからないだろう。自分がメルに心を奪われている事実があっても、ふたりのあいだに何かが起こるとはかぎらないこともわかっている。メルがヴァージンリバーを出ていくのを一週間延ばすことにすらならないかもしれない。問題はそんなことではない。心がシャーメインに向いていないのであれば、会いに行くのはまちがっているということだ。自分の道義心の問題だ。最初から深い関係になるつもりがなかったとしても、誰かを利用するつもりも毛頭なかった。

それに別の問題もある。シャーメインと事におよんでいるときに、別の誰かの顔が閉じたまぶたの裏に浮かぶのではないかという不安もある。そんなことはあってはならない。両方の女性を侮辱することになる。

ジャックが居酒屋に足を踏み入れると、シャーメインは最初、うれしい驚きとばかりににっこりした。それからすぐに、こうして彼が日を置かずに訪ねてくるのははじめてだと気づき、顔から笑みが消えた。

「ビール？」と彼女は訊いた。

「話をするのは？」とジャックは答えた。「十分だけブッチに代わってもらえるかい？」

シャーメインはじっさいに一歩あとずさった。どんな話になるかわかって、茶色の目に悲しみが広がった。顔がじっさいに垂れたようになる。「それしかかからないの？」と彼女は訊いた。「十分？」

「たぶん。話すことはそんなにないから」

「ほかに女ができたのね」すぐさま彼女は言った。

「ちがう。女はいない。テーブルにつこう」ジャックは肩越しに後ろを見た。「あそこのテーブルがいい。ブッチに訊いてきてくれ」

シャーメインはうなずき、ジャックから離れた。彼女がブッチと話をしているあいだにジャックはテーブルに向かった。ブッチがバーカウンターに立ち、シャーメインはジャックのテーブルにやってきた。ジャックは手を伸ばして彼女の手をとった。

「きみはおれにとってすばらしい友人だった、シャーメイン。一瞬たりともそれを当然だと思ったことはない」

「でも……」

「心が別のことに向いているんだ」とジャックは言った。「もうクリアリバーにビールを飲みに来ることはない」

「別のことってひとつしかないじゃない」とシャーメインは言った。「あなたって人をわかっているから。あなたには欲求もある」

ここへ来る途中、このことについてはよくよく考えてきたのだった。彼女に嘘をつくつもりはなかった。それでも、ほかに誰もいないのはたしかだ。メルはほかの誰かではなく、今後もそうならないかもしれない。彼女のことが気になるといっても、それがそれ以上の何かになるという保証はない。メルはそのことばどおり、ヴァージンリバーを離れられるようになったら、すぐに出ていってしまうかもしれない。たとえ出ていかないとしても、こんなに早い段階でこちらの気持ちを伝えるわけにはいかない。シャーメインとの関係を終わらせる理由は、単にメルを自分のものにしたいからではなく、シャーメインをあざむきたくないからでもあった。シャーメインはいい女だ。とてもよくしてくれた。ほかの女の反応を待つあいだ、つなぎとして引き留めておいていい女ではない。

ヴァージンリバーのロッジは人が住めるよう準備できるかもしれないが、メルにその心の準備はできないかもしれない。彼女が町に残っているのはドックのところに赤ん坊がいるからだが、あのロッジでクロエの世話をするのは現実的とは言えなかった。アクリルガラスの保育器がひとつあるだけで、車で行き来するにもベビーシートもなく、電話もない。もちろん、通りの反対側に彼女が暮らしているのは悪くなかったが、彼女には自分が修理したロッジで暮らしてほしかった。心底そう思っていた。

シャーメインの言ったことは正しい——たしかに欲求はある。それでも、あの若いメルを見たときに、彼女とはこういう関係にはならないとわかったのだった——二週間に一度セックスする関係には。どうなるかはまるで見当もつかなかったが、なるとすれば、それ以上の関係になることだけはたしかだった。女性と深い関係になることなく長い年月を過ごしてきたので、そう考えると心が騒いだ。将来、自分が完全なる孤独の海を漂って過ごすことになる可能性は高かった。メルには何か複雑な事情があるようだったから。それが何かはわからなかったが、ときおり目に浮かぶ悲しみは過去の経験から来ていた。乗り越えようとしている何かから。

とはいえ、自分がメルを求めているのはたしかだ。彼女のすべてを。彼女と分かち合うすべてを。

「問題はそこなんだ」とジャックは言った。「おれには欲求がある。いまおれが求めているのは、いままで求めていたものとはまったくちがうものだと思う。ここに来つづけるのは簡単なんだ、シャーメイン。おれには失うものはない。きみはおれにとてもよくしてくれるからな。でも、この二年、ここへ来るときには、心もちゃんとここにあった。そうじゃなきゃいけないんだ」

「このあいだはちがった」とシャーメインは言った。「何かおかしいのはわかっていたわ」

「ああ、すまない。頭が体から離れてしまったのははじめてだった。きみをそんな目にあわせてはならない」

シャーメインは顎を上げて髪を後ろに払った。「わたしが気にしないって言ったら？」

ああ、こんなことをするのはほんとうに気が滅入る。ジャックは「おれが気にする」としか言えなかった。

シャーメインは涙目になった。「だったら、いいわ」と雄々しく言う。「だったら、いい」

店を出たときには、自分がたったいましたことをよしとするまでにはだいぶ時間がかかるだろうと思った。軽い付き合いを好み、深い関係を結ばない人間を気取っていたが、じっさいにはそうではなかった。深い関係を結ばないというたわごとは、単にそれを口に出さず、次の段階に進まないということでしかなかった。シャーメインとのあいだにもなんらかの約束はあった。正式なものでも、法的なものでもなく、持ちつ持たれつといったかなり軽いものではあっても。シャーメインはその約束を守っていたのに、自分はそれを破ったのだ。そして彼女を失望させた。

5

朝、赤ん坊が早朝のミルクを飲んでまた眠りに落ちると、メルはドックの家の玄関ポーチにコーヒーを運び、階段にすわって飲むのを好むようになった。この小さな町がじょじょに目覚めていく様子を眺めてたのしんでいる自分がいた。まず太陽が背の高い松林越しに街路に金色の道をつけ、ゆっくりとあたりを明るくしていく。ドアを開け閉めする音が聞こえてくる。フォードのピックアップトラックが新聞を——〈ハンボルト・ニュース〉を——放りながら通りを東から西へゆっくりと進む。〈L・A・タイムズ〉とは比べようもない新聞だったが、早朝に新聞が手にはいるのは悪くなかった。

まもなく子供たちが外へ出てくる。大通りの西の端でスクールバスが子供たちを拾うことになっているのだ。この町の子供たちは歩くか自転車で通りの端まで行き、誰かの正面の庭の木々に自転車をチェーンで結んでそこに集まる。都会ではあり得ない光景だ——子供たちが学校に行っているあいだ、庭を自転車置き場に使わせるなど。リズが店のすぐ隣にあるコニーの家から出てくる姿が見えた。通りをななめに横切る際には、肩にかけた教科書用のバッグが妙に色っぽく揺れていた。すごいわね、とメルは胸の内でつぶやいた。あの女の子は躍起になって自分を売りこんでいるのだ。

もっと田舎に住む子供たちを送ってくる車やピックアップトラックも現われはじめた。まだ七時にもなっていないのに——田舎の子供たちにとっては長い一日だ。ヴァージンリバーには学校がないため、スクールバスが停まる場所まで車で来て、どのぐらいかかるのか知らないが、スクールバスで学校へ行き、放課後は町に戻ってきて農場や牧場へ帰る。あそこに集まっている子供たちはおそらく三十人ほどだが、年齢は五歳から十七歳までさまざまだ。幼い子供の母親たちはスクールバスを待つあいだ、そばでおしゃべりをしている。なかにはコーヒーカップを手にしている人もいて、ずっと昔からの友人同士らしく笑い合っている。

やがてスクールバスが現われる。運転手は愛想のいい大柄な女性で、バスから降りて親たちに挨拶し、子供たちをひとりひとりバスに乗せる。

ジャックが釣り竿を片手に、釣り道具のはいった箱をもう一方の手に持ってバーから出てきた。道具をピックアップトラックの荷台に載せると、メルに向かって片手を上げた。メルも手を振り返した。川へ釣りに行くのだろう。それからまもなく、プリーチャーが玄関ポーチを掃除しはじめた。目を上げると、彼も手を振ってきた。

この小さな町についてわたしはなんて言った？　あらかじめ見せられた写真とは似ても似つかぬ？　早朝の町はきれいだった。家々も古くくたびれているというよりも、かわいらしく、単純に見える。さまざまな色――青、ライトグリーン、ベージュ――の板に茶色の縁がついた下見板が張られた質素な家々。雑貨屋の隣にあるコニーとロンの家は店と同じように黄色に白い縁がついていた。通りでたった一軒最近塗り直された家は、鎧戸《よろいど》と縁が深緑色の白い家だった。リッキーがその家から出てきてポーチを走り抜け、通りへ飛び出して自分の小さな白いピックアップトラックに乗りこむのが見えた。安全そうな通りに友好的な家々。家から出て誰かに会ったら、みな必ず挨拶したり、手を振ったり、足を止めておしゃべりしたりしている。

通りの先にある、板を打ちつけられた教会の裏からひとりの女性が現われ、見るからにおぼつかない足取りでメルのほうへ向かってきた。女性が近くまで来ると、メルは立ち上がった。

「あなたが看護師さん？」と女性は訊いた。

「ええ、診察看護師《ナース・プラクティショナー》兼助産師です。何かお困りですか？」

「いいえ」と女性は言った。「あなたの噂を聞いたから」

女性の目はまるで起きているのが大変だとでもいうように、眠そうにたるんでいた。目の下には黒いくまができている。百八十センチ近くありそうな大柄な女性だったが、べたついた髪を後ろに撫でつけ、どちらかと言えばあまり器量はよくなかった。病気ということもあり得る。メルは手を差し出して言った。「メル・モンローよ」

女性はしばらくためらってから握手を受け入れた。まずは穿いているズボンで手を拭き、その手をまえに出した。にぎる手の力は強く、ぎごちなく、爪は汚れていた。

「シェリルよ」と女性は答えた。「シェリル・クレイトン」それから手を引っこめて両手をだぼっとしたズボンのポケットに突っこんだ。ズボンは男物のようだった。

メルは思わず声に出して言いそうになり、あわてて口を閉じた。ああ、あの家を掃除することになっていたシェリルね。また飲んでいるにちがいないとホープが言っていたシェリル。青白い顔色と疲れた目をしている理由もそれでわかる。頰の毛細血管が切れている理由はもちろん。「お役に立てることはほんとうにない？」

「ええ。あなたはすぐにこの町を出ていくって噂だけど」

「噂ね」メルは笑みを浮かべて言った。「それが、片がつくまで面倒を見ると約束したことがいくつかあって」

「あの赤ちゃんね」とシェリルは言った。

メルは首を傾げた。「ここではほぼなんでもみんなに知れわたるのね。赤ちゃんか、その母親について何か知ってることはない？　母親を見つけたいと思って――」

「すぐに町から出ていけるように？　もし出ていきたいなら、わたしがその赤ん坊の世話をしてもいい……」

「あの赤ちゃんに興味があるの？」とメルは訊いた。「理由を訊いてもいい？」

「ただ、力になりたいだけよ。人助けが好きなの」

「それほど助けが必要なわけじゃないけど――赤ちゃんの母親を見つけたいのはたしかよ。ひとりで出産したんだとしたら、具合が悪いかもしれないから」

メルがふとバーのほうに目を向けると、プリーチャーが掃除の手を止めてこちらを見ていた。その瞬間、ドックが家から出てきた。「シェリル」とドックは言った。

「こんにちは、ドック。こちらの看護師さんに、赤ちゃんの世話を手伝えると話していたところなの。あなた方のために赤ん坊を見ていてあげるって」

「どうしてそうしたいと思うんだい、シェリル？」

シェリルは肩をすくめた。「ジャックが赤ちゃんのことを言っていたから」

「そうか。きみの申し出は心に留めておくよ」とドックは言った。

「そう」シェリルはまた肩をすくめて言った。それからメルに目を向けた。「会えてよかった。いろいろとわかったから。またね」そう言うと踵《きびす》を返して元来た道を帰っていった。

メルがドックを見上げると、しかめ面になっていた。「いったいどういうことです？」とメルは訊いた。

「どうやら、きみの見た目を知りたかったようだな。彼女は盛りのついた牝犬さながらにジャックにまとわりついているんだ」

「バーで彼女にお酒を出すべきじゃないわ」

「出してないさ」とドックは言った。「ジャックは寛大な男だが、ばかじゃない。シェリルに酒を出すのは火にケロシン油を注ぐようなものだからな。おまけに彼女にはジャックのバーで飲めるほどの金もない。森でひそかに売買されている安酒を手に入れているんじゃないかな」

「そんなの命を縮めることになるじゃない」

「残念ながらね」

「誰か助けになってあげられないの？」

「助けを求めているように見えるかい？」

「誰か助けようとしたことはないの？　ジャックは――」

「ジャックがシェリルのためにできることは何もない」とドックは言った。「そんなことをしたら、彼女に無用な考えを嫌というほど抱かせることになるからね」

ドックは振り返って家のなかに戻った。メルはそのあとに従いながら言った。「彼女があの子を出産した可能性はある？」

「どんな可能性もあるさ。でも、ちがうだろうな」

「彼女を調べてみるのは？　きっとすぐにわかる」

ドックはメルを見下ろして真っ白な眉を持ち上げた。「保安官に通報すべきかい？　令状をとれと？」そう言ってキッチンへと歩み去った。

なんて奇妙な町なの。メルは思わず胸でつぶやいていた。


赤ん坊が昼寝しているあいだにメルは休憩をとり、雑貨屋へ歩いていった。コニーが奥の部屋から顔を出して言った。「こんにちは、メル。何か入り用？」

「ちょっと雑誌でも見ようかと思って、コニー。退屈なの」

「ご自由に。いま、ソープオペラを見てるから。いっしょに見たいなら奥に来て」

「ありがとう」メルはそう言って小さなラックのそばに歩み寄った。何冊かのペーパーバック本と雑誌が五冊あった。銃と車と釣りと狩りの雑誌。それに〈プレイボーイ〉。メルはペーパーバックの小説と〈プレイボーイ〉を手にとってコニーが顔を突き出した奥の部屋へ行った。

奥の部屋の入口には暖簾《のれん》がかかっていた。なかではコニーとジョイが小さな机のまえに置かれた古い布製の椅子にすわり、手にコーヒーカップを持って棚に置かれた小さなテレビをじっと見つめていた。女性たちの体つきは真逆だった。コニーは小柄でほっそりしており、短くした髪を消防車さながらの真っ赤に染めていた。ジョイは身長百七十五センチほどで体重は百キロを大きく超えていそうだった。白髪まじりの長い髪を後ろでポニーテールにしている。丸々とした顔はきれいとは言えなかったが、はつらつとしていた。見るからにちぐはぐな組み合わせだったが、子供のころからの親友同士ということだった。「奥へいらっしゃいよ」とジョイが言った。「よかったら、コーヒーをどうぞ」

テレビではとてもきれいな女がとてもハンサムな男の目をのぞきこんで、「ブレント、あなた以外誰も愛したことない！　一度も！」と言っていた。

「あらあら、ひどい嘘つきね！」とコニーが言った。

「ちがうわよ――誰のことも愛したことはないの。全員とセックスしただけで」とジョイ。

テレビからの声。「ベリンダ、赤ん坊は——」

「ブレント、あなたの赤ちゃんよ！」

「赤ちゃんはドノヴァンの子よ」とジョイがテレビに向かって言った。

メルは机に腰を載せた。「なんの番組？」

「『リバーサイド・フォールズ』」とコニーが答えた。「ブレントと身持ちの悪いベリンダの話」

「コニーがああいういやらしい服を着ないようにさせないと、リジーもいずれそうなるわよ」

「考えはあるの」とコニーは言った。「成長していまの服が着られないようになったら、代わりを用意するわ。そうやってどんどんおとなしい服を増やしていくわけ」

ジョイは声をあげて笑った。「コニー、あの子がいま着ている服もだいぶ小さく見えるけどね！」

カメラが引いたと思うと、テレビのなかのふたりはともにベッドにはいっていた。裸の体はシーツで隠されている。「へえ」とメルは言った。「ソープオペラもずいぶんと変わったのね」

「ソープオペラを見たことはあるの、メル？」とコニーが訊いた。

「大学時代には。『ジェネラル・ホスピタル』を見てた」メルは手に持っていた雑誌と本を机に置き、コーヒーをカップに注いだ。「患者さんたちに見ていてもらって筋を教えてもらったりもした。長期入院の患者さんがいて——お年寄りだったけど——毎日午後二時に彼をお風呂に入れるときには、いっしょに見たりもした」

「このドラマでは、ベリンダがやってない男はひとりしか残ってないの——七十歳の長老のみ」コニーはため息をついた。「ベリンダのために新たな俳優を投入する必要があるわね」

テレビではベリンダがブレントの唇を、次に顎を嚙み、やがてベッドのなかで下のほうへ動いてシーツの下に姿を消した。奥の部屋の三人はテレビのほうへ身を乗り出した。シーツの下でベリンダの頭らしきふくらみはさらに下へ動き、すぐにもブレントが首をそらして魅惑的な声をもらした。

「あらあら」メルは言った。

コニーは顔を手であおいだ。

「あれが彼女の秘密兵器なのよ」とジョイが言った。そこで画面はコマーシャルに切り替わった。

コニーとジョイは顔を見合わせて忍び笑いをもらし、椅子から立ち上がった。「さて、昨日からあまり進展はなかったわね。誰がパパかわかるまえに赤ちゃんが大学へ行くようになるわよ」

「ドノヴァンの子かどうかもわからないわ。カーターとも寝てたし」

「それはずっとまえの話よ――彼の子であるはずがないわ」

「このソープオペラ、いつから見ているの？」とメルは訊いた。

「ああ、やだ、十五年？」コニーは問い返すように答えた。

「少なくとも」

「気に入った雑誌はあった、メル？」

メルはしかめ面をして〈プレイボーイ〉を持ち上げた。

「おやおや」とコニーは言った。

「車にも釣りにも銃にもゲームにも興味がなくて」メルは言い訳した。「ほかの雑誌を仕入れることはないの？」

「ほしい雑誌があったら、次の仕入れのときにロンに頼むわ。うちは売れるものしか仕入れないの」

「賢いわね」とメルは言った。「かわいそうな誰かがたのしみにしていた〈プレイボーイ〉を横取りしたんじゃないといいんだけど」

「それは心配要らないわ」とコニー。「ねえ、今夜、ジョイの誕生日のお祝いにバーでちょっとした持ち寄りパーティーがあるの。あなたも参加しない？」

「え、でも、プレゼントを用意してないわ！」

「プレゼントはなしなの」とジョイ。「だから手ぶらでパーティーに参加して」

「そう、なんにしても、お誕生日おめでとう、ジョイ。ドックに訊いてみる」メルは答えた。「何時から？　行けるとしたら、何か持っていかなくちゃならないんでしょう？」

「わたしたちは六時ぐらいには行ってる。それと、あなたは何も持ってこなくていいから。ドックの家で料理できるとは思えないもの。食べ物はわたしたちが準備するわ。あの赤ちゃんについて新しくわかったことはないのね？」

「ええ、全然」

「ひどいことよね」とジョイは言った。「きっと母親が誰にしても、別の町の人間よ」

「わたしもそう思うようになったわ」とメルも言った。それから、本の代金を払うためにポケットから何枚か札を出した。「じゃあ、あとで会いましょう」

　ドックの家に戻る途中、メルはバーのまえを通った。ジャックが足を手すりに上げてポーチにすわっていた。メルはなんとなく近づいていった。ジャックの横にはきれいな羽根でできたフライで一杯の道具箱が置いてある。道具箱からは小さなペンチとハサミとカミソリが突き出していて、色とりどりの羽根のはいった小さなビニール袋や、銀色の釣り針や、その他の道具もはいっていた。

「休憩かい?」ジャックはメルに訊いた。

「今日はずっと休憩よ。ちょっとおむつを替えたりミルクをやったりする以外は。赤ちゃんは眠ってるし、患者もいない。ドックはわたしとジン・ラミーをするのを怖がってるしね。わたしに身ぐるみはがされる可能性があるからって」

ジャックは笑った。それから身を乗り出してメルの持っている本と雑誌をじっと見た。彼女の顔を見て眉を上げる。「軽い読み物かい?」

メルは雑誌を持ち上げた。「これじゃなかったら、銃や車や狩りや釣りの雑誌しかなかったから。わたしが読み終えたら、借りたい?」

「いや、いい」ジャックは笑った。

「裸の女が好きじゃないの?」

「大好きさ――ただ、写真を見たい気分じゃないだけだ。きみも仕事でいやというほど見てると思うけど」とジャックは言った。

「さっきも言ったけど、選択肢がだいぶかぎられていたから。こういうのを見るのは久しぶりだけど、大学時代にルームメートといっしょにアドバイス欄を見ておかしくなるほど笑ったものよ。それに、たまにおもしろい話も載ってたし。〈プレイボーイ〉ってまだ小説の連載があるのかしら？」

「おれにはまったくわからないよ、メリンダ」ジャックはにやりとして言った。

「この町について気づいたことがあるんだけど、なんだかわかる？　誰もが衛星放送のアンテナと少なくとも一丁は銃を持ってるってことよ」

「必要と思われるふたつだな。ここにはケーブルテレビがないからね。銃を撃ったことは？」とジャックは訊いた。

「銃は大嫌い」メルは身震いして言った。「銃で撃たれてロサンゼルスの外傷センターに運ばれ、死んでいく人がどのぐらいいるか、想像してみて」メルはまた身震いした。この人には想像もつかないはず。

「このあたりの銃は人が撃ち合うために使うものとはちがう。この町に拳銃なんて一丁もないんじゃないかな。おれは二丁ばかり持ってるが。ずっとまえから持っているからね。ここはライフルとショットガンの世界だ。狩りに使うための。病気やけがの家畜の安楽死や、野生動物に対する護身用にも使われている。きみに射撃を教えてあげてもいいな。そうすれば、もっと銃に慣れるはずだ」

「結構よ。そばにあるだけでも嫌でたまらないから。ピックアップトラックのラックにかかっている銃だけど、みんな実弾入りなの？」

「もちろんさ。熊が襲ってきたら、ライフルに弾丸《たま》をつめる暇なんてないからね。熊もおれたちと同じ川で魚をとっている」

「ふうん、そう聞くと、釣りもまったくちがう意味を持つわね。バーの壁に飾ってある動物は誰が撃ったの？」とメルは訊いた。

「牡鹿はプリーチャーだ。魚を釣ったのと熊を撃ったのはおれ」

メルは首を振った。「罪もない動物を殺すことでどうして満足感を得られるの？」

「牡鹿と魚にはたしかに罪はない」ジャックは認めた。「でも、あの熊はちがう。撃ちたくはなかったが、バーで働いていたら、そこから顔を出したんだよ。ごみをあさってたんだな。熊ってのはごみあさりをするんだ――なんでも食う。あれはひどく乾燥した夏だった。子熊がおれに近寄りすぎたせいで、母熊が怒ったんだ。かんかんに。子熊にちょっかいを出すとでも思ったんだろうな。それで……？」

「そう。子熊はどうなったの？」

「魚類野生生物局が引きとりに来るまでバーに閉じこめておいた。局の人間がどこかに放したはずだ」

「それって最悪ね。母熊にとっては。母親であろうとしただけなのに」

「おれだってあの熊を撃ちたくはなかったさ」ジャックは言った。「熊を狩ることもない。熊除けのスプレーを持ち歩いているからな。トウガラシスプレーみたいなものだ。あの日はそのスプレーは車のなかだったが、ライフルが手元にあったんだ。撃つつもりはなかったが、殺《や》るか殺《や》られるかだったから」ジャックは笑みを浮かべて言った。「きみは都会っ子なんだな」

「ええ、ただの都会っ子よ。壁に死んだ動物を飾ったりしない。その辺は変わらないと思っておいて」


金曜日の晩はヴァージンリバーでは重要な晩だった。バーのまわりに停まっている車もいつもより多かった。ただ、メルがよく知っている人たちは歩いてやってきた。メルはドックにこう告げた。「今夜ジャックのところでジョイの誕生会を持ち寄りでやるでしょう？　あなたも参加するつもりでしょうけど、あとで三十分だけ交代してくれたら、わたしもちょっと行ってジョイに誕生日おめでとうって言えるんだけど」

ドックはその提案をあざけった。自分はその日の分のウィスキーを一杯やり、夕食を食べたら戻ってくるつもりだと言って。そこでメルはドックがバーに行っているあいだに赤ん坊にミルクを与え、寝かしつけると、退屈な催しになるかもしれないと思いながらも、髪をふくらませ、口紅を少し塗って準備を整えた。それでも、好ましい人々と過ごす夕べではある。クロエが寝ついて、家を出られたときには七時半になっていた。「それほど長居はしないわ」彼女はドックに言った。

「私はどこへも行かないさ」とドックは答えた。「夜明けまでダンスして過ごすなど、まっぴらだ」

「わたしの手が必要になったら呼んでくれます?」メルはドックに訊いた。

「この町でパーティーなんてめったに開かれることはない」とドックは言った。「せいぜいその機会をたのしむことだ。おむつの替え方とミルクのやり方ぐらいわかっているよ。きみより昔から何度もやってきた」

メルがバーにはいっていくと、店内はほぼ満席だった。これまでほとんど動いていたことのないジュークボックスから音楽が流れている。カントリー・ミュージックが。ジャックとプリーチャーがバーカウンターの奥にいて、テーブルに料理や飲み物を運ぶのに忙しくしていた。メルはまわりを見まわし、リッキーはジョイを見つけた。

「こんなに遅くなってごめんなさい、ジョイ。今夜は赤ちゃんがうまく寝ついてくれなくて」メルはセーターをつまみあげてにおいを嗅いだ。「たぶんわたし、チーズみたいなにおいがするかも」

「全然かまわないわよ――まだ食べ物もたくさん残っているし。お皿を持って」

いくつかのテーブルが壁際に寄せられて並べられ、その上においしそうな食べ物の皿やキャセロールがたくさん載っていた。中央にはほぼ全体が蠟燭《ろうそく》でおおわれたシートケーキがある。メルが皿に食べ物を載せると、人々が近づいてきて挨拶やおしゃべりをした。メルは当地きっての釣り人であるフィッシュ・ブリストルとその妻キャリーに挨拶した。ほぼ毎朝バーで会うハーブもいた。彼は電話会社の架線工事人だったが、工事に出かけるまえにジャックのところで朝食をとるのがつねだった。「うちのはわざわざ朝食を作るためにベッドを出ようとはしないんでね」と彼は笑いながら言った。メルはリズが店の隅でかわいそうなほどに退屈しているのに気づいた。長く形のよい足を組んでいるが、スカートはかろうじて下着が見えないほどに短かった。メルはリズに手を振り、ほんのかすかな笑みを引き出した。羊の牧場主であるバックとその妻リリーのアンダーソン夫妻にも紹介された。長身瘦軀ではげかかっているバックと小柄で丸々としていてバラ色の頬をしたリリー。「赤ちゃんについて何か変わったことは?」とリリーが訊いた。

「何も」とメルは答えた。

「いい子なの？」

「ああ、もう最高なんです。天使みたい」

「それなのに、誰も赤ちゃんをほしがらないの？　養子にするとか？」

「まだソーシャル・サービスからも連絡がないので」とメルは答えた。

コニーが友人を紹介しに来た。「メル、こちらジョー・エレン・フィッチよ。旦那さんといっしょにこの通りの突きあたりに住んでいるの――このあたりではいちばん大きな家よ」

「ようやくお会いできてうれしいわ」とジョー・エレンは言った。「こんな若くてきれいなお嬢さんだなんて誰も予想しなかった。だって――」

ジョー・エレンが言い終えるまえに、ひとりの男がそばに来て彼女の腰に腕をまわした。男はもう一方の手でグラスの飲み物をまわしながら、メルの全身をじろじろと眺めて言った。「おやおや……こちらがわが町の看護師さんかい？　ああ、看護師さん、具合がよくないんですが！」それから自分の冗談に自分で大笑いした。

「主人のニックよ」とジョーが言った。メルの思いちがいでなければ、どこかおどおどとした言い方だった。

「はじめまして」メルは礼儀正しく挨拶した。心のなかでこの人は少々飲みすぎねと断じながら。それから、コニーのほうに顔を向けて言った。「何もかもとてもおいしい」

「で、メリンダ看護師――わが小さな町のことは気に入ったかい？」とニックが訊いた。

「お願いですから、わたしのことはメルと呼んで」とメルは言った。「すばらしい町ですね。みなさんとても幸運だわ」

「ああ」ニックはまた彼女をじろじろと眺めながら言った。「ほんとうに幸運だよ。健康診断はどこで申しこめばいい？」そしてまたひとり笑った。

そのときメルは思い出した――ジョー・エレンとその夫の話を聞いたことがあったと。この人のことなのね。ひとりならず女性にぴしゃりとやられた男だとホープは言っていた。これ以上はないほどに明々白々だった。「あの、ちょっと失礼。すぐに戻ります。飲み物がほしいので」

彼はメルの腕をつかんで言った。「おれが――」

メルはにっこりとほほ笑んだままその手を強く振り払った。「いいえ。ここで待っていてくださいな」そう言ってできるだけ急いでその場を離れた。バーカウンターへ行く途中、ジャックの店の常連であるダグとスーのカーペンター夫妻に挨拶するために足を止めた。年輩のフィッシュバーン夫妻——ポリーの義理の両親——にも会った。バーカウンターのところまで来てジャックのまえのスツールに腰をかけ、皿を置いたが、すぐにジャックの目をとらえることはできなかった。彼は眉根を寄せて込み合った店内に目を向けていた。

その目がようやくメルに向けられた。「ビールをもらえる?」とメルは頼んだ。

「もちろん」と彼は言った。

「あまりうれしそうじゃないのね」と彼女は言った。

ジャックは表情をゆるめた。「あれこれ目を配っているだけさ」と言う。「たのしんでいるかい?」

「ええ」ビールをひと口飲んでメルはうなずいた。「これ食べた? プリーチャーの料理に負けないぐらいおいしい。この町の女性たちは料理ができるのね!」

「だからたいていみんな——なんて言えばいいかな? 元気はつらつ?」

それを聞いてメルは笑い、しばらくビールを脇に置いて皿の料理を少し食べた。

「都会の暮らしに戻ったほうがいい理由がもうひとつできた感じ」

さらにしばらくバーカウンターに留まっていると、またあの男がそばに来た。ニックだ。「待ってたんだが」と言う。

「あら、ニック。ごめんなさい——でも、ほかの人とも交流しないと。そう、わたしはこの町では新顔だから」そう言ってビールを片手にスツールから急いで降りた。皿はバーカウンターに残した。

ニックはそのあとを追おうとしたが、手首をつかまれ、バーカウンターに押しつけられた。ジャックが警告するようにニックの目をのぞきこんだ。「あんたの奥さんが向こうで待ってるぜ」

「お堅いことを言うなよ、ジャック」ニックが笑いながら言った。

「お行儀よくしたほうがいいな」ジャックは警告した。

ニックは思いきり笑った。「なあ、ジャック——あんただってきれいな若い女をひとりじめはできないぜ。だって、そうだろう！　どこの奥さんたちもあんたにお熱じゃないか。多少はおこぼれをくれよ」そう言ってうまくバーカウンターから逃げ出した。

ジャックはバーカウンターの奥からじっと様子をうかがっていた。店内から目を離すことなく飲み物を客に出したり精算したりできたからだ。ニックは牝犬に引きつけられる牡犬さながらにメルのあとをついてまわり、できるかぎりそばににじり寄ろうとしていたが、メルの動きはすばやかった。テーブルの反対側にまわりこんで誰かと話したり、ほかの男たちがニックとのあいだに来るようにしたり、会わなければならない誰かが部屋の反対側にいたというようにするりとそちらへ向かったりした。ニックはいつもその場に置き去りにされた。プリーチャーがバーカウンターでジャックと並び、やがて口を開いた。「やつが鼻を折られるまえに、ちょっとアドバイスしてやったほうがいいかい？」

「いや」ジャックはそっけなく言った。ニックが鼻を折られたら、うんと気分がいいだろうと思っていたからだ。ちょっとでもメルに触れたら、ニックのことはぼこぼこにしてやる。

「そうか」とプリーチャーは言った。「バーでの本格的なけんかは何年もなかったからな」

店内の様子に目を配っているなかで、コニーの年若い姪が立ち上がり、ビュッフェに歩み寄ってケーキのアイシングに指を突っこみ、その指をゆっくり口に持っていくのが見えた。肩越しにリッキーに目を向けながら、ゆっくりと指を口から引き出している。ジャックがかわいがっているリッキーはグラスを片づけようとしているテーブルのそばで動きを止めていた。その目はコニーの姪に注がれている。リッキーは彼女の長い脚と豊かな胸を見てとり、口をわずかに開けて目をみはると、一瞬身震いしそうになった。ああ、こら、とジャックは胸の内でつぶやいた。

　誰かがケーキの蠟燭に火をつけると、全員がテーブルから立って店内のあちこちからケーキのまわりに集まり、歌を歌い、ジョイが失神しそうになりながら五十三本の蠟燭を吹き消すのを見守った。

　メルは人々の輪の後ろのほうにいた。ジャックはその後ろに目を向けた。ニックが彼女の背後に寄るのが見え、怒りに顔をしかめる。人だかりのせいで何が起こっているのかはわからなかったが、ニックの笑みが深まったと思うと、メルが顎を上げ、ぎょっとして目をみはり、ジャックのほうにうろたえたまなざしを向けたのはわかった。ジャックはバーカウンターから身を起こし、急いで部屋の反対側へ向かおうとしたが、そこでメルが反撃した。

　メルは手が尻を撫で、脚のあいだでわずかに動くのを感じた。一瞬ぎょっとして信じられない思いに駆られたが、すぐに本能が働いた。ビールを別の手に持ち替えると、男のみぞおちに肘鉄《ひじてつ》をくらわせ、その同じ肘を顎にぶつけた。同時にブーツを履いた足で足を払い、男をあお向けに床に倒した。それから胸に足を置き、目をにらみつけた。「二度とこんなことをしないで！」そのあいだビールは一滴もこぼさなかった。

ジャックはバーカウンターの端で身を凍らせた。すごいな。ちくしょう。しばしの時が過ぎた。やがてメルがいまや静まり返った店内を少し恥ずかしそうに見まわした。誰もが驚いて目をみはっている。「あら!」メルはそう言いつつも、足はまだニックをあお向けに押さえつけていた。どうやら息ができなくなったらしいニックはぎょっとしてそこに横たわったままだった。メルは足を下ろした。「あら……」とまた言う。

人だかりから笑い声が湧き起こった。拍手する者もいた。よくやったと叫ぶ女性もいた。メルはまごついたまま後ろに下がり、バーカウンターのジャックのまえまで来た。そこがいちばん安全な気がしたのだ。ジャックは彼女の肩に手を置き、ニックのほうに怒りの目を向けた。

メルはジョー・エレンに申し訳ない思いで一杯だった。夫があんないやらしい男だとしても、この大きさの町の女性がどう対処できるというの? ジョー・エレンが夫を床から引っ張り起こし、家に連れ帰ってからは、パーティーはずっとたのしいものになった。交わされる冗談も最高だった。男性の何人かがメルに腕相撲を挑んだ。メルが女性たちにとっての英雄になったのは明らかだった。

ニックのおふざけの逸話は衝撃的でもあり、おもしろくもあった。かつて、彼が自分は無敵だと感じ、ある女性の胸の誘惑に耐えられなかったときに、その女性にげんこつでなぐり倒されたことがあった。今夜まではそれがニックにくだされたもっとも伝説的なおしおきだった。平手打ちは何度もされていたが、これまでは奇跡的に怒った夫にぼこぼこにされたことはなかった。あわれな道化とみなされているからにちがいない。明るいうちはニックもどうにか自分を抑えているものの、今夜のように町の人や近所同士が集まるパーティーでは、何杯か飲んで陽気になると、そうした機会をうかがうことがあった。彼の悪い評判は誰もが知るところとなっていたのだ。

「それなのに、彼をパーティーに招くのね」メルはコニーに意見した。

「仲間内のパーティーだから。お互いに我慢しなきゃならないのよ」

「お行儀よくできないなら、もう呼ばないと警告すべきね」

「そうすると、ジョーまで呼ばないことになるのが問題よ。彼女はいい人だから。彼が悩ませた女性たちより、ジョーのことをずっと気の毒に思うわ」とコニーは言った。

「どこまでもまぬけに見えるもの。わたしたち、お互いをうんと気遣わないとね」そう言ってメルの腕を軽くたたいた。「それに、そう——彼ももうあなたを困らせることはないはずよ」

九時にパーティーは突然お開きとなった。誰かがベルを鳴らしたかのようだった。女性たちはみな持ってきた皿を回収し、男性たちは使った皿をまとめてごみを拾った。別れの挨拶がなされ、人々は一斉にドアへ向かった。メルが最後尾からそれに続こうとすると、ジャックに呼び止められた。「ちょっと待って」そこでメルはバーカウンターに戻ってスツールに腰をかけた。ジャックがコーヒーを出してくれた。「きみのことを都会っ子って呼んだんだっけ？」彼は笑みを浮かべて訊いた。

「まだそう呼べるかどうかもわからないけど」コーヒーを受けとってメルは答えた。

「どこであいう技を習ったのか訊いてもいいかい？」

「ずっと昔――まだ大学四年生のころ。キャンパスの周辺でいくつかレイプ事件が起こって、仲間といっしょに護身術の先生のところに通ったの。ほんとうのことを言うと、じっさい役に立つかどうか確信は持てなかった。だって、先生のところでは、床にマットが敷かれていて、何もかも練習してから、段取りがはっきりわかっていてやっていたわけだから――それはそれよね。でも、本物のレイプ犯に停めた車の後ろから飛びかかられて同じように反応できるかどうかはわからなかった」

「いまはわかったわけだ。完全に相手の虚をついたね」

「そうね。わたしにとってはいい結果に終わったかも」メルはコーヒーを飲んだ。

「おれには彼のやってることが見えなかった」とジャックは言った。「彼がにやにやしていて、きみがびっくりした顔をしていたから、何かがあったことはわかったけど」

メルはカップをバーカウンターに置いて言った。「尻を大胆に撫でられたの」ジャックの顔が即座に険しくなった。目が危険なほどに細められ、眉間の皺が深くなる。「ちょっと、おちついて。あなたの尻じゃなかったんだから。あなたが動こうとしているのが見えたけど——何をしようとしていたの?」

「やりすぎなことさ」とジャックは答えた。「そういうことがこのバーで起こるのは嫌なんだ。今夜はずっと彼を見張っていた。きみに会った瞬間、獲物を見つけたって感じだったからね」

「ほんとうにしつこかったけど、これでもうつきまとってこないと思う」とメルは言った。「パーティーがあんなふうに突然終わりになるのはなんだかおかしな感じだった。誰かが時計を見てたりするの?」

「家畜の世話に休みはないからね」とジャックは答えた。

「赤ちゃんもそう」メルはスツールから立ちながら言った。

「送るよ」とジャックは言った。

「その必要はないわ、ジャック。大丈夫」

それでもジャックはバーカウンターをまわりこんだ。「送らせてくれ。おもしろい晩だったよ」彼は彼女の腕をとり、紳士的に振る舞うんだと自分に言い聞かせた。しかし、チャンスがあれば、唇を奪うつもりでもいた。もう何日も彼女にキスしたくてたまらなかったからだ。

ふたりはポーチを横切って階段を降り、通りに出た。街灯はなかったが、満月が高い位置にあって、町にやわらかな光を投げかけていた。ドックの二階の寝室の明かりはついていた。ジャックは通りの真ん中で足を止めた。「なあ、メル、空を見てみなよ。地球上のどこにいても、こんなのは見られないはずだ。これだけの星と月――真っ黒に澄んだ空。おれたちのものだ」

メルは想像し得るかぎりもっとも美しい星空を見上げた。これほどの星が存在するとは思っていなかった。ジャックは彼女の背後にまわり、両手を彼女の両腕に置いてそっと手に力をこめた。

「都会でこれは見られない。どんな都会でも」

「きれいね」とメルは小声で言った。「ここが美しい田舎であることは認めるわ」

「壮麗だ。きみが荷造りして永遠にここから出ていくまえに、近々、いくつか見せたいものがある。アカスギ林とか、川とか、海岸とか。そろそろホエール・ウォッチングの時期だしね」メルは後ろにいるジャックに寄りかかった。ジャックに身をあずけるのが気持ちいいことは否定できなかった。「今夜のことはすまなかった」ジャックは首を下げて彼女の髪のにおいを嗅いだ。「きみがうまく処理したことにはほんとうに感心したよ。でも、申し訳なかった……やつがあんなふうにきみに触れたのは嫌でたまらない。目を配っていたはずなんだが」

「わたしから見てもすばやい動きだったもの。あなたにとってもそうよ」とメルは言った。

ジャックは彼女の体をまわし、目をのぞきこんだ。あおむけた顔に誘うような表情がある気がして、ジャックは顔を下げた。

メルは彼の胸に手をあてた。「もう行かなくちゃ」少し息を切らしたような声だ。

ジャックは顔を上げた。

「わたしがあなたを投げ飛ばせないのはお互いわかってるから」彼女は弱々しい笑みを浮かべて言った。

「その必要はないさ」とジャックは言ったが、彼女の腕をまだつかんだままだったので、しかたなく腕を放した。

「おやすみなさい、ジャック。それと、すべてにお礼を言わなきゃ。ニックのこと以外は——たのしいひとときだった」

「それを聞いてうれしいよ」とジャックは応じ、彼女を行かせた。

メルは振り返ってうつむいたまま、ひとりドックの家へ向かった。

ジャックは彼女が家のなかにはいるまで通りに立っていたが、やがてバーへ戻りはじめた。途中、リッキーのピックアップトラックがコニーの家のまえに停まっているのに気がついた。ああ、まったく——あの子は少しも時間を無駄にしなかったわけだ。リッキーには両親がなく、祖母も具合がよくなかった。長いことジャックが目をかけてきたのだが、いつかこういう日が来ることはわかっていた。きちんと話をしなければならない日が。しかし、今夜は無理だ。今夜は自分にそれを言い聞かせなければならない。

プリーチャーがテーブルの上に椅子を逆さに載せ、掃き掃除をしていた。ジャックはそのそばを急ぎ足で通りすぎた。「そんなに急いでどこへ行くんだい?」とプリーチャーが訊いた。

「シャワーさ」ジャックはみじめに答えた。

　コニーとロンはリッキーをとても気に入っていたので、彼が家の玄関先でリズとしばらく話をしていても問題はなかった。ふたりは彼を信頼しており、彼のほうもそれをわかっていた。しかし、信頼すべきではなかったのだ。リズをひと目見ただけでリッキーが受けた影響に彼らが気づいていたら、リズを部屋に閉じこめたことだろう。

　リズはポーチに寄りかかり、足をまえで組むと、バッグから煙草をとり出して火をつけた。

「どうしてそんなものを吸うんだい？」リッキーは彼女に訊いた。

「何か問題ある？」とリズは煙を吐いて言った。

　リッキーは肩をすくめて答えた。「口がひどい味になるよ。煙草なんか吸ったら、誰もきみとキスをしたくなくなる」

　リズは彼にほほ笑みかけて訊いた。「誰かあたしにキスしたい人がいるの？」

　リッキーは彼女の手から煙草を奪って放った。それから腰をつかんで唇に唇を寄せた。彼は胸の内でつぶやいた。ほうら、口がひどい味になってる。でも、そこまで悪くもないけど。

　リズが体を押しつけてくると、もちろん、リッキーの体に変化が現われた。このところずっとそうだ。リズが口を開けてもっと強く体を押しつけてくると、さらに変化が激しくなった。ああ、死んでしまう。胸に押しつけられた豊かで引き締まったバスト。いまはそれをてのひらで包みたいとしか考えられなかった。口をつけたままリッキーは言った。「煙草は吸わないほうがいいよ」

「うん」

「長生きできないぜ」

「長生きなんてしたくないじゃない」

「きみはきれいだな」とリッキーは言った。「ほんとうにきれいだ」

「あんたも」

「男はきれいじゃないさ。月曜日、学校まで乗せていってやろうか？」

「うん。何時？」

「七時に迎えに来るよ。何年生？」

「一年生（四年生高校の一年）」とリズは答えた。

変化はすぐに止まった。「十……四歳？」と彼は訊いた。

「うん。あんたは……？」

「ぼ……ぼくは三年。十六歳」リッキーはわずかに身を引いた。「くそっ。まいったな」

「乗せてってくれないってこと？」リズはわずかにセーターを引っ張って訊いた。そのせいで胸がさらに突き出して見えた。

リッキーは彼女にほほ笑みかけた。「いや。なるようになれ、だろ？　じゃ、月曜の朝に」リッキーは歩み去りかけたが、そこで唐突に振り向き、もう一度キスすることにした。濃厚で激しいキス。長いキス。それからもう一度さらに長いキスをする。もっと濃厚なキスを。リズは十四歳とはまったく思えなかった。

6

ある朝早く、ドックが朝食まえに往診に出かけた。ドックが出かけてまもなく、リリー・アンダーソンがメルに会いにやってきた。リリーは、コニーやジョイや、これまでメルが会ったほかの女性たちのほとんどと同年代だった——四十代後半から五十代はじめ。やさしい柔和な顔と白髪交じりのふさふさとした短い茶色の髪をした、いい感じにふっくらとした女性だった。化粧はしていなかったが、完璧な肌をしている。しみひとつない象牙のような肌とピンク色の頬。頬にはかわいらしいえくぼができた。持ち寄りパーティーで出会ってすぐに、彼女には安心できる母性のようなものを感じたのだった。メルは即座に彼女を好きになり、信頼した。「まだあの子、あの赤ちゃんはここにいるの?」とリリーは訊いた。

「ええ」とメルは答えた。

「誰も赤ちゃんをほしいとか、養子にしたいとか、言ってこないなんてびっくりだわ」

「それはわたしも意外でした」とメルは答えた。

「健康そのものの小さな赤ちゃん」とリリーは言った。「健康な赤ちゃんを養子にしたいって思っている人たちはどうしたの？　みんなどこにいるの？」

メルは肩をすくめた。「たぶん、ソーシャル・サービスがそういう人たちにちゃんとつなげられるかどうかの問題なんでしょう——忙しくて、こんな小さな町のことはあとまわしになってるんでしょうね」

「赤ちゃんのことを考えずにいられないの。それで、もしかしたら、お手伝いできるかと思って」とリリーは言った、

「それはありがたい申し出ね」とメルは応じた。「近くにお住まいなの？　ときどき、ドックとわたしが何時間か休憩できるとうれしいんですけど。とくにわたしたちは患者も診なければならないわけだから」

「わたしたちは牧場をやってるの——家は川向こうだけど、それほど遠くないわ。何より、わたしはもう六人もの子供を育て上げたの。最初の子はたった十九で産んだし、末っ子もいまは十八歳ですでに結婚しているわ。子供たちが自立して、家にはスペースもあるし。はっきりと行き場が決まるまで赤ちゃんをあずかることもできる。納屋

には昔の赤ちゃん用品もとってあるのよ。里親になってもいいかもしれない。わたしの夫のバックもそれでかまわないって言ってるの」

「それはとても寛大ね、リリー。でも、残念ながら、何もお支払いできないんです」

「お金なんて要らない」と彼女は言った。「ご近所のよしみってやつよ。わたしたちはできるときは手を貸し合うの。それに、わたしは赤ちゃんが大好きだし」

「ひとつ訊いていいかしら——この子を誰が産んだのか、思いあたるふしはない？」

リリーは首を振ってひどく心が痛むという顔になった。「自分で自分に訊いてみたほうがいいわ。どんな女性が自分の産んだ子をあきらめる？　もしかしたら、困ったことになって誰にも助けてもらえなかった若い女の子かもしれない。わたしは三人の娘を育てたけど、おかげさまで誰もそんな目にはあわずに済んだ。もう孫が七人もいるのよ」

「それが早く子供を持つことのいい点ですよね」とメルは言った。「まだ若くてたのしめるうちに孫ができる」

「恵まれているわね」とリリーも言った。「これだけはたしかよ。赤ちゃんを置き去りにした人が誰であれ、やむにやまれぬ事情があったにちがいないわ。どうしようもない事情が」リリーはつかのま目に涙さえ浮かべたようだった。

「じゃあ、あなたの申し出をドックに伝えて、考えを訊いてみます。でも、ほんとうにいいの？　多少のミルクとおむつしかお渡しできないんだけど」

「いいのよ。それと、ドックには喜んでお世話させてもらうって言っておいて」

一時間後にドックが戻ってくると、メルはリリーのことを話した。ドックは驚いて白い眉を上げ、手で頭をこすって訊いた。「リリー・アンダーソン？」驚愕しながらその申し出について考えているようだった。

「何か不安なことでも？　そうだとしたら、もう少しこのままで……」

「不安？　いや」ドックは気をとり直した。「驚いただけだ」そう言って足を引きずるようにしてオフィスへ向かった。

メルはそのあとに続いた。「それで？　まだ返事をもらってませんけど」

ドックはメルのほうを振り向いた。「リリーのところ以上に赤ん坊にとっていい場所は思いつかんね」と言う。「リリーとバックは善良な連中だ。それに、赤ん坊の扱い方を心得ている。それだけはたしかだ」

「よく考えてみなくていいの？」とメルは訊いた。

「いい」とドックは答えた。「家族が現われてくれるといいと思っていたんだが」そう言って眼鏡越しにメルを見据えた。「きみのほうこそ、よく考えてみる必要がありそうだが」

「いいえ」メルはなぜかびくびくしながら答えた。「あなたがいいなら、わたしもそれでいいです」

「それでも、よく考えてみなさい。私はクリベッジの相手を探しにバーへ行ってくるよ。それから、きみの決心が固まったら、ふたりで赤ん坊をアンダーソンの牧場へ連れていこう」

「ええ」とメルは答えた。しかし、その声はとても小さかった。

メルがこの町に来てまだ三週間にしかならないというのに、自分の頭が彼女のことで一杯なのをジャックは苦痛や恥ずかしさを覚えるほどに意識していた。じっさい、あの最初の晩、バーの薄暗い照明のもとで彼女を目にした瞬間から、あのテーブルにいっしょにすわって知り合いになりたいとそれしか思わなかったのだった。

メルには毎日会い、食事をともにしたり、長い会話を交わしたりしていることを考えれば、いまは自分が彼女にとってもっとも親しい友人であるのはたしかだ。それなのに、彼女がみずからについて隠していることは多かった。若くして両親を亡くしたことは話してくれた。姉や姉の家族ととても仲がいいことや、看護師としてのキャリアや、病院で過ごしたひどく混沌とした毎日についても。しかし、どこかにぽっかりと穴の開いている時間がある気がした。ジャックが思うに、それは男だった。彼女を打ちのめし、傷つけ、孤独にした男。半分でもチャンスがあれば、そいつを彼女の心から追い払ってやりたかった。

どうしてこれほどすぐに完全に心を奪われてしまったのか、自分でもわけを知りたかった。メルがきれいだからというだけではない。きれいであるのは明らかだったが。この町にきれいな独身女性がいないのもたしかだが、ジャックはさみしいとは思っていなかった。ここ数年のあいだに目を留めたセクシーな女性が彼女だけということでもない。自分は修道士にはとうてい向かない人間だ。ほかの町や海辺の町へもよく行き、ナイトスポットに出かけることもある。クリアリバーでのこともある。

しかし、メルには男を興奮させるオーラのようなものがあった。あの引きしまった小柄な体。豊かな胸、小さな尻、バラ色の唇。真にセクシーな脳みそについては言うまでもなく。彼女をまえにすると、息遣いが荒くならないようにするのが精一杯だった。何に心をさいなまれているのかはわからないが、彼女がそれを忘れ、ほほ笑んだり笑ったりすると、顔全体が明るく輝く。青い目が躍る。ジャックはすでに彼女を夢にも見ていた。その両手に体じゅうをまさぐられ、その体を下に組み敷いて、彼女のなかにいる自分を感じ、悦びの小さな声を聞く。そしてバン！　いつも以上に孤独を感じ、汗びっしょりになって目覚めるのだった。

メルがニックを倒すまえからジャックはすでに彼女に引かれていたが、そうでなかったとしても、あの一件によってはっきりしたのはたしかだ。彼女はエネルギーの塊《かたまり》だ。魅力的で女らしい小柄な女性ながら、見事なパンチをくり出す。ああ、まったく。

彼女の目にひそむ傷ついた影を見れば、うんと慎重に事を進めるべきであるのはわかった。ひとつやり方をまちがえば、メルはあの小さなBMWに飛び乗って去り、靴底からヴァージンリバーの土を払い落としてしまうことだろう。看護師としてこの町でどれほど求められているとしても。ジャックは絶えず自分に言い聞かせた。だからこそ、まだあのロッジのことを彼女に知らせずにいるのだ。先週、ジョイのパーティーのあと、彼女から離れるのは、これまで経験したことがないほどむずかしかった。きつく抱きしめ、こう言ってやりたかったからだ。大丈夫だ。おれが大丈夫にする。何もかも。おれにチャンスをくれ。

ドックとプリーチャーがバーのテーブルについてクリベッジをしていた。ジャックはプリーチャーが作ったアップルパイを皿にひと切れ載せてサランラップをかけ、バーを出て通りを横切った。端にドックのピックアップトラックとあの小さなBMWが停まっている以外、ドックの家のまえに車はなかった。問題なしと彼は胸の内でつぶやいた。脈が速まる。玄関のドアを開けてなかを見まわすが、誰もいなかった。オフィスのドアをノックしようかと思ったが、キッチンから物音がしたため、そちらへ向かった。

赤ん坊が寝かされている車輪つきの小さなアクリルガラスのベッドが暖かいストーブのそばにあり、メルはテーブルで組んだ腕に頭を載せていた。すすり泣いている。ジャックは彼女のそばに駆け寄った。一瞬の動きでテーブルにパイを置いて、彼女がすわっている椅子のそばに片膝をついた。「メル」と呼びかける。

メルは頭をもたげた。頬がこすれてピンク色になっている。「ああ、やだ」涙声で彼女は言った。「見つかっちゃったわね」

ジャックは彼女の背中に手を置き、「どうしたんだい?」とやさしく訊いた。さあ、話してくれ。力にならせてくれ。

「赤ちゃんの家が見つかったの。彼女を引きとるって言ってくれる人がいて、ドックもそれを許したの」

「それは誰だい?」とジャックは訊いた。

「リリー・アンダーソンよ」とメルは答えた。大粒の涙があふれた。「ああ、ジャック。わたしがいけないの。愛着を感じてしまって」メルは彼の肩に顔を寄せて泣いた。ジャックはすべてを忘れた。「ここへおいで」と言うと、彼女を椅子から立たせた。その椅子に自分がすわり、彼女を膝に乗せる。メルは彼の首に腕をまわし、肩に顔をうずめて泣いた。ジャックはそっと背中を撫でてやった。唇をやわらかい髪に押しつけ、「大丈夫だよ」とささやく。「大丈夫だ」

「わたしがいけないの」メルは彼のシャツに顔をうずめたまま言った。「ばかだった。わかっていたはずなのに。赤ちゃんに名前までつけて。何を考えていたの?」

「愛情を与えたんだ」とジャックは言った。「とてもよくしてやっていた。それで心が痛むのは残念だが」しかし、ほんとうは残念とは思っていなかった。腕を彼女の体にまわす感触は思ったとおりだった。抱きしめた小さな体は温かくて引きしまっている。膝の上の彼女は羽根のように軽く、首にまわされた腕はリボンのようだった。甘くかぐわしい髪のにおいがジャックの頭のまわりで渦を巻き、きつく脳をしめつけて思考を乱した。

メルは顔を上げて彼の目をのぞきこんだ。「この子を連れ去ろうと考えたの」と言う。「いっしょに逃げてしまおうと。それって常軌《じようき》を逸《いっ》している。ジャック、わかっておいて——わたしってほんとうにどうかしてるの」

ジャックは頬の涙を拭いてやった。「赤ん坊がほしかったら、養子にできるかやってみればいい」

「アンダーソン夫妻」とメルは言った。「ドックが善良な人たちだって言ってる。いい家族だって」

「たしかに。誰よりも善良な人たちだ」

「それに、赤ちゃんにとっても、働きづめのシングルマザーよりもいい環境のはず」とメルは言った。「こんな保育器じゃなくて、本物のベビーベッドが必要なのよ。助産師や年寄りの医者じゃなく、本物の家族が」

「家族の形もさまざまだよ」

「ああ、何がいちばんかはわかっているの」また涙があふれ出した。「ただ、とても辛くて」そう言うと、メルはまた彼の肩に頭をあずけた。ジャックが体にまわした腕に力をこめると、彼女は彼の首にさらにきつく腕を巻きつけた。ジャックは目を閉じ、頬をやわらかい髪に押しあてた。

たくましい腕に抱かれているのを感じながら、メルは思いきり涙に暮れた。ジャックのことは強く意識せずにいられなかったが、その瞬間、ほんとうに重要だったのは、ほぼ一年も泣き暮らしてきてはじめて、ひとりではないという事実だった。そうして抱きしめられていると、守られている気分になった。たくましく、温かななぐさめがありがたかった。ジャックのシャンブレー織りのシャツは頬にやわらかく、体を載せている太腿は硬かった。コロンと屋外のにおいが入り混じったすばらしいにおいがし、彼といっしょにいると安心だった。たくましい手に背中を撫でられ、髪にそっとキスされるのがわかった。

メルがシャツを濡らしつづけるあいだ、ジャックはそっと彼女を揺らしていた。何分か経ち、泣き声が鼻をすする音になり、やがてその音も小さくなった。メルは首をもたげ、ジャックを見つめたが、口に出しては何も言わなかった。ジャックの脳は麻痺したようになっていた。彼は唇でそっと、恐る恐る彼女の唇に触れた。メルが目を閉じてそれを受け入れると、体をさらにきつく抱きしめ、しっかりと唇に唇を押しつけた。メルの口が開いた。ジャックは口を開け、小さな舌が口のなかにはいってくるのを感じて息をつめた。まわりの世界が揺らめく気がした。彼はキスにわれを忘れた。深まるキスに突き動かされ、揺さぶられる。

「だめよ」メルが口をつけたままささやいた。「わたしにかかわってはだめ、ジャック」

ジャックはまたキスをし、二度と放さないというように抱きしめた。「おれのことは心配要らない」とやはり口をつけたまま言った。

「あなたはわかっていないのよ。わたしは何もあげられない。何ひとつ」

「何かほしいなんて頼んでない」とジャックは答えた。心のなかではこうつぶやいていた。きみはまちがっている。きみは与え、奪っている。そしてそれはとんでもなく気持ちがいい。

ぼうっとした頭でメルが考えられたのは、体はいま、空洞ではないということだった。空っぽすぎて痛んだりもしていない。何かにつながっている感じを夢中で味わっている。誰かに。つなぎとめられている感じ。人とまた触れ合えるのはなんてすばらしいことだろう。魂ではそのやり方を忘れていたが、体は覚えていた。「あなたはいい人だわ、ジャック」メルは唇を合わせたまま言った。「傷つけたくない。わたしは誰も愛せない人間だから」

ジャックは「自分のことは自分でなんとかするさ」とだけ言った。

メルはまた彼にキスをした。深く。情熱的に。しばらくのあいだ――二分ほどだったが――彼の口にふさがれて熱を帯びた口を動かしていた。

そこで赤ん坊がむずかった。

メルはジャックから身を引き離した。「ああ、なんてこと、どうしてわたし、こんなことを？」彼女は自問した。「これはまちがいよ」

ジャックは肩をすくめて言った。「まちがい？　ちがうね。おれたちは友人同士だ。親しい間柄だ。きみがなぐさめを必要としていて――おれがここにいた」

「こんなことは起こってはならなかった」少々打ちひしがれた口調だ。

ジャック自身、打ちひしがれた思いを感じつつ、その場をおさめようとした。「メル、もういい。きみは泣いていた。それだけだ」

「キスをした」彼女は言い返した。「あなたもよ！」

ジャックは彼女にほほ笑みかけた。「きみはときどき自分に厳しすぎる。たまには心の痛まない何かを感じてもいいはずだ」

「こんなこと、二度と起こらないって約束して！」

「きみが嫌だと言うなら起こらないさ。でも、ひとつ言わせてくれ――きみがそれを望むなら、おれはきみの望みどおりにする。なぜかわかるかい？　キスが好きだからさ。それについて自分を責めようとは思わない」

「二度としない」メルは言った。「ばかなことはしたくないから」

「きみは自分を罰している。なぜかは見当もつかないが。でも――」彼は膝から彼女を持ち上げて立たせた。「きみの言うとおりにするさ。おれとしては、きみもひそかにおれを好きなんだと思うけどね。おれを信頼している。それにさっきはきみもおれにキスをするのが気に入っていた」そう言ってにやりとした。「それぐらいわかったさ。そういうところは知恵がまわるんだ」

「あなたは女性にちょっと飢えているだけよ」とメルは言った。

「いや、女なら間に合っている。そういうこととはまったく関係ない」

「でも——約束してもらわなければならない」

「もちろんだ」とジャックは言った。「それがきみの望みなら」

「そうしなきゃならないの」

ジャックは立ち上がって彼女を見下ろした。こうなることをみずからに警告していたのに、愚かにもそれを無視したのだった。信頼をとり戻さなければならない。いますぐ。ジャックはメルの顎を指で持ち上げ、そのきれいな悲しい目をのぞきこんだ。

「きみとクロエをアンダーソンの農場に送っていこうか？　もうきみにキスはしないと約束すれば？」

「そうしてくれる？」とメルは言った。「彼女を送っていきたいの。どこで暮らすことになるのか、ちゃんと見ておきたくて。それに、ひとりになりたくない気もする」

メルにおちつきをとり戻してもらう必要があるのはたしかだった。ジャックはピックアップトラックをとりにバーへ戻り、店に顔を突き入れた。「ドック、メルと赤ん坊をアンダーソンの家に送っていくよ。それでかまわないかな?」

「もちろんだ」老いた医者はカードから目を上げて言った。

メルが赤ん坊に必要な品をいくつか集め終えると、ジャックがふたりを車に乗せた。ピックアップトラックにはベビーシートがなかったため、メルが赤ん坊を抱いた。少し涙ぐんでいる。それでも、丘陵地帯へと車が長い道をのぼりはじめ、フェンスで囲まれた牧草地で草を食む羊たちの脇を通りすぎるころには、彼女はどうにかおちつきをとり戻していた。

リリー・アンダーソンは家のなかに招き入れてくれた。生活感あふれる簡素な家だった。掃除の行き届いた床や窓はぴかぴかに光っている。ソファーの端や椅子の背にはたたんだキルトが置かれていた。壁には刺繍《ししゅう》画が飾られ、家のなかは焼き立てのパンの香りがし、カウンターにはまだ温かいパイが置かれている。長年のあいだに撮られた一家の子供たちの写真が何十枚も飾ってある。クロエのためには籐《とう》のベビーベッドが用意されていた。ジャックがバックといっしょに、バックの成長した息子たちが春の羊毛の刈りとりをはじめている囲いのところへ行ってしまうと、リリーがメルのためにお茶を淹《い》れ、ふたりはキッチン・テーブルで話をした。

「正直に言いますね、リリー。この子にはかなり愛着を感じてしまって」

リリーはテーブル越しにメルの手をとった。「よくわかるわ。ここに頻繁に訪ねてきて、この子を抱いてあやしてやって。近くにいてやってちょうだい」

「あなたもそんな辛い思いをしないといいんですが――結局、誰かがこの子を迎えに来たときに」

リリーは涙目のメルを見て、もらい泣きするように目に涙をにじませた。「あなたはとてもやさしい心の持ち主にちがいないわね」とリリーは言った。「心配しないで、メル――いまやわたしはおばあちゃんなのよ。大勢の子供たちがここで暮らし、やがて出ていったわ。でも、この子がここにいるあいだは、あなたも他人じゃないのよ」

「ありがとう、リリー。わかってくれて。女性たちと生まれてくる子供たちの力になること――それがわたしの天職なの」

「そのようね。あなたがこの町に来てくれて、わたしたちはほんとうに幸運だわ」

「でも、長くいるつもりはなくて、そう……」

「それについては考え直したほうがいいわね。ここは悪い場所じゃないし」

「クロエの問題に片がつくまでは、ここにいるつもりです。じゃあ、またここへ来てクロエを抱っこするのに数日あいだを空けるようにしますね」とメルは言った。

「よかったら、毎日来て。一日二度でも」

まもなくメルは囲いの柵のところにいるジャックに合流し、刈りとりを眺めた。

「数週間のうちに、子羊が生まれるから、また訪ねてきたほうがいい」とバックが言った。「お産のまえに刈りとりをしてしまいたいんだ。そのほうが母羊が楽だからね」

牧場をあとにすると、ジャックはヴァージンリバーの丘陵地帯をまわりこむ道を選んだ。ことばに出しては何も言わなかったが、美しい緑の草原や、高い山々や、草を食む家畜をメルに見せようとしたのだ。それから、アカスギの林を通り抜ける高速道路二九九号線を走った。それまで鬱々《うつうつ》とした様子だったメルは、圧倒されたように息を呑んだ。空は穏やかに青く、そよ風はひんやりしていたが、背の高い木々に囲まれているせいで、まばゆい木漏れ日が射す以外は暗かった。ゆっくりと、静かにではあるが、彼女の気分もよくなってきているようだった。

この場所はふたつの世界に分断されていると言えた。森の奥の荒涼とした貧しいキャンプで絶望して暮らす人々の暗くみじめな世界と、アカスギの国有林や、第一級のキャンプ地や、草の生い茂ったみずみずしい牧草地が広がる丘や谷間といった健康で満ち足りた世界。

ジャックは生い茂る木々が天蓋《てんがい》のようになっている道を下り、ヴァージン川がもっとも大きくカーブしている場所へ行くと、川岸に車を停めた。川には、サスペンダーで胴長を留め、ポケットのたくさんついた茶色の釣り用のベストを着て肩ひもで籐の魚籠《びく》を吊るしている男がふたりいて、川にフライを投げていた。釣り糸が描く弧はバレエのように優美でリズミカルだった。

「何をするの？」とメルは訊いた。

「きみがここでの仕事を切り上げて出ていってしまうまえに、いくつか見せたいものがあったんだ。ここは町の人やよそから来る釣り人の多くが釣りをする場所だ。おれもほとんどここで釣っている。冬の雨が降り出したら、ここへ来て、サケが生まれた川に戻って産卵するために自然の滝を遡上《そじょう》する様子を眺めるんだ。それはほんとうに見ものさ。赤ん坊はアンダーソン家にいるわけだから、よかったら、海岸にも案内するよ。もうすぐクジラが夏のあいだの冷たい水を求めて北上するんだ。生まれたばかりの子クジラといっしょに沿岸を通っていくんだが、信じられない光景さ」

メルは釣り人たちがキャスティングし、リールを巻く様子を眺めた。あたりがあったようで、かなり大きな茶色のマスが釣れた。

「釣りのシーズン真っ盛りのころには、バーのメニューのメインは魚料理になる」とジャックは言った。

「そのほとんどをあなたが自分で釣るの？」とメルは訊いた。

「おれとプリーチャーとリッキーさ。仕事を遊びにするいちばんの方法だよ。メル――」ジャックはやさしい声で言った。「下流を見てごらん。あそこに……」

メルは目を細め、息を呑んで身を引いた。対岸の藪《やぶ》から頭を突き出しているのは母熊と子熊だった。

「熊のことを訊いていたな。アメリカクロクマ。子熊はまだ幼そうだ。出産したばかりで、冬眠から覚めたばかりなんだろう。ああいうのを見たことがあるかい？」

「〈ディスカバリー・チャンネル〉でならね。釣り人たちには熊が見えないのかしら？」とメルは訊いた
「きっと見えているさ。熊は邪魔をしないし、釣ってる連中も熊の邪魔はしない。ただ、万一に備えて熊除けのスプレーは持っているはずだが。ピックアップトラックにはライフルも積んでいるが、熊が近くに来すぎたら、釣り糸を巻いて熊が去るまで車のなかで待つだけさ」ジャックは忍び笑いをもらした。「熊が魚を食べるのを見てみ

るといい」

　メルはしばらくうっとりと眺めていたが、やがて言った。「どうしてここに連れてきてくれたの？」

「ときどき、何かうんざりするようなことがあったら、ここへ来るか、アカスギの林のなかをドライブするか、羊が草を食んでいる丘や牛がうろついている放牧地へ行ってしばらくすわっているかするんだ。そうしてただ地球とつながろうとする。それだけでいいと思えるときもあるから」

　窓から片肘を突き出し、もう一方の手の手首をハンドルのてっぺんにおいて、ジャックは釣りの様子をただ眺めていた。男たちと熊を。男たちは釣りに夢中で、空き地に車がはいってきた音に振り返りもしなかった。

　物音を発することもない。メルが何を考えているのかはわからなかったが、ジャックは胸の内でつぶやいた。キスされたからって逃げ出したりしないでくれ。もっと最悪の事態だってあり得たんだから。

　二十分ほどして、ジャックは車を発進させた。「ほかにも見せたいものがあるんだ。急いで帰らなくてもいいだろう？」

「ドックが町にいるから」とメルは答えた。「たぶん、大丈夫」

ジャックはついにホープ・マックリーのロッジがある空き地へ車を乗り入れた。メルに出ていくことを思い直してほしいと彼が考えているのはその家を見れば明らかだった。しかしメルは、彼がこれほどのことをしてくれるとは思ってもみなかったのだった。車がロッジのまえで停まると、メルは驚いてジャックに目を向けた。

「すごい」と彼女は言った。「どうやってこれを？」

「石鹸と――」ジャックは答えた。「材木と、ペンキと、釘で」

「こんなことしてくれなくてよかったのに、ジャック。だって――」

「わかってる――きみはこの町を出ていくんだから。この二週間で少なくとも百回は聞いたよ。それはそれでいいさ。そうしなきゃならないならしかたない。でも、これを約束されてここへ来たわけだから、その選択肢はちゃんとすべきだと思ったんだ」

目のまえにあるのは、新たに据えられ、赤いペンキで塗られた丈夫で広いポーチのある三角屋根のロッジだった。ポーチにはふたつの白いアディロンダック椅子が置かれ、ポーチの隅の手すりには赤いジェラニウムが植えられた四つの白い鉢植えが飾られている。きれいな家だった。なかにはいるのが怖くなるほどに。つまり、なかが同じぐらいきれいだったら、ここに住まなければならないということ？　きれいであることはまちがいなかった。

ことばもなくメルは車から降りた。家へとゆっくり階段をのぼる。後ろでジャックが車に乗ったままでいるのがわかった。ひとりで行かせようとしてくれているのだ。メルはドアを開けた。もう何かにつかえて開かないということはなかった。なかにはいると、木の床は艶やかで、カウンターの表面は光り輝いていた。まえに見たときは汚れのせいで外が見えなかった窓はとてもきれいになっていて、ガラスがはいっていないかのようだった。板張りされていた窓には新しいガラスがはいっている。キッチンの家電はしみひとつなく磨きこまれ、家具は強く掃除機をかけられたか、洗剤で洗われたかしたらしく、ほこりがとれたせいで色鮮やかに見えた。床には新しいラグも敷かれている。

メグは寝室へ足を踏み入れた。上掛けが新しくなっていて、たしかめるまでもなく、その下のマットレスは中身のつまった分厚いものが新たに購入されていて、あの胸がむかつくほどに汚らしいマットレスはなくなっていた。真新しいシーツもホープのお下がりではなく、新たに購入されたものであるのは明らかだ。ベッド脇の床には厚手の広いラグが敷かれている。バスルームには新しいタオルや洗面用品が置かれていた。シャワールームのガラスも完全にとり換えられており、タイルはぴかぴかに磨き上げられていて、継ぎ目にも汚れひとつなかった。バスルーム全体に、かすかに漂白剤のにおいがするだけで、汚れひとつ、しみひとつなかった。赤白交互に置かれた明るい色のタオルも気に入った。ラグは白く、ごみ箱とグラスとティッシュ入れは赤かった。

一階には部屋がふたつあり、階上《うえ》の三角屋根のてっぺんの部分には小さなドアのないロフトがあった――ベッドと小さなドレッサーを置くのがせいぜいの広さだ。主寝室以外のどちらの部屋もきれいに掃除されていたが、家具は置かれていなかった。居間に戻ると、暖炉の火がたかれた跡があり、暖炉の脇に新しい薪の山があった。本棚の本もほこりをすっかり払われており、コーヒーテーブルとして使えるトランクもレモン・オイルで磨かれていた。食器棚もオイルでつやつやに磨かれている。そのひとつを開けてみると、まえにそこにあった黒ずんだメルマックの皿が新しい磁器に置き換わっていた。黒っぽくなっていた古いプラスティックのカップの代わりにグラスが置かれている。カウンターのワイン・ラックにはワインが四本はいっていた。

冷蔵庫のなかもぴかぴかになっていて、いくつか食品もはいっていた。白ワインのボトルと六本パックの高級ビールが冷えている。牛乳、オレンジジュース、バター、パン、レタスなどのサラダの材料もはいっていた。ベーコンと卵、サンドウィッチの材料――ランチ・ミート、チーズ、マヨネーズ、マスタード――もある。新しいテーブルクロスをかけられたキッチン・テーブルの上には、みずみずしい果物のはいった華やかな磁器のボウルが置いてある。カウンターの隅には四本の太く丸く白い蠟燭が置いてあった。メルは顔を近づけて蠟燭のにおいを嗅いでみた。バニラの香りだ。

彼女は家を出てドアを閉め、車に戻った。ジャックがしてくれたことのせいで感傷的になっていた。まったく予期せぬことだった。自分がまちがいを犯したという事実とは折り合いをつけるようになっていたのだ。そのことを受け入れ、よそへ行く心の準備はできていた。自分がここにいなくてもよくなったらすぐに。

「どうしてこんなことを？」

「きみに約束されていたことだからさ」とジャックは言った。「強制するつもりはない」

「でも、何を期待していたの？」とメルは訊いた。

「町にはきみが必要だ。ドックには手助けが必要で、それはきみにもわかっているはずだ。きみがためしに留まることを考えてくれないかと期待したんだ。あと数週間だけでも。きみにとってうまくいくかどうかたしかめるだけでも。ヴァージンリバーのみんなにとっては、すでにはっきりしているけどね――彼らにとってはきみが残ってくれればありがたいことだ」

「ホープとの一年契約に従わせようと思ってしたことと？」とメルは訊いた。「だって、この場所のせいで今回のことが行きづまったわけだから。ホープはわたしに契約を押しつけることはできなかった。条件を満たしていなかったんだもの」

「彼女だって契約を押しつけたりはしないさ」とジャックはきっぱりと言った。

「いいえ、押しつけるでしょうよ」

「いや。無理やり契約に従わせたりはしないさ。保証するよ。おれがそうはさせない。これはきみのためにやったことだ。ホープの力になろうとしたわけじゃない」

メルは悲しげに首を振った。「わたしがここで暮らせないのはあなたにもわかるはずよ」と小声で言う。

「いや、おれにはわからないよ、メル。自分にとって居心地のいい場所だったら、暮らせるはずだ。ここにだっていろいろな側面がある。さまざまな理由でね」

「いいえ、ジャック、見て。わたしを見て。わたしはキャンプをする人間じゃない。買い物好きの人間よ。素朴な田舎の助産師とも言えない。都会に慣れすぎていて、怖いぐらい。ここにいると、とんでもなく場違いな気がするの。自分がみんなとはちがうって気が。そういうふうに感じさせられているわけじゃなく、なぜかそう感じずにいられないの。わたしはここにいるべきじゃない。〈ノードストローム〉にいるべきなのよ」

「デパートにいるべきって」ジャックは笑った。

メルは顔を手にうずめ、目をもんだ。「あなたにはわからない。込み入った事情があるの、ジャック。あなたが気づいている以上に」

「話してくれ。おれのことは信頼していい」

「それなの――わたしがここへ来ることに同意した理由のひとつが、もうそのことについて話さなくて済むからということだった。こんな決断をするなんてどうかしてたとしか言えない。正気じゃなかった。まちがった決断だったのよ。ここはわたしがいるべき場所じゃない」

「仕事のせいで燃え尽きただけじゃなかったんだね？」とジャックは訊いた。

「わたしをロサンゼルスにしばりつけていたありとあらゆるものを処分して、二度と戻るまいと決めたの。パニックになって、理性を失った無茶な決断をしてしまったのよ」メルは説明した。「心が痛くてたまらなかったから」

「たぶん、そうだと思ったよ。男だね。失恋か何か」

「似たようなことよ」とメルは答えた。

「おれを信じてくれ、メル。失恋の痛みを癒すには、ここもほかと変わらずいい場所だ」

「あなたも？」メルはジャックに訊いた。

「ああ、ある意味ではね。でも、おれはパニックになってここへ来たわけじゃない。こういう場所を探していたんだ。釣りと狩りにぴったりの場所。人里離れた場所。込み入った事情のない場所。きれいな空気、まともな価値観、助け合う働き者の人々。それがよかったんだ」

メルは深々と息を吸った。「長い目で見て、わたしがうまくやっていける場所とは思えない」

「それはそれでいいさ——誰も長期の契約を求めていないんだから。まあ、ホープ以外は。でも、彼女をまともに相手にする人もいないけどね。ただ、ここに来たときと同じようにパニックに駆られて逃げ出すようなことはするべきじゃない。ここは健康な場所だ。きれいな場所でもある。わからないさ。もしかしたら、きみがそれを乗り越える助けになるかもしれない……それがなんであれ」

「ごめんなさい。わたし、ときどきひどくふさぎこむの。ありがたく思うべきなのに。感謝すべきなのに。それなのに——」

「なあ、おちつけよ」ジャックは車のギアを入れ、町へと向かいながら言った。「おれが意表をついたのがいけないんだ。きみはちゃんとした住まいがないという言い訳を使えると思いこんでいたわけだから。それに、いまとなってはクロエのせいで足止めされることもない。でも、きみがドックのところに留まっていなければならない理由もないと思ったんだ。きみがいま寝泊まりしている場所で誰かがお産するというなら、そろそろきみも自分だけの寝場所を持つべきだとね。きみが望めばの話だが」

「あそこには熊は出る？」とメルは訊いた。

「ごみは家のなかに置いておくのがいちばんだろうな。それで、町へ持ってきて、ごみ収集用のごみ容器に捨てる。熊はごみあさりが大好きなんだ」

「ああ、まったく！」

「ここではもう何年もひどい熊の被害は出てないよ」ジャックはコンソール越しに手を伸ばし、メルの手をにぎった。「ちょっと休憩するんだね。特別ひどい頭痛に対処するんだ。そうするあいだ、たまに体温を測る。ときどき薬を飲む。誰もきみを人質にとろうとはしないから」

メルは運転するジャックを見つめた。たくましい横顔を。骨格のしっかりした角張った顔、まっすぐな鼻、高い頬骨。頬のひげは伸びかけている。毛深い男性だった。胸のてっぺんまで首の毛を剃っているのはわかった。メルはシャツの下がどうなっているのか想像せずにいられなかった。生え際が後退していることについてマークが愚痴を言っていたのを思い出す。だからといって、彼の少年っぽい外見の良さが損なわれることはなかったが。しかし、このジャックという男性に少年っぽいところはなかった。ハンサムな顔には木こりのような険しさがある。それに、髪は軍人のように短くしているが、多少すいたほうがよさそうなほど多かった。ハンドルをにぎる大きな手にはまめがある――働き者の手。テストステロンをまき散らしているような男性だ。

このすばらしい男性が、彼に似合う女性もいないような人口六百人の小さな町に閉じこもって何をしているの？　この人はわたしのことについて多少気づいているのかもしれない――いまのわたしには心がないということについて。あれだけのことをしてもらったというのに、こちらから返せるものは何もない。何も。わたしの心は空洞だ。そうでなかったら、ジャックのような男性に魅力を感じないはずはない。

それこそが、悲しみがもたらす最悪のことね、とメルはドックの家へ戻りながら胸の内でつぶやいた。心を空っぽにされてしまう。自分のためにロッジを修理してもらったことで、うぬぼれたり、喜んだりすべきなのだ。ジャックのような男性に関心を持ってもらったことでわくわくすべきなのだ――彼が関心を持ってくれているのはたしかだ。それなのに、感じたのは悲しみだった。こういう親切な行為に心を動かされる能力を失ってしまっていた。逆に気が滅入り、孤独を感じてしまう。贈り物や親切をありがたく受けとるのがおっくうになってしまうからだ。ハンサムな男性に関心を寄せられて、それに反応することもできない。幸せになることなどできないのだ。マークを失った悲しみにしがみついていることで、記憶のなかの彼を美化しているだけなのではないかとときに自問することはあったが。

リッキーは毎日放課後、バーで働いていた。ジャックに頼まれれば、週末に働くこともあった。彼は放課後、リズを雑貨屋のまえで下ろすと、バーの裏にまわり、ジャックとプリーチャーのピックアップトラックの横に車を停めた。店にはいっていくと、ジャックが出ていくところだった。「道具を持ってこい」とジャックは言った。「川へ行って、釣れるかどうかやってみよう」

「いまはまだ何もいないよ」とリッキーは言った。よく釣れるのは秋と冬で、魚は春までにだんだんと減っていき、夏にまた多くなりだすのがつねだった。

「ちょっとキャスティングしてみるさ」とジャックは言った。「何が釣れるかやってみるんだ」

「プリーチャーも来るの？」リッキーは竿とリールと道具箱をとりにキッチンの倉庫

へ向かいながら訊いた。

「いや、彼は忙しいから」

ジャックはリッキーにはじめて会った日のことを思い出した。リッキーは十三歳で、バーになる予定のロッジに自転車でやってきたのだった。やせっぽちで、そばかすだらけの顔にはなんとも言えず人を引きつける笑みが浮かんでおり、性格もとてもよかった。ジャックは気をつけるなら、そばにいたり、改装の手伝いをしたりしてもいいと言ってやった。リッキーの身内が祖母のリディーだけだと知ると、保護者のような役割をはたすようになった。リッキーの背が伸びてたくましくなっていくのを見守り、釣りや狩りの仕方を教えた。いま、リッキーはほとんど大人の男と変わらなくなっていた。肉体的にはもうあまり変わらなくても、精神や感情の面では、十六歳はまだ十六歳だったが。

川岸に来ると、ふたりは何度か竿を振り、やがてそのときが来た。ほとんど魚がいないときに釣りをする真の理由が。「おまえにはちょっと話しておかなくてはと思って」とジャックは言った。

「何を？」

ジャックはリッキーには目を向けず、キャスティングして釣り糸に長くきれいな弧を描かせた。それから口を開いた。「おまえがおまえのものを突っこめる場所であっても、それが違法な場合もあるってことについてさ」

リッキーははっと顔を上げてジャックの横顔を見つめた。ジャックは顔をそちらに向けて少年と目を合わせた。

「彼女は十四歳だ」とジャックは言った。

リッキーは何も言わずに川に目を戻した。

「十四歳に見えないのはわかってる。でも、十四歳なんだ」

「ぼくは何もしていないよ」とリッキーは言った。

ジャックは笑った。「なあ、ごまかしても無駄だ。彼女がこの町に来てはじめての金曜日の晩に、おまえの車がコニーの家のまえに停まってるのを見たぞ――さっそく行動を起こしたわけだ。それでもまだ何もしていないと言うのかい？」ジャックは糸を巻き、リッキーのほうを振り返った。「いいかい、冷静にならなくちゃならないぞ。聞いてるのか、リッキー？　おまえはいま、危険な領域にいる。あの子は魅力的な子だが――」

「いい子だよ」リッキーが弁護するように言った。

「もうつかまっちまったのか」ジャックは手遅れではありませんようにと祈りながら

言った。「どこまで行った？」

リッキーは肩をすくめた。「彼女のことは好きだよ。まだ年が行っていないのは知ってるけど、それほど幼く見えないし、好きなんだ」

「わかった」とジャックは息を吸って言った。「じゃあ、おまえの十六歳の精子が彼女の十四歳の卵子と結合しないようにするやり方について話したほうがいいな。ん？」

「その必要はないよ」リッキーは竿を振りながら言った。ひどいキャスティングだった。

「ああ、まったく。もう関係を持っちまったのか。体の関係を、そうなのか？」リッキーは答えず、ふたりがどこまで行ったのかは誰にもわからないなとジャックは胸の内でつぶやいた。最後まで行かなくても、多少の満足を得られる方法を好奇心旺盛な子供たちがあれこれ試してみることは自分の経験からもよくわかっていた。くそみたいな芸術の域に達するというわけだ。問題はそれが続かないことだ。最後に近づけばそれだけ、しくじる可能性も大きくなる。しくじる危険を冒すよりも、最初からちゃんと避妊しておくほうがずっと理にかなっていることもある。しかし、おまえはもっと年齢を重ねるべきだ。もっと。「ああ、くそっ」ジャックは息を吸った。それから胴長のなかに手を入れ、その手をジーンズのポケットに突っこむと、ひとにぎりのコンドームを引っ張り出した。「こんなことをしなきゃならないのは辛いよ、リック。おまえには彼女にこれを使ってほしくないからな。でも、使わずにしてほしくもない。にっちもさっちもいかないんだ。助けてくれないか？」

「わかったよ、ジャック。彼女とはしない。十四歳なんだから」

ジャックは手を伸ばしてリッキーの髪をくしゃくしゃにした。そばかすが若者らしいひげのあとに代わっている。もうやせっぽちとも言えない。バーでの仕事と狩りや釣りにいそしむあいだに——祖母のために用事を済ますのは言うまでもなく——少年は鍛《きた》えられ、肩と腕には筋肉がついていた。ハンサムな子だとジャックは思った。ほんとうに成長した。リッキーにはしなければならないことが山ほどあった。必死で勉強して成績を維持し、祖母の家まわりで必要な肉体労働をすべてやる。ジャックの監督のもとで、リッキーは祖母の家のペンキの塗り直しもした。何もかも、信頼できるまっとうな大人の男に育ててあげるためだ。ティーンエイジで相手をはらませて墓穴を掘ったりしない男に。

「で、あんたはいくつだったの？」リッキーがジャックに訊いた。

「だいたいおまえと同じぐらいだな。でも、女の子はずっと年上だった」

「ずっと?」

「リジーよりはずっと。おれより上だった。おれより賢かったし」ジャックはリッキーにコンドームを渡し、リッキーは頬を赤黒く染めながらもそれを受けとった。

「おまえの年ごろについてはわかってる——おれもその年だったことがあるんだから。何が問題かはわかってるはずだ。彼女はそれほど幼く見えないかもしれないが、まだそうなるにはだいぶ長い時間が必要だ。そうだろう?」

リッキーの体に震えが走り、ジャックはそれに気がついた。そう、リジーのかなり早熟な魅力に気づいていなかったわけではない。だからこそ、こうして話をしたのだ。

「うん」リッキーは少し息を切らしたように言った。

「おまえがちゃんとわかってるかどうか確認しようじゃないか」とジャックは言った。

「直前に引き出すっていう昔ながらのやり方は知ってるはずだ——それがうまくいかないことも。そうだろう? それから、奥まで入れないようにするってやつは? 無駄だな。まず、それができるとしたら、おまえはおれより強い男だよ。それができたとしても、充分じゃない。それでもまだ彼女は妊娠する可能性がある。そういうことはわかってるな?」

「もちろん、わかってるさ」

「リック、もし彼女との関係が後戻りできないものだったり、もっと真剣なものになる可能性が大きかったりする場合でも、責任をとるのはおまえだってことをわかっておいてくれ。越えちゃいけない一線をもうけるんだ——せめて避妊は絶対にすること。いま町には助産師がいるんだから、力を借りることもできる。リズについてだが、個人的には、セックスをするにも幼すぎると思う。でも、妊娠するのに幼すぎるのはまちがいない。おれの言っていることがわかるかい、リッキー？」

「何も問題ないって言ったじゃないか。でも、お礼を言うよ、ジャック。ぼくに正しいことをしてほしいだけだってわかってるから」

「不意をつかれないってこともそこには含まれるからな。あぶなくなったら、彼女にもつけさせるんだな。二重の防御ってわけだ——彼女とおまえの。脳みそのはいった頭を使わなきゃならないぞ。おれの言うことを信じるんだ。いいやつなのに、あそこでものを考えたせいで、落ちぶれていった人間をひとりならず見てきたんだから」

リッキーが顎を下げて目を伏せる様子を見て、ジャックにはわかった。リズには抗《あらが》いがたい魅力があるのだ。リッキーは必死で抗おうとしているが、もはや自分ではどうしようもない状態なのだろう。

「うん」とリッキーは言った。「聞こえてるよ」

「コンドームを必ず持ち歩くって約束できるかい？　彼女の身を守るのはおまえの責任だ。コンドームひとつ使っただけでも、彼女をメルのところへ連れていくこと。すぐに」

「まだこの話を続けなくちゃならない？」

ジャックはリッキーの腕をつかんだ。硬い筋肉がわかった。ああ、リッキーは百八十センチ近くになっていて、まだ成長している。「大人の男になりたいだろう？　だったら、それらしく考えなくちゃならない。そんな気がするだけじゃだめなんだ」

「わかったよ」とリッキーは言い、すぐに続けた。「ところで、ぼくが十八歳以上じゃない場合だって違法なんだよ」

ジャックは思わず笑った。「おまえはためにならないほど賢いよな？」

「そうだといいんだけどね、ジャック。ほんとうにそうだといいんだけど」

7

メルは少なくとも一日おきにジョーイと話した。一日おかないこともたまにあった。自由な時間ができたときにドックの家から電話をかけ、ジョーイが折り返してくれるので、通話料はかからなかった。ドックのコンピューターから改装されたロッジの写真を送ってやると、インテリア・デザイナーのジョーイはジャックがしてくれた補修や塗り直しに感心した。それからメルはもう少し留まることにしたとジョーイに告げた。あと数週間。少なくとも、クロエがリリーのところにおちついたと確信できるまで。ロッジが気に入ったのもあり、ポリーが出産を終えるまで見届けたい気持ちもあったからだ。

そのことをジャックには伝えていなかった。しかし、彼は日々バーに現われる彼女を見て、試しにしばらく留まることにしたとわかったようで、それをうれしく思っているのを隠せなかった。

ドックとはジン・ラミーをし、時間になると、雑貨屋に行ってコニーとジョイとソープオペラを見た。バーでは多くの時間を過ごした。司書ではないジョイが火曜日ごとに小さな図書館を開いていたが、メルは必ずそこに顔を出した。縦三メートル横三メートル半ほどのスペースに本がぎっしりつまっていて、ほとんどの本がカバーの裏に古本屋のスタンプが押されたペーパーバックだった。そうして借りる本が、夜家に帰ってからの唯一の娯楽となった。

ドックの使いでサダー家に血糖値検査キットとインシュリンと注射器を届けたときに、リディー・サダーの具合がよくないこともわかった。糖尿病と関節炎を患っているだけでなく、心臓も弱かったが、メルが驚いたことに、孫のリッキーと暮らす家はとてもよく維持されていて、設備も整っていた。リディーはどうにか家を切り盛りしているようだった。動きはゆっくりだったが、笑みはやさしく、態度も感じがよかった。もちろん、お茶とクッキーを平らげずには家から帰してもらえなかった。メルがまだリディーと玄関ポーチにいるときに、リッキーが学校から白い小さなピックアップトラックを運転して帰ってきた。

「やあ、メル」とリッキーは言い、身をかがめて祖母の頬にキスをした。「ただいま、ばあちゃん。用事がなかったら、働きに行くよ」

「大丈夫よ、リッキー」リディーは孫の手を軽くたたいて言った。

「ぼくの手が必要になったら電話して」とリッキーは言った。「あとでプリーチャーの料理を何か届けるよ」

「それはありがたいわね、リッキー」

少年は家のなかに教科書を置きに行くと、また玄関に出てきてポーチの階段を飛び降り、車に乗って一ブロック先のバーへ向かった。「男の人と車って切っても切れないものなのね」とメルは言った。

「そのようね」リディーは笑った。

翌日、メルはランチタイムにコニーとバーにいた。「あなたの口からここを出ていくってもう何日も聞いてないわ」とコニーが言った。「その点、何か心境の変化でも?」

「そんなには」とメルは答えた。「でも、ジャックがあんな大変な思いをしてあのロッジを修理してくれたんだから、せめて何週間かは住むのが義理だと思ったの。ポリーの赤ちゃんの出産も手伝えるし」

コニーはバーカウンターのほうをちらりと見て、ふたりの釣り人のまえにランチ用のナイフとフォークなどを置いているジャックにうなずいてみせた。「きっとジャックはうんと喜んでるわね」

「町の人たちにとってわたしが役に立つと思っているみたい。ドックはそう思っていなくても」

コニーはそれを聞いて笑った。「まったく、あなたには眼鏡が必要ね。ジャックがあなたに向ける目からして、ドックは関係ないわね。町の人たちも」

「わたしのほうは特別な目を返したりはしていないでしょう？」

「返すべきよ。半径一キロ以内で、彼のためなら夫を捨ててもかまわないと思わない女はいないんだから」

「あなたも？」メルは笑って訊いた。

「わたしは別よ」コニーはコーヒーを飲みながら言った。「わたしは七歳ほどでロンと結婚したようなものなんだから」そう言ってもうひと口飲んだ。「でも、そうね――ジャックがどうしても頼んできたら、ロンを捨てるかもね」

メルは笑った。「誰も彼に足枷をつけていないのはかなり奇妙なことね」

「噂では、クリアリバーの女性と会っていたそうよ。どのぐらい深い仲だったのかは知らないけど。なんでもなかったのかもしれないし」

「その人を知ってるの？　彼が会っていたって女性を」

　コニーは首を振ったが、メルが興味津々でいることを訝《いぶか》るように眉を上げた。

「彼って自分のことはあまり話さないでしょう？　口をすべらしたりもしない。でも、あなたのほうに向けるまなざしは隠せてないわ」

「彼は時間を無駄にすべきじゃないわね」とメルは言った。わたしは相手にはなれないんだからとは付け加えなかった。

　新しい住まいでは、気に入った本を棚に並べていた。すべてすでに読んだか、再読した本ばかりだった。そして、ベッドサイドのテーブルにはマークの写真を置き、毎晩どれほど恋しいか語りかけた。それでも、泣くことは少なくなっていた。おそらく、ジャックのまなざしのせいだろう。心をおちつかせてくれるような話し方のせいかもしれない。

　メルがロサンゼルスで売ってきた家は四百平方メートル近くある家だったが、大きすぎると思ったことはなかった。部屋が広々としているのが気に入っていた。それでも、おそらくは百平方メートル余りしかないと思われるこのロッジにはしっくりくるものがあった。ここにいると、繭《まゆ》に包まれるような感じがした。

　一日のうちでいちばん気に入っていたのは、仕事を終え、新しい家に帰るまえの時間だった。冷たいビールを飲みにバーへ行き、チップスやチーズとクラッカーを食べる。ときには夕食をとることもあったが、小屋でひとりでとるのも気にならなかった。いまは食器棚に食料もはいっていたからだ。

ジャックが目のまえに冷えたビールを置いてくれた。「今夜はマカロニ・チーズがある」と言う。「プリーチャーを説得して、そこにスライスしたハムも入れさせたんだ」

「ありがとう。でも、今夜は家で食事するわ」

「料理をするのかい？」とジャックは訊いた。

「料理とは言えないわね」とメルは答えた。「サンドウィッチなんかを作るだけだから。それとコーヒーと。たまに卵を焼いたりはするけど。あとはテイクアウト」

「今風の女性ってわけだ」ジャックは笑った。「でも、あの家は住まいとして役に立っているかい？」

「すばらしい家よ。ありがとう。それに、静けさも必要だし。ドックが貨物列車みたいないびきをかくのを知ってた？」

ジャックは忍び笑いをもらした。「そう聞いても意外じゃないな」

「あなたについての噂話を耳にしたんだけど。クリアリバーの女性に会いに行っているって」

ジャックはそれほど驚いたようには見えなかった。眉とコーヒーのマグカップを持ち上げただけだった。「会いに？　この町の連中にしては少々お上品な言い方だな」

「あなたにも誰かがいると聞いてうれしかった」

「いないね」とジャックは言った。「昔の話だ。それに、会いに行っていたわけじゃない。それよりもっとずっとつまらないことさ」

なぜかそれを聞いてメルはほほ笑まずにいられなかった。「なんらかの取り決めがあったということのようね」

ジャックはマグカップからコーヒーを飲み、肩をすくめた。「それは――」

「待って」メルは笑いながら言った。「わたしに弁解する必要はないのよ」

ジャックは両手をバーカウンターにつき、彼女のほうに身をかがめた。「暗黙の了解があったんだ。おれはたまに彼女のところへ行く。夜を過ごしに。深い関係は何もない。情事ですらない。単なるセックスさ、メル。同意年齢にある大人同士の。それがおれにとってうまくいかなくなったと気づいて、おれたちは友人同士として別れた。いま付き合っている女はいない」

「そう、それってなんだか最悪ね」とメルは言った。

「必ずしも永遠にそうってわけじゃないからね」ジャックは言った。「いまはそうだというだけで。家にパイをひと切れ持っていかないか?」

「ええ」とメルは言った。「いただくわ」

メルがヴァージンリバーに来て四週間が過ぎた。そのあいだ、患者や友人たちが頻繁に訪ねてきた。治療を受けて少額の現金を払う者もいれば、何人かは保険にはいっていたが、大方は農場や牧場や果樹園やワイナリーやキッチンで作られたものを持ってきた。検査や処置や治療に対して、パンを半斤とか、パイ一個とかではとうてい足りないとわかっている主婦たちは、具合がよくなってからも、何かしらささやかなものを届けに来ることが多かった。調理済みではない食べ物――大量のリンゴや木の実、缶入りの果物や生の果物、野菜、ベリー類、ラムの腿や子牛肉など――は、まっすぐプリーチャーのもとにまわされ、うまい具合に調理されてあとでメルとドックがそれを食べさせてもらうことになった。ある意味、生活共同体のようなものだった。たいていドックとメルのところには消費しきれない食べ物が残った。ふたりともほとんどの食事をジャックのところでとるのだから当然だ。メルはすぐに悪くなりそうなもの――卵やパンやスライスハムやチーズの塊やパイやリンゴや木の実――を箱につめた。それから、コニーの店でオレンジジュースを一パック仕入れた。その箱をドックの古いピックアップトラックの助手席に載せてから彼に訊いた。「二時間ほど、車を借りていいですか？　ちょっとドライブしてまわりたいんだけど、BMWをあまり信用できなくて。うんと慎重に運転するから」

「私の車を？　きみが私のピックアップトラックに乗るなど信じられんな」ドックは疑うように言った。

「どうして？　ガソリンも入れておきます。それが心配なら」

「きみが崖から落ちて、きみが車と呼ぶあのくそみたいなものが私に残されるのが心配なだけだ」

メルは唇をすぼめた。「ときどき、あなたって我慢の限界を超えることがある。ほんとうに」

ドックは車のキーを手にとってメルに放った。メルはそれを受け止めた。「車に傷をつけるんじゃないぞ。神が見てるからな。私はあんな外国製に乗ってるのを人に見られるつもりはない」

メルはドックのピックアップトラックで町を出た。ひと山のぼりつめて下るために、森のなかの曲がりくねった山道にはいった瞬間に心臓が若干激しく鼓動しはじめた。ただひたすら怖かった。とはいえ、二週間というもの、その思いにとりつかれており、それをどうにかしなければ生きていけなかった。そこである計画が頭に浮かんだのだった。

クリフォード・ポーリスのキャンプの場所を覚えていたことは自分でも驚きだった。何か霊的なエネルギーに導かれているのだろうかと思わずにいられないほどに。山のなかで木々に囲まれていると、方向感覚は完全におかしくなった。それでも、さほど経たないうちに目的地に着いていた。キャンプへと続く、ほとんど見えなくなっている古い材木用の道がわかった。メルは車を進め、空き地に着くと、そこからすぐに出られるよう、大きくUターンし、車を降りた。そして、運転席のドアのそばに立って叫んだ。「クリフォード!」

すぐには誰も現われなかったが、しばらくして、ひげを生やした男がピックアップトラックからはずしたキャンパー・シェルの後ろから出てきた。このまえ来たときに会った男のひとりであるのがわかった。メルは指を曲げてそばへ来るように示した。男はゆっくりと近づいてきた。男がそばに来ると、メルはピックアップトラックの荷台に手を伸ばして箱を下ろした。「あなたたちの役に立つんじゃないかと思って」とメルは言った。「診療所にあっても無駄になるから」

男は押し黙って彼女を見つめた。

「受けとって」メルは男のほうに箱を押しやって言った。「お返しは要らない。単なるご近所のよしみだから」

男は渋々といった顔で箱を受けとり、中身を見た。

メルはいちばんの笑みを浮かべてみせた。男がほほ笑み返してくると、その歯は見るも無残だったが、メルは反応しなかった。結局、こういう人々ならこれまでも見たことがあるのだから。それでも、これまではどこかの組織に連絡して受け渡し、自分のカルテは処分できた。ここでは事情が異なる。

メルは車に乗り、ギアをドライブに入れて車を発進させた。ルームミラーで男がキャンパー・シェルに急いで向かうのが見えた。別の男がふたりほど裏から現われて男のそばに寄った。メルは気分がよくなった。よし。

町に戻ると、車のキーを狭苦しいオフィスの机の奥にすわっているドックに返した。

「きみが何をしたのか私が知らないと思っているようだな」とドックは言った。メルは反抗するように顎を上げた。「あそこには近寄るなと言ったはずだ。無害な場所じゃないし、何が起こっても誰にもわからない」

「あなたは行くじゃない」とメルは答えた。

「でも、きみには行くなと言った」

「それをお互い了解済みだと？　医療に関係のないことについても、あなたの命令に従わなければならないって？　私生活ではそんなこと思い出しもしないから、あなたに何か言われたら、すべて従わなければならないってわけね」

「私生活では脳みそを使う必要はないってわけか」

「トラックにガソリンは入れておきました。あなたって癪《しゃく》に障る年寄りね」

「こっちはきみの外国製のくそ車に乗って人目につくような真似はしなかったぞ、生意気な小娘め」

メルはそのことばに大笑いした。目に涙がにじむほどだった。帰るときもロッジに戻るまでずっと笑いどおしだった。

ある明るく晴れた午後に、メルはドックのオフィスに行った。ドアを軽くノックして入口から顔をのぞかせる。「クロエのことでソーシャル・サービスから連絡が来るのにこんなに時間がかかってる理由は何か思いあたります？」メルはドックに訊いた。

「いいや、全然」とドックは答えた。

「たぶん、わたしがたしかめたほうがいいんじゃないかしら——向こうに電話して」

「それについては私にまかせろと言ったはずだ」ドックは目を上げもせずに答えた。

「ただ——そう——わたしはクロエに愛着を感じてしまったから。そんなつもりは全然なかったのに、そうなった。リリー・アンダーソンもそうなって、無理やり赤ちゃんを引き離されることになるのはかわいそうな気がして。気分のいいものじゃないもの」

「彼女は大勢の子供を育てたんだ。その辺のことは心得ているさ」

「わかってるけど……」玄関のドアが開く音がして、メルはことばを止めた。オフィスから顔を引っこめて玄関のほうに目をやると、ドアのそばにポリーが立っていた。両手で腹を抱えるようにしている。いつもは輝いている頬が若干青ざめている。怯《おび》えているのだ。そのすぐ背後には似たようなオーバーオール姿の若者が小さなすり切れたスーツケースを持って立っていた。メルはドックに目を戻して言った。「ショータイムよ」

ポリーは陣痛の間隔すらはっきりわかっていなかった。「大きいのがたまにひとつ来る感じ」と言う。「ほとんどはうんと小さいんだけど」

「わかった。二階へ行って準備しましょう」

「ダリルもいっしょにいい?」

メルは手を伸ばしてダリルからスーツケースを受けとった。「もちろん。うんと助けになるでしょうし。わたしはあなたのお世話に集中するわね」メルはポリーの手をとった。「来て」

二階へ行くと、ポリーを揺り椅子にすわらせ、メルはビニールのマットレスカバーと清潔なシーツを敷いてベッドを整えはじめた。「いいタイミングだったわ、ポリー。うちのいちばん小さな患者がリリー・アンダーソンの牧場に移ることになって、同時にわたしのロッジも住めるようになったの。わたしはもう引っ越したから、この部屋はあなたとダリルと赤ちゃんだけで使えるわよ」

「ああああああ」ポリーが腹をつかみ、身をまえに倒して叫んだ。わずかにくぐもった音がしたと思うと、床に羊水が少しずつしたたりはじめていた。

「ああ、ポリー！」ダリルが叫んだ。突然ショックを受けた顔になる。恥ずかしそうな顔に。

「あら」メルは肩越しに後ろを見て言った。「それで事は早く進むはずよ。ベッドが用意できるまでじっとしていて。着替えるのに手を貸すから」

三十分後、ポリーは病院のベッドの上で身を起こしていた。タオルをいくつか背中にあてていたので、それほど居心地は悪くないはずだった。緑色の病衣が腹をおおっている。メルはこういう場合に備えて荷物に加えてあった手術着とナイキのシューズに着替えていた。これがロサンゼルスだったら、麻酔の専門医が患者の状態をたしかめ、硬膜外麻酔の相談をするためにここへ向かっているところだが、ここは田舎で、麻酔薬はなかった。子宮口の開き具合を見るためにメルがポリーの内診を終えたところで、ドックが二階にやってきた。そして、ダリルの顔色に気づくと、声をかけた。

「お若いの——私と通りの向こうへ行ってちょっと勇気をつけてこよう」

「ダリル、わたしを置いていかないで!」ポリーが懇願した。

「すぐに戻るわよ。わたしがそばにいるから」メルが約束した。「でも、ポリー、子宮口はまだ四センチしか開いていない。しばらくかかるわよ」

そのことばどおり、メルはポリーのそばを離れなかった。お産の状況がどうなると思っていたのか自分でもよくわかっていなかったが、いくつかはっきりと意外なことはあった。ひとつは——ドック・マリンズが邪魔をせず、自分の患者のポリーをメルにまかせてくれたことだった。ふたつ目は、若い夫を部屋から連れ出す必要があるかもしれないと、ドックがダリルに目を配ってくれたことだ。ドックはいつもの就寝時間よりもずっと遅くまで起きていた。メルが夜のあいだ何度か患者の部屋から出て必要なものやコーヒーのお代わりをとりに行くと、通り向こうの明かりがともっていて、ジャックの店の〝オープン〟のネオンサインがついたままになっているのがわかった。

店をひと晩じゅう開けてくれているのだ。

時間が経つにつれ、ポリーの陣痛の間隔はゆっくりと短くなっていったが、安定していて標準的な進み具合だった。メルはポリーを起こして歩かせたり、スクワットをさせたりして、重力を味方にしようとした。ダリルにポリーの前傾姿勢を保ってもらい、自分は彼女の腰を左右に揺すったりもした。そして午前三時、ポリーはいきみはじめた。横向きがもっとも居心地がいいということだったので、その姿勢での出産をダリルとメルが手助けした。メルは横向きのポリーを胎児のように丸まらせた。下になった足を折りまげ、上の足をポリーとダリルが協力して持ち上げて、出てくる赤ん坊のためのスペースを作った。初産の大きな赤ん坊だったので、ポリーは手助けなしにはその姿勢で長くいきむことはできなかった。母親が自分の体を信じ、できるかぎりおちつきを保つことが重要だった。そうすることで、出産という経験をずっと美しいものにできる。若い妻が痛みに苦しんでいる姿を見守るのは辛かっただろうが、ダリルはかなりよく持ちこたえていた。それなりに豚をつぶしてはいても、これだけの血を見るのが大変なことであるのは明らかだった。

ポリーが一時間いきんだあげく、四時半に赤ん坊が出てきた。メルはへその緒を切り、赤ん坊を包んで父親に渡した。「ミスター・フィッシュバーン」とダリルに向かって言う。「家族にもうひとりミスター・フィッシュバーンが増えたわね。息子さんをポリーの胸の上に置いてあげて。胎盤を排出して出血を減らす助けになるから」

設備の整った都会の大きな病院でメルが慣れ親しんでいた出産というより、『風とともに去りぬ』の一シーンのようだった。ドックが新生児を診察するあいだ、メルは石鹼と水で母親の体をきれいにし、シーツなどをとり換えた。

朝の六時半には、肉体的には疲れきっていながら、カフェインのせいで気が高ぶっていたメルの仕事は終わった。赤ん坊は病室にポリーといっしょに残ることになり、ダリルは望むならもうひとつのベッドで寝ていいということになった。ふたりとも一分も経たないうちに深い眠りに落ちていた。メルは顔を洗い、口内洗浄液を少し含んで口をゆすぎ、頭の上に髪をまとめていたクリップをはずすと、ドックを探しに行った。

「ベッドにはいって、ドック」とメルは言った。「長い夜だったから。オフィスはわたしが開けておきます」

「いや」とドックは言った。「私は日がのぼってからは眠らないんでね。お産はきみが全部やった。フィッシュバーンの連中には私が目を配っておくよ。家に帰りなさい」

「じゃあ、こうしましょう。これからわたしは昼寝しに家に帰るけど、昼過ぎに戻ってきて交替する」

「それでいい」とドックは言った。そして、眼鏡の上からメルを見て付け加えた。「悪くない手際だったな。都会の女にしては」

太陽は山々の上に顔を出したばかりで、小さな町にピンクがかったベージュの光を投げかけていた。四月の空気は冷たかった。メルはウールの上着をはおってドックの家の玄関ポーチにすわった。愉快な気分だった。そしておそらく、すぐに眠るには少々興奮しすぎている。

ポリーはまだあんなに若いわりにはよくやった。あのふたりはラマーズ法の訓練も受けておらず、麻酔薬もなかった。うなったり、うめいたり、力を振りしぼったりがすさまじかった。ダリルも妻といっしょに懸命にうなっていたが、もらしてズボンを濡らさなかったのは幸運だった。大きくて健康な三千六百グラムの田舎の赤ん坊。大声で泣く赤ん坊を母親の子宮から引き出してやる以上にすばらしいことはこの世にはない。壊れた心を癒す万能薬があったとしても、これ以上の効き目はないだろう。これは一生続けるつもりの仕事――愛してやまない仕事――なので、このせいで悲嘆や鬱におちいることはなかった。子供の誕生に興奮している幸せな夫婦に、丸々とした健康な赤ん坊が生まれるときにはさらにこの仕事が好きになった。誕生に手を貸したばかりの赤ん坊を持ち上げて母親に渡し、赤ん坊が夢中でお乳を吸うのを見ると――まるで目のまえに神を見るような気分になった。

大きなざくっという音がした。もう一度。ジャックがふつう何時に店を開けるのかはわからなかった。まだ六時半だ。もう一度大きなざくっという音がジャックの店のほうから聞こえてくる。

メルはポーチの階段を降りて通りを横切った。バーの裏には大きなレンガ造りのバーベキューの焼き場があった。ブーツとジーンズとフランネルのシャツを身に着け、重そうな斧を振り上げて、ジャックが木の切り株に載せた薪を割っていた。メルはしばらくそこに立って彼を見つめていた。ざくっ、ざくっ、ざくっ。

ジャックは薪割りから目を上げ、建物の横の壁に寄りかかり、ターコイズ色の手術着の上にはおった上着のまえをかき合わせているメルのほうを見た。彼がにやりとしたのが、自分が歯を見せて満面の笑みを浮かべているせいだとはメルには思いもつかなかった。「で?」ジャックは木の切り株に斧を立てかけて言った。

「男の子よ。大きな男の子」

「おめでとう」と彼は言った。「みんな大丈夫かい?」

メルはジャックのほうに歩み寄った。「大丈夫という以上よ。ポリーはよくやったし、赤ちゃんはたくましくて健康だし、ダリルはきっと回復するでしょう」そう言って首をそらして大笑いした。百パーセント成功したお産を終えることほど満足のいくものは何もない。「わたしにとってはじめての田舎のお産だった。わたしよりもお母さんが大変ね。都会だったら、ただ寝転がって背中をむき出しにして、麻酔で楽にお産をするという選択肢が必ずあるもの。ここの女性たちはまるで鉄人ね」

「それはおれも聞いたことがある」ジャックが笑って言った。

「ドックがなんて言ったと思う？　『都会の女にしては悪くない手際だったな』だって」メルはジャックの手をとった。「ひと晩じゅう店を開けておいたの？」

ジャックは肩をすくめた。「何度か暖炉のそばで居眠りしたよ。でも、いつ誰に何が必要になるかわからないからね。湯とか、氷とか、気つけの飲み物とか。コーヒーを飲むかい？」

「ああ、飲んだら吐くかも。カフェイン中毒の神経ですら刺激されるほど大量のコーヒーを飲んだから」らしくないことだったが、メルはジャックの腰に腕をまわして抱きしめた。この人はわたしの親友になった。「ジャック、すばらしかった。どれほどすばらしいか忘れていた。助産師の仕事をしなくなって、ああ、もう一年近くになる、たぶん」そう言ってジャックの目をのぞきこんだ。「そう、わたしたち、すばらしくやってのけたのよ。わたしと、赤ちゃんのママとパパと。ああ」

ジャックは彼女の額に落ちた髪を払いのけた。「きみのことを誇らしく思うよ」

「ほんとうにすばらしかった」

「ほらね。きみがここでも夢中になれる何かを見つけることはわかっていたんだ」

ジャックは手を伸ばして彼女の尻の下で腕を組み、顔と顔が同じ高さになるよう彼女を持ち上げた。

「ちょっと、約束したことは?」そう問いながらも、からかうような口調になった。

メルはいたずらっぽい笑みを浮かべた。

「きみにキスしないと約束した」

「そのとおり」

「してないさ」とジャック。

「たぶん、こういうことについても話し合うべきだったわね」メルはそう言いながらも、逃れようとはしなかった。それどころか、妙にしっくりくる気がした。お祝いのキス。大きな試合に勝ったあとで抱き上げられて振りまわされているようなもの。そんな気がしているのもたしかだ――タッチダウンを決めた気分。メルは彼の肩に腕を置き、頭の後ろで手を組んだ。

「きみがおれにキスをしたら、おれは拒まないということも約束した」とジャックは言った。

「うまく誘導《フィッシング》しようとしているわね」

「これがきみには釣り《フィッシング》に見えるのかい？」

「なんですって？」

「言われたとおりにしてるのさ。待ってる」

どうとでもなれとメルは胸の内でつぶやいた。あんな夜を過ごしたあとでは、この人に湿ったキスを思いきりくれてやる以上に気分のいいものはないはずだ。入り用なものがあるかもしれないと、ひと晩じゅう店を開けておいてくれたこの人に。メルは彼にキスをした。唇を彼の唇の上にすべらせて口を開け、みだらで愉快な目的とともに舌も使って彼の口の上で口を動かした。ジャックは彼女を抱き上げたままそれを許しているだけで何もしなかった。

「こういうのは気に入らない？」とメルは訊いた。

「え」とジャックは言った。「反応してもいいのかい？」

メルはジャックの頭を軽くたたき、彼を笑わせた。もう一度キスをしてみると、今度はもっとずっとすばらしかった。鼓動が速まり、息が荒くなる。そうね、ときには心が痛まないことを感じてみてもいいのよ。心は痛まなかった。悲しみに打ちひしがれているわけでも、困窮しているわけでもなかったからだ。満ち足りた思いでしていることだ。そのときのメルには、彼の魅力的な口のことしか考えられなかった。

口が離れると、メルは言った。「チャンピオンになった感じ」

「ああ、そうさ」メルには想像もつかないほどに彼女の上機嫌を喜んでジャックは言った。「ああ、きみはいい味がする」

「あなたもそれほど悪くない」とメルは笑いながら言い、「もう下ろして」と頼んだ。

「だめだ。もう一度」

「わかった。でも、もう一度だけよ。そうしたら、お行儀よくして」

メルはまた彼にキスをし、唇と舌と、自分を抱いている腕のたくましさを堪能《たんのう》した。これがまちがいかどうか思い悩むことは拒絶した。自分はここにいて、こうして満ち足りている。長年キスしてきたかのように、重ねた唇は自然に感じられた。メルは賢明とは思えないほどに長く濃厚なキスを許した。そしてそのことにすら笑みを浮かべずにいられなかった。

キスが終わると、ジャックはメルを地面に下ろした。「ふう」メルは声をもらした。

「この町にもっとお産があればいいのにな」

「約六週間後にもうひとつお産があるわ。もしあなたがとてもお行儀よく……」

ああ、六週間待てということかとジャックは胸の内でつぶやき、メルの鼻先に触れた。「ちょっとキスしたからって悪いことは何もないよ、メル」

「妙なことを考えない？」

ジャックは笑った。「どうやらきみにはお行儀よくさせられるようだな。でも、きみにしても、おれが妙なことを考えるのは止められない」

四月が過ぎ、五月になると、春のはじめの花々が咲きはじめた。ジギタリスやワイルドキャロットが道沿いに生い茂り、大きな木々の下の地面をオーストラリア・シダがおおった。週に一度か十日に一度、メルはドックのピックアップトラックを借り、休憩をもらって、無駄になるしかない食べ物のはいった箱をポーリスのキャンプに運んだ。ドックは、自分はそれにかかわるつもりはないと宣言し、メルに小言を言った。メルは怒ってそれを無視し、そのことだけでも気分がよくなった。行くたびに心臓の鼓動は激しくなったが、ヴァージンリバーに戻ってくると満足感に打ち震えるのだった。

ロッジはメルにとって安息の地となりつつあった。小さなテレビを買ったが、電波はひどかった。ここに長くいるとしたら、衛星用のディッシュ・アンテナを買うのだが、ここにいるのもあと数週間と決めていた。ある日、診療所から家に帰ると、キッチンと寝室に電話があった。ジャックが、助産師というメルの職業からして、ほかの工事予定に先駆けて電話をとりつけるべきだと、郡の架線工事人のハーブを説得したのだ。それによってジャックはまたキスのご褒美をもらった。誰も見ていないときにバーの裏で。二度や三度のキスならかまわない。濃厚で長いキス。たくましく、魅力的な男性との。

森のなかのロッジに住み、そこで眠ることは、メルに一年ほども無縁だった安らかさと平穏をもたらしてくれた。朝は太陽がゆっくりと背の高い松の木々の上にのぼってくるのを見て、小鳥たちがさえずるのを聞けるだけ早起きした。まだ寒い春の早朝に、コーヒーのはいったカップを持ち、頑丈に作り替えられたポーチに出て、清浄な朝の空気をたのしむのが気に入っていた。

まだ午前六時にもならない早朝、玄関のドアを開けると、そこに、目のまえに、少なくとも十頭あまりの鹿がいた。家のまえの空き地の端で、草や茂みやシダを満足そうに食んでいる。斑点のある子鹿もいた。季節は春で、ありとあらゆる種類の生き物にとって春は出産の季節だ。

メルはデジタルカメラをとりに行き、そっと何枚か写真を撮った。それから写真をノートパソコンにとりこみ、インターネットにつないだ。それには永遠に時間がかかったが、ここではそれ以上に速いやり方はなかった。ジョーイに写真を送ってから、電話をかけた。

「メールを見て」と姉に言う。「驚くようなものを送ったから」

「何を？」とジョーイが訊いた。

「いいから早く」とメルはせかした。「きっと気に入るから」

少し待っただけでジョーイのコンピューターはネットにつながり、数秒でダウンロードできた。メルがメールを送るのにかかった時間とは好対照だった。姉が息を呑むのが聞こえた。

「うちの前庭によ」とメルは言った。「赤ちゃん鹿も見て。かわいくない？」

「鹿じゃない！」

「まだそこにいるの？」

「いまキッチンの窓から眺めているところ」とメルは言った。「鹿たちが朝食を済ますまで家は出ないつもり。こんなすばらしい光景見たことないでしょう？　ジョーイ、わたしはもう少しここにいることにする」

「ああ、メル——だめよ！　こっちに来てほしいの！　どうしてそこに留まるの？」

「ジョーイ、もうすぐ別の赤ちゃんのお産があるのよ。まえのを手伝ったあとで、どうしてもやりたくなって。すべてが殺菌されていて人工的で、廊下の先に外科医と麻酔医が待ちかまえているような病院とはちがうの。わたしと母親とでお産をやり遂げなきゃならないのよ。ほんとうに素朴で、すばらしくて、自然なの。とても田舎らしい——二十一歳の夫がびくびくせずに出産する妻を手伝えるよう、ドックが勇気づけに通り向こうのバーへ彼を連れていくようなところなの」

「それはすてきね」ジョーイは懐疑的な口調で言い、それを聞いてメルは笑った。

「ほんとうにすばらしかった」とメルは言った。「町にもうひとり身重の女性がいるから、彼女のためにもここに残ろうと思っているの。この家もほんとうにすごいし——写真を見たでしょう」

「見たわ。メル、出かけるために着替えはしたの？」

「ええ……？」

「足元を見てみて。何を履いている？」

　メルはため息をついた。「コールハーンのブーツよ。このブーツ、気に入っているの」

「四百ドル以上もするブーツじゃない！」

「それもだいぶくたびれてきたけどね」とメルは言った。「わたしがどこへ行ったか聞けば……」

「メル、あなたは田舎の人間じゃないのよ。頼りにされてはだめ。コロラドへいらっしゃい。あなたに色っぽい靴を履かせてあげられるし、いい仕事だってきっと見つかる——わたしたちの家に近いところで」

「ここではとてもよく眠れるの」とメルは言った。「もう二度と熟睡なんてできないんじゃないかと不安だったんだけど——たぶん、空気のせいね。ほんとうに信じられないぐらい。もうくたくたで——一日の終わりにベッドにはいるのがなんとも言えず気持ちいいの。ペースは都会よりもゆっくりだけど。わたしにはペースを落とす必要があったのよ」

「そんなに忙しいの？　患者のせいで？」とジョーイが訊いた。

「それほどでもないかな。じっさいはとても少ないわね。予約を受けつけているのが水曜日だけで、ほかの曜日はみんな何かしらの症状を訴えてふらっと病院にやってくるの。もしくはドックが往診に出かけるか。たいていわたしも同行するの。おしゃべりしに来る人もいるし。パイとか、焼き立てのロールパンとかを持ってくる人も。でも、女性たち——妊婦たち——はわたしの手を見て、ドックのと比べてとてもほっとするのよ」

「自分の時間はどうしてるの？」

「そうね」メルは笑いながら言った。「毎日雑貨屋に行って、コニーとジョイといっしょにソープオペラを見てる。ふたりは中年の友人同士で、ほぼ十五年も『リバーサイド・フォールズ』という不倫のドラマを見つづけているの。ドラマよりもふたりのコメントのほうがおもしろいぐらいよ」

「ああ、やだ」とジョーイ。

「アンダーソンの牧場に行って赤ちゃんのクロエを抱っこしたりもする。牧場ですくすくと育っていて幸せそうなの。リリーもそう。正しいことをしたんだってことがじょじょにわかってきた。まあ、向こうから言ってきたことだけど。ときどき、残り物の食べ物を森のなかの浮浪者の集団に届けたりもしている——みんなとても痩《や》せていて飢えているから。でも、ドックは彼らにかかわったら埋められてしまうぞって言ってるけどね。バーに寄って誰かクリベッジをしていないかたしかめたりもしてる。うまくいけば、ドックとジン・ラミーをすることもある。でも、その気にさせるのがむずかしいのよね。やり方を教えてくれたんだけど、いまはわたしに勝てないんだもの。一ポイント一ペニーで、目下、退職金を積み立てているところよ」

「で――いつこの正気とは思えない休暇を終えるつもり？」

「さあ、どうだろう。よく考えさせて。まだここへ来て二カ月ほどで――永遠にいるわけじゃないんだから」

「でも、あなたがどこかのちっぽけな町で朽ちていくと考えるといやなのよ。ソープオペラを見たり、髪の染めた部分が根元でくっきりわかるようになったりして」

「髪なら、ガレージで散髪しているドットのところへ行けば……」

「うっ。さみしくないの、メル？」

「あんまり。一日の終わりに何もなければ、バーに行くの――ドックはその日の分の一杯のウィスキーを飲んで、わたしは冷たいビール。そこには必ず誰かいるしね。夕食もそこで食べるんだけど、ふつうは誰かがテーブルにいっしょにすわろうと誘ってくれる。噂話がすごいのよ。それが小さな町のすばらしいところね。みんながみんなの秘密を知ってるの。ただ、ちっちゃなクロエを産んだのが誰かは誰も知らないみたいだけど。産後の大量出血や感染症で苦しむ女性が現われなかったのは幸運だと思ってる。それに、ソーシャル・サービスもうんともすんとも言ってこないしね」

「あなたに会いたくてたまらない。こんなに長く離れているなんて、長年なかったじゃない……。どうして幸せそうな声をしているの？」

「そう？　たぶん、まわりのみんなが幸せだからでしょうね。わたしがここに来てうれしいってみんなが態度で示してくれるの。わたしがいるからってこの町の医療が飛躍的によくなるわけじゃないのに」メルは息をついた。「まだ自分がよそ者って気がすることも多いけど、そのまえの十一カ月と三日に比べれば、満ち足りているかも。ようやくアドレナリンをデトックスできたのかもしれない」

「ソープオペラを見たり、ビールを飲んだりしながら、その荒れはてた場所にたったひとりでずっといつづけるなんて言わないと約束して」

メルはやさしい声になった。「荒れはててなんかいないわよ、ジョーイ。むしろ……」ぴったりのことばを探して頭をしぼる。「息を吞むほど美しいところよ。たしかに、建物はもう少しどうにかしたほうがいいと思う――ほとんどの家や建物が小さくて古くてペンキがはげてるから。でも、田園風景は驚くほどすばらしいの。それに、さみしくもない――町があるから。これまで自分の町を持ったことなんてないんだもの」

リッキーとリズは高校で開かれる春のダンス・パーティーに行くことになっていた。

しかし、行かなかった。リッキーはコニーとロンが自分を信頼してくれているのを知っていたので、罪の意識に駆られたのだ。おそらく、彼らは信頼すべきではないのだ。

森に分断された何十という小さな町のひとつに住むということは、車を停めて事におよべる隠れた場所が山ほどあるということだ。リッキーはコンドームをつねにポケットに忍ばせていた。使わざるを得ない状況にはおちいらないと決心してはいたが、いずれにしても携えていた。ジャックにもらう必要もなかった——そんなものはたやすく手にはいったからだ。リズのことは守ってやりたいと思っていた。困ったはめにおちいらせたくはなかった。ふたりがしていることは練習のようなものだった。たとえすでにマスターしつつあっても。

おまけに回数も多かった。最初から猛スピードだった。濃厚なキスやペッティングを何度もし、信じられないようなこすり合いもあった。服を着たまま腰を打ちつけたり、こすりつけたりも何度もしたが、いまは肌を合わせるようになっていた。肌を合わせる以上にも。それでも最後までは行っていなかった。ふたりとも呑みこみがとても早く、挿入なしで頂点に達する方法を見つけるのにも長くはかからなかった。それについては何よりもありがたかった。それでも、もっと多くを欲しているのはたしかだ。ほしくてたまらず、それはリズも同様だった。リズとちゃんと話をする心の準備はできていたが、それは日の光のもとでしなければならないとわかっていた。夜の暗闇のなか、リッキーの小さなピックアップトラックのシートでじゃれ合いながらではなく。

リズをいい気持ちにさせることは大好きだった。彼女のほうも彼を悦ばせたいと心底思っていた。誰かを腕に抱き、愛撫し、触れて、こういう感覚を与えたり与えられたりすることがこれほどにすばらしいとは思ってもみなかったのだった。そうしたすべてに流されてしまうことには心の準備などしようもなかった。純粋な悦びが独自の命を帯びるような感じだった。

リッキーは助手席に移って彼女を膝に乗せていた。魅惑的に体を動かす彼女に熱く激しいキスをする。

手を短いスカートの下に滑らせると……何もなかった。

「ああ、くそっ」リッキーはささやいた。

「サプライズよ」リズはそう言って彼の膝に尻をこすりつけるようにした。それから手をそこにあて、服の上から彼をまさぐった。リッキーは大声をあげそうになった。

膝に乗ったままリズはさっとまえに体を動かした。リッキーは座席にわずかに体を押しつけた。彼女が小さな手でにぎってくれるとわかっていたからだ。そうしてほしくてたまらなかった。彼女がズボンのまえを開けて彼をとり出すと、リッキーは片手の指で彼女を探り、もう一方の手で胸をもんだ。口を口に深く沈め、彼女をきつく抱きしめる。リズは身をよじりながら、特別な瞬間を求めて彼の手に荒々しく自分をこすりつけていたが、リッキーのほうに身を伸ばすようにし、リッキーも同じようにすると、リズの手が彼の肩に置かれた。リッキーが尻をつかむと、リズは膝をまたぐようにして彼の上に来た。それから腰を下ろし、彼は腰を持ち上げた。突然とんでもないことが起こった。驚くほどにすばらしく、ふたりの体が溶け合ったのだ。リズが彼の上に腰を下ろし、彼が腰を持ち上げて彼女に突き入れることで、高ぶったものがすっかり包まれた。まったく知らない世界だった。手よりもずっといい。リッキーは息ができなくなった。

「ああ、リズ」とささやく。「ああ、くそっ」

リズはそんなことばに臆することもなく、使命をはたすかのように激しく彼の膝に腰を押しつけた。

「リズ、リジー。だめだ、リジー。ああ、くそっ」

リッキーは彼女を持ち上げてなかから出ようとしながら、なかばそうできないこと

を願っていた。そのときリズが頂点に達し、恍惚《こうこつ》として声をもらしながら、熱く痙攣《けいれん》

する部分で彼をしめつけた。リッキーはわれを忘れた。その瞬間、意識が飛んでいた

のかもしれないとあとになって思った。意志という意志は失われた。そして失われた

のはそれだけではなかった。彼は爆発した——火山のような勢いで彼女のなかに種を

まき散らしたのだ。そのすぐあとでリッキーは声に出さずに毒づいた。ああ、ちく

しょう。やっちまったよ、まったく。

　リッキーは腕のなかでぐったりしたリズを支えながら、おちつくまで背中を撫でて

やった。自分がおちつくまで。お互い息ができるようになるまで。しばらくして彼は

言った。「大きなまちがいを犯したかもしれない」

「へえ」彼女は言った。「へえ。今度は何？」

「だって、きっととり返しはつかない」と彼は言った。「こういうことになるとわ

かっていたら……リズ、ぼくはコンドームを持っていたんだ」

「そんなの知らなかった」

「そう、こんなことになるなんて思わなかったから」

「わたしだって思わなかった」リズは鼻をすすった。「ごめんなさい」そう言って顔

を彼の肩にあずけて泣いた。「ごめんなさい、リック」

「ううん、悪いのはぼくさ。大丈夫だよ、リズ、おちついて。いまはこれについてどうすることもできない。よしよし」リッキーは彼女を抱きしめた。腕のなかでリズが身をあずけてくる。リッキーは涙が止まるまで頬や唇にキスをしてやった。それからまた口をおおった。ああ、熱い口だ。しばらくそうして抱いていると、また硬くなりつつあった。まだなかにはいったままで。そうするつもりはなかったものの、また腰を上下させて彼女のなかに自分を突っこんでいた。リズのほうは彼の膝に腰を打ちつけている。もうどうでもいい――やってしまったことなんだから。リッキーは言った。

「いまはどうすることもできないよ……」

8

午前中、患者はひとりも現われず、メルはその機をとらえてクリアリバーへガソリンを入れに行った。ヴァージンリバーにはガソリンスタンドがなかったのだ。何かあったらドックに呼び戻してもらえるよう、ポケットベルを携えていたが、何かが起こることはまずなかった。

周辺の町のひとつであるクリアリバーへ行くたびに、メルはとくに女性たちに目を向けずにいられなかった。ジャックがたまに〝つまらないこと〟をしに行くのはどこだろうと考えながら。彼がかなり選り好みしているにちがいないことはすぐにわかった。このあたりの町には魅力的な女性が大勢いたからだ。

メルは鹿を呼び寄せるために家の敷地の端に置く塩の塊か餌のようなものを何か手に入れられないかと考えていた。そこで、大通りにある小さな商店街へ足を向けた。金物屋のまえを通りすぎるときに、ショーウィンドーに穴あきボードに吊るされたハサミが飾ってあるのに気がついた。ハサミは小さなものから、十五センチのカーブした分厚い刃のついた枝バサミまでさまざまだった。メルは眉根を寄せてしばらくそれをじっと見つめた。

「何かお探しですか？」緑の店員用エプロンをつけた若い女性が訊いてきた。

「ええと。あれは何に使うんです？」

「バラです」と店員はにっこりして答えた。

「バラ？ このあたりでそれほど多くのバラは見たことないけど」

「あら、ちゃんとご覧になってないんですよ」店員は笑みを浮かべて言った。

「ふうん。その、何か鹿の気を引くものはないかと思って探しているんですけど」とメルは言った。

「鹿笛のようなものですか？ でも、狩りのシーズンまでまだ何カ月もありますけど」

「ああ、撃ったりはしない！ 早朝庭に来る鹿を見たいだけなの。そういうものはどこで見つかります？」

「そうですね、鹿を庭に呼びたいなんて、お客様だけでしょうね。レタスとか、リンゴの木を何本か植えるといいですよ。鹿に関しては、作物を荒らされたくなくても、なかなか追い払えないものですから」

「そう。レタスを散らしておけば、うまくいくかしら？　庭は作ってないので」

店員は首を傾げ、眉根を寄せながらも目に笑みを浮かべた。「どこからいらしたんです？」

「ロサンゼルスよ。コンクリート・ジャングルの」

「いまという意味です」

「上流のヴァージンリバーから。そう、森のなかに隠れた町……」

「あの、レタスを散らすのはやめたほうがいいです。熊もいますから。食べ物は外に出さないことです。運試しをしてはだめ。鹿は来るときは来ますから」それから店員は目を下に向けて言った。「すてきなブーツですね。そんなブーツ、どこで手にはいるんです？」

メルはしばらく考えてから答えた。「よく覚えてないわ。〈ターゲット〉だったかもしれない」

ドックの診療所に戻る代わりに、メルは川へ車を走らせた。川には六人の釣り人がいて、そのひとりがジャックだった。メルは車を停めて外に出ると、ボンネットに寄りかかって釣り人たちを眺めた。ジャックは肩越しに目をくれ、挨拶するようにほほ笑んだが、すぐに釣りに戻った。釣り糸を出してゆるませると、優美にキャスティングした。釣り糸は彼の背後で大きなS字を描いてからなめらかに川へ飛び、木からひらひらと落ちる枯れ葉のようにふわりと水面に触れた。そしてそれがくり返された。メルは弧を描く釣り糸を眺めるのがとても気に入った。くり出されるときのぶんぶんいう音や、巻き戻されるときのかちかちいう音も。同時に同じ動きを演出されているかのような釣り糸で、川面の上の空間は一杯になっている。胴長とベスト姿の男たちが渦巻く浅瀬を歩きまわると、川のあちこちで魚が跳ねた。釣られた魚は放されるか肩ひもで吊り下げられた魚籠に入れられるかしている。

平和な光景がしばらく続いたあとで、ジャックが釣り竿をとリールを手に川から上がってきた。「ここで何をしているんだい？」

「眺めてるだけよ」

「どうして釣ってみない？」

「やり方がわからないもの」とメルは答えた。

「むずかしくはないさ――ブーツと胴長があるか探してこよう」ジャックは自分の車のところへ行って荷台をあさった。巨大なゴムの胴長が見つかった。「これで濡れなくて済むだろうけど、あまり遠くまでは歩けないな」

メルは胴長に足を通した。ジャックの足のほうがずっと長いため、太腿の上のところで二度も折り返さなければならなかった。それでも悪くない感触だった。胴長は大きすぎて、それを履いて歩くというよりも引きずっている感じだった。「何かあっても、逃げることもできないわね」とメルは言った。「さあ、どうすればいいの?」

「すべては手首にかかっている」ジャックは説明した。「きれいな弧を描こうとか、距離を出そうとかは考えず、狙いも気にしなくていい。魚が多い川の深いところへはいっていくんだ」ジャックはメルの手をとって川岸へ連れていき、キャスティングの手本を見せた。「あまりスナップをきかせすぎないように。うまく力を抜いて転がすんだ。ちょっとだけ腕は使うが、全身を使って投げてはだめだ」

ジャックは彼女に釣り竿を手渡し、リールのロックのはずし方を教えた。メルはやってみたが、フライはすぐ目のまえに落ちた。「距離はどうやって出したらいいの?」

「それも練習しないといけないな」とジャックは言い、メルの後ろに立って手に手を添え、キャスティングを手助けした。おそらくは八メートルほどに距離は伸びた。ジャックク自身が投げられる距離の四分の一ほどだろう。フライは勢いよく落下し、水しぶきを上げた。「うん、よくなった」とジャックは言った。「ゆっくりリールを巻くんだ」

メルは糸を巻き戻し、同じことをくり返した。今度は手に手を添えられることなく。

「よし」とジャックは言った。「足元に気をつけて——深みにはまったり、岩につまずいたり、すべったりする場所があるから。転びたくはないはずだ」

「もちろんよ」メルはそう言ってもう一度キャスティングした。今度は手首を強く返しすぎて針が音を立てて頭上を越え、後ろに飛んだ。「おっと」メルは言った。「ごめんなさい」

「別にいいさ。ただ、気をつけてくれ。後頭部に刺さった針を引き抜くのはいやだからね。さあ」そう言ってジャックはメルの後ろに立ち、腰に手をあてた。「全身を載せてはだめだ。腕と手首だけを使うんだ。気を楽にして。距離も出るさ。いつかは」

メルはもう一度キャスティングした。今度はうまくいった。糸は優美できれいな弧を描き、フライはかなり離れた場所まで飛んで川に落ちた。落ちた場所で魚が跳ねた。

「あ、大物よ」

「茶マスだ——きれいな魚さ。今日あれを釣ったら、みんなに見せびらかせるぞ」

何かが足元をすり抜け、メルは息を呑んで思わず飛び上がった。「ヤツメウナギだ」

とジャックが言った。「サケの卵や排泄物を好んで吸うんだ」

「そう、すてきね」メルはもう一度キャスティングした。そしてもう一度。おもしろい。ときおりジャックが手首をとっていっしょに投げてくれ、手首の動きを覚えさせてくれた。もう一方の手は腰に置かれ、メルの体が動かないようにしている。「これ、気に入った」とメルは言った。そのとき、あたりがあり、メルはリールを巻いて魚を釣り上げた。さほど大きな魚ではなかったが、魚にはちがいなかった。しかもひとりで釣り上げたのだ。

「悪くないな」とジャックは言った。「そっと針からはずすんだ」

「どうやればいいのかわからない」とメルは言った。

「やり方は教えるけど、自分でやらないとだめだ。釣りをするなら、自分で針から魚をはずさないとね。こうやるんだ」ジャックは魚の頭からのたうつ体へと手をすべらせてしっかりつかむと、そっと針をはずしてみせた。「口は大丈夫だ。こいつのことはもっとちゃんとした食事の材料になれる日まで成長させてやろう」そう言って魚を水に放した。

「ああ」メルは声をもらした。

「幸運だったたな。こっちだ」ジャックはそう言ってメルの注意を川に戻した。それから、背後に立って彼女の背筋を伸ばさせた。大きな手を腰に置いたまま、もう一方の手を彼女の手首に添える。メルはまたキャスティングし、リールを巻いた。

「ジャック、夏にはこのあたり、バラの花で一杯になるの？」とメルは訊いた。

「ん？　さあね。もちろん、多少はあるけど」

「今朝、金物屋に寄ったら、バラ用のハサミが大量に展示されていたの。ありとあらゆる大きさのがあった。あんなのこれまで気がついたこともなかったけど……」

メルが糸を巻きはじめると、ジャックは彼女の体をわずかに自分のほうに向けた。眉根が寄っている。「バラ用のハサミ？」

「そう。ちっちゃなものから、カーブした刃と革のにぎりのついたすごく大きなものまで」

「どこで？」

「クリアリバー。ガソリンを入れに行って――」

「メル、それはバラ用のハサミじゃない。まあ、たぶん、それにも使えるんだろうな。それよりも、大麻の栽培用だよ。小さいのは芽を刈りこむためのもので、大きいのは育った大麻を刈るのに使うのさ」

「嘘。まさか」

ジャックは彼女を川のほうへ向かせた。「このあたりにも、違法な栽培者が必要とする品物を数多くそろえている町はあるんだ。クリアリバーもそのひとつさ。金物屋で何をしていたんだい？」

「鹿を庭に呼び寄せるものを見つけたいと思って。塩の塊とか、餌とか、何か。でも——」

彼はまた彼女をくるりと振り向かせた。「塩の塊？」

「だって、牛はそれが好きでしょう？　だからきっと……」

ジャックは首を振った。「メル、なあ——野生の動物を庭におびき寄せるようなことはするんじゃない。友好的じゃない動物を招いてしまうぞ。いいかい？　写真を撮られるよりも発情するほうがいいと思っている牡鹿とかね。それか、熊とか。わかったかい？」

「発情？」メルは顔をしかめた。

ジャックは我慢強く笑みを浮かべて彼女の鼻先に触れた。「交尾さ」

「ああ、そうね。わかった」メルはそう言って川に注意を戻した。もう一度キャスティングする。

「バラ用のハサミか」ジャックは笑った。「キャスティングのこつをつかんできたんじゃないか」

「キャスティングは気に入ったわ。魚を針からはずすのはあんまり好きじゃない気がするけど」

「なんだよ、意気地のないことを」

「だって……」

「まずは一匹釣ることだな」とジャックは言った。

「見てて。わたし、覚えは早いの」

メルは時間を忘れて竿を振り、色とりどりのフライを水の上に投げ、ゆっくりと糸を巻き戻した。何度もキャスティングしながら、ジャックの手が腰に置かれ、ときおりもう一方の手が腕を伝って手に添えられるのを意識した。「さあ、来い」メルはフライに言いつづけた。「こっちは準備万端よ！」

「大声を出しちゃだめだ」ジャックが小声で言った。「ここは静かな場所なんだから」

メルは何度も釣り糸をくり出した。けっして上達したとは言えなかったが、こつはつかみつつあり、かなりうまくやっていた。少なくともメルはそう思った。

腰に置かれていた手がひそかにウエストにまわされ、わずかに彼の体に引き寄せられるのを感じた。「気が散るじゃない」メルはそう言ってまたキャスティングした。

「よし」ジャックはそう言って彼女の頭に唇を寄せ、香りを嗅いだ。

「ジャック、人がいるわよ！」

「こっちのことなんか気にしてないさ」彼女を抱き寄せながらジャックは言った。

まわりを見まわすと、ジャックの言ったとおりであることがわかった――ほかの釣り人たちはこちらに目を向けようともしていない。どの釣り糸も穏やかで美しい弧を描いて飛んでいた。みな互いを見ようともしない。まあ、いいわ。メルは胸の内でつぶやいた。こうしていると気持ちいいから。手も、体にまわされた腕も悪くない。このぐらいどうってことないし。

そのとき、首に唇があてられた。「ジャック！　わたしは釣りをしているの！」

「わかった」ジャックはかすれた声で言った。「あまり邪魔しないようにするよ」

そう言いながらも、わずかにきつく彼女を引き寄せ、首を甘嚙みしはじめた。「何をしているの？」メルは笑い声で訊いた。

「メル、頼む……どこかへ行って、少しだけいちゃいちゃしないか？」

「だめ！」メルは笑った。「釣りをしているんだから！」

「そのあとで釣りに連れてくると約束したら？」

「だめ！　さあ、お行儀よくして！」とはいえ、ほほ笑まずにいられなかった。この大きくてタフな男が、首をなめただけで弱々しくなり、必死に懇願してくる様子には、うっとりさせられるものがあった。ジャックが腕を腰にきつくまわして首に注意を向けているあいだ、メルはキャスティングに集中した。ああ……いい。とてもいい。

しばらくして、ジャックは苦悶の声をもらして彼女を放し、ピックアップトラックに戻ってその前面に寝そべり、頭をボンネットにあずけ、両腕を大きく広げた。メルは肩越しに彼を見やって忍び笑いをもらした。ひざまずかせた。大きくてタフな海兵隊員を。ふん！

メルはさらに何度かキャスティングし、やがて振り返ると、大きな胴長を引きずるようにしてジャックのところへ戻った。釣り竿を車に立てかけ、ゴムの胴長から足を引き出す。ジャックは首をもたげ、細めた目で彼女を見つめた。「ありがとう、ジャック。行かなくちゃ。ソープオペラの時間だから」メルはジャックの頬になだめるようなキスをした。「いつかまたできるわね」

車で町に戻る途中、メルは物思いにふけらずにいられなかった——数週間まえには、自分が男性に反応するなどあり得ないと思っていたのはたしかだ。ジャックに対しても。いまはよくわからなくなっていた。ちょっと触れ合ったり、キスを——濃厚なキスを——し合ったりするのは気持ちがよかった。自分には何も与えられないということをときに忘れさせてくれた。それどころか、そう考えるのはまちがっているのかもしれないとすら思わずにいられなかった。どこかでしばらくいちゃつくのは悪くない考えに思えたからだ。そのことはもっとよく考えてみなければならない。

ドックのオフィスに顔を突き入れると、ドックはコンピューターに向かっていた。

「何かあります?」

「いや」とドックは答えた。

「よかった。雑貨屋に行くけど、何か入り用なものは?」

「いや」ドックはくり返した。

メルは時計をたしかめた。ソープオペラの冒頭の部分を見逃したくないと思っている自分がいた。雑貨屋にはいっていくと、暖簾のかかった入口にジョイが立っていた。

「メル! ああ、よかった!」と言う。

その顔に浮かんだパニックの表情を見て、メルは奥の部屋へ急いだ。布製の椅子に前のめりにすわってスウェットシャツの胸をつかみ、浅い呼吸をしているのはコニーだった。メルは膝をついた。「どうしたの?」と訊く。

「わからない」とコニーは弱々しく答えた。「息ができなくて」

「ジョイ、アスピリンの瓶を持ってきて。痛む?」メルはコニーに訊いた。

「背中が」と彼女は答えた。

メルは肩甲骨のあいだに手を置いた。「ここ?」

「ええ」

ジョイが商品棚から持ってきた真新しいアスピリンの瓶を受けとると、メルはそれを開け、一錠てのひらに出した。「これを急いで呑みこんで」コニーがそのことばに従うと、メルは訊いた。「胸が圧迫される感じ?」

「ええ。ああ、そうよ」

メルは立ち上がり、ジョイの手をつかんで彼女を奥の部屋から連れ出した。「ドックを呼びに行って。心臓かもしれないと伝えて。急いで」

メルはコニーのところに戻った。脈をとると、脈拍は速く不規則になっていた。肌はねっとりと冷たくなり、呼吸は速く浅くなっている。「気をゆるめて、ゆっくり呼吸して。ジョイがドックを呼びに行ったから」

「これ、なんなの?」とコニーが訊いた。「何が起こっているの?」

コニーの左腕は脇にだらんと下げられていた。おそらくは痛みのせいだ。一方、右手はシャツをつかみ、胸の圧迫をとり去ろうとするように体から引き離している。このふたりの女性のうち、心臓発作を起こすとしたら、ジョイだろうとメルは推測していた。太りすぎで、おそらくはコレステロール値も高かったからだ。小柄で煙草も吸わないコニーのほうが起こすとは思ってもみなかった。

「はっきりはわからない」とメルは言った。「ドックを待ちましょう。話さないで。じっとしていて。あなたがどうにかなるなんてことにはさせないから」

張りつめた数分が過ぎ、息を切らしたジョイがドックの往診かばんを持ってドアから部屋に飛びこんでくると、急いでメルのそばに寄った。「これを。ニトロを試して、点滴をはじめてくれって。ドックもすぐに来るって」

「いいわ、だったら」メルは往診かばんをあさってニトログリセリンの錠剤を見つけ、瓶からひとつ振り出した。「コニー、これを舌の下に入れて」

コニーが言われたとおりにするあいだ、メルは血圧計のカフと聴診器をかばんからとり出した。コニーの血圧は高かったが、数秒も経たないうちに痛みはやわらいだ。ニトログリセリンが効いたのかもしれない。「ましになった？」

「ちょっとだけ。腕が。腕がほとんど動かせないの」

「大丈夫、それもなんとかするから」メルは手袋をはめた。コニーの上腕にゴムのストラップを巻き、二本の指で腕の内側をたたきながら、点滴できそうな血管を探しはじめる。点滴の針がはいったパックを開け、それをゆっくりと血管に刺した。透明なチューブに血液が流れ、床に滴った。メルはチューブの先端にふたをした。つなげるチューブや薬液のバッグがなかったからだ。

少しして、聞いたことのない音がし、奥の部屋から店のほうに目をやると、ドックがきしむ音を立てるストレッチャーを店のなかに運び入れるところだった。ドックはそれを店の通路に置くと、ストレッチャーに載せてあったリンガー液のバッグを手にとり、それをメルに渡して自分は小さなポータブルの酸素ボンベを肩にかけた。それから、カニューラをコニーの首にまわすと、鼻孔へ装着しながら訊いた。「状態は？」

メルはチューブを針につけ、リンガー液のバッグをチューブにつなぎながら答えた。

「血圧上昇、発汗、胸と背中と腕の痛み……アスピリンとニトログリセリンを投与しました」

「よし。薬は効いているかい、コニー？」

「ちょっとだけ」とコニーは答えた。

「これからの段取りを説明する。コニーをストレッチャーでピックアップトラックの荷台に乗せる。きみはリンガー液の点滴を持って彼女に付き添い、血圧を確認する。なんらかの理由で車を停めたほうがいいと思ったら、窓をたたいてくれ。黒いかばんはきみのそばに置いておく――車の荷台には酸素ボンベとポータブルの細動除去器も積む。すぐに使えるよう、硬膜外麻酔とアトロピンも用意しておいてくれ」ドックはストレッチャーのところへ戻り、それを奥の部屋のとても狭いスペースに押しこんで高さを下げた。それから、大きな分厚いウールの毛布をとり出してシーツの上に広げて言った。「いいぞ、コニー」

点滴のバッグとチューブを持ちながら、メルはコニーの脇を支えて椅子から低くしたストレッチャーへ移るのを手助けした。ドックが背中側を少し持ち上げたので、コニーは水平に寝そべることにはならなかった。上から毛布がかけられ、ストラップがまわされる。ドックはコニーの脚のあいだに酸素ボンベを置き、メルに向かって言った。「コニーをここから出すあいだ、リンガー液のバッグはジョイに持ってもらってくれ」

「救急車を待つべきでは？」

「最善策とは言えないな」ドックはメルの手を借りてストレッチャーをもとの高さに戻しながら言った。店からストレッチャーを出すと、またメルが点滴のバッグを持ち、ドックが言った。「ジョイ、われわれが出発したらすぐにヴァレー病院に連絡して、ERに心臓外科の医者を待機させておくよう頼んでくれ。ロンにはヴァレー病院に来るよう伝えるんだ」ドックとメルは足を折りたたんでストレッチャーをピックアップトラックの荷台にすべりこませた。ドックは着ていた厚手のウールの上着を脱ぎ、それをコニーの上にかけた。彼が運転席に向かいかけたところで、メルがその袖をつかんだ。

「ドック、いったい何をするつもり？」

「できるだけ急いでコニーを病院に連れていく」とドックは答えた。「きみも乗ってくれ。きみは寒いだろうが」

「それはどうにかなります」メルはそう言ってピックアップトラックの荷台によじのぼり、コニーのそばについた。

「揺られて落ちないでくれよ」とドックが言った。「車を停めてきみを拾う時間はないんだから」

「慎重に運転してくれればいいから」とメルは言った。すでに材木を運ぶ大きなトラックとやっとすれちがえるぐらいの狭く曲がりくねった道と急な坂道が怖くなっていた。そびえ立つ木々のあいだを抜ける際の暗さと温度の低下は言うまでもなく。

ドックは七十歳にしてはかなりすばしこく運転席に乗りこみ、車のギアをドライブに入れた。車は通りで大きくUターンした。この古いストレッチャーには点滴スタンドがなかったため、荷台に乗ったメルはコニーの頭上にリンガー液のバッグを掲げていた。町を出ようとしたところで、ちょうどジャックが戻ってきた。しかし、メルの注意はコニーに向けられたままだった。バランスをとってリンガー液のバッグをストレッチャーのコニーの頭上に持ち上げておきながら、ドックの黒いかばんをあさって注射器と薬の瓶をとり出し、でこぼこ道でスピードを出す車のせいで跳ね上げられながらも、すばやく点滴に薬液を混ぜた。注射器にキャップをすると、また点滴のバッグを持ち上げた。

どうか心不全は起こさないで。メルは胸の内で祈りつづけた。安全のために、片手でポータブルの細動除去器のケースを開け、必要な場合にすぐにスウィッチを入れられるようにしておいた。民間の航空機で使われる類いの機器だ。胸につける部分はパッドではなく、パッチのようなものになっている。必要になるまえにコニーを寒風にさらすのがしのびなかったため、まだそのパッチは胸につけずにいた。それから、片手を頭上に上げたまま、コニーの体を温めるために自分の体をそのそばに寄せた。

ドックの運転技術はすばらしく、それは大いに褒めなければならなかった。車はかなりのスピードで山を下った。ドックは急カーブでは急ブレーキを踏み、まっすぐな道ではスピードを上げながらも、穴や盛り上がった部分はどうにか避けていた。メルは凍えていたが、コニーの呼吸はおちついており、脈も一定でゆっくりになっていた。

痛みに襲われた恐怖とこんなふうにピックアップトラックの荷台に乗せられていることで、脈は速まっていてもおかしくなかったのだが。

「あのドック」コニーは息を切らしながらメルに耳打ちした。「彼ってほんとうに横柄よね」

「ええ」とメルは答えた。「安静にして」

「ええ、もちろん」とコニーはささやいた。

メルは点滴のバッグを持つ手を何度か換えなければならなかった。しびれて痛んだからだ。荷台で身を低くしていたにもかかわらず、風のせいで骨の芯まで冷えていた。山岳地帯のそびえ立つ巨大な木々の下では、五月でも暖かくはなかった。メルは冬にこれをすると想像してさらに寒くなった。頬は麻痺したようになり、指はほぼ感覚を失っていた。

一時間あまりして、車は小さな病院の正面にある駐車場に乗り入れた。駐車場ではふたりの医療技術者とひとりの看護師が病院のストレッチャーを準備して待っていた。

ドックが車から飛び降りた。「うちのストレッチャーで運んでくれ——あとで返してくれればいいから」

「いいでしょう」とひとりが言い、コニーを乗せたストレッチャーをピックアップトラックの荷台から引っ張り下ろした。「薬の投与は?」
「アスピリンとニトログリセリンの錠剤だけだ。リンガー液は要キープ」
「了解」と質問した男性は答えた。「ERのスタッフが待機しています」そう言って
ストレッチャーを走らせて駐車場を横切り、その場をあとにした。
「行こう、メリンダ」ドックはそう言ってさっきよりも多少ゆっくりした動きで歩き
出した。
メルは救急車を待つことが悲劇的なまちがいになりかねなかったことを意識しつつ
あった。往復三時間の長旅になったかもしれないのだ。ドックといっしょにERで待
つあいだ、ヴァレー病院が小規模ながら機能的な病院で、たくさんの小さな町の救急
要請に応えていることを知った。分娩《ぶんべん》への対応も可能で、新生児と母親が重大な危機
にさらされていない場合は帝王切開もできた。レントゲン検査や超音波検査、一般の
手術、臨床検査、通院診療も可能だった。しかし、緊急の心臓手術や大手術を要する
ような重大な症状の場合は、より大きな病院に移送する必要があった。しばらくして、
ようやく病院の医者が現われた。「これから血管造影をおこないます――おそらく閉
塞でしょう。いまは容体もおちついていますが、できるだけ急いで冠動脈バイパス手
術を考えなくてはならないかもしれません。その場合、患者をヘリコプターでレディ

ングに移送します。身内の方にお知らせは？」

「もうここへ着いてもいいはずなんだが。われわれはここで彼を待ちますよ」

それから十分もしないうちに、コニーが目のまえの廊下を運ばれていった。さらに十分が過ぎたところで、ロンとジョイがERの扉からはいってきた。「コニーは？大丈夫なんですか？」そのすぐ後ろに学校帰りのリッキーとリズがいた。「血管造影検査に運ばれていった。血管のレントゲンのようなものさ。その検査の結果次第で、手術が必要かどうか判断することになる。カフェテリアに行ってコーヒーを飲もう。私から説明するよ。それから、テストの結果をたしかめに行こう」

「ああ、ドック、ありがとう」とロンが言った。「彼女をここに運んでくれて」

「私に礼を言うんじゃない」とドックは言った。「メリンダに言うんだな。コニーの命を救ったのは彼女だ」

メルは驚いて顔をドックのほうに向けた。

「彼女が迅速に対応したおかげだ――アスピリンを呑ませ、助けを呼んだ。私のピックアップトラックの荷台で付き添いを務めたのは言うまでもなく。そのおかげでコニーをこれほどすばやく病院に搬送できたんだ」

　メルとドックが町に戻ってきたのは九時を過ぎたころだった。必要に駆られてふたりはジャックの店へ行った。店がまだ開いていてくれたのはありがたいという以上だった。ジャックがメルとドックのために店を開けておいてくれたのはまちがいなかった。ドックはいつものウィスキーを頼み、メルは言った。「わたしもウィスキーをもらったほうがいいと思う。たぶん、それより少し喉に通りやすいものを」

　ジャックはクラウン・ローヤル・ウィスキーをメルのために注いで訊いた。「長い一日だったのかい？」

「ふう」ドックが言った「ほとんどが判断を待っている時間だったがね。コニーは明日朝、冠動脈バイパス手術を受けることになった。われわれは連中がコニーをレディングに移送するまで待っていたんだ」

「どうしてまっすぐレディングに運ばなかったんです？」とメルは訊いた。ふたりの男は同時に笑った。「は？　わたしもここへ来るまえに地図は見たの。レディングは高速で百六十キロぐらいだった」

「約二百二十キロだよ、メル」とジャックが言った。「狭い対面道路で山を越えなくちゃならない。ユリーカからよくても三時間ほどはかかる。四時間かかるかもしれない。ヴァージンリバーからだと――五時間だな」

「そんな」メルはうめいた。

「ロンとジョイが夜コニーに付き添うためにレディングへ長距離ドライブに出かけ、リズのことはリッキーが彼女の母親のところに連れていくことになっている。ふたりともちょっとびくびくしていたな」とドックが言った。

「そりゃそうだろう」とジャックが言った。「あんたの車が猛スピードで町を出ていくのを見たよ。荷台に誰を乗せているのかもわからなかった――メルが必死でしがみついているのは見えたけど」

ドックはウィスキーをひと口飲んだ。「メルはちょうどいいときに来たな」

「こういうとき、多少の手助けがなかったら、どうしていたの?」とメルがドックに訊いた。

「ジョイを後ろに乗せていただろうな。ただ、そこまでしなきゃならなかったかどうかわからんさ。心臓発作にアスピリンがどれほど効くか知っていたのかね?」

「んん」メルは飲み物をひと口飲み、それを味わうようにゆっくりと目を閉じた。

「コニーは大丈夫なのかい?」

「ああ、大丈夫なんてもんじゃない」とドックは答えた。「手術のまえはちょっとばかり顔色の悪い患者が、酸素をすいすい通す真新しくてきれいな動脈をつけられて、バラ色のほっぺに生まれ変わって退院することになる」

　メルはもうひと口飲んだ。「ああ、二度と体が温まらないかと思った」

「暖炉をつけたほうがいいかい？」とジャックが訊いた。

「いいえ。これを飲めば大丈夫。ドックに今日わたしが魚を釣った話をしてあげて」

「ほんとうさ」とジャックは請け合った。「たいして大きな魚じゃなかったが、自分で釣ったんだ。手を貸さないと針をはずすことはできなかったが」

　ドックに眼鏡の上からじっと見られ、メルは少しばかり反抗的に顎を上げた。「気をつけたほうがいいな、メリンダ」とドックは言った。「われわれと同類になっちまうぞ」

「まさか」とメルは言った。「少なくとも、あなたがキャンパー・シェルを手に入れるまではあり得ない。コニーをわたしのＢＭＷの後部座席に乗せていったほうがましだった」

「きみにとってはそうだったろうな」とドックは言った。「あのくそ車には、心臓発作の患者と患者を死なせまいとする診察看護師《ナース・プラクティショナー》を乗せるだけのスペースはない」

「その点であなたと言い争うつもりはありません」とメルは言った。「少なくとも、わたしのことを看護師ではなく、ナース・プラクティショナーと呼んでくれたわけだから。あなたも歩み寄りつつあるようね、おじいさん」メルは目を上げてジャックを見た。「わたしたちのために起きていてくれてるの？」

「いや」ジャックは忍び笑いをもらしながら言った。「時間は気にしなくていい。じっさい、おれも一杯やるつもりだ」そう言って背後に手を伸ばし、ボトルを選んでグラスに中身を注いだ。そしてそれを乾杯というようにふたりに向けて掲げた。「驚くほどすばらしいチームワークだった。すべてうまくいってよかったよ」

メルは疲れはてていた。荷台に乗せられたことと病院で気を張りつめながら待った長い午後のせいだ。コニーはメルにとって患者という以上の存在だった。それはさほど意外なことではない――友人なのだから。こういう場所でこういった仕事をする場合、患者はほぼすべて友人だ。客観性を保つのはむずかしいにちがいない。一方、うまくいった場合、喜びはずっと大きくなる。満足感は。

ロサンゼルスにいたころとはまったくちがう。

ドックはウィスキーを飲み終えて立ち上がった。「よくやったな、メリンダ。明日はつまらない一日にしよう」

「ありがとう、ドック」

ドックが帰ると、ジャックが言った。「どうやらきみたちふたりにはなんらかの絆ができつつあるようだな」

「なんらかのね」メルはウィスキーを飲みながら言った。

「ヴァレー病院へ行く途中はどんなだったんだい？」

「まるでディズニーランド・パークにある〝トード氏のワイルドドライド〟みたいだった」とメルが言うと、ジャックはかすかに笑った。メルがグラスを彼のほうに押し出すと、ジャックはクラウン・ローヤルのお代わりを注いだ。

「氷か水を入れるかい？」とジャックが訊いた。

「ううん。これでいい。それどころか、このほうがいい」

グラスの中身はすぐに消えた。メルはジャックを見上げ、首を傾げると、グラスを示した。

「ほんとうに？　もう充分だと思うぜ。頬も真っ赤だし、もう体も寒くないはずだ」

「ほんのちょっとだけ」

グラスに注がれたのはほんとうにちょっとだった——ふた口ほど。

「釣りをさせてくれてありがとう」とメルは言った。「今度もわたしとセックスできなくて悪かったわ」

ジャックは思わず大きな笑い声をもらした。メルはほろ酔い気分になっていた。

「それはいいさ、メリンダ。きみの心の準備ができたときで」

「はっ！　やっぱりそうだと思った！」

「まるでいままでそうだと思わなかったとでもいうようだな」

「あなたの魂胆はお見通しよ」メルは酒を飲み干した。「もう帰ったほうがいいわね。くたくたなの」メルは立ち上がりかけて、倒れそうになった。バーカウンターをつかんでどうにか身を起こすと、ジャックがバーカウンターをまわりこんでそばに来た。彼が腕を腰にまわしてくると、メルは彼をうるんだ目で見上げて言った。「しまった。食べるのを忘れてた」

「コーヒーを淹れよう」とジャックが提案した。

「それで、このどこまでもすばらしい酒の効果を台無しにするの？　いやよ。わたしには酔っ払う資格があるんだから」メルは一歩踏み出そうとしてよろめいた。「それに、コーヒーを飲んでも酔いは覚めない気がする。たぶん、目がぱっちり覚めた酔っ払いになるだけ」

ジャックはメルの体にまわした腕に力を入れ、思わず笑った。「いいさ、メル。きみのことはおれのベッドに寝かせて、おれはソファーに……」

「でも、朝には庭に鹿が来ることもあるのよ」メルは少し不満そうに言った。「家に帰りたい。鹿がまた来るかもしれないから」

家へ。そのことばを聞いてジャックはうれしくなった。彼女はあのロッジを自分の家とみなしている。「わかったよ、メル。おれが家まで送る」

「それを聞いてほっとした」とメルは言った。「だって、もう車を運転できないのはたしかだから。たとえまっすぐで危険のない道であっても」

「きみは軽いな」とジャックは言った。

何歩か歩くと、またメルの膝が崩れた。ジャックはため息をつき、彼女を腕に抱き上げた。メルは彼の胸をたたいた。「あなたがたくましい人でよかった。あなたがそばにいるといいわね。わたし専用のそば仕えがいるみたいで」

ジャックは声を殺して笑った。プリーチャーがすでに二階に引きとっていたため、メルを落とさないようにしながら、〝オープン〟のネオンサインを消し、ポケットから鍵を出さなければならなかった。ジャックは店の入口に鍵をかけ、メルを抱いたまま階段を降りて車を停めてあるバーの裏へとまわった。助手席に乗せると、メルは多少苦労しながらシートベルトを締めた。ジャックが運転席に乗りこんで車を発進させると、メルは言った。「ねえ、知ってる、ジャック？　あなたって、わたしにとってうんといい友達なのよ」

「そいつはよかった、メル」

「ほんとうにありがたいと思ってる。ふう。わたしってあまりお酒に強くないのね。たぶん、ビール一杯が限界なのよ。つまみの牛肉とかアップルパイとかがあれば二杯」

「きみの状況判断は正しいと思うな」

「わたしがまたいいお酒を飲みたいって言ったら、何か食べたかどうか訊いてね」

「もちろんさ」とジャックは答えた。

メルは頭をシートにあずけた。五分もしないうちにその頭がだらりと垂れていた。ジャックはメルの家へ行く途中、ふたつの可能性を考えていた。ひとつは――家のなかに運び入れるときに、彼女が目を覚まして泊まっていってと誘ってきたらどうする？　それは問題ないのでは？　たとえ彼女が〝ちょっぴり〟不利な状態にあったとしても。もしくは――彼女が目を覚まさなかったとして、起きたときにそろそろ許してもいいと思った場合に備えてそばに寝そべって待っているのは？　それも問題ないはずだ。そうでなかったら、ソファーで待っていてもいい。彼女が何か……セックスか何か……を必要とする場合に備えて。そうすれば、夜のあいだに彼女が目覚めたとしても、自分はそこにいる。準備万端で。こっちの準備はずっと万端だった。

ジャックは心にいくつもの情景を思い描いた。部屋に運び入れたら、メルが目を覚ましてこう言う。「今夜泊まっていって」それを拒む気力はまったくなかった。もしくは、目を覚ましたときにキスをしたら、彼女が「いいわ」と言う。それとも、朝になって自分がそこにいるのを見て彼女が「いまよ、ジャック」と言う。ああ、まったく。体が少しほてってきた。

しかし、ロッジのまえで車を停めてもメルはまだ眠ったままだった。シートベルトをはずしてやり、抱き上げて車から下ろそうとしたが、ドア枠に彼女の頭をぶつけてしまった。「痛！」メルは叫んで手を頭にあてた。

「悪い」ジャックは謝った。そして胸の内でつぶやいた。これは前戯にはならないな。

「大丈夫」メルは彼の肩に頭を戻した。

ジャックは思いをめぐらした。メルが脳震盪を起こしていないかどうかたしかめるためにここに留まらなきゃならないな。それで、そのためにセックスが必要ないかどうかも。それとも、万が一に備えてここにいるか……。

ジャックはメルを抱いてポーチを横切り、玄関からなかにはいって、明かりをつけながら寝室へ行くと、ベッドに彼女を下ろした。メルは目を開けずに言った。「ありがとう、ジャック」

「どういたしまして、メリンダ」とジャックは言った。「頭は大丈夫かい？」

「頭？」

「なんでもない。ブーツを脱ごうか」

「ブーツ。脱がせて」メルは片足を上げて彼を笑わせた。ジャックはブーツを引っ張って脱がせた。足が降り、もう一方が持ち上がった。そっちも脱がせてやると、その足も降りた。それから彼女はかわいらしく体を丸め、キルトをかぶった。ジャックが見下ろすと、すでにぐっすり眠りこんでいるのがわかった。そしてそのときに写真に気がついた。

何かになぐられたようになる。あまりいい感覚ではなかった。写真を手にとり、男の顔を見つめる。つまり、あんたがその男か。悪い男には見えなかった――が、こいつがメルに何かをしたのはたしかだ。彼女が乗り越えられずにいる何かを。別の女に乗り換えたのだろうか。しかし、それは想像しがたかった。もしかしたら、男に乗り換えたのかもしれない。ああ、そうであってくれ――そのほうがずっとましだ――頼むから、そうであってくれ。もしかしたら、害のなさそうな顔をしているくせに、とんでもないくそ野郎で、彼女はなんとか逃げ出したが、まだどうしようもなくこいつを愛しているのかもしれない。そして彼女はここにそいつの写真を飾っているわけだ。

夜寝るまえに最後に見る顔として。

いつかメルもこの写真を処分する機会を与えてくれるかもしれないが、それは今夜ではない。おそらくそのほうがよかったのだ。彼女が目覚めて彼がそこに――ベッドのなかか、準備万端でそばに――いるのを知ったら、きっとクラウン・ローヤルのせいにするだろう。事におよぶとしたら、欲望のせいであってほしく、現実であってほしかった。

ジャックはメモを書いた。〝明日朝八時に迎えに来るよ。ジャック〟。それをコーヒーポットのそばに置いた。そしてその日購入したものをとりに車に戻った。組み立てて使うフライフィッシング用の竿とリールと胴長がはいった革のケースを家のなかに運び入れ、玄関のドアのそばに置いた。それから自宅に戻った。

翌朝八時にジャックはメルの家のまえに戻った。そこで目にした光景にはほほ笑まずにいられなかった。まえの晩ずっと心をさいなんでいた気が滅入るような思いもすべて消え去った。メルが新しい胴長を身に着け、アディロンダック椅子にすわって、ゆったりとフライを庭に向かってキャスティングしていたのだ。湯気の立つコーヒーカップが広い肘かけに載っている。

ジャックはにやりとしながらピックアップトラックから降りた。「見つけたな」と言ってポーチへ歩み寄る。

「気に入ったわ！　わたしのために買ってくれたの？」

「ああ」

「でも、どうして？」

「いっしょに釣りに行くときには、おれはきみの横に立たなきゃならないからさ。後ろに立って髪のにおいを嗅いだり、胸にきみの体を感じたりしないように。きみにはきみの道具が必要だ。サイズはどうだい？」

メルは立ち上がってジャックのためにくるりとまわってみせた。「完璧。いま、練習してたの」

「うまくなったかい？」

「ええ。昨日の晩はごめんなさい、ジャック。一日じゅう気を張りつめていて、空腹で、寒かったから、ひどくお酒が効いたみたい」

「ああ。かまわないさ」

「これは車のトランクに入れておくべきよね？　ドックのところで患者が少ないときに、こっそり抜け出して釣りに行くために」

「それはいい考えだ、メル」

「道具を片づけるから待ってて」メルはうれしそうに言った。

そしてジャックは胸の内でつぶやいた。時間をくれ。そうすれば、あの写真をどこかにしまわせてみせる。

リッキーはコニーが心臓発作を起こした翌週、バーには現われなかった。役に立てるかもしれないと、コニーの家族のそばにいたのだ。ようやくバーに来た日も夜遅い時間になっており、客はテーブルにふたりの男性がいるだけで、プリーチャーがバーカウンターの奥にいた。リッキーは目を伏せてバーカウンターのスツールに腰かけた。

「みんなどんな様子だ?」とプリーチャーが訊いた。

リッキーは肩をすくめた。「コニーの容体はかなりいいはず。リズはユリーカのお母さんのところに戻された」

「ユリーカは世界のはてじゃないぞ。訪ねていくこともできる」

リッキーは目を伏せた。「うん、でも……たぶん、行かないほうがいいんだ」と言う。「彼女は……ぼくがあんなふうに感じたはじめての子なんだ」彼は目を上げた。

「わかるでしょう。あんなふうって」

テーブルについていたふたりの男性が立ち上がってバーを出ていった。「あぶなかったのか?」とプリーチャーが訊いた。

「だといいんだけど。まったく」リッキーは首を振って言った。「抑えがきくとばかり思ってたんだ」

プリーチャーはこれまで一度もしたことがないことをした。冷たい生ビールをふたつのグラスに注ぐと、ひとつをリッキーのまえに、もうひとつを自分のまえに置いたのだ。「むずかしいよな、その抑えってやつは」

「ねえ、これってぼくに?」

プリーチャーは眉を上げた。「いまはそれが必要なんじゃないかと思ってね」

「ありがとう」リッキーはグラスを持ち上げて言った。「彼女、子供には見えないんだけど、まだ子供なんだよね。あまりに幼すぎるんだ」

「そうだな」プリーチャーも言った。「ようやくそれがわかったのか?」

「あ、うん」リッキーは言った。「いまさらだけどね」

「こっちの世界へようこそ」プリーチャーは生ビールを半分飲んだ。

リッキーはグラスのなかをただ見つめていた。「そう、誰かが傷つくとしたら、ぼくは死んだほうがましだ。彼女を傷つけるとしたら。あんたとジャックをがっかりさせたりしたら」

プリーチャーは大きな手をバーカウンターに置き、リッキーのほうに身を乗り出した。「なあ、リッキー、おれらをがっかりさせることは気にしなくていい。どうしようもないこともあるもんだ、そうだろう？　人間なんだから。おまえは自分にできるかぎりのことをすればいい。次はその先どうなるか考えるんだな。おれの言う意味はわかるだろうが」

「いまはわかるよ」

ジャックが裏からバーにはいってきた。リッキーとプリーチャーがビールを飲んでいて、リッキーが困った顔をしているのにすぐさま気づく。「何か乾杯することでも？」そう言って自分のためにグラスにビールを注いだ。

「乾杯することじゃないのだけはたしかだよ」とリッキー。

「おれの読みが正しければ、リッキーが大人の世界へ足を踏み入れたってことだな。それで、そうしなきゃよかったとちょっと後悔してる」

「ぼくにゴムをひとつかみくれるより、あそこをラミネート加工してくれたほうがよかったよ」リッキーはジャックに言った。

「ああ、まったく。大丈夫なんだろうな？」ジャックは訊いた。「彼女は？」

「わかんない。いつわかるものなの？　どうやったらわかるの？」

「ひと月だ」とジャックは答えた。「もっと早くわかるかもしれない。彼女の生理周期次第で。彼女に訊かなきゃならないぞ、リック。生理が来たかどうか」

「死んじまうよ」リッキーはみじめに言った。

「いいさ、だったら。おまえの幸運が続くように乾杯しよう。そう、おまえはついてたわけだから」

「いまはどうしてあれをついてたなんて言えるのかわからないよ」とリッキーは言った。

9

牧草地の草は背高く伸び、出産を控えた牝羊は丸々とした腹をしていた。牛たちも出産を控えており、サンドラ・パターソンも臨月を迎えていた。

サンドラは第三子の出産を控えていた。最初のふたりは安産ですぐに出てきたと彼女もドックも言った。今度の子も、上のふたり同様、自宅で出産すると決めていた。メルにとってははじめての自宅出産となるため、気を張りつめながらもたのしみにそれを待っていた。

五月にはいって日が進むにつれ、陽光は明るく燦々と降り注ぐようになった。それにつられたように、ピックアップトラックやキャンピングカーに乗った集団が町に現われた。その日の午後、バーに向かって盛んに警笛が鳴らされたため、メルが窓から外を見ると、ジャックのバーに大勢が集まっているのが見えた。ジャックが店のポーチに出て彼らを出迎えると、抱きしめ合ったり、怒鳴ったり、口笛を吹いたりといった光景がくり広げられた。

「どうなってるの？」メルはドック・マリンズに訊いた。

「うーむ。また〝なんどきも忠誠《センパー・ファイ》〟の同窓会じゃないか。ジャックの海兵隊時代の仲間たちさ。狩りや、釣りや、ポーカーや、飲酒や、夜通しの大騒ぎのためにここへ来るんだ」

「そうなの？　そんな話はじめて聞いた」それに、わたしにとっては物足りない日々のはじまりということでは？　仕事のあとのビールやたまさかのキスは一日でももっともすばらしいひとときになっていたのだから。ジャックがそれ以上を求めてこない事実には当惑せずにいられなかったが。とはいえ、求めてきたら、その結果について思い悩むことになっただろう。相手が誰であれ、かかわりを持つべきではないのだから。たとえ相手がジャックであっても。きちんと対処できると確信できるまでは。問題は、あのちょっとしたキスをあきらめきれないということだった。きっとマークもわかってくれるはず。立場が逆だったら、わたしは理解するだろう。メルはそう自分に言い聞かせた。

　しかし、海兵隊員たちが町にやってきたいま、そうした機会も失われてしまう。

　ドックは遠慮するつもりはみじんもないようで、一日の終わりにはバーへ出かけていった。「いっしょに来るかい？」とドックはメルに訊いた。

「どうかしら……同窓会の邪魔をしたくない……」

「私だったら、そんなことは気にしないね」とドックは言った。「町じゅうがあの連中に会うのをたのしみにしているんだから」

メルはドックといっしょにバーへ行き、ドックが町にやってきた男たちに旧友のように挨拶されるのを目にした。ジャックは自分のものと宣言するようにメルの肩に腕をまわして言った。「みんな、こちら、メル・モンロー。町に新たにやってきた看護師兼助産師だ。ドックといっしょに働いている。メル、こちらジーク、マイク・バレンズエラ、コーンハスカー――略してコーニー、ジョシュ・フィリップス、ジョー・ベンソン、トム・スティーブンス、ポール・ハガティだ。あとでテストするからな――名札なしで」

「ドック、あんたは上品で賢い紳士だ」とジークがにやにやしながら言い、メルの手をとろうとした。ドックが進んでメルを雇ったと思いこんでいるようだ。「ミス・モンロー、会えて光栄です。ほんとうに」

「メルと呼んで」と彼女は言った。

メルのまわりに集まった男たちの声は活気に満ちていた。次にメルを驚かせたのは

―おそらくは別に驚くことでもなかったのだろうが―プリーチャーもその一員だということだった。そしてもちろん、みなリッキーのことも弟のように仲間に加えていた。

プリーチャーはまだほんの子供だった十八歳のころに、ジャックのもとでイラクとの最初の戦争である湾岸戦争に従軍したのだった。彼が見た目よりもずっと若いこともわかった。その同じ時期に従軍したなかに、ロサンゼルスのマイク・バレンズエラという名の警官とオレゴンのポール・ハガティという建設業者もいた。このふたりの海兵隊予備兵は最後のイラク戦争のときも招集され、当時まだ現役だったジャックやプリーチャーとともに戦闘に加わった。ほかの男たちもみな予備兵で、イラクとの戦争で招集され、バグダッドやファルージャで団結を強めたのだった。ジークはフレズノの消防士だった。ジョシュ・フィリップスは医療補助者《パラメディカル》で、トム・スティーブンスは新聞社のヘリコプターの操縦士だったが、どちらもリノ周辺の出身だった。建築家のジョー・ベンソンはポール・ハガティーと同じオレゴン州のある町の出身で、ポールがジョーの設計した家を建設することも多かった。もうひとりの消防士、コーニーはもっとも遠いワシントン州から来ていたが、生まれ育ったのはネブラスカ州で、コーンハスカー（ネブラスカ州の住民の俗称）というあだ名もそこから来ていた。

　ジャックはこれらの男たちよりも四歳以上年上で、三十六歳のマイクがその次だった。ジーク、ジョシュ、トム、コーニーの四人が結婚していて子供がいた。男たちが妻について満面の笑みで目を輝かせて語る様子にメルは興味をそそられた。足枷やら何やらの冗談を言う者はいなかった。それよりも、妻の待つ家に帰るのを待ちきれないというように聞こえた。

「パッティは元気かい？」と誰かがジョシュに訊いた。

　ジョシュは自分の平らな腹の上で手を丸め、大きくなったおなかを表わして、自慢げににやりとした。「トマトみたいに熟れ熟れさ。彼女に触れずにいられなくてな」

「トマトみたいに熟れ熟れだったら、きっとおまえはばかみたいにぴしゃりと拒まれているんだろうな」ジークが笑った。「クリスタもまた身ごもってる」

「嘘だろう！　もうおしまいって言ってたはずだ」

「彼女は下のふたりが生まれるまえにそう言っていたよ。でも、もうひとり作っちまった。目下四人目を準備中さ。なんというか——彼女は高校時代からずっとおれに火をつけっぱなしなんだ。おまえも彼女に会ってみればわかるさ。かがり火のようなものだ。クリスタみたいな女はいない。ひゅう」

「なあ、おめでとう！　でも、おまえはやめどきがわかっていない気がするぜ」

「わかってないさ。いつまでもやめられない気がするよ。でも、クリスタはもうおしまいって言ってる。今度のが生まれたら、ちょんちょんってわけさ」

「おれはもうひとりいけそうな気がする」とコーニー。「これまでは女の子だったからな。次は男の子だって気がするんだ」

妊娠している女性たちに対するこんな熱い思いを助産師以上に評価できる者はいないだろう。メルはうれしい思いで耳を傾けていた。この男たちが大好きになった。

「ああ、その手の話は何度も耳にしたよ」とジャックが言った。「姪っ子が八人できたが、誰も男の子はさずからなかった。おれの義理の兄弟はたぶん、運を使いはたしたんだな」

「おかげであんたが男の子をさずかる確率が上がったんじゃないのか、ジャック」

「それについては自分に都合よく考えることもできないな」ジャックは笑った。

ジャックはプリーチャー、マイク、ポール、ジョーとともに五人の独身組のひとりだった。真正の独身だとメルは警告された。みな女性は大好きだが、彼らをつかまえることはできない。「マイクは別だな」とジークが言った。「つかまってばかりだから」マイクは二度離婚し、三番目の妻になろうとしている恋人がロサンゼルスにいるということだった。

男たちの同志愛は魅力的で感動的だった。固い絆で結ばれた男たち——それは見ればすぐにわかった。メルは急いで帰ろうとはしなかった。たのしんでいたからだ。店の常連である町のほかの人々もドック同様、この集団とは顔見知りで、店に寄って再会の喜びに加わっていた。ジャックとプリーチャーを歓迎したように、彼らのことも心から歓迎していた。

その晩、メルが帰ろうとすると、ジャックが仲間たちから離れ、車まで彼女を送った。「ああ、これから男同士の話がはじまるわね」とメルは言った。

「すでにはじまってるさ。でも、ここじゃあ、そうするしかないだろう？　なあ、メル、やつらがいるからって店から遠ざからないでくれよ——いい連中なんだから。でも、これからどんな日課になるか説明させてくれ。ビールとポーカーと釣りは一日じゅうだ。連中はキャンピングカーで寝泊まりし、大騒ぎするし、まわりじゅうを煙草の煙で充満させるだろう。プリーチャーは日々何かをストーブにかけておくことになる。それで、山ほどの魚が持ちこまれるはずだ。プリーチャーの作るつめ物をしたマスにはきっときみもやられるぞ。うますぎて」

メルはジャックの胸に手を置いた。「心配しないで、ジャック。ただたのしんで」

「五日間、おれを無視するつもりじゃないよな？」

「仕事終わりにビールを飲みには寄るけど、わたしは自分のロッジが好きなの。平和で静かな場所が。あなたはたのしんで。それが重要よ」

「すばらしいやつらだけど――」ジャックは言った。「恋愛方面では邪魔されそうな気がするよ」

メルはジャックを笑った。「じっさい、あなたの恋愛方面はかなりすかすかじゃない」

「わかってるさ。穴埋めしようと努めてるところだ。そんなところへやつらだからな」ジャックはバーのほうへ頭を振って言った。バーは騒音と笑い声で振動しているように見えた。ジャックは両手をメルのウエストに添えた。「キスしてくれ」と言う。

「だめ」とメルは答えた。

「なあ。おれは約束を完全に守っただろう？　きみの決まりにすべて従ってきた。どうしてそんな自分勝手になれるんだ？　ここには誰もいない――みな飲むのに忙しくしている」

「あなたもお仲間のところへ戻るべきよ」とメルは言ったが、また笑わずにいられなかった。

ジャックは大胆にも彼女を腕に抱き上げ、高く持ち上げると、ゆっくりと彼女の口を自分の口へと下ろした。「恥知らずね」とメルは言った。

「キスしてくれ」ジャックは懇願した。「さあ。ちょっとだけ味わわせてくれ」

抗うことはできなかった。抗えない人。メルは両手で彼の頭をつかみ、唇と唇を合わせた。口を開いて彼の口の上で動かす。彼も同じようにしてくると、キスのことしか考えられなくなった。むさぼるような甘いキス。メルは彼の舌を受け入れ、彼は彼女の舌を受け入れた。その瞬間、それがいつまでも終わらないでほしいと思わずにいられなかった。ジャックのやさしさとたくましさにはすぐにわれを忘れてしまう。

しかし、いつかは終えなければならない。ほぼ真っ暗とはいえ、そこは町中なのだから。「ありがとう」とジャックは言った。メルを地面に下ろすと、背後で騒々しい歓声が湧き起こった。ジャックの店のポーチには八人の海兵隊員とリッキーがいて、みなジョッキを掲げ、叫んだり、歓声をあげたり、口笛を吹いたり、野次を飛ばしたりしていた。

「ああ、なんてこと」とメルは言った。

「みんな殺してやる」

「これって海兵隊の伝統か何か？」メルはジャックに訊いた。

「みんな殺してやる」ジャックはくり返したが、彼女の肩にまわした腕ははずさなかった。

「これがどういうことかわかるわよね」とメルは言った。「このささやかなキスはもうささやかな秘密じゃなくなったってことよ」

ジャックは彼女の目をのぞきこんだ。歓声は鎮《しず》まり、低い忍び笑いにとって代わっていた。「メル、これはささやかなキスじゃないよ。それに、もうばれたんだから」ジャックはそう言って彼女を腕に抱き、また足が地面から離れるほど体を持ち上げてキスをした。かつての第一九二連隊から興奮した叫び声があがった。まわりでそんな大騒ぎになっているにもかかわらず、メルは気がつけばキスを返していた。彼の口の完璧な味わいの中毒になりつつあった。

キスが終わると、メルは言った。「最初にキスを許してファースト・ベースを踏ませたのがまちがいだったわね」

「ふん、それを言うなら、こっちはまだ初回の投球も終わってないぞ。よかったら、おれたちといっしょに釣りに行こう」

「ありがとう。でも、やることがあるから。明日の晩、ビールを飲みに寄るわ。それから、車まではひとりで行ける。これから一週間、あの人たちに見世物を披露するつもりはないから」

町の周辺の事情について多少調べたところ、車で約三十分のメンドシーノ郡北部にあるグレースヴァレーには超音波診断装置があることがわかった。その町の医者のひとり、ジューン・ハドソンと長時間話し合った結果、超音波診断装置の使用について取り決めが為されることになった。ジューンが善意から、超音波検査を提供してくれるという取り決めだった。「超音波診断装置は寄付されたものなの」とジューンは言った。「このあたりの少なくとも六つの町の女性たちが利用しているわ」

その日、メルはサンドラを検査に連れていくことになったが、サンドラはグレースヴァレーの診療所に持っていくクッキーを何十枚も焼くと言ってきかなかった。「ほんとうにご主人はいっしょに来られないの？　見るべき価値はあるんだけど」とメルは言った。

「いっしょに行くとしたら、子供たちもいっしょに連れていかなくちゃならないから」とサンドラは言った。「わたしは何時間か家から離れられるのがたのしみでしかたないしね」

ふたりはグレースヴァレーへ出発した。車は丘陵地帯を下り、農場や牧草地や葡萄《ぶどう》園や牧場や花畑の脇を通る裏道を進み、地図に載ってもいないいくつかの町を通り抜けた。生まれたときからずっとこのあたりで暮らしてきたサンドラは、次々と通りすぎる場所についてメルに説明することができた。ここはどこで、これは誰それの牧場で、ここではどんな作物が育つか——ほとんどはムラサキウマゴヤシか貯蔵用の牧草だった。果物や木の実の果樹園があり、当然ながら、木材の収穫地もあった。すばらしく天気のいい日で、美しい景色を眺めながらのドライブとなった。グレースヴァレーの町に車を乗り入れると、メルは即座に光り輝くほどの町のきれいさに驚かされた。

「いわば真新しい町だから」とサンドラは言った。「少しまえに洪水でほとんど流されてしまって、再建されたり塗り直されたりした建物が多かったの。古い大木のなかには、いまも水位の跡がはっきり残っているものがあるわ」

カフェがあり、ガソリンスタンドがあり、大きな教会があり、診療所があり、よく手入れされた小さな家々があった。メルは診療所に車を停め、車から降りた。診療所にはいるとすぐに、ドクター・ハドソンに出迎えられた。三十代後半の小柄でほっそりした女性で、メル自身とよく似た装いをしていた。ジーンズにブーツ、シャンブレー織りのシャツを身に着け、首に聴診器をぶら下げている。医者はにっこりして手を差し出した。「お会いできてよかった、ミズ・モンロー。ドック・マリンズのところで働いてらっしゃると聞いてうれしいわ――彼には多少手助けが必要でしょうから」

「わたしのことはメルと呼んでください。うちのドックをご存じなんですか？」

「もちろんよ。みんながみんなを知ってますから」

「グレースヴァレーにはいつからいらっしゃるんです？」とメルは訊いた。

ジューンは笑った。「生まれてからずっと。メディカル・スクールに行っていたあいだ以外は」ジューンはサンドラにも手を差し出した。「こちらがミセス・パターソンね」

「クッキーを持ってきたんです」とサンドラは言った。「わたしのためにこんなお手間をかけてくださってありがたいわ。まえのふたりの子たちのときには一度もしなかったことよ」

「念のための検査としてとても便利なんですよ」ジューンがありがたくクッキーの箱を受けとりながら言った。箱を開け、深々と香りを嗅いで言う。「ああ、見るからに罪深い食べ物ね」それから、サンドラとメルに目を戻して言った。「洪水のあと、近隣の町のどれほど多くの人が再建に力を貸してくれたか知ったら、寛容の意味がわかりますよ。こちらへ。いまの状況をたしかめてみましょう。それから、お時間があったら、カフェで食事もできます」

その後の一時間のあいだに、サンドラが男の子を産むことになるのがわかった。赤ん坊はすでに安定しており、問題が生じる可能性を示唆するものは何もなかった。ふたりはドクター・ストーンという、ほれぼれするほど見目麗しいブロンドの男性にも引き合わされた。ジューンによれば、移住してきた都会っ子ということだった。カフェではジューンのまえにこの町の医者だった彼女の父親にも会い、年寄りのマリンズは元気かと訊かれた。どう見ても、ドック・ハドソンのほうが年上だったが。「いまだに偏屈なのかい？」ドック・ハドソンは知りたがった。

「いま、じょじょに懐柔しているところです」とメルは答えた。

「それで、あなたはどうなの？」ジューンがランチのときに訊いた。「ヴァージンリバーに来てどのぐらい？」

「ほんの二カ月よ。ロサンゼルスから変化を求めてここへ来たの。ただ、正直、田舎の医療に対する心がまえはできていなかった。医療資源や病院の技術をあたりまえのものと思っていたの」

「これまでの感想は？」

「それなりに大変なことはあるわ。田舎の生活も悪くないと思う一面もあるし」とメルは答えた。「でも、どのぐらい続けられるかはわからない。姉がコロラド・スプリングスに住んでいて、結婚して三人の子持ちなの。メル叔母さんに近くにいてほしがっている」メルはおいしいハンバーガーにかぶりついて言った。「わたしも姉の子供たちのかわいい盛りを完全に見逃したくはないし」

「ああ、そんなこと言わないで」とサンドラは言った。

「心配しないで」メルは彼女の手を軽くたたいて言った。「あなたのお産のまえにはどこにも行かないから。どうやらそれももうすぐみたいだし」メルは笑って付け加えた。「今日、家に帰る途中で路肩に車を寄せるようなことにならないといいなと思うだけよ」

「わたしはあなたにヴァージンリバーに残ってほしいな」とジューンが言った。「あなたが近くにいてくれたらすてきだもの」

「近くに？　道は曲がりくねっているし、材木を運ぶトラックとかろうじてすれちがったりするので片道三十分以上かかったのよ！　きっと三十キロもないのに！」

「わかってる」とジューンは言った。「ほんの二十キロあまりよ。ご近所同士ってすごくない？」

ランチを終えるまえに、ひとりの男性が赤ん坊を連れてカフェにやってきた。

ジャックに若干似た男性だった。背の高さや筋肉質なところ、ジーンズと格子柄のシャツを身に着けた無造作な感じが似ていた。年は四十がらみで、赤ん坊を扱う様子は手慣れていた。彼は身をかがめ、ドクター・ハドソンの頬にキスをし、赤ん坊を彼女に手渡した。「わが家の主夫のジムよ。それから息子のジェイミー」

ヴァージンリバーに戻る途中、メルは、今日はあまり自分がよそ者という感じがしなかったと考えていた。ジューンもジョン・ストーンもとてもいい人たちだった。年寄りのドック・ハドソンすら刺激的な人物だった。サンドラを農場で下ろして町に戻ると、町はなぜかまえより魅力的に思えた。廃《すた》れつつあるちっぽけな町という第一印象とはちがう。なぜか自分の町という気がした。

ドックの家のまえに車を停めると、男たちが釣りから帰ってきたばかりであるのがわかった。家のなかにはいると、ドックはキッチン・テーブルで何かを整理していた。新しい往診かばんを手に入れたようだ。「ドック・ハドソンがよろしくって言ってました。ジューンとジョンも。何をしてるんです？」

ドックはかばんのなかに何かをおさめ、かばんをメルのほうに押し出してよこした。

「そろそろきみも自分のかばんを持つころあいだ」と彼は言った。

早朝、海兵隊員たちが道具を車に積んで川へ向かう様子を眺めるのはおもしろかった。メルはドックの家の玄関ポーチでコーヒーを飲みながら彼らに手を振った。男たちはポーカーをしたり、酒を飲んだりして朝方まで起きていたにもかかわらず、エネルギーと熱意にみなぎっていた。メルに向かって叫んだり、手を振ったり、口笛を吹いたりしてちょっかいを出した。「なあ、メル、朝のきみはとてもきれいだな」コーニーが通りの向こうから叫んだ。お返しとしてジャックに後頭部に軽く一発くらったが。

男たちが出かけてすぐに、大きな黒っぽいSUVが町に現われ、通りをゆっくりと進んできた。メルが驚いたことに、運転手はドックの家のまえで車を停めた。ドアが開いたが、エンジンはかかったままだった。男がひとり車から降り、開いたドアのそばになかば隠れるように立った。背が高く、肩幅の広い男だった。黒い野球帽をかぶっていて、その下の髪の毛はカールしていた。「ここの医者は往診するかい?」と男は訊いた。

メルは立ち上がった。「誰かご病気ですか?」と訊く。

男は首を振り、「妊娠しているんだ」と答えた。

メルは思わず唇に笑みを浮かべた。「必要とあれば、往診もします。でも、診療所で妊婦健診ができれば、ずっと都合がいいけれど。軽症の患者さんは水曜日に診ているんです」

「あんたがドック・マリンズかい？」男は疑わしそうに目を細めて訊いた。

「メル・モンローです」メルは忍び笑いをもらしながら言った。「家族診察看護師《ナース・プラクティショナー》で助産師です。わたしがここへ来てから、ドックはあまり産婦人科の診察はおこなっていません。奥様はどこで赤ちゃんを産む予定ですか？」

男は肩をすくめた。「見当もつかない」

「そう、どこにお住まいなの？」

男は首を傾げた。「クリアリバーの反対側だ。ここからだと約一時間かかる」

「ここには入院用の病室もあります。初産ですか？」

「たぶん、ああ」

メルは笑った。「たぶん？」

「おれがそばにいるようになってからははじめてだ」男は答えた。「彼女はおれの妻じゃない」

「ごめんなさい」とメルは言った。「憶測でものを言ってしまって。その女性を妊婦健診にお連れになってください。病室をお見せして、どうするか意見を訊きますから」

「家で産むとしたら？」と男は訊いた。

「ええ、それも選択肢のひとつです」とメルは応じた。「でも、その、ミスター・……？」男は名前を答えようとせず、そこに突っ立ったままだった。デニムのジャケットとブーツを身に着け、背が高く、大柄に見える。顔は真剣そのものだ。「じっさい、赤ちゃんを産む方のご意見も聞く必要があります。予約をとりますか？」

「また連絡する」と男は言った。「ありがとう」そう言うと、ＳＵＶに乗りこんで町から出ていった。

メルは思わず笑っていた。こんなふうに相談を受けたのははじめてだった。男が妊娠中の女性とどこで出産するか話し合ってくれるといいのだが。

海兵隊員たちはその週の終わりには家路につき、町はまた静かになったが、知り合いになったあとでは、彼らが帰ってしまうのは残念だった。男たちが町にいるあいだはプリーチャーもずっと活き活きとしていて、よく笑い、しかめ面をしていることも少なかった。男たちは家族との別れを惜しむようにメルを抱きしめて別れの挨拶をした。

メルはジャックをまたひとり占めできることを期待している自分に気づいたが、そうはならなかった。彼は妙にむっつりしていて、どこか心ここにあらずだった。地面から持ち上げるように抱きしめてキスの雨を降らせてはくれなかった。拒んだり、そうされるのは困ると文句を言ったりしていたわりに、メルはがっかりしていた。とり残された気分だった。彼の奇妙な気分について問うと、ジャックはこう答えた。「悪い、メル。たぶん、連中のせいで疲れはててしまったんだ」

メルがランチをとりにバーへ行くと、ジャックは釣りに行ったとプリーチャーに告げられた。「釣り？」とメルは言った。「先週嫌というほど行ったんじゃないの？」それに対してプリーチャーは肩をすくめただけだった。

プリーチャーはとくに疲れはててはいないようだった。リッキーの手を借りてバーをとり仕切り、グラスを磨いたり、食べ物を給仕したり、テーブルを片づけたり、ときおりクリベッジに参加したりもしていた。「ジャックはどうしちゃったの？」とメルは訊いた。

「海兵隊のせいさ。それなりに失われるものもある」とプリーチャーは答えた。

四日後、予定より一週間早く、メルはパターソンの農場から、陣痛がはじまったと連絡を受けた。サンドラからこれまでの出産は楽ですばやかったと聞いており、夜のあいだすでに陣痛がはじまっていたことから、メルは急いで農場へ向かった。

赤ん坊というものは奇妙なものだ——好き勝手に生まれる。これまでの子たちの分娩に時間がかからなかったとしても、今回もそうとはかぎらないのだ。実母と義母と夫の助けを得て、サンドラは一日じゅういきんだ。夕方近くになって、ようやく小さな男の子が生まれた。元気な泣き声を発しなかったため、メルは吸引をおこない、撫でたりさすったりして赤ん坊を呼吸させた。サンドラは少々出血が多く、赤ん坊はすぐには母乳を欲しがらなかった。サンドラですら、今回はまえの二度の出産とはちがうとすぐに察した。

泣き声をあげるのがふつうよりも遅いからといって、必ずしも問題とはかぎらない。赤ん坊の心音、呼吸、顔色、泣き声はすぐに赤ん坊らしいものになった。それでも、メルは通常よりも多少長く患者のそばに付き添った。すべて問題なしと思えてからもさらに安全を見て、三時間も赤ん坊を抱っこしていた。

母子を家族にあずけていってもまったく問題ないと判断してパターソン家をあとにするころには、夜十時になっていた。「ポケットベルを肌身離さず持っています」とメルは言った。「何かがおかしいと思ったら、遠慮せずに鳴らしてください」

自宅にまっすぐ帰る代わりに、メルは町に寄った。ジャックの店の照明が消えて閉まっていたら、家に帰るつもりだった。〝オープン〟のネオンサインはついていなかったが、バーの照明はついていた。

バーのドアを押し開けると、まったく予想外の光景に出迎えられた。プリーチャーがバーカウンターの奥にいて、そのまえには湯気を立てているコーヒーカップがあったが、ジャックはテーブルに腕を置いて顔を伏せていた。彼のまえにはスコッチのボトルとショットグラスが置かれている。

プリーチャーはメルに気づいて言った。「ドアにかけ金をかけてくれ、メル。もうこれ以上お仲間は要らないと思うから」

メルは言われたとおりにしたが、顔には困惑しきった表情が浮かんだ。ジャックのそばに歩み寄り、背中に手を置いて「ジャック？」と声をかける。ジャックは一瞬目を開けたが、やがてまた白目をむいて目を閉じた。頭がぐらつき、片手がテーブルから落ちて脇に垂れた。

メルはバーカウンターに行き、プリーチャーのまえのスツールに腰かけて「彼、どうしたの？」と訊いた。プリーチャーは肩をすくめてコーヒーのはいったマグカップを手にとろうとしたが、手がカップに届くまえにメルがバーカウンターを飛び越えそうな勢いで彼のシャツのまえをつかみ、激しい口調で言った。「いったいどうしたっていうの？」

プリーチャーは驚いて黒い眉を上げ、逮捕される人間のように両手を上げた。メルはゆっくりとシャツを放してスツールに腰を戻した。「酔っ払ってるんだ」とプリーチャーは答えた。

「ねえ、いいかげんにして。彼、どこかおかしい。今週ずっと変だった」

またプリーチャーは肩をすくめた。「連中がここへ来ると、あれこれかきまわされることがあるんだ。わかるだろう？　あまりよくないことを思い出しているんだと思うよ」

「海兵隊時代のこと？」とメルは訊いた。プリーチャーはうなずいた。「ねえ、プリーチャー。彼はこの町に来てできたいちばんの親友なの」

「ジャックはおれが話してしまうのは気に入らないと思うな」

「なんであれ、ひとりで苦しむべきじゃない」

「面倒ならおれが見る」とプリーチャーは言った。「すぐに元に戻るさ。いつもそうだ」

「お願い」メルは懇願した。「彼がわたしにとってどれほど大事な人かわかる？　力になりたいの。わたしにできることがあれば」

「いくつか話せることもあるが、とても不快なことだ。女性には聞くに耐えないような」

メルはわずかに笑った。「わたしがこれまで耳にしたことはもちろん、目にしてきたことなどあなたには想像もできないでしょうね。ほぼ十年も外傷センターで働いていたのよ。ときにとても不快なものを目にすることもあった」

「そういうことじゃない」

「話してみて」

プリーチャーは深々と息を吸った。「毎年やってくるあの連中だが、連中はジャックが大丈夫かどうかたしかめに来るのさ。ジャックは連中の軍曹だったから。おれの軍曹でもあった。海兵隊一の軍曹だったよ。五つの戦闘に加わった。最後のはイラクだった。小隊を率いてファルージャの内部にはいりこんだんだが、部下のひとりが対車両地雷を踏んでしまった。吹っ飛ばされて体が真っ二つになったよ。それからすぐに狙撃手の攻撃がはじまって、おれたちはその場に釘づけにされた。地雷を踏んだやつはすぐには死ななかった。爆発の熱のせいで――それが動脈や静脈を焼灼《しょうしゃく》したにちがいない――あまり出血しなかったんだ。痛みもなかった。神経がどうかしたんだろうな。でも、完全に意識を保っていた」

「なんてこと」

「ジャックは部下たちに建物のなかに身を隠すように命じた。みなそれに従った。でも、ジャック自身はその男のそばにいた。残していくつもりはなかったんだ。狙撃手に銃弾を浴びせられるなか、ひっくり返ったトラックの太いタイヤに寄りかかり、けがをした男が死ぬまで三十分もそいつを抱えて話しかけていた。そいつはジャックに大丈夫だから、もう向こうへ行って身を隠してくれと訴えつづけた。そう、ジャックはその場を動かなかった。部下を誰ひとり置き去りにするつもりはなかったんだ」プリーチャーはコーヒーを飲んだ。「あそこでは悪夢を呼ぶようなものを数多く目にしたが、ときどき彼の気を滅入らせるのはそのときのことだ。ジャックにとって何がいちばん辛かったのかはわからない――年若い部下がゆっくりと命を落としたことか、その両親を訪ねて何があったのかすべてを話して聞かせたことか」

「それで酔っ払うように？」

「釣りによく行くようになった。森のなかにはいっていって、しばらくキャンプすることで、心の平穏をとり戻そうとしたんだろうな。ときに酔っ払って心から追い出そうとすることもあるが、それはかなりまれなことだ。まずもって、あまり効き目がないし、そのあとでくそみたいな気分になるからな。でも、大丈夫だ、メル。必ずそこから抜け出すから」

「まったく」メルは言った。「みんな重荷を背負ってるってわけね。ビールをちょうだい」

プリーチャーは生ビールを注ぎ、メルのまえにグラスを置いた。「だから、しばらく彼のことは放っておけばいい」

「すぐに目を覚ますかしら？」

「いや。だいぶ飲んだからね。きみが店にはいってきたときには、彼をベッドまで運ぼうとしていたところだ。万一に備えて、おれは彼の部屋の椅子で眠るとするよ」

「万一って？」

「ただ酔っ払っているだけじゃ済まなかった場合さ。吐きたくなったりとか、そういう場合に備えて。ジャックはイラクでおれを運んでくれたことがある——一・五キロほども。いまはおれが彼の身に何も起こらないようにするってわけさ」

メルはビールを飲んで言った。「わたしのことも運んでくれたことがある。でも、運んでいるかどうかもわからなかったんじゃないかしら」

ふたりはしばらく黙っていた。メルはビールを半分ほど飲んだ。「彼があなたを運んでいる情景を思い描こうとしているんだけど、アリとゴムの木みたいだったにちがいないわね」

　プリーチャーが忍び笑いをもらし、メルは驚いた。

「あなたはどうしてここへ来たの　この小さな町に？」

「彼に説得されるまでもなかった。ジャックが海兵隊を辞めてからも連絡はとっていて、おれが辞めたときにここへ来た。そうしたかったら、ここに留まってバーを手伝ってもいいと言うんでね。そうしたかったたってわけさ」

　背後で音がしてメルは振り返った。ジャックが椅子から落ち、床に倒れて手足を伸ばした。

「お寝んねの時間だ」プリーチャーがバーカウンターをまわりこみながら言った。

「プリーチャー、彼を部屋に運んでくれたら、わたしが付き添う」

「そんなことしてくれなくていいんだ、メル。不快なことになるかもしれないから。わかるだろう？」

「全然問題ないわ」メルは答えた。「そういうときにバケツを差し出していたことは何度もあるから」

「叫び声をあげたりもする」

「わたしもよ」

「ほんとうにそうしたいのかい？」

「ええ。そうしたいの」

「つまり、彼のことを本気で思ってるってわけかい？」とプリーチャーは訊いた。

「そう言ったでしょう？」

「まあ、いいさ。本気で言ってるなら」

プリーチャーはしゃがみこんでジャックを引っ張り、上半身を起こさせた。それから脇に手を入れてぐらつく足で立たせた。腹に肩をあてると、消防士搬送の要領でジャックの体を肩にかつぎ上げた。メルはジャックの寝室まであとをついていった。

ジャックの住まいに足を踏み入れるのははじめてだった。小さくて機能的なアパートメントといったしつらえで、入口がふたつあった——バーカウンターの奥のキッチンからはいることもできれば、裏庭に続く裏口もあった。L字型で、Lの短い横線が寝室、長い縦線は居間になっていた。居間には窓のそばにテーブルと椅子が二脚あり、キッチンはなかったが、小さな冷蔵庫はあった。

プリーチャーはジャックをベッドに下ろし、ひもをほどいてブーツを脱がせた。

「ジーンズを脱がせましょう」とメルが言うと、プリーチャーが訝るような目を向けてきた。「言っておくけど、男の裸を見るのははじめてじゃないわよ」メルは革のベルトとジーンズのスナップをはずした。メルが右足の裾を、プリーチャーが左足の裾を持ってジーンズを引っ張ると、ジャックはボクサーショーツ姿になった。メルはシャツのボタンをはずし、彼の体を左右に転がしながらシャツを脱がせた。脱がせた服はクローゼットに持っていったが、扉のすぐ内側の釘に拳銃を差したホルスターがかかっていて、メルは息を呑んだ。ズボンとシャツを、拳銃をおおうようにして釘にかける。

プリーチャーはボクサーショーツ姿のジャックをじっと見下ろし、「こんなことをして、殺されるな」とつぶやいた。

「もしくは感謝されるかね」メルはかすかな笑みを浮かべて言った。「わたしのポケットベルが鳴ったら、あなたを呼びに行くわね」メルはジャックに上掛けをかけてやった。

「それか、何か問題があったら、呼んでくれ」と大男は言った。

プリーチャーが行ってしまうと、メルはブーツを脱ぎ、ストッキングを穿いた足で家のなかを見てまわった。棚や引き出しを備えた広いバスルームがある。引き出しのひとつを開けると、下着や靴下がしまってあった。タオルもそこにあった。メルはヴァージンリバーに来てまもないときに、ジャックが自分の家のタオルについて〝ヘダウニー〉のにおいがすると言っていたことを思い出した。

クローゼットは中ぐらいの大きさでウォークイン・タイプだった。洗濯機と乾燥機だけでなく、キャビネットまでついた小さな洗濯室もあった。バスルームと洗濯室の扉は閉まっていたが、寝室からは居間が見渡せた。

まわりを見れば、ジャックらしさが随所に見られた。とても男らしく、とても機能的な住まい。居間には革のソファーと大きな革の椅子が置かれていた。化粧仕上げした壁にはテレビがかかっている。そのそばにはガラスと木でできた銃のケースがあり、ライフルで一杯だった。ケースの鍵は鍵穴にぶら下がっている。どっしりとした木製のコーヒーテーブルがあり、ソファーと椅子のあいだにはスタンドが載ったサイドテーブルがあった。壁には荒削りの木が張られており、サイドテーブルに写真立てがふたつだけ置かれていた。ジャックと、四人の姉妹と、四人の義兄弟と、八人の姪と、ジャックと同じぐらい大柄な白髪の父親という家族全員を写した写真。その横には彼の母と父のかなり古い肖像写真があった。

メルは家族写真を手にとった。はっきりした顔立ちの見栄えのする家族だった。男たちはみな背が高くハンサムで、女たちは小柄できれいだった。姪たちもかわいらしかった。いちばん幼い姪が三歳か四歳と小さく、年長の姪はティーンエイジャーだった。このなかでもジャックがもっともハンサムだとメルは思った。彼は両側の姉妹の肩に片手ずつまわして家族の中央に立っている。

メルはソファーからカバーを手にとって体に巻きつけると、大きな椅子の上で身を丸めた。ジャックはぴくりとも動かなかった。しばらくして、メルはうとうとしはじめた。

夜のあいだに、ジャックのベッドから音が聞こえてきた。ジャックが発作を起こしたように、眠ったまま身を転がして何かつぶやいている。メルはベッドに近づき、端にすわって彼の額に触れた。ジャックは意味のわからないことを何かつぶやきながら、身を折り曲げ、彼女の体をつかんでベッドに引っ張りこみ、頭をあずけてきた。メルは肘に頭を載せてやり、彼の横に寝そべった。「大丈夫よ」と声に出して言う。ジャックはすぐさま静かになり、腕を彼女の体にかけた。

メルは上掛けを互いの上にかけ、ジャックに身をすり寄せた。枕のにおいを嗅ぐ――〈ダウニー〉のにおい。この人は何者？　思わず問いを発していた。民話に登場する巨人ポール・バニヤンのような大男で、バーを経営し、あれだけの銃を持っていながら、マーサ・スチュワートのように掃除や洗濯もする。

ジャックは眠ったままメルを引き寄せた。息はスコッチのにおいがした。ふうっとメルは息を吐いた。彼の髪に顔をうずめると、麝香《じゃこう》のにおいと風や木々のにおいが混じっていた。深く息を吸う。彼特有のにおいも口の味わいもすでに好きになりつつあった。前々から彼のシャツの下はどうなっているのだろうと思っていたのだった――胸には一面すてきな胸毛が生え、タトゥーもいくつかはいっている。左の二の腕には彼女の手ほどの大きさのワシと地球と碇《いかり》のマークがはいっている。右腕にはリボンの上にこんなことばが彫られていた。

サエペ・エクスペルトゥス
センペル・フィデリス
フラトレス・アエテルニ

メルは誘惑に負け、胸からなめらかな肩にかけて生えている毛を手でこすった。それから彼をきつく抱きしめた。しばらくしてジャックを腕に抱いたまま、また眠りに落ちた。ジャックの腕はゆったりと彼女の体に巻きついていた。

早朝の薄明かりのなか、ジャックは目を覚ました。頭ががんがんした。顔を横に向けると、まず目にはいったのが横の枕に広がるメルの金色の巻き毛だった。彼女は顎の下までしっかりと上掛けをかけ、すやすやと眠っていた。ジャックは片肘をついて身を起こし、寝顔を見下ろした。眠っているせいでピンク色の口が開き、黒っぽいまつげが頬に降りている。ジャックはやわらかい巻き毛を枕から持ち上げて顔に近づけ、においを嗅いだ。それから、彼女のほうに体を寄せ、そっと唇で唇に触れた。

メルの目が開いた。「おはよう」眠そうなささやき。

「おれたち、やったのか？」とジャックが訊いた。

「ううん」とメルは答えた。

「よかった」とジャックは言った。

メルはにっこりした。「そんなことを言うとは思ってなかった」

「やるなら、忘れたくないからね。どうしてきみがここにいるのかもわからないし」

「バーでプリーチャーがあなたを床から引っ張り起こそうとしているところへ、わたしがビールを飲みに寄ったのよ。頭痛い？」

「きみを見た瞬間に消え去ったよ。だいぶ飲みすぎたにちがいないな」

「効果あったの？　悪魔をみんな追い払えた？」

ジャックは肩をすくめた。「きみをベッドに引っ張りこめたよ。これほど簡単だとわかっていたら、何週間もまえに泥酔すればよかったな」

「上掛けを持ち上げて、ジャック」と彼女は言った。

ジャックはそのことばに従った。ボクサーショーツ姿で、そのなかで健康そのものの彼が元気な朝を迎えていた。それなのに、彼女は服を着たままだった。「下を見ないでくれ」ジャックは上掛けを下ろした。「大きなハンデだな」メルはそれを聞いて笑った。「それもいまからどうにかできるさ」彼女の髪を親指と人差し指ではさんで感触をたしかめながらジャックは提案した。「うんとよくするから」そう言ってにやりとした。

「いいえ、結構」メルは提案を却下した。

「おれ、何か悪さをしようとしたのかい？」ジャックは訊いた。

「ううん」メルは笑った。「どうして？」

「恥をかく可能性があるほどに飲んだからさ。襲ったのに役に立たなかったとか」

メルはタトゥーに指を走らせ、「こういうのがあるんじゃないかと思っていた」と言った。

「通過儀礼だ。若い海兵隊員はみな、二日酔いでひどい頭痛とともに目覚め、海兵隊のちょっとした思い出が体に刻まれているのに気づくのさ」

「これ、どういう意味なの？」メルはもう一方の腕のことばを指でなぞって訊いた。

「数多《あまた》の試練、なんどきも忠誠、仲間は永遠」ジャックはメルの頬に触れ、「プリーチャーに何を聞いた？」と尋ねた。

「あの人たちがここへ来たことで、あなたが従軍した戦争の記憶のなかで、もっとも辛いものが心に蘇《よみがえ》ってしまったんだって。でも、あの人たちが来ても来なくても、ときどきあなたはそういう記憶に悩まされてきたんじゃないかしら」

「連中のことは大好きなんだ」と彼は言った。

「あの人たちもあなたに深い愛情を感じている。だから――ときおり多少辛くなるだけの価値はあるってことね。ああいう友情はたやすく手にはいるものじゃないもの」

10

ジャックは元の自分に戻った。スコッチのせいか、目覚めたらきれいなブロンド女がベッドにいたせいか。きっとブロンドのせいだ。

プリーチャーにはメルに何を話したのかとは訊かなかった。メルにも詳しく話してくれとは頼まなかった。じっさい、それはどうでもよかった。重要なのは、図ったことではなかったが、あの晩、メルとの関係が新たな段階にはいったことだ。ジャックが過去の悲惨な出来事に苦しめられているとわかっても、メルは遠ざかろうとはせず、そばにいてそれをいっしょに担おうとしてくれた——それには意味があるはずだ。彼女は邪悪な幽霊に襲われて七転八倒している彼を抱きしめていてくれた。そのあとは、キスに対してもより積極的に応じるようになった。ジャックにしてみれば、彼女と次の段階に進む心の準備は万全だった。

ふたりはヴァージンリバーで目下噂の的だった。そのことにジャックは奇妙な満足を感じていた。女にしばりつけられるのを嫌い、自分の女のことは隠しておきたいと思う男のはずなのに、メルとのことは恋人同士としてみんなに知っておいてほしかった。そして、この町に留まるよう説得できるまえに彼女がこの町を出ていくという脅《おど》しを実行に移したらどうしようと不安だった。

ジャックはメルを沿岸でのホエール・ウォッチングに連れていった。往復の車内では途切れなく会話していたが、大洋を見晴らす高い崖の上では、手に手をとって口をつぐんだまま、巨大な哺乳動物の大群が通りすぎたり、水面から飛び上がって大きな水しぶきとともに着水したりする様子を眺めた。クジラの群れはイルカたちに守られるように北上していった。その日は長々とキスをすることができた。それも何度も。しかし、ジャックの手が彼女の体をまさぐりはじめると、彼女は「だめ。まだだめよ」と言った。それがジャックに希望を与えた。まだだめということは、いつかはいいということだ。

ジャックはすっかり魅了されていた。四十になってはじめて、あきらめることを想像もできない女に出会ったのだ。

メルは姉に電話をかけた。「ジョーイ」とほとんどささやくような小さな声で言う。

「たぶん、運命の人に出会ったと思うの」

「その町で男を見つけたっていうの？」

「うん。そうだと思う」

「どうしてそんなに……変な声を出しているの？」

「知りたいことがあって。これっていいのかな？　だって、わたしはマークのことを全然乗り越えていないんだもの。まだ何にもましてマークを愛してる。誰にもまして」

ジョーイはゆっくりと息を吐いた。「メル、あなたが人生を続けていくのはまちがっていないわ。マークを愛したほどに誰かを愛することはないかもしれない——でも、ほかの誰かだっているかもしれない。次の誰かが。比べる必要はないのよ、メル。だってマークは逝《い》ってしまってとり戻せないんだから」

「いまも愛してるの」メルは訂正した。「過去形じゃなく。まだマークを愛してるのよ」

「いいのよ、メル」ジョーイは言った。「あなたは生きていっていいの。いっしょに時間を過ごす誰かがいてもいいの。それで、誰なの？」

「ドックの診療所のお向かいでバーを経営している人よ。わたしの家を直してくれて、釣り竿を買ってくれて、電話を設置してくれた人。ジャックというの。いい人よ、ジョーイ。わたしのことを思ってくれているし」

「メル……あなた……？　そうなの……？」

答えはなかった。

「メル？　その人と寝てるの？」

「ううん。でも、キスは許してる」

ジョーイは悲しげに笑った。「いいのよ、メル。ちがうふうには考えられない？　マークはあなたにさみしくしぼんでいってほしいと思っている？　マークはわたしが知り合ったなかでも最高の男性だった──寛容で、やさしくて、愛情にあふれていて、純粋だった。自分のことをいい思い出として覚えていてほしいとは思うでしょうけど、あなたにはあなたの人生を歩んで幸せになってほしいとも思ってるはずよ」

メリンダは泣きはじめた。「そうね」と涙声で言う。「でも、マーク以外の人とでは幸せになれないとしたら？」

「メル、あなたはあれだけ辛い思いをしたんだから、ちょっとの幸せでよしとするというのはどう？　それで、多少すてきなキスをするの」

「どうかな。ただもうわからない」

「やってみなさいよ。最悪でも——心からさみしさを払うことはできるじゃない」

「それってまちがってない？　夫を失ったさみしさを心から払うために誰かを利用するなんて」

「ちがう風に考えてみたら？　夫を失ったさみしさを払ってくれる誰かとの関係をたのしむというのは？　それだって幸せって言えるんじゃない？」

「たぶん、彼にキスなんてすべきじゃないのね」と言ってメルは泣いた。「ここにずっとはいられないんだもの。わたしはここにいるべき人間じゃない。マークといっしょにロサンゼルスにいるべき人間なのよ」

ジョーイは深いため息をついた。「キスぐらいしていいのよ、メル。一度に一回のキスにすればいい」

電話を切ると、ジョーイは夫のビルに言った。「妹のところに行かなくちゃ。危機におちいりかけているようだから」

メルは過去についてより思いをめぐらすようになった——警察が訪ねてきて、マークが死んだと告げたあの朝について。まえの晩、ふたりはともに病院の夜の勤務で、翌日はカフェテリアで昼食をともにした。しかし、マークには呼び出しがあり、ER

は多忙だったため、その晩もマークはひと晩じゅう病院に残ることになった。事件が起こったのは彼が帰宅する途中だった。

　メルは身許確認のために死体安置所へ行った。しばらくのあいだ、彼とふたりきりにされたときには、胸を三発の銃弾でうがたれ、命を失った冷たい体を腕に抱き、引き離されるまで泣いた。

　心のなかで何度もくり返される映像があった――コンビニエンスストアの床に横たわるマークの姿。夜明けに玄関に現われた警察。葬儀。文字どおりひと晩じゅう泣きつづけた夜。そして彼の身のまわりのものを片づけながら、それらを処分できずに過ごした長い日々。頭のなかで再生される映像のなかには、自分を俯瞰《ふかん》しているものもあった。ベッドのなかで胎児のように体を丸め、ナイフで刺されたかのようにみぞおちをつかみ、声をあげて激しく泣きじゃくる自分の姿。その声はあまりに大きく、近所の人がそれを聞きつけて通報するのではないかと思うほどだった。

　夫の写真に愛していると告げるだけでなく、命の宿らない平らな顔に向かって、一方通行の長い会話をするようにもなった。その日の出来事を何から何まで話し、最後は必ず「まだ愛している、ああ」と悲痛な声で叫んで終わるのだった。そしてしつこく言う。「まだ愛してる。あなたを愛することも、会いたいと思うことも、とり戻したいと思うこともやめられない」

マークはたとえ亡くなっても、あの世からどうにかして接触してくるような恋人であり夫だとメルはつねづね思っていた。それほどに愛情深い人だったからだ。しかし、彼がこの世に戻ってきたことを示す証拠は何もなかった。逝ったときには、振り返りもせずにまっすぐ逝ってしまった。あまりに遠くへ行ってしまったため、メルは見捨てられたような思いに駆られずにいられなかった。

メルは三日続けて泣きながら目覚めた。どうかしたのかとジャックが訊いてきた。話したいことがあるのではないかと。「月経前症候群よ」と彼女は説明した。「すぐに過ぎる」

「メル、おれが何かしたかい?」ジャックは知りたがった。

「もちろん、何もしてないわ。ホルモンのせいなの。ほんとうよ」

しかしメルは、つかのま痛みが軽減したように思えた最近のひとときがいまや本格的に終わり、自分が悲嘆と切望の暗闇へと戻りつつあるのを意識しはじめていた。純然たる孤独へと後退しつつあるのを。

そこでメルを揺さぶってその状態から引っ張り出すような出来事が起こった。ジョイと回復途中のコニーといっしょにソープオペラを見るために雑貨屋へ歩いていき、戻ってきたときに、ドックの家のまえにレンタカーが停まっていたのだ。ドックの家にはいると、姉の明るい笑顔と対面することになった。メルは息を呑み、往診かばんを落として姉と抱き合うと、泣き笑いしながら互いを地面から持ち上げた。再会の大騒ぎが終わると、まだジョーイの手をにぎりながら、メルはドックのほうを振り返って正式に姉を紹介しようとした。しかし、そのまえにドックが言った。「そうしてふたりが並んでいるとなんだか怖いようだな」

メルはジョーイのつややかでなめらかな茶色の髪に手をすべらせた。「どうしてここへ？」と訊く。

「わかってるでしょう。あなたがわたしを必要としていると思ったの」

「わたしは大丈夫」とメルは嘘をついた。

「だったら、万が一に備えて」

「やさしいのね。町を見たい？　わたしの家は？　何もかも？」

「その人に会いたい」ジョーイはメルに耳打ちした。

「それは最後。ドック？　午後、お休みをもらってもいいですか？」

「一日じゅうここできみたちふたりのおしゃべりや笑い声を聞かされるのはごめんだからな」

メルはドックに駆け寄って皺の寄った頬にキスをした。老いた医者は顔をしかめてすぐさま頬をぬぐった。

心が高揚し、メルはほんのしばらくマークのことを考えずにいられた。森のなかのロッジからはじめて、お気に入りの場所へとジョーイを案内した。家についてジョーイは、多少自分のようなプロのインテリア・デザイナーの手を加える必要はあるが、魅力的だと認めた。「ここへ到着したときのありさまを見せたかった」メルは笑った。「オーブンに鳥の巣ができてたんだから」

「まさか！」

それからふたりは川へ向かった。胴長とベストを身に着け、魚を釣っている人が少なくとも十人ほどいた。そのうちふたりが振り向いてメルに手を振った。「はじめてここへ来たときには、ジャックが連れてきてくれたんだけど、母熊と子熊がすぐ下流で魚をつかまえようとしていたの。熊を見たのはそれが最初で最後よ。このまま見ないで済むといいんだけど。次にここへ来たときには釣りをした。フライフィッシングよ。ほかの人たちみたいに上手じゃないけど、じっさいに魚を釣った。車のトランクには自分の道具もはいってる」

「嘘でしょう！」

「ほんとうよ！」

その次はアンダーソンの牧場へ小さな赤ん坊のクロエと生まれたばかりの子羊に会いに行った。バック・アンダーソンが囲いから小さな子羊を二匹持ち上げ、ふたりにそれぞれ一匹ずつ手渡してくれた。

メルが子羊の口に指を突っこむと、子羊は小さな目を閉じて指を吸った。メルとジョーイは思わず声をもらした。「ああ……」

「おれは六人の子供を――男の子三人と女の子三人を――育てたが、どの子も子羊をこっそり寝室に連れていってベッドでいっしょに寝たものさ。家畜を家のなかに入れないようにするのが生涯の仕事ってわけだ」と彼は言った。

メルはアカスギの森を抜ける高速道路二九九号線を車で走り、姉が〝おお〟とか、〝ああ〟とか声をもらすのを聞いて大いなる喜びに包まれた。車から降り、スピルバーグの映画『ロスト・ワールド／ジュラシック・パーク』のロケ地のひとつであるファーン・キャニオンを歩いたりもした。ヴァージンリバーの裏道や、緑の牧草地や、穀物畑や、岩だらけの丘や、そびえたつ松林や、草を食む家畜や、谷間の葡萄畑も見せてまわった。「しばらくいられるなら、ドックからうまく休みをもらって、新しくできた友人に会いにグレースヴァレーへも連れていくわ。あっちには、ここよりも大きくて、心電計や小さな手術室や超音波診断装置を備えた診療所があるの」

それから、夕食の時間が近づき、夏のひんやりとした土砂降りの雨も近づいてきたころ、ふたりはジャックのバーに行った。気温がぐんと下がったことで、ありがたいことに暖炉に火が入れられていた。噂が広がっていたらしく、バーはいつもよりも混んでいた。雨の夜にはめずらしいことだった。親しい人も何人かいた。もちろん、ドックがいて、ホープ・マックリーがいて、ロンが少しのあいだだけコニーを連れてきており、最近コニーのいるところに必ずいるジョイが夫のブルースとともにそばにいた。ダリル・フィッシュバーンとその両親が店に顔を出したときには、メルはダリルをヴァージンリバーへ来て最初にとり上げた赤ん坊の父親だと紹介した。アン・ギヴンズとその夫もいた。郊外に大きな果樹園を持つ夫婦で、最初の赤ん坊が八月に生まれることになっていた。プリーチャーはめったに見せない笑みをジョーイに向け、リッキーはいつものように笑みを浮かべた愛想のよい態度で、きっと家族全員が華やかな見かけにちがいないと冗談を言った。ジャックはジョーイをすっかり魅了した。彼がふたりの夕食をとりにキッチンへ消えると、ジョーイはメルに身を寄せて言った。

「なんてこと、セックスアピールの塊か何か?」

「そうね」とメルも言った。

ふたりにはディルソースのかかったおいしいサーモンの夕食が出され、ジャックもいっしょに食事した。メルは田舎の医療についてあれこれ話して聞かせてジョーイをたのしませた。そのなかには、彼女自身が扱った二件のお産も含まれていた。

七時を少し過ぎたころにドックのポケットベルが鳴り、ドックはバーのキッチンにある電話へ向かった。電話を終えると、メルのテーブルに寄った。「パターソンからだ。赤ん坊の呼吸に問題があって、若干顔色も悪いらしい」

「わたしもいっしょに行きます」とメルは答え、立ち上がってジョーイに向かって言った。「わたしがとり上げた赤ちゃんなんだけど、最初から生育がよくなかったの。わたしが遅くなったら、ひとりで家に帰れる？」

「もちろんよ。鍵をあずかっておいたほうがいい？」

メルは姉にほほ笑みかけ、頬にキスをした。「ここではあまり鍵はかけないの。ドアは開いているわ」

メルはドックのピックアップトラックに同乗した。雨のせいで舗装されていない道がぬかるんでいるといけないと思ったからだ。ＢＭＷが泥にはまるのは困る。

農場に行ってみると、サンドラと夫はパニックにおちいっていた。赤ん坊はぜいぜいと苦しそうに見えた。呼吸は速くて浅かったが、熱はなかった。少し酸素吸入をおこなうと、すぐに呼吸は楽になったようだが、呼吸困難の原因はわからなかった。メルはしばらくのあいだ赤ん坊を抱いて揺らしていた。ドックはキッチンテーブルについてコーヒーを飲みながら、パターソン夫妻と話をした。「喘息のような症状が出るにはまだ早すぎる。アレルギー反応か、感染症か、もっと深刻な原因——心臓か肺の問題——によるものか。明日、検査のためにヴァレー病院の外来に連れていかなくちゃならないな。優秀な小児科医の名前を書いておこう」

「今夜ひと晩は大丈夫かしら?」サンドラが涙ながらに訊いた。

「たぶん。ただ、酸素は置いていこう。明日返してくれればいい。万が一に備えて交替で付き添ってもいいだろう。何か問題が起こるか、赤ん坊のことで心配になったら、私に電話をくれ。メルが乗っているあのちっぽけな外車は雨のなか、このあたりの道路を走るには役に立たん。それに、メリンダにはよそからお客が来ているんだ」

二時間後、ようやくドックはメルを姉のもとに戻せるようになった。

八時には常連客はみなジャックの店から帰り、ジョーイだけが残った。ジャックはリッキーも家に帰し、プリーチャーはキッチンの片づけをしていた。ジャックはジョーイにコーヒーを運び、またいっしょにすわると、ジョーイの子供たちのことや夫の職業について質問し、コロラド・スプリングスでの暮らしを気に入っているか尋ねた。そして「メルはあなたが来るとは知らなかった」と言った。

「ええ、びっくりさせようと思ったから。そうすべきじゃなかったんだけど」

「これ以上はないタイミングだったな。何かに心をむしばまれているようだったから」

「そう」ジョーイは言った。「あなたは事情を知っているんだと思っていた。だって、あなたと妹は……」ジョーイはことばを止め、コーヒーカップをのぞきこんだ。

「おれらは？」とジャックは訊いた。

ジョーイは目を上げて恥ずかしそうにほほ笑んだ。「キスしてるって妹が言ってた」

「毎度ほんのちょっと応じてくれるだけさ」

「ヴァージンリバーのような場所では、それだけで恋人同士ってことになるんじゃないの？」とジョーイは訊いた。

ジャックは店に誰もはいってこなければいいがと思いながら椅子に背をあずけた。「ああ、たしかにそんな感じではあるんだけど」と言う。「何か大きく欠けているものがある気がするんだ」

「ねえ、わたしにその権利があるかどうかはわからない……」

「誰が彼女の心を引き裂き、ブーツの踵《かかと》で踏みにじったかを教えてくれる権利かい？」ジャックが代わりに言った。

「夫よ」ジャックは顎を上げ、意を決したように言った。

それを聞いてジョーイは背筋を伸ばした。ジョーイは元夫とは言わなかった。「そいつがメルに何をしたんだ？」はっきりと声に怒りをこめてジャックは訊いた。

ジョーイはため息をついた。ここまで明かしてしまった以上しかたないわねと胸の内でつぶやく。メルが話していないとしたら、知られたくないということだ。きっと腹を立てるだろう。「偶然遭遇した武装強盗に巻きこまれて殺されたの」

「殺された」ジャックは弱々しい口調でくり返した。

「ERの医師だった。夜通し働いて、朝、家に帰る途中に牛乳を買いにコンビニエンスストアに寄ったの。強盗はパニックにおちいっていて彼を撃った。三度も。即死だった」

「そんな」ジャックは言った。「いつ？」

「一年まえの今日」

「そんな」彼はまた言った。テーブルに肘をつき、手に頭をあずけ、目をもんだ。

「彼女は今日が命日だってわかってるのかい？」

「もちろんよ。今日を目指していたんだもの。苦痛にさいなまれながら」

「ロサンゼルスで」ジャックは言った。それは質問ではなかった。「それなのに、おれは彼女を傷つけたからってそいつの顔を何度かなぐってやりたいなんて思っていたわけだ」

「ねえ、このことについてはちょっと妙な気分なの。裏切ったような気がして。妹がここへ引きつけられた理由のひとつは、誰もそのことを知らないってことだった。あわれみの目で見られることがないってこと。一日に十五回も元気かと訊かれることもない。体重がさらに減ったか、よく眠れたかということも……あなたには話したんだと思っていたのよ。だって……」

「彼女には何か秘密がある気がしたんだ」とジャックは言った。「これで理由がわかった」

「わたしが秘密をばらしちゃったわね。罪の意識に駆られるべきか、ほっとすべきかわからない。ここであの子を気にかけてくれる人には、あの子がどんな思いをしてきたか知っておいてもらわなければ。いま、どういう思いでいるのか」ジョーイは息をついた。「ここには一週間もいないと思っていたのにね」

「彼女自身もそう思っていたよ」ジャックはしばらく黙りこんでから言った。「ロサンゼルスでのちゃんとした仕事を放り投げて、この小さな町でドック・マリンズのような人間のもとで働こうとするなんて、どれほど勇気の要ることか想像できるかい？向こうでどんな感じだったかは多少聞いたよ――都市医療って呼んでいたな。戦場だって言ってた。ここの仕事は単調でつまらないだろうと思っていたらしい。それでどうなったかと言えば、患者といっしょに古いピックアップトラックの荷台に乗って、点滴の袋を患者の頭の上に持ち上げたまま、凍えながら山道を病院まで行くことになった。まったく、彼女なら、戦場でも立派に役に立つだろうよ」

「メルはもともとタフな人間だったけど、マークが亡くなったことですっかり人生が狂ってしまったの。だからこそ、ここへ来たのよ――最初は銀行へ行くのも、店へ行くのも怖がっていた」

「それで銃を忌み嫌っているんだな」とジャックは言った。「誰もが持たざるを得ないので銃を持っているような小さな町に来ても」

「ああ、まったく。ねえ、秘密でもなんでもないことだけど――こんなことはしないでと泣いて頼んだのよ。こんなのばかばかしくて、変化を求めるにしてもやりすぎだと思ったの」とジョーイは言った。「でも、何かがいい作用をおよぼしたのね。彼女の言う田舎の医療か、もしかしたら、あなたが」

「メルには悲嘆に暮れている時期もある」とジャックは言った。「悲しみに襲われてしまうときが。でも、そういう時期が過ぎ去って、内側から光り輝くときもある。ドックのところではじめて赤ん坊の出産にたずさわった翌朝の彼女を見るべきだったな。大勝利をおさめた気分だって言っていた。あんなに光り輝いている誰かを見るのははじめてだった」ジャックは思い出して忍び笑いをもらしたが、その笑い声には陰鬱な響きがあった。

「ねえ、そろそろ今日はおしまいにするわ。メルの家に戻って妹が戻るまで起きていることにする。向こうで待っていられるように」

「プリーチャーに送らせてくれ」とジャックは言った。「このあたりの道は夜に雨が降っていると、慣れない人間にとっては危険かもしれないから。メルがあのロッジに車でやってきた最初の晩には、ぬかるんだ路肩にはまって牽引されなきゃならなかったんだ」

「メルはどうなるの？」とジョーイは訊いた。

「ドックがまっすぐ家に連れていくだろう。彼女のちっちゃな車にはまったく敬意を払っていないからね。もしくは、メルが車をとりにここへ来るかもしれない。いまではこのあたりの道にも詳しくなったから。でも、不安そうだったら、おれが家まで送るよ。じっさい、朝方までパターソンの家にいるとしても意外ではないね。だから、心配しなくていい。彼女は具合の悪い患者を残して帰るのを嫌がるんだ。でも、おれが起きて待っているから」ジャックはバーカウンターへ行って一枚の紙をとり出した。「家に彼女が帰ってきたら、連絡をくれ。もしくは、何か必要になったら」ジャックはそう言って自分の電話番号を書き記した。

メルがバーにはいってきたときには十時になろうとしていた。暖炉のそばのテーブルにジャックがいたが、店内を見まわしてジョーイの姿がなかったためにメルは眉根を寄せた。「姉はどこ?」と訊く。「車は表にあったけど」

「プリーチャーにピックアップトラックで家まで送らせたんだ。この町へ来た最初の晩に、雨のなか、ぬかるみにはまったら大変だから」

「そう、ありがとう」とメルは言った。「じゃあ、また明日」

「メル?」ジャックは呼びかけた。「ちょっとここにすわってくれないか?」

「ジョーイが待ってるから、帰らなきゃ。はるばる訪ねてきてくれたわけだし……」

「おれたち、話し合うべきだと思うんだ。きみがどんな思いをしてきたかについて」

メルは何日もこうした危機にさらされていたのだった。あと少しで自分を失いそうになる不安定な状態に。人生を変えてしまった残酷な出来事から心を引き離せるのは仕事だけのような気がしていた。患者がいたり、緊急事態が起こったりすれば、それに没頭できた。姉を案内して町や羊や風景の美しさを見せて一日を過ごすことでも、多少は気をまぎらわすことができた。それでも、そのことは絶えず戻ってきて心につきまとうのだった。血を流しながら床に横たわる彼の姿が目のまえに浮かび、きつく目を閉じてとり乱したりしませんようにと祈るしかなくなる。おとなしくすわってそれについて話すなど、できるはずはなかった。いまはここから離れ、家に帰って思いきり泣く必要があった。気持ちをわかってくれる姉の胸で。

「できない」とメルは言った。そのことばはかすれたささやき声で発せられた。

ジャックは立ち上がった。「だったら、家まで送らせてくれ」と彼は言った。

「ううん」メルは片手を上げて言った。「お願い。帰らなきゃ」

「どうしてただ抱きしめさせてくれないんだい？　きみはひとりになるべきじゃない」

つまり、話したのね！　メルは胸の内でつぶやいた。目を閉じ、彼を押しとどめるように片手を上げる。鼻が赤くなり、口の端がピンク色に染まった。「ほんとうにひとりになりたいの。お願い、ジャック」

ジャックはうなずき、彼女が店を出ていくのを見送った。

メルはポーチの階段を降りて車へ向かったが、車までたどりつけなかった。そのまえにそれはやってきた。突然記憶の痛みに、喪失感に襲われ、身をふたつに折り曲げた。明るい気分がすべて失われて心がうつろになり、答えのない恐ろしい疑問で一杯になる。どうして、どうして、どうして？　どうしてこんなことが起こり得るの？　わたしがこんな目にあうのがしかたないのだとしても、マークはちがう！　老人になるまで生きていてしかるべき人だった。ロサンゼルス一の救急救命医と言ってもよいほどの際立った才能と思いやりの心を持って人々の命を救い、治療をおこなっていた彼は。

メルは一日じゅうどうにか気持ちをしっかり保っていたが、いま、暗闇に包まれた冷たい雨のなかで、地面にくずおれ、消えてなくなるまで泥のなかにうずもれて、マークのもとへ行きたいと思わずにいられなかった。よろめきながら木へと近寄り、幹をつかんで倒れないように体を保ち、同時にそこに寄りかかる。胸の奥から湧いて出た泣き声は大きく、心よじれるものだった。

どうして少なくとも赤ちゃんを持てなかったの？　どうしてそんなささやかな願いもかなわなかったの？　生きるよすがとすべき彼の一部としてでも……。

店のなかでは、ジャックがメルのために何もできないことで無力感に襲われながら、行ったり来たりしていた。喪失がもたらす胸のつぶれるような痛みについてはよくわかっていた。それを乗り越える困難についてはなおさらに。なぐさめさせてもくれずに彼女が去っていったことは嫌でたまらなかった。

苛立ちが募り、ジャックはドアを開けて彼女のあとを追おうとした。ＢＭＷはバーのポーチの真んまえに停まっていたが、車内にメルの姿はなかった。ジャックは目を細めて車のなかをのぞきこんだが、そのとき、彼女の声が聞こえた。すすり泣く声。泣き叫ぶ声。姿は見えなかった。ポーチへ出て雨のなかへと階段を降りると、彼女が見えた。雨に濡れながら木にしがみついている。

ジャックはメルのもとへ走り、背後から木の幹ごと抱きしめ、彼女の体を木に押しつけた。泣いているせいでメルの背中は上下し、頬はごわごわした樹皮に押しつけられている。その苦悶の声がジャックの心を貫いた。彼女をひとり行かせることはできない。ひとりになりたいと彼女自身が言ったとしても。こうして泣くのを見ると、赤ん坊のクロエのことで泣いていた姿は単なるリハーサルにしか思えなかった。いまのメルは打ちのめされた様子だった。地面へとくずおれそうになり、ジャックが脇に腕をまわして体を支えた。雨のせいでふたりともずぶ濡れだった。

「ああ、ああ、ああ」メルは吠えた。「ああ、ああ、ああ」

「いいんだ」ジャックがささやいた。「吐き出せ、吐き出してしまうんだ」

「どうして、どうして、どうして？」メルは夜の闇のなかで叫んだ。あえぐような途切れ途切れの息をしながら。泣き叫ぶとともに全身を揺らしている。「ああ、どうして？」

「全部吐き出してしまうんだ」ジャックは彼女の濡れた髪に唇を押しつけてささやいた。

メルは悲鳴を上げた。口を開き、首をそらして彼に押しつけ、息のかぎりに叫んだ。死者が目覚めないことをジャックが祈りたくなるほどに力強い声だった。ほかの誰にもその声が聞こえず、この感情の噴出を邪魔されないことを願うしかなかった。彼女とともにそれをしたかった。彼女のためにそこにいてやりたかった。やがて悲鳴は激しいすすり泣きに変わった。そしてすすり泣きもより静かなものになった。「ああ、無理よ、無理よ、無理よ」

「大丈夫だ、メル」ジャックはささやいた。「おれがいるから。きみの身には何も起こらないようにする」

メルの足はそれ以上体を支えられないようで、ジャックが彼女の体を支えていた。

これまでの人生で自分がどれほどの感情を吐き出したにせよ、これとは比べものにならないとふと思った。その強さだけでも驚くべきことだった。彼女をとらえて放さない痛みだけでも。おれは何を考えていたんだ？　何日か酔っ払って鬱々と過ごし、自分の苦痛をひけらかすなど？　はっ！　いま腕のなかにいる女性は、はらわたがよじれるほどの痛みを自分以上に知っているのだ。涙が目を刺した。ジャックはメルの頬にキスをした。「吐き出すんだ」とささやく。「吐き出してしまえ。大丈夫だから」

メルがより穏やかに泣き出したのはだいぶ経ってからだった。おそらくは十五分ほど経ってから。二十分かもしれない。こうしたことは終わるまで止められないとジャックにはわかっていた。すべてが吐き出されるまでは。メルが小さくあえぎながらしゃくり上げるようになるころには、ふたりとも芯までずぶ濡れになっていた。メルが木から身を起こし、ジャックのほうに顔を向けるまでにもだいぶ時間がかかった。メルは痛みにゆがんだ顔で雨に濡れたジャックの顔を見上げて言った。「彼をとても愛していたの」

ジャックは濡れた頬に触れた。雨と涙の見分けはつかなかった。「わかってる」と彼は言った。

「あまりに不公平よ」

「こんな思いでどうやって生きていったらいいの？」

「わからない」とジャックは正直に答えた。

メルは彼の胸に顔を寄せた。

「わかってる」ジャックはまた言った。「ああ、心がとても痛い」

彼の首にまわしていた。ジャックはまた言った。それからメルを腕に抱き上げ、バーへと運び入れてドアを足で蹴って閉めた。そのままバーの裏の自宅へ彼女を運ぶ。メルは腕を彼の首にまわしていた。居間の大きな椅子に下ろすと、メルは膝のあいだに手を入れ、顔をうつむけて身を震わせた。髪からは水が滴っている。ジャックはきれいな乾いたTシャツとタオルをとってきて彼女のまえに膝をついた。「さあ、メル。乾いた服に着替えさせてくれ」

メルは顔を上げてジャックの目を見つめた。ひどく悲しく疲れはてた目をしている。ぼんやりとしていて、疲弊しきった様子だ。寒さのせいで唇は紫になっている。

ジャックはメルの上着を脱がせ、それを床に放った。それからブラウスも。赤ん坊の服を脱がせるように脱がせていき、メルもそれに抵抗しなかった。タオルで体をくるんでやると、その下に手を入れてブラジャーのホックをはずし、胸をさらすことなくブラジャーをとり去る。それから、Tシャツを頭からかぶらせ、腕が袖に通るまで裾を持っていた。Tシャツが太腿まで降りると、タオルを体から引きはがした。ジャックは「さあ」と言って、彼女を引っ張ってまっすぐ立たせた。メルが震える足で立つと、またしゃがみこむまえにズボンのボタンをはずして引っ張り下ろした。ブーツと靴下も脱がせ、タオルで足を拭いた。

自分はまだずぶ濡れだったが、そのタオルで髪をひとつかみずつ包んで水気をとり、彼女の巻き毛を乾かそうとした。ソファーからカバーをとってメルの肩にかけると、タンスのところへ行ってきれいで温かい靴下を見つけた。彼女の冷たい足を強くこすって温めると、靴下を履かせた。メルが目を上げると、その目には多少の正気が戻っていた。それを見てジャックもかすかにほほ笑み、「これでましになった」と小声で言った。

ジャックは洗濯室の棚のところへ行き、レミー・マルタンのデキャンタとグラスをふたつとってきた。メルのためにブランデーを少量グラスに注ぐと、それを彼女のところへ運んでまえに膝をついた。メルはひと口飲んで弱々しくぎごちない声で言った。

「あなたはまだ濡れてる」

「そうだね」と彼は言った。「すぐに戻る」

ジャックはクローゼットへ行ってすばやく濡れた服を脱ぎ、スウェットパンツだけを穿いた。上半身は裸のままで、濡れた服は床の上に積み上げておいた。自分にも少しだけブランデーをグラスに注ぎ、彼女のもとへ戻ると、なかば向き合うようにソファーにすわって身を乗り出し、彼女の頬にてのひらをあてた。すでに温まっているのがわかってうれしくなる。メルは顔を彼の手に押しつけるようにして、てのひらにキスをした。「こんなふうに誰かに世話をされたのははじめて」と言う。

「おれもこんなふうに誰かを世話したのははじめてさ」とジャックは言った。

「どうすればいいか、ちゃんとわかってるみたいだった」

「想像したのさ」とジャックは言った。

「わたし、打ちのめされたのね」とメルは言った。

「とんでもなくね。崩れるとなったら、大きく崩れるんだな。それは自慢すべきだ」

そう言ってジャックは笑みを浮かべた。

メルがわずかに震える手でブランデーのグラスを口へと運ぶあいだ、ジャックは膝に置かれたもう一方の手をにぎっていた。グラスの中身がなくなると、ジャックは言った。「おいで。ベッドに入れてあげよう」

「ひと晩じゅう泣いていたら?」

「おれがすぐそばにいる」とジャックは言い、手を引っ張ってメルをベッドに連れていき、彼女が下にはいれるように上掛けを持ち上げた。それから、小さな女の子を寝かしつけるように上掛けをかけてやった。

ジャックは濡れた服のところへ戻り、しぼって水を切ってから、乾燥機に入れた。メルの様子をたしかめに行くと、すでに眠っていたので、小さな洗濯室へ戻り、ドアを閉じてジョーイに電話をかけた。「もしもし」と彼は言った。「心配させたくなかったんで。メルはおれのところにいる」

「大丈夫なの?」とジョーイが訊いた。

「いまはね。完全にだめになってしまったんだ。雨のなかで、最悪だった。もう涙は残ってないと思うよ。少なくとも今夜は」

「ああ、なんてこと」とジョーイは言った。「だからこそ、わたしが来たのに! いますぐそばに行かなくちゃ……」

「清潔で乾いた服を着せてベッドに入れたところなんだ、ジョーイ。いまは眠っている。おれが──彼女を見てるよ。目が覚めて家に帰りたがったら、何時だろうと連れて帰る。でも、いまは眠らせてやってくれ」ジャックは大きく息を吸った。「疲れはてているから」

「ああ、ジャック」とジョーイは言った。「そばにいてくれたの?」

「いた。メルはひとりじゃなかった。おれにできたのは……ただ抱きしめることだけだった。無事を守って」

「ありがとう」とジョーイは言った。震える小さな声だった。

「いまはもう休ませてやる以外何もできないよ。ワインを一杯やって多少眠るんだね。メルのことは心配しないようにして。彼女はおれが守るから」

部屋の明かりは薄暗い常夜灯のみにして、ジャックはテーブルの椅子をベッドのそばに引っ張ってきた。床に足をつけ、膝に肘をついてレミー・マルタンの残りを手に持ったまま、眠る彼女をじっと見つめた。枕に巻き毛が広がり、ピンク色の唇はわずかに開いている。メルはすうすうと小さな寝息を立てていた。

おれは高卒だ。ジャックは胸の内でつぶやいた。メルは医者と結婚していた。賢くて教養のある男だ。ERの英雄。命を落としたことでさらに完璧になった男。そいつとどうやって競ったらいい？ ジャックは手を伸ばして彼女の髪に軽く触れた。競うことなどできない。おれの負けだ。メルがこの町にやってきてからというもの、おれの心臓の鼓動はまえとはちがってしまった。

ジャックはメルを愛していた。これまで一度たりとも誰かを愛したことのない男が。子供のころや若造のころには、何度か愛したと思ったことはあったが、こんなふうではなかった。欲望ならよく知っていた。女の体を求めることならとてもよくわかっていたが、女が二度と傷ついたり、困ったり、不安や孤独に駆られたりしないよう、世話をしたいと思った経験はなかった。過去にはきれいな女も、教養高い女も、賢い女もいた。ウィットと勇気と情熱に富んだ女たち。それでも、覚えているかぎり、メルのような女はいなかった。自分が望むすべてを備えた女は。つまりはそういうことだ。おれは愚かにも手にはいらない女を愛した。彼女はまだほかの男のものだ。たとえその男がもはやこの世にいないとしても。

そんなことはどうでもよかった。ほかの誰かを失った痛みにくずおれた彼女を自分は抱いていた。メルには乗り越えるべきこと、克服すべきことがたくさんある。そばでそれを待っていたからといって、彼女が愛してくれるとはかぎらない。それでも、自分に選択肢はない。すでにすっかり彼女に夢中になっている自分には。

ジャックはブランデーを飲み干し、グラスを脇に置いたが、ベッドのそばは離れなかった。ときどきシルクのような髪にそっとやさしく触れたいという誘惑に負けながら、じっと寝顔を見つめていた。メルが眠ったまま満足そうに息を吐くと、彼女が多少の安らかさを見つけたことがうれしくて思わず顔に笑みが浮かんだ。彼女の気持ちがよくわかる気もした——誰かを愛しているとわかると、ほかの誰かではだめなのだ。

ジャックは床に目を伏せた。おれはここにいるよ、メル。唯一いたい場所だ。顔を上げると、メルが目を開け、ジャックを見つめていた。ベッドサイドの時計に目をやると、驚いたことに、二時間が過ぎていた。

「ジャック」メルはささやくように言った。「いてくれたのね」

ジャックは彼女の髪を顔から払って後ろに撫でつけてやった。「もちろんいるさ」

「キスして、ジャック。あなたにキスされると、ほかに何も考えられなくなるから」

ジャックは身をかがめて彼女の唇にやさしく触れた。それからきつく口を押しつけ、口の上で動かした。彼女の唇が開き、小さな舌がはいってくる。メルは彼のうなじに手を這わせ、顔を近づけた。キスは飢えた濃厚なものになった。

「ここに来て」とメルはささやいた。「わたしを抱きしめて。キスをして」

ジャックはわずかに身を引こうとしたが、メルはうなじにまわした手を離さなかった。「そうしないほうがいい」

「どうして？」

ジャックは小さな笑い声をあげた。「キスだけじゃ済まなくなるからさ、メル。おれは機械じゃない。やめたいと思わなくなってしまう」

メルは上掛けをめくった。「わかってる」とひと息で言う。「心の準備はできてるの、ジャック。もう傷つきたくない」

ジャックはためらった。彼女が別の男の名前を呼んだらどうする？　朝が来て、後悔したら？　このことを夢見てきたのだったが、それは何かのはじまりにしたかった。終わりではなく。

だったら、メルにとってすばらしいものにしてやればいい、と彼はみずからに言い聞かせた。もっとほしいと思わせてやればいいのだ。ジャックはベッドのメルの隣に寝そべって腕に彼女を引き入れ、熱く激しいキスで口を求めた。口と口が溶け合い、メルが声をもらした。メルは唇と舌を求めながら、腕をジャックの首にまわして抱きしめた。ジャックが穿いているスウェットパンツはゆるくやわらかで、そのなかがどうなっているかはたしかめるまでもなかった。彼は即座に硬くなっていた。メルはそこに自分をこすりつけ、誘うように体を動かした。ジャックは大きな手を彼女の尻にあて、その動きを封じた。

それから身を転がして彼女が上に来るようにした。メルの体をおおっているTシャツの裾をつかんで持ち上げ、頭から脱がせる。胸を裸の胸に感じ、ジャックは「ああ」と声をもらした。その胸は彼の大きな手にも余るほどでやわらかく、胸の頂きは硬くなっていた。手を胸の脇から腰へと動かすと、彼女がまだひも状のショーツを身に着けているのがわかった。それを下ろすと、メルは身をよじってショーツを脱いだ。彼女の肌はとてもきめ細かくなめらかで、ジャックは自分の手が荒れすぎているのではないかと不安になった。しかし、やわらかく熱い声を聞けば、その感触を嫌がっていないのはたしかだった。

唇を唇でふさいだまま、ジャックはまた身を転がし、ふたりで横向きに寝そべる恰好になった。ジャックは一瞬身を離してスウェットパンツから自由になった。その部分がメルの手に包まれ、息が喉でつまる気がした。今度ばかりは事を急《せ》いてはだめだと自分に言い聞かせる。彼女のために。それからジャックはメルを悦ばせることに集中した。今夜ほど女を悦ばせたいと思ったのははじめてだったからだ。

こんなふうに体を体に感じていると、ペースを落とし、待つのはとてもむずかしかったが、純粋な意志の力でジャックは自分を抑えた。ゆっくりと時間をかけて彼女の胸を愛撫し、そのあとに片方の胸の頂きを口に含み、次にもう一方を含んだ。メルは貪欲に体をそらし、足を広げて片足をジャックの腰に巻きつけ、彼をもっときつく引き寄せようとした。ジャックは片手を下ろしてやわらかい芯の部分に触れ、彼女から情熱的な声を引き出した。深く指を差し入れると、欲望に駆られているのが自分だけでないことがわかった。彼女の準備もできていた。飢えきった状態で。「メル」とジャックはかすれたささやき声で言った。

「ええ」メルは答えた。「ええ」

ジャックはメルをあおむけにし、上におおいかぶさった。口で口をふさぐと、長くゆっくりとした力強いひと突きで深々とみずからを突き入れた。メルは息を呑み、焦れるように体を持ち上げた。片手を彼女の尻の下に差し入れ、愛撫によって彼女のため息が悲鳴に変わる場所でもう一方の手を動かしながら、ジャックは動きはじめた。メルが発する熱のせいで、おかしくなりそうだったが、どうにか持ちこたえた。ジャックは自分よりも彼女を優先させると決意していた。一定のペースで突いたり引いたりをくり返すと、すぐにもメルの呼吸が激しく速くなり、満足を求めて体が強く押しつけられた。ジャックはそれをもたらしたくてたまらず、押し入れたりこすりつけたりをくり返した。やがて満足の痙攣を感じ、エクスタシーの叫びが聞こえた。ジャックは彼女をしっかりと抱きしめ、彼女のなかに自分を押しこんだ。めくるめく悦びの瞬間、メルは彼の肩を嚙んだ。甘く、うれしい痛みだった。ジャックが持てるかぎりの力を駆使して自分を抑えていると、ついに組み敷いている体から力が抜け、彼を締めつけている筋肉の痙攣がゆっくりとおさまっていった。体全体から緊張が解け、呼吸もゆっくりになる。あえぐような息遣いがため息に変わり、キスはやさしく甘くなった。

メルは彼の背中を撫で、口を味わっていたが、嵐のようなクライマックスのせいでまだ体は震えていた。自分の体重で彼女を押しつぶしてしまわないように体を持ち上げている彼の肩と背中の筋肉が動くのがわかった。ジャックは口を離し、メルの目をのぞきこんだ。彼の目には少しも消える気配を見せない炎が燃えていた。メルはてのひらを彼の頰にあて、「ああ、ジャック」と途切れ途切れの息のあいまに言った。メルの唇から自分の名が発せられることがもたらす喜びはとても大きく、ジャックは胸の奥がふくらむ気がした。まるで心臓がほんの少し大きくなった感じだった。ジャックは唇を下げてそっと彼女の唇を吸った。「大丈夫かい?」とやさしく訊く。

「あなたはすぐそばにいたじゃない。わたしが大丈夫なのはわかってるはず」とメルは言った「ほんとうに久しぶりだった」

「これからは久しぶりということはなくなる」ジャックはささやいた。「二度と」

ジャックは唇と舌を使ってキスをしたり軽く嚙んだりして、ゆっくりとやさしく彼女の体を味わいながら下へ顔を動かした。両方の胸の頂きのまわりに舌を走らせると、小さな頂きは硬くなり、口で吸うのにぴったりの形になった。ジャックはさらに下へ、平らな腹へと顔を動かした。それから足をそっと開かせて、そのあいだに顔をうずめた。頭上でメルが息を呑むのが聞こえた。そこへ達すると、もはやさしいとは言えない動きで、中心にある、腫れてふくらんだつぼみを攻めた。口に腰が押しつけられ、彼女の呼吸がまた速くせわしくなると、ジャックは顔を上げ、ゆっくりとキスしながら顔を上に動かした。「ああ、きみは甘いね」と唇に唇を押しつけてささやく。「天国の味わいだ」そう言ってまたなかにはいって彼女を満たし、長く深く突いたり引いたりした。次第にその動きが激しくなり、メルは再度身を震わせてクライマックスに達した。彼女がまた声を発すると、ジャックは口で口をおおった。すっかり情熱に押し流されたメルは声をもらさずにいられないようで、そのことにジャックは興奮を覚えた。メルの発するどんな音も、どんな荒々しい声も、ジャックに喜びをもたらした。疲れはててぐったりとした彼女を彼は抱きしめた。

小さな手を背中に感じ、首に唇を感じた。メルの呼吸はようやくゆっくりとおちついたものになっていた。驚いたことに、彼女は小さな笑い声をあげていた。ジャックが顔を持ち上げると、下にいる彼女はほほ笑んでいた。「嘘をついたわね」とメルは言った。「あなたって機械だわ」

「きみを満足させたかっただけさ」とジャックは言った。「満足かい？」

「二度も満足した。あなたにも満足してもらうにはどうしたらいいの？」

ジャックはメルと指をからみ合わせ、彼女の両手をつかんで頭上に伸ばさせた。

「メル、何もしなくていい。そこにいてくれれば」

そう言って口を口に下ろし、濃厚なキスをすると、また腰を上下させて彼女のなかで動きはじめた。メルは膝を持ち上げ、腰を浮かせて彼をさらになかに引き入れた。それから彼の動きに合わせて動きはじめ、脚を腰に巻きつけた。ジャックはゆっくりと一定のリズムで深く、長く突き、どうにか自制を保っていたが、やがてまた彼女の声や吐息が大きくなり、リズムも増すと、すでにジャックには聞き慣れた美しい声が聞こえ、またメルが頂点に達したのがわかった。情熱的な女だとは思っていたが、その情熱がもたらす熱と力には驚かずにいられなかった。そしてそれが彼の渇望をも満たしてくれた。今度は彼を包む筋肉が締まり、メルが悦びに息を奪われたときに、ジャック自身もみずからを解放して彼女に匹敵する悦びを得た。いや、それ以上の悦びを。一瞬、鼓動のあまりの激しさに頭がくらくらし、目に涙がにじんだ。そしてまた声が聞こえた。「ジャック！」

「ああ、メル……ああ」ジャックは彼女にキスし、愛撫しながらささやいた。

メルがおちつくと、ジャックはそっとその体を撫でた。「ジャック」とメルはささやいた。「ごめんなさい……」

「何について謝らなくちゃならないんだい?」とジャックは小声で訊いた。

「あなたのこと、嚙んだみたい」

ジャックは太くかすれた笑い声をあげた。「そうみたいだね。そういう癖があるのかい?」

「ちょっと抑えがきかなくなったのかも……」

ジャックはまた笑った。「悪いのはおれだな」と言う。「すべて思惑どおりさ」

「ああ」とメル。「しばらくわれを忘れていたかもしれない」

「そうだな」ジャックはささやいた。「そうなるのはとてもいいな」

「あなたも大きな賭けに出たわね。すでにおかしくなってる女にあんなふうにわれを忘れさせるなんて……」

「いや、きみは守られていた。危険はなかった」ジャックは彼女にそっとキスをした。

「もう休みたいかい?」

「たぶん、しばらくは」メルは彼の顔をやさしく両手で包んで答えた。

ジャックは彼女を引き寄せて抱きしめた。裸の体が重なり、ひとつになった。

ジャックは腕に抱いたメルのうなじにキスをした。やわらかくかぐわしい髪に顔をうずめ、片手をまえにまわして胸を包む。すぐにも呼吸が一定になり、メルが眠りに落ちたのがわかった。ジャックも目を閉じて腕に彼女を抱いたまま体の力を抜き、いつしか眠りに落ちていた。

まだ夜闇の濃いなかでジャックが目を開けると、メルが向かい合うように体勢を変えていて、手で大胆に彼を愛撫しているのがわかった。ジャックはキスをして訊いた。

「眠れたのかい？」

「ええ」メルは答えた。「目覚めたら、あなたがほしかったの。また」

「見ればわかるよ。おれも同じ気持ちだ」

早朝、メルが目覚めると、驚いたことに、頭のなかで歌が鳴っていた。眠ったままジョニー・マティスをハミングしていたのだ。『ディープ・パープル』を。音楽が戻ってきた。

メルは身を転がしたが、ベッドの隣には誰もいなかった。ジャックが裏庭で薪を割っている音が聞こえてくる。メルは口をゆすぎ、彼の歯磨き粉で歯をこすった。クローゼットの釘にライトブルーの長袖のデニムのシャツがかかっていた。それをはおって襟のにおいを嗅ぐと、彼のにおいがして思わず笑みが浮かんだ。シャツは体をおおうどころか、そのなかで溺れそうになるほど大きかった。裏口に行ってジャックが斧を振り上げては下ろす様子を眺める。ざくっ。朝の空気はぴりっと澄んでいた。雨は止んでおり、雨に洗われた大きな木々はきれいだった。ジャックがまた斧を振り上げて下ろした。シャツの袖は肘までまくり上げられていて、斧の重さと薪を割る力のせいで腕の筋肉に筋がはいっていた。

やがてジャックがメルのほうに目をくれた。メルは片手を上げてほほ笑んだ。ジャックはすぐに斧を放って彼女のほうにやってきた。目のまえに立った彼の胸にメルは手を置いた。メルのピンク色の頬をジャックは指の節でなぞった。「伸びたひげできみをこすりすぎたみたいだな」

「そうね。でも、心配要らない。悪くない感触だから。しっくりくる感じ。自然で、とてもいい」

「おれのシャツを着たきみもとてもいいな」とジャックは言った。「シャツを脱いだ姿も大好きだが」

「まだちょっと時間はあると思うわ」とメルは言った。

ジャックは彼女を腕に抱き上げて家にはいると、ドアを蹴って閉め、彼女をそっとベッドへと運んだ。

11

朝の空気はひんやりとしていてかすんでいた。メルが車でロッジに戻ると、さわやかな六月の朝の空気をとりこむために玄関のドアが開いていた。メルが泥まみれのブーツをポーチで脱いでなかにはいると、ジョーイがキルトを体に巻きつけてソファーにすわっていた。淹れ立てのコーヒーが湯気を上げるカップがそばのテーブルに置かれている。

ジョーイはメルのためにキルトの端を持ち上げた。メルは姉のそばに行って身をすり寄せるようにして隣にすわり、ジョーイの肩に頭を載せた。ジョーイはキルトがうまくふたりの体をおおうようにした。「大丈夫なの、メル?」と訊く。

「大丈夫。昨日の晩、爆発したけど」メルは首をまわして姉を見上げた。「どうしてああなるってわからなかったのかな? あなたにはわかっていたのね」

「命日にはそういう作用があるって話よ」とジョーイは言った。「正確な日付を覚えていなかったとしても、こっそり忍び寄り、不意打ちをくらわして息を奪うってわけ」

「たしかにそうだった」メルはジョーイの肩に頭を戻して言った。「日付はわかっていたけど、あんな大変なことになるとは思ってもいなかった」

ジョーイはメルの髪を撫でた。「少なくとも、あなたはひとりじゃなかった」

「その目で見たとしても、きっと信じられなかったと思う。わたしはすっかり自分を抑えられなくなって、叫びながら雨のなかに立っていたの。長いこと叫んでいた。彼はただ抱きしめて叫ばせてくれたの。吐き出せって何度も言っていた。それから、心臓発作を起こした患者の看護をするようにわたしの世話をしてくれた。服を脱がせて乾いた服を着せて、ブランデーを飲ませてベッドに入れてくれたの」

「ジャックはいい人にちがいないわね……」

「それから、わたしがいっしょにベッドにはいってと彼を誘ったの」とメルは言った。

ジョーイは何も言わなかった。「ひと晩じゅう愛を交わした。人生であんなにセックスしたのははじめて。その――これまでなかったことよ」

「でも、大丈夫なのね」とジョーイは言った。それは質問ではなかった。

「彼のためにに毛布を持ち上げたときには、これで心を麻痺させられるとしか思わなかった。痛みを払える。逃げ出せるって」

「それはそれでいいのよ、メル」

メルはまたジョーイに目を向けて言った。「でも、そういうふうには作用しなかった。彼がごくふつうだったら、目を閉じて、ただ満足するだけで終わったと思う。でも、彼はふつうじゃなかった。まったく、驚くべき人よ」

ジョーイは感傷にふけるように小さな笑い声をあげた。姉妹ときたら。ティーンエイジャーのころからセックスについて語り合ったものだ。それについて笑い合ったり、暗い秘密を打ち明けたりした。マークが亡くなって、ジョーイはそういう話は二度とできないのではないかと恐れていたのだった。

「彼はわたしに悦びを与えることだけを望んでいたの。おかしくなりそうなほどの荒々しい、めくるめく悦びを」

またジョーイは笑った。「うまくいったの?」

「もちろん」メルはひと息で言った。それから首をまわして姉の顔を見た。「わたしに同情しているだけだと思う?」

「でも、その場にいたのはあなたじゃない。そう思うの?」

メルはほほ笑んで言った。「そうだとしてもかまわない。またすぐに同情してほしいって思うだけ」

ジョーイは妹のきれいな額に落ちた巻き毛を払いのけた。「あなたにまたこういうことがあってうれしい」そう言って低く笑った。メルもつられて笑った。

「どうしてこういうことになったのかな、ジョーイ？　死にたいと思っていたのに、ジャックのことを求めるなんて。おかしくなりそうなほどに彼を求めるなんて。あり得ないとは思わない？　そんなふうに思えること自体」

ジョーイは息を吸った。「そんなふうに感情が極度に高まると、欲望も募ったりするものよ。何もかも、ただもう強烈に感じるの。たしかに、おかしな気がするけどね。大げんかしたあとのセックスが最高に思えたことってない？　わたしがアシュリーを身ごもったのも、別れなくても二度と口はきかないってビルに宣言した晩だった」

くすくす笑い。

「どのぐらいここにいられるかも訊いてなかったわね」とメルは言った。

「あなたがいてほしいと思うだけいられるけど、真にやさしい姉は邪魔をしないように、さっさと荷造りして去るわね」

「だめよ」メルは首を振って言った。「あんなに会いたかったんだから」そう言ってにっこりした。「あなたのためだったら、喜んで犠牲を払うつもり」

ジョーイは妹をきつく抱きしめた。「だったら、あと数日ね。ほんとうにそれでいいなら」

「ほんとうよ」

「メル？」

「ん？」

ジョーイは高校や大学時代のことを思い出しながら、またセックスの話題を持ち出した。「男の足のサイズからナニの大きさがわかるっていう迷信に多少の真実はあると思う？」

「うーん」

「で、ジャックのブーツのサイズはいくつ？」

またくすくす笑い。

「二十七よ」とメルは言った。

その朝、メルはジョーイをドックの家に連れていった。メルとドックが患者を診ているあいだ、ジョーイは本を持ってキッチンにこもった。ランチはドックの家で三人でとり、それから姉妹はグレースヴァレーへ行って診療所のジューンとジョンに会った。翌日は患者を診る予定がなかったので、ドックはポケットベルを持って川へ釣りに出かけた。ジョーイとメルは海岸まで車を飛ばし、ファーンデールという小ぢんまりとしたヴィクトリア朝のきれいな町でランチをとった。

店をめぐり、ジョーイがメルの家にぴったりと思うものも見つかった――ソファー・カバー、飾り枕、壁掛けの時計、色とりどりのマット。裏庭に置く小さなバーベキューコンロと木製のサラダボウルも見つかった。テーブルに華やかさを添える花瓶もあった。家に戻る途中、ふたりは市場に寄って食料品と生花も買った。

ジャックのバーでビールを一杯飲んでから帰るのが当然という気がして、ふたりは腕を絡め合ってバーにはいっていった。メルがこうささやいたので、ふたりとも笑いながら。「彼の股に目を向けたりしたら、ひっぱたくからね」ジョーイがそうしたくてたまらなくなるのは当然といってよかった。ふたりはジャックをロッジでの夕食に招いた。ジャックは喜んで応じただけでなく、ビールの六本パックを持ってきてくれた。

姉妹は子供のころやティーンエイジャーのころの話をし、ジャックは真夜中近くになるまでふたりと笑って過ごした。

ジャックがそろそろ帰るというときになると、ジョーイがひそかにそばを離れ、メルはふたりきりでジャックにお休みを言えた。ポーチに出てロッジのなかからもれる明かりだけを受け、ジャックは階段を一段降りてメルと目の高さを合わせた。メルは腕をたくましい肩にまわし、ジャックは大きな手で彼女のウエストを包んだ。メルは顔に顔を寄せ、からかうように下唇を軽く嚙んだ。

「お姉さんに全部話したんだね」とジャックは言った。

「ううん」メルは首を振って言った。

「おれの股ばかりを見てたぞ」とジャック。

メルは忍び笑いをもらした。「全部じゃないわ」と言う。「うんとみだらな部分は胸にしまっておいた」

「大丈夫だったかい？」ジャックは心配そうに眉根を寄せて訊いた。「また泣いたりした？」

「まったく問題なかった」メルはほほ笑んだ。

「もうきみのことが恋しいよ、メル」

「まだ二日よ……」

「二時間できみが恋しくなった」

「あなたってうんと面倒な人なんじゃない？　要求が厳しくて、重くて、強欲で

「……」

ジャックはそれに答える代わりに焼けつくようなキスで口をふさいだ。メルは喜んでそれに屈し、彼をきつく抱きしめた。ああ、なんてすばらしくて、たくましくて、セクシーな人なの。キスがいつまでも続けばいいと思ったが、そういうわけにもいかなかった。「行かなくちゃ」ジャックはかすれた声で言った。「そうじゃないと、きみを森のなかへ運んでしまいそうだ」

「そうね、シェリダン……。だんだんここも悪くない気がしてきた」

ジャックは唇に軽くキスをした。「きみのお姉さんはすばらしいな、メル」そう言ってまた軽くキスをして言った。「早く帰ってもらってくれ」それから尻を軽くたたくと、振り返って帰っていった。

ジャックはピックアップトラックのところまで行ってドアを開けると、振り向いて彼女に目を向けた。そうしてしばらくそこに立っていた。それからゆっくりと片手を上げた。メルも同じようにした。

翌朝、ジャックがバーのポーチを掃いていると、ジョーイとメルがドックの家から出てきて、ジョーイの車のところで抱き合っているのが見えた。それからメルはドックの家のなかへはいり、驚いたことにジョーイはバーへ向かってきた。

「帰ることにする」ジョーイはジャックに言った。「町を出ていくまえにあなたのところでコーヒーを一杯ごちそうになろうと思って。今朝メルには診なきゃならない患者がふたりいるそうよ。そうじゃなかったら、わたしといっしょにここへ来たんだけど。だから、もう別れの挨拶は済ませたわ」

「よかったら、朝食をご馳走するよ」とジャックは言った。

「ありがとう。もうちょっと食べてきたの。でも、あなたの店のコーヒーはパスできなくて。それに、ちょっと時間がほしい。話す時間。別れの挨拶をする時間」

「どうぞ」ジャックはそう言って壁にほうきを立てかけ、彼女のためにドアを押さえてやった。ジョーイはスツールに腰をかけ、ジャックはバーカウンターの奥に行ってコーヒーを出した。「会えてほんとうによかったよ、ジョーイ。少しのあいだだったけど、いっしょに過ごせて」

「ありがとう。わたしもよ。でも、何よりもメルのためにしてくれたことに感謝するわ。彼女の世話をしてくれて、目を配ってくれたことに……」

ジャックは自分のマグカップにもコーヒーを注いだ。「いや、おれに感謝する必要はない。誰かに恩を売った覚えはないんだから」

「わかってる。それでも……。ただ、そう、わたしにとっては、あの子がひとりぼっちじゃないとわかってここに置いていくほうが気が楽だから」

ジャックは、こんなふうに感じたのは十六歳のころ以来だと告げたい思いに駆られた。恋に酔いしれ、おかしくなりそうなほどに愛し、たった一度のチャンスのためにすべてを賭けようとする。しかし、口では「彼女がひとりぼっちになることはない。おれがあれこれ目を配っておくから」とだけ言った。

ジョーイはコーヒーを飲んだ。何か逡巡《しゅんじゅん》しているように見える。「ジャック、あなたに知っておいてもらいたいことがあるの。危機が去ったように見えるからといって……。そう、メルにはこれからも葛藤があるかもしれない」

「彼について話してくれ」とジャックは言った。

ジョーイは驚いた。「どうして？」

「メルに訊けるようになるにはまだ時間がかかるかもしれないから。知っておきたいんだ」

ジョーイは深々と息を吸った。「まあ、あなたには聞く権利があるわね。なるべくうまく伝わるようにしてみる。でも、まわりのわたしたちがどうにかおちつきを保とうとしているのは、メルがとてももろくなったからよ。あのときは弟を失うような感じだった。ほんとうの弟を。マークのことはみんな大好きだったから」

「すごい男だったにちがいないな」

「きっと想像もつかないでしょうね」ジョーイはまたコーヒーを飲んだ。「そう――マークは亡くなったときには三十八歳だった。つまり、メルと出会ったときには三十二歳だったのね。病院で出会ったの。彼はERの後期研修医で、メルは夜のシフトの主任看護師だった。ふたりはすぐさま恋に落ちて、一年後にいっしょに暮らすようになり、その一年後に結婚して、結婚生活は四年続いたの。マークの人柄でいちばん特徴的だったのは、思いやりとユーモアのセンスね。みんなを笑顔にできた。

それに、危機に瀕《ひん》して、家族が細やかな気配りをもって親切に扱われるべきときに、ERにいてほしいと思うような医師でもあった。うちの家族はみんなすぐに彼を大好きになった。病院のスタッフも全員彼を敬愛していた」

ジャックは無意識に下唇を噛んでいた。

「彼が完璧じゃないところなんて思い出せないほどよ」とジョーイは言った。

「彼について完璧じゃないことをひとつふたつ教えてもらえると、男としてありがたいんだけどな」とジャックは言った。

ジョーイは笑った。「まあ、そうよね。メルをとても愛しているのは明らかで、いい夫でもあったけど、最初の奥さんもERの医師だったたってメルが言っていた。医者たちってそういうもので、それほど苛々するようなことじゃないと思うんだけど——メルは看護師だから、その辺の事情を身にしみてわかっていたのね。でも、ふたりがけんかするのは彼の長時間勤務とか、シフトじゃないときに病院に呼び出されることが原因だった。予定を立てても、マークが現われないこともよくあったし。もしくは、彼が早く出なきゃならなくて、メルがタクシーで家に帰ったりね」

「でも、それはそういうものだ」とジャックは言った。海兵隊員たちも海外で国のために働くときには家族を置いていく。仕事のために妻をないがしろにしたことで、メルが夫を嫌っていたならいいのにと思う気持ちもあったが、世のなかがそういうものだと心得ていて、気丈に振る舞ってくれる女性を尊敬する気持ちもあった。

「そうね。それも夫婦生活を脅かすほどのものじゃなかったと思う。マークが仕事にすっかり気持ちが行っていて、メルの話を全然聞いていないこともあったそうよ。メルは壁に話しかけている気がするときがあるって言っていた。でも、もちろん、マークはマークだから、謝って償《つぐな》おうとしていた。亡くなっていなければ、ふたりは五十年も夫婦でいたかもしれない」

「なあ、ジョーイ」ジャックは言った。「酒を飲みすぎたり、彼女をなぐったり、浮気したりといったことはなかったのかい？」彼は期待するように訊いた。ジョーイが思わず笑うほどに。

ジョーイはバッグのなかをあさって財布をとり出し、そこに入れてある写真をめくってメルとマークの写真を見つけた。「彼が亡くなる一年ほどまえに撮ったものよ」と彼女は言った。

写真スタジオで撮った夫婦の写真だった。マークがメルの肩に腕をまわし、ふたりとも――のんきに――ほほ笑んでいる。メルは目をきらめかせていた。マークもそうだ。医師と看護師兼助産師。成功した華やかな人々。世のなかを思いどおりに進む人々。マークの顔には見覚えがあった。メルのベッドサイドの写真で見たのだ。しかし、事情を知ったいまは新たな目で見ていた。見てくれの悪くない男だった――外見だけなら、ジャックもほかの男を値踏みできた。短く切りそろえた茶色の髪、卵型の顔、まっすぐな歯。写真を撮ったときには三十七歳だったはずだが、ずっと若く見えた。ベビーフェイスと言える。ジャックが戦闘で率いた若い海兵隊員たちの多くに似ていなくもなかった。

「医者か」ジャックは写真を見ながら上の空で言った。

「ねえ、そのことで臆したりしないでよ」とジョーイが言った。「メルだって医者にはなれたんだから。看護学で学位をとって、家族診察看護師《ナース・プラクティショナー》の修士と助産師の資格をとったの。わたしのお尻以上に大きな頭脳を持っているのよ」

「ああ」とジャックは言った。ジョーイの尻が大きくないことはこの際関係ないのだろう。

「どこの夫婦とも同じだけど、あのふたりもよく言い争いしてた」とジョーイは言った。「休暇をどう過ごすかがいちばんの言い争いの種だったわね――ふたりが同じことをしたいと思ったことがなかったから。マークがゴルフをしたいと思えば、メルのほうはビーチに行きたがった。ふつうは彼がゴルフをしているあいだに彼女がビーチで寝そべっていられるような計画におちついたものよ。理にかなった妥協案に聞こえるかもしれないけど、ひとつだけ問題があった。ふたりがいっしょに休暇をとれることがなかったの。それでメルはよく怒っていた」ジョーイは付け加えた。「怒ったメルは耐えがたいの」

「それに――」ジョーイは続けた。「マークはお金に無頓着だった。何も気にせずにお金を遣っていたわ。医者の仕事にばかり注意が向いていたせいで、請求書の支払いを忘れてばかりいた。電気を止められないように、請求書の支払いはすぐにメルがやるようになった。それから、かなりのきれい好きだった――彼のガレージの床だったら、落としたものもすぐに拾えば食べられるぐらいに」

　都会の上流階級的な問題だなとジャックは思わずにいられなかった。

「アウトドア派じゃなかったんだな」とジャックは言った。「キャンプもしなかった？」

「森のなかでうんこするってこと？」ジョーイは笑った。「そういうタイプじゃなかった、マークは」

「メルがここへ来たのは不思議だな」とジャックは言った。「粗野な田舎で、あまり洗練されていない。華やかなものなど何もない」

「ええ、そうね」とジョーイはコーヒーカップをのぞきこみながら言った。「あの子、山は好きよ。自然も――でも、ジャック、知っておいてもらわないと……これって実験なのよ。あの子、ちょっとおかしくなっていたから、何もかもいままでとはちがう生活がしたいと思ったのね。でも、こういうのってあの子らしくない。マークが亡くなるまえは、十以上のファッション誌やインテリア誌を定期購読していたはずよ。旅行も好きだった――ファーストクラスでね。五つ星のシェフの名前も少なくとも二十は知っているはず」ジョーイは息を吸ってジャックのやさしい目をのぞきこんだ。

「いまは釣り竿を車のトランクに入れているかもしれないけど、ここにずっといることはないと思う」

「リールつきの釣り竿さ」とジャックは訂正した。

「え？」とジョーイは訊いた。

「リールつきの釣り竿で、ただの釣り竿じゃない。メルはそれがほんとうに気に入っているんだ」

「傷つかないように気をつけてね、ジャック。あなたってほんとうにいい人だから」

「おれなら大丈夫さ、ジョーイ」ジャックはほほ笑んで言った。「メルだって大丈夫だ。重要なのはそこだろう？」

「あなたって驚くべき人ね。わたしの言っていることがわかるって言って。メルは昔の生活から逃げ出したかもしれないけど、心のどこかにはまだそれが残っているのよ」

「わかってるさ。心配しなくていい。彼女からもちゃんと警告されたよ」

「そう」とジョーイは言った。「だったら、あなたは休暇には何をするの？」

「毎日が休暇みたいなものだからな」ジャックは笑みを浮かべて言った

「メルがあなたは海兵隊にいたって言っていた――そのときは何をしていたの？　いつ辞めたの？」

ジャックはこう言ってやりたかった。おれが心の傷から回復できずに田舎に来たとしたら、男たちと酒を飲んで酔っ払い、女を見つける。飛行機のファーストクラスでどこぞの島へ行って砂浜で日焼けしたり、湾でシュノーケリングしたりするのとは大ちがいだ。しかし、ジャックはそんなことは言わなかった。それはそれだ。自分はそういう生活とはおさらばした。誰でもそういうものではないだろうかとジャックはつかのま希望をこめて考えた。過去とおさらばし、新しい世界へ足を踏み出す。異なる世界へ。「長い休みのあいだは家族を訪ねたよ。サクラメントに四人の既婚の姉や妹がいて、おれを顎で使いたくてうずうずしてるんでね」

「それはいいわね」ジョーイは笑みを浮かべて言った。「それで、ほかに何か質問はある？　メルについては？　マークは？」

ジャックは訊かなかった。聖なるマークについてさらに知れば、完全にノックアウトされてしまう。「いや、いい」

「そう、じゃあ、出発することにする――長距離ドライブになるし、飛行機もつかまえなくちゃならないから」

ジョーイはスツールから飛び降り、ジャックはバーカウンターをまわりこんでいって両手を開いた。ジョーイは嬉しそうに思いきり彼を抱きしめた。「ありがとう」と彼女は言った。

「こちらこそ」とジャックは答えた。「それに、ジョーイ、義理の弟さんのことはお悔やみを言うよ」

「ジャック、彼と競う必要はないのよ、わかってるでしょうけど」

ジャックは彼女の肩を抱き、ポーチまで送った。「競うことなどできないさ」とそっけなく言う。

「その必要はないの」とジョーイはまた言った。

ジャックはもう一度肩を抱いた腕に力をこめ、彼女がドックの家のまえに停めてある車へと通りを渡るのを見送った。ジョーイは最後に一度手を振って町を出ていった。

ジャックはメルがマークと暮らした人生を思い描くことに多くの時間を費やさずにいられなかった。高級住宅と高価な車。誕生祝いのダイヤモンドとカントリー・クラブの会員資格。ヨーロッパへの旅行。都会の医療のストレスをやわらげ、リラックスするためのカリブ海旅行。夕食つきのダンス・パーティー、慈善のイベント。自分がたとえおさまることができるとしても、おさまりたくないと思うライフスタイルだ。

ジャックも上流の暮らしを知らないわけではなかった。姉や妹たちはまさにそういう世界で暮らしていた。彼女たちもその夫も教養があり、成功している人々だ。彼らは娘たちにも同じ道を歩ませるべく、最高の学校を見つけるのに苦労していた。四十五歳の長女ドンナは大学の教授で、やはり教授と結婚している。四十三歳になる次女のジーニーは公認会計士で土地開発業者と結婚している。それから、三十七歳のメアリーは民間の航空会社のパイロットで、不動産業者と結婚している。ふたりはカントリー・クラブにも属している。末っ子で誰よりも威張っている――ジャックのお気に入りでもある――ブリーは、三十歳になろうとしている郡の地方検事で、警察の刑事と結婚している。家族のなかで軍に――ほんの少年のころに――志願したのはジャックだけで、教育も高校までしか受けていない。そして自分の才能が肉体的な挑戦や戦略を立てることにあると発見したのだった。

ジョーイの言うとおりで、五つ星のシェフのいるレストランなど五百キロ四方にひとつもない、牧場主やブルーカラーの人間ばかりのこのちっぽけな町に長くいることにメルが満足できない人間だとしたらどうだろう。おそらく、彼女はこんな辺鄙《へんぴ》な町で生活するには都会的すぎるのだ。しかし、自分が恋に落ちたメリンダの姿が心に浮かんだ。自然で、自分を見失わず、タフで、活き活きとしていて、何にもしばられず、情熱的で、頑固な女性。もしかしたら、こんな思いは杞憂《きゆう》なのかもしれない。まだ彼女にチャンスも与えていない。彼女がここで大いに気に入るものが見つかる可能性がないとは言えないのだ。

その日は一日じゅう彼女には会わなかった。メルがサンドウィッチかコーヒーを求めて来るかもしれないと思い、バーを離れずにいたのだが、メルは現われなかった。顔を見せたのはほぼ六時になってからだった。メルがバーにはいってくると、ジャックは最近なじみとなった感覚に襲われた——欲望に。ぴっちりしたジーンズに身を包んだ彼女を目にすることすら責め苦で、肉体的に反応せずにいるのにも意志の力が必要だった。

バーにはほかにも客がいた。夕食をとりに来た常連客や、よそから来た釣り客が六人。メルはバーカウンターまで来るあいだに知っているみんなに挨拶をし、スツールに腰を下ろすと、にっこりして言った。「冷たいビールをお願い」

「了解」ジャックは生ビールを注いだ。いまここにいる女性は——じっさい、ほんの若い女にしか見えないが——ビールを注文した。シャンパンではなく。それはその日思い浮かべたカントリー・クラブや、ダイヤモンドや、慈善のダンス・パーティーとは相容れないものだった。それでも、体にぴったりしたストラップのない黒いドレスに身を包んだ彼女のことは想像できた。想像してジャックは笑みを浮かべた。

「何かおもしろいことでも？」とメルが訊いた。

「きみに会えてうれしいんだ、メル。今夜夕食を食べに行くかい？」

「ううん、やめておく。午前中ずっと思った以上に忙しくて、ドックとふたり、食べ物にありつけたときには三時になっていたの。だから、おなかが空いてなくて。これをたのしむだけにする」

ドアが開き、ドック・マリンズがはいってきた。二カ月まえはバーカウンターの反対側の端にすわっていたが、いまはそうではなかった。できるかぎりむっつりとはしているが、メルの隣のスツールにすわった。ジャックが彼にバーボンのをワンショット注ぎ、「夕食は？」と訊いた。

「あとで」とドックは答えた。

バーのドアがまた開き、ホープがはいってきた。ようやくゴム長を脱ぎ、テニスシューズに履き替えている——泥だらけなのは変わらないが。ホープはメルの反対側の隣にすわった。「ああ、よかった。食べてないのね」ホープはポケットから煙草のパックをとり出しながら言った。「ジャック？」といつものジャック・ダニエルを注文する。

「ジャックはすぐに」彼は酒を注ぎながら言った。

ホープは煙草の煙を吐き出して訊いた。「で、あなたのお姉さんはこの小さな町を気に入ったって？」

「たのしんでいたわ、ありがとう。わたしの髪の根元の状態について少し心配していたけど」

「その偏屈な年寄りに一日お休みをもらって、ガーバーヴィルかフォーチュナへ行って処置してもらえばいいのに」

「ここのところ、休んでばかりじゃないか」ドックは不満そうに言った。

「ここでは手助けなんか要らないって言っていた人にしてはおもしろいことを言うわね」とメルはからかうように言った。それから、ホープに向かって言った。「姉って来そういうものでしょう？　妹がうんと困ったことになっていないかたしかめたくて来たんだけど、どうにかやっていけそうだと確信できたら、良心のとがめなく自分の家族のもとに戻れるってわけ。あなたはどうしていたの、ホープ？」とメルは訊いた。

「あまりお会いしなかったけど」

「庭仕事ばかりよ。朝から晩まで。植物を植えて育てているの。鹿が来て食べちゃうけど。ジャックの海兵隊員たちを集めて、敷地の端におしっこしてまわってもらわなきゃならないわね」

　メルは背筋を伸ばした。「それって効くの？」

「ええ、もちろん。それがいちばんよ」

「そう、学ぶことばかりね」メルはビールを飲み終えた。「家に帰る」そうそっけなく言うと、スツールから降りた。

メルはドアから出るやいなや、ジャックがすぐ後ろについてくるのを感じた。彼はメルの腕をとって車までいっしょに歩いた。車のところまで来ると、メルは振り向いて言った。「あのロッジまでひとりで来られる？」

ジャックは身をかがめて彼女にキスをし、声をもらした。まただ。「すぐに行くよ」と答える。

「少し時間をおいて。シャワーで髪からホープの煙草のにおいを落とせるように、わたしを先に行かせて。夕食の給仕を終えてきて」

ジャックは彼女の首に唇を下ろした。「バーに戻って『火事だ！』と叫んでくるよ」

メルは笑って身を引き離した。「あとでね」そう言って車に乗りこんだ。

メルは自宅へ車を走らせたが、ジャックが飢えていて、長く待てないことはわかっていた。あれほどに性的衝動の強い男性ははじめてだ。しかし、メルにはいくつかやっておきたいことがあった。家に着くと、往診かばんを玄関のドアのそばに置き、寝室へ向かった。ベッドにすわってマークの写真を手にとる。やさしい目をのぞきこむようにして心のなかで彼に話しかけた。「あなたを愛しているのはわかってるわよね。きっとあなたなら理解してくれる」そう言うと、写真を引き出しにしまった。

それから、すっきりするためにシャワーを浴びに行った。


ジャックはバーカウンターの奥に戻り、客に注文の品が行き渡っているかどうか確認した。それからドックに夕食を運び、店から帰るホープにお休みと呼びかけると、プリーチャーのところへ行き、「客が減ってきたから、おれはメルのところに行くよ」と告げた。プリーチャーが誰かに秘密をもらすぐらいなら舌を切りとる人間であるのはわかっていた。まあ、それは秘密とは言えなかったが。ジャックとメルが同じ部屋にいると、空気が熱くなり、人々は訳知り顔でふたりに目をくれるのだった。「おれに連絡する必要があったら、あっちに連絡してくれ。連絡する必要が生じないようにしてくれ」

「店は大丈夫だ」とプリーチャーは言った。「リッキーとふたりでどうにかなるよ」

ジャックは木々におおわれ、曲がりくねった道で少々スピードを出しすぎていたが、メルに会いたくてたまらなかった。車を停めてポーチにのぼり、アディロンダック椅子のひとつに腰を下ろしてブーツを脱いだ。家のなかにはいると、シャワーの水音が聞こえたので、驚かさないように呼びかけた。「メル?」

「すぐに出るわ」と返事が戻ってきた。

しかし、ジャックはすでにシャツを脱ぎ、ベルトのバックルに手をかけていた。居間に服を脱ぎ落としながらバスルームへ向かう。シャワールームのガラスは湯気でくもり、小さな裸の輪郭がぼんやりと見えていた。ジャックはゆっくりと扉を開け、そこに立ったまま彼女のきらめくような美しさを見つめた。ああ、非の打ちどころがない。メルが誘うように小さな手を伸ばしてきて、彼はシャワールームにはいった。

「時間を置いてくれなかったのね」メルは唇に唇を寄せて言った。

「置こうとしたさ」とジャックは言った。

「あなたのためにさっぱりしたかったのに」

ジャックは口を口でふさぎながら、手は彼女のなめらかでやわらかい背中から尻へと下ろし、胸を愛撫して濡れた髪に差し入れ、首から肩、腕へとすべらせて指と指を組み合わせた。彼女が欲しくてたまらず、体が震えた。彼女の手は彼の胸をなぞり、背中へとまわされて尻の硬い筋肉をつかんだ。それからしまいに平らな腹から高ぶったものへと動いた。ジャックは声をもらした。「ああ……メル……」そう言ってまた彼女の唇をとらえた。

ジャックは指を下へとさまよわせ、彼女を探ってそっと突いた。そこがすでに濡れていて彼女も自分と同じく準備万端であるのがわかり、エロティックな自尊心のようなものとともに彼もさらに大きくなった。あまりウォームアップを必要としない女なのだ。こうして互いに欲望を感じていることは何にもましてすばらしいことに思えた。ジャックはメルを抱き上げた。腕が首に、脚が腰にまわされる。ジャックは彼女を自分の上に下ろし、ゆっくりと揺るがない動きでなかにはいった。それから彼女を抱き上げたまま体をまわし、自分の肩をシャワールームの壁につけて彼女の体を上下に動かしはじめた。メルの吐息が速まり、腰にまわされた脚がきつくなった。

メルは口づけたままジャックの肩と首につかまっていた。ふたりは欲望に駆られた熱い舌で互いをむさぼった。メルは自分を抱いているたくましい腕と肩の感触によって血が沸き立ち、めくるめく頂点へと欲望が募りに募るのを感じた。そしてすぐにも至福の爆発が訪れた。

ジャックにとってメルをその荒々しい瞬間へと導き、彼女がきつく締めつけてくるのを感じるほどすばらしいことはなかった。メルが声をあげると、これ以上はないほどにきつく抱いていた腕にさらに力をこめた。人間として可能なかぎり奥までみずからを突き入れると、彼自身の荒々しいクライマックスの嵐に芯まで揺さぶられた。

興奮がおさまり、呼吸がゆっくりとふつうに戻るまで、メルはジャックにしがみつき、彼は彼女にしがみついていた。メルは彼の唇を軽く噛んで少し息を切らしながら言った。「こんなのあり得るなんてことも知らなかった。あなたといると……まるで冒険しているみたい」

「きみのせいさ。きみがおれにわれを忘れさせる」

「よかった。われを忘れていてもあなたってすごいもの」そう言ってメルは笑い、彼の肩に触れた。「あざになってる……」

「多少青あざがつくのも悪くない……」

「体を拭いてベッドにはいりましょう」

「言われなくてもそうするさ。でも、お願いだから、まだ動かないでくれ。これは気を付けてやらないと」ジャックはメルをもうしばらく抱えていてから、ゆっくりと慎重に持ち上げて離し、シャワーブースの床に下ろした。ふたりはシャワーを浴び、タオルで体を拭いた。メルは――元の色が現われ出した根元も含め――金色の髪の毛を乾かすのに余分に時間が必要だった。ジャックは寝室へ行ってベッドにすわった。写真はなくなっていた。しかし、ジャックはだまされなかった。写真は消えても思い出が消えたわけではない。それでも、ひとりほほ笑まずにもいられなかった。ジャックはベッドに横たわって辛抱強く彼女を待った。

メルが寝室へ来て明かりを消そうと手を伸ばすと、ジャックは言った。「つけておいてくれ、メル」メルはどうしてと問うこともなく、ベッドの彼の隣にすべりこんだ。ジャックは横向きに寝そべると、頭を上げて手で支えた。「いくつか話し合わなきゃならないことがある。このあいだの夜は話せなかったから」

「へえ」メルは突然苛立った口調になって言った。「話ってセックスだけの関係とか、同意の上での大人の関係とか、そういうこと？」

「ちがう」とジャックは言った。「全然ちがう。ただ、細かいことを話し合っておきたいんだ。きみに知っておいてもらいたい――これまで……関係を持った女たちはいた。わかるだろう？　メル、おれは四十歳だ。禁欲生活を送ったことはない。それでそのときには必ずコンドームをつけた。必ずだ。海兵隊は性感染症検査も含めて健康診断についてはちゃんとしていた。でも、きみが検査してほしいというなら……」

「それについては用心してるから……」

「ならいい。それから、避妊についても話し合ってなかった。おれは無責任なことはしたくない。じっさい、話し合うのが遅くなってしまって――すまない」

「大丈夫」とメルは言った。「それはわたしのほうで防いでいるから。でも、コンドームをつけるのにそんなに慣れているなら、このあいだの晩はどうしたの?」

ジャックは肩をすくめた。「手元になかったし、すべてうまく行ってくれとしか思ってなかったからね。きみにとって最初はあんな最悪の夜だったから、そう、きみに後悔してほしくなかったんだ。ちょっとおかしくなっていたのかもしれない。でも、これからはちゃんと準備しておける。そう言ってくれれば」

「で、今夜は?」とメルは訊いた。

「すまない——居間の床に脱ぎ捨てたジーンズのポケットのなかには……。ごめん。きみのそばに早く行きたくて。考えが足りなかったよ、メル。毎度そんなふうにはならないから——」

メルは彼の唇に指をあて、にっこりしてささやいた。「そんなふうなのがいい。あなたがちょっとおかしくなっているほうが」そう言って彼の目をのぞきこんだ。「わたしもたいていはコンドームのことを思い出すんだけど、あんな状態になって……そう。あなたがそういう病気の検査をしてくれるなら、きっと大丈夫だと思う。これまでそんなに大勢の女性と関係を持ったの?」

ジャックは顔をしかめた。眉根が寄る。「自分でも嫌になるほど」

「それで、特別な人はいたの?」と彼女は訊いた。

「嘘だと思われるだろうけど、いなかった」

「クリアリバーの女性は？」とメルは訊いた。

「メル、彼女とは寝ていただけだ。いや、それはちがうな——ひと晩いっしょに過ごしたこともなかったから。彼女がヴァージンリバーに来ることもなかった。それについて気まずいと思うこともなかった」

「気まずく思う必要はないはず。大人なんだから」

「これとはちがった。この関係はきみにとって軽いものかい？」とジャックは訊いた。

「じつを言うと、少し深いものに感じるの」

「よかった」ジャックは言った。「おれにとってはこれまでとは何もかもちがうんだ。きみもそれを理解してくれるといいんだけど」

「わたしと寝てるだけじゃないっていうの？」からかうようにメルは訊いた。

「寝てるのはたしかさ」ジャックは彼女のなめらかな肩から腕へと手をすべらせながら言った。甘く短いキスをする。「でも、セックスだけの関係じゃない。すべてなんだ。特別だ」

メルは笑った。「わたしのこと、ちゃんと見てる？」とからかう。

「ああ」とジャックは言った。「おれにとってははじめてのことだ」

「つまり、ヴァージンリバーのヴァージンってわけね」

「これについてはそうだ」

「それってすごい」

「異常なほどさ。四六時中きみがほしくてたまらない。子供になった気分だ」

「振る舞い方は子供じゃないけどね」とメルは言った。

「メリンダ――この一週間でその気になった回数のほうが、これまでの十年合わせたよりも多いぐらいなんだ。きみがそばを通るたびに、ほかの何かに注意を集中させなければならない。こんなことになるのは、ビールのコマーシャルから地理の宿題にいたる何もかもが責め苦に思えた十六歳のとき以来だ。ほとんど笑い事だよ。それほどばかばかしくないとしても」

「ホルモンが悪さしてるのよ」メルは笑って言った。「あなたって驚くべき恋人ね」

「おれがひとりでしていることじゃないからね」とジャックは言った。「きみだってかなり驚くべき女性だよ。ああ、メル。おれたち、ほんとうに相性ぴったりなんだな」

「ジャック――町のみんなは知ってるの？」

「想像はついているだろう。おれは何も言っていないが」

「とにかく、言う必要はないと思う」

「目立たないようにはできるさ。きみにとってそのほうがよければ。デザートとして食べたいという目できみを見ないようにすることはできる。それがきみの望みなら」

「ただ……その、そう。わたしは問題を抱えているから」

「わかってる。きみがその問題に苦しめられているあいだ、きみを抱いていたんだから。それをすべて解決するには、ちょっとしたセックス以上のものが必要だということも理解している」ジャックはにやりとした。「たとえすごいセックスでも」

「うんとすごいセックスね」

「ああ、そうだ……」ジャックは荒い息になって言った。

「あなたにもわかってるように、まだわたしはめちゃくちゃなの。あなたをがっかりさせたくない。ジャック、傷つけたくないの」

ジャックはやわらかく温かい肌をかすめるようにして彼女の体に手を走らせた。

「メル、おれは傷ついたりはしない」そう言ってほほ笑んだ。「ほんとうにいい気持ちなんだ。おれのことは心配しなくていい」ジャックはメルに軽くキスをした。「このことを……おれたちのことを……秘密にしておきたいのかい？　ふたりだけの？」

「そのほうがいいと思わない？」

「たぶん、関係ないふりをしていても無駄だろうけどな」とジャックは言った。「きみがどうしてもと言うなら」

「ああ、まったく」メルは言った。「だからって違法なわけじゃないでしょう?」

ジャックは彼女のほうに身をかがめて濃厚なキスをした。「違法にすべきかもな」

そう言ってまたキスをした。

翌朝早く、まだ曙光《しょこう》がロッジの窓から射しはじめたばかりのころに、ジャックは若干音のはずれた小さなハミングの声に起こされた。彼の腕枕で寝ているメルの息が胸をくすぐっている。メルはまるで歌っているかのように唇をわずかに動かして喉を鳴らし、ハミングしていた。その表情が悲しく、苦しそうなものだったら、心配したかもしれないが、彼女はほほ笑んでいた。ハミングしながら身をすり寄せ、脚を彼の脚の上に載せた。眠気を誘う満足しきったハミングが彼女のなかから流れてくる。

女といっしょのベッドでひと晩過ごした回数は片手で数えるぐらいしかなかった。それなのに、すでにひとりで目覚める自分を想像できなくなっていた。ジャックはこれほど幸せだったことはないと思いながら、メルをきつく抱き寄せた。

12

リッキーは二日おきにリズに電話をした。ほんとうは一日に七度電話したいぐらいだったが。電話をかけるたびに脈拍が速まり、彼女の声が聞こえるとさらに速まるのだった。

「リジー、元気かい？」と訊く。

「会いたい」とリズは必ず言う。「こっちに来てくれるって言ってたのに」

「行くよ。どうにかして。でも、学校もあるし、仕事も……それで……どうなんだい？」

「こっちじゃなく、そっちにいたいな」それからリズは笑う。「おかしいよね。コニー伯母さんのところへ行かせたからって母を憎んでいたのに、いまは行かせてくれないからって憎んでる」

「お母さんを憎んじゃだめだよ、リズ。絶対に」

それからふたりは少しおしゃべりをする。まわりの子供たちや、学校や、ヴァージンリバーや、ユリーカのことなど、月並みなことについて。リズは妊娠の兆候があるかどうか、みずから知らせようとはしなかった。

リッキーはひどく心を悩ませていた。何かがおかしくなって、あのたったひと晩のことでリズに赤ん坊ができてしまうことが怖かった。しかし、それ以上に最悪だったのは、自分の頭や体に何が起こっているのかはっきりしなかったことだ。彼女を夢見ずにいられず、彼女に腕をまわして髪のにおいを嗅ぎ、唇にキスをしたかった。片手で胸を包みたかった。それだけでなく、学校の行き来にあの小さなピックアップトラックの助手席に彼女を乗せ、道中冗談を言い合ったり、笑ったり、手をとり合ったりしたかった。

この電話もこれまでとなんら変わらなかった。やがてリズが訊いた。「どうしてユリーカに来ないの?」

リッキーは重々しく息を吐いた。「ほんとうのことを言うよ、リズ——怖いんだ。きみとぼく、ぼくたちは興奮しすぎるから」

「でも、あんたはあのゴムを持ってるし……」

「まえにも言ったけど、それだけじゃ、充分じゃない。きみも何か手を打たないと。

ピルか何か」

「どうやって？　あたしは運転だってできないのに。ママに、『ねえ、避妊しなきゃならないんだけど——リッキーとやりたいから』って言わなきゃならないわけ？」

「きみがここにいれば、メルに頼ることもできる。お母さんを説得して、ヴァージンリバーに来られるようにすればいい」しかし、そう言いながらも、リッキーはひるまずにいられなかった。体じゅうがひどく熱くなり、気を失いそうになる。十四歳の女の子に、セックスできるように避妊しろなんて本気で言っているのか？　それもピックアップトラックの座席でセックスできるように？

「どうかな」リズは小声で言った。「それは嫌かも。誰か大人に話せるとは思えない。あんたはできるの？」

リッキーはすでに話していた。プリーチャーとジャックの両方が知っていた。しかし、彼は「これだけ重要なことは話せるさ」と言った。

「どうかな」リズはまた言った。「考えてみる」

女の子のことを考えるのをやめられないとしたら、彼女の髪が頬に触れる感触を絶えず思い浮かべずにいられないとしたら、彼女の肌のやわらかさを心から追い払えないとしたら、それはその子を愛しているということだろうか？　会話をし、彼女が笑うのを聞けば、いつも多少気分がよくなるとしたら、そのことには何か意味があるのでは？　それとも、単に欲情した十六歳の少年だからというだけのことなのか？　自分がそうであるのはわかっていた——リズのなかにまたはいると考えただけで耳から湯気が出そうだったのだから。とはいえ、それ以外のこともあった。リズには話をすることができ、彼女の話を聞くこともできた。聞きたいと思った。代数学みたいな退屈な話題について彼女が話していても、うっとりと聞いていることができた。リッキーに多少なりとも勇気があれば、ジャックに訊いてみたことだろう。愛とは何で、セックスとは何か？　いつになったらそれが同じものになるのか？

ようやくの思いでリッキーは訊いた。「妊娠について何かわかったことは、リジー？」

「つまり……？」

「ああ、わかるはずだ」沈黙が答えになった。もう一度言わせるつもりなのだ。そのことを訊くたびに、ことばを口から出すだけで胃がよじれる気がした。少年にはあまりに異質なことばだった。「生理は来たの？」とリッキーは訊いた。頰の赤さをリズに見られないことはありがたかった。

「ほんとうはそれしか気にしてないのね」

「ちがうさ。でも、それもすごく気になる。リズ、きみを困ったはめにおちいらせたら、ぼくは死んでしまいたくなるんだ。わかるだろう？　ただ、そういう不安をなくしたい、それだけさ。ぼくたち両方のために」

「まだ来ない——でも、大丈夫。まえにも言ったけど——あたしは不順なの。気分も悪くないし。いつもとちがう感じもないから」

「たぶん、それはすごいことだよ」とリッキーは言った。

「リッキー、会いたい。あたしに会いたい？」

「ああ、リズ」リッキーは疲れた息を吐きながら言った。「会いたくてたまらなくて怖いぐらいさ」


翌週メルはいくつか電話をかけ、ジャックに丸一日バーを休んでいっしょに用事を済ませてくれないかと頼んだ。ユリーカへ行きたいのだと言う。そしてひとりでは行きたくないのだと。もちろん、大丈夫だとジャックは答えた。メルに頼まれればなんでやるつもりだった。車を出そうかと言うと、メルは自分の車で行き、トップを開けて六月の陽光をたのしみたいと答えた。

町を出発すると、メルは言った。「ひどく差し出がましいと思われないといいんだけど、ジャック。わたしはビューティー・サロンの予約を入れてあって、あなたには診療所に予約がはいってる——検査してくれるって言っていたから」

「沿岸まで車を飛ばして海軍航空基地へ行こうと思っていたけど、これも悪くないな。検査するって言ったときは本気だった。きみには安心してほしいから」

「ほんとうに不安に思っているわけじゃないの。念のためよ。それに、何かあったら、わたしも検査を受けるつもりだし。そう、あなたを危険にさらすつもりはないから。でも、この七年、わたしの場合は……」メルはことばを止めた。

「ご主人だけ」とジャックが代わりに言った。「口ごもる必要はない。それもきみの人生だったんだから。いまもそうさ。それについて話ができるようにしなくちゃ」

「そうね」メルはまた気力をふるい起こして言った。「それから、車の試運転の予約も入れたから、あなたの意見も聞きたいの。泥にはまったりしない車よ」

「ほんとうかい?」驚いて彼は言った。「どんな車だ?」

メルは彼をちらりと見た。BMWの助手席にきちんと体を折りたたんではまっている。膝があまりに高く突き出しているので、笑ってしまうほどだった。「ハマーよ」とメルは答えた。

ジャックはことばを失った。しばらくしてようやく口を開く。「いくらするのかわかってると思うけど」

「わかってる」とメルは言った。「ホープは思った以上に高額の報酬をきみに払っているんだな」

「実質、ホープからは何ももらってない——でも、ここで暮らすのにはほとんどお金がかからないから。とくに一日の終わりに飲む冷たいビールが毎晩おごりなんだから。ちがうの、わたし自身の貯金から払うつもり」

ジャックは口笛を吹いた。

「多少お金は持っているの」とメルは言った。「それは……その……」

ジャックはコンソール越しに手を伸ばして彼女の太腿に手を置いた。「いいんだ、メル。詮索《せんさく》するつもりはない」

「詮索じゃないわ!」メルは声を張りあげた。「訊いてもいないじゃない。わたしには驚きよ。こういうことなの——投資していたお金があるの。年金もあるし、保険金も降りた。家を売りに出したら、ばかばかしい値段で売れたし。それに、不法死亡訴訟もあって——係争中だけど。それもそのうち結審する。あのちっぽけな人殺しの実家は金持ちだった。ジャック、わたしにはお金はたくさんあるの。じっさいに必要とする以上に」メルは彼に目を向けた。「ここだけの話にしてくれるとありがたいけど」

「きみが未亡人だってことも誰も知らないよ」ジャックは請け合った。

メルは深呼吸した。「それで——グレースヴァレーの医師のジューン・ハドソンにじっくり相談したの。四輪駆動の車を仮の救急車にするとしたら、あなたならどうするって訊いてみた。そうしたら、かなり買わなきゃならないものができた。それがうまく行ったら、ドックとふたりで川沿いの盆地や山岳地を楽に移動できる車が手にはいるだけじゃなく、必要とあれば、病院に患者を運ぶこともできるはずよ。わたしが点滴の袋を持ち上げてピックアップトラックの荷台にすわらなくてもよくなる」

「ヴァージンリバーのような小さな町にとってはいたれりつくせりだな」とジャックは言った。それもとても静かな声で。

あなただってこの小さな町に大いにつくしてきたとメルは胸の内でつぶやいた。空き家を改装して食事を出すバーを開き、一日じゅう低価格で食事を提供している。飲み物も安く、バーは利益をあげる店というよりは町の集会所に近い場所になっている。おそらく、バーにリッキーの手助けは要らないのだろうが、ジャックが彼の父親代わりを務めている。それにプリーチャーは——ジャックが彼にも目を配っているのはまちがいない。とはいえ、ジャックにとっても、生きていくのにさほどお金はかからないのではないだろうか——店の改装のほとんどは自分でやり、軍人年金を支給され、バーからはささやかでも充分妥当な売り上げがあるにちがいない。同時に彼は人生をたのしんでいる。

町のためにジャックが担っているいちばん大きな役割は、町の中心にいて、誰かが何かを必要とする場合に手を貸していることだ。ドックやメルのように町に必要な役割をはたしている人間や、最近ごくたまに来る保安官助手やハイウェイ・パトロールの警官は、バーでただで飲み食いできる。家の修理や子守りや食事の配達を引き受け、店に必要なものの買い出しに出かけるときには、フラニーやモードのような年輩の女性に何か入り用なものはないかと必ず電話する。メルに対してもそうだ。彼女の必要を満たすのが自分の使命だとでもいうように振る舞ってくれる。

「あの小さな町は多少わたしの役にも立ってくれたから」とメルは言った。「このまここに住めるかもしれないって感じるようになった。その多くはあなたのおかげだけど、ジャック」

ジャックは自分を抑えきれず、口を開いた。「ここに留まるんだね」

「しばらくは」とメルは言った。「夏の終わりにまた赤ちゃんが生まれるし。そういう赤ちゃんのためにわたしがいるんだから」

ジャックは胸の内で誓った。近いうちに、彼女に言おう。女を愛せると思っていいなかったおれがきみを愛していると。きみが町にやってきたときにおれの人生ははじまったのだと。でも、いまはまだだめだ。メルのことを追いつめて、愛していると言わざるを得ない気持ちにさせたくはなかった。かえって逃げ出そうとするかもしれない。

「なあ、メル。偶然なんだが、おれはハマーなら山ほど運転したことがある」

メルは驚いて彼に目を向けた。そのことは考えてもみなかったからだ。「もちろんそうよね！」とメルは言った。「それを忘れていた！」

「おまけに優秀な整備工として通るだけの腕もある。必要に迫られてね」

「だったら、よかった」とメルは言った。「思っていた以上に力になってもらえそうね」

最初の予定はメルのヘアカットとジャックの血液検査だった。メルは七十五ドルかけて髪をカットし、ハイライトを入れたが、まあまあという以上のできで、非常に喜ばしかった。それは田舎慣れしたせいだろうか、それとも、ロサンゼルスの生活から完全に心が引き離されたのか？

そのあと中古車販売店へ行くと、ばかばかしく高価な中古のハマーがあった。代金未払いで回収された車で、走行距離はたったの三万二千キロだった。状態もいいように見えた。ジャックはエンジンをたしかめてから、車軸やフレームや緩衝器やブレーキなど、調べられるかぎりのものを調べられるよう、車体をジャッキで上げさせた。テスト走行すると、走りはよかったが、価格は法外だった。六万ドルで付属品は別売り。

ただ――メルはかわいらしいBMWのコンバーティブルを下取りに出すことができ、現金で払う用意があった。ハマーの価格を購入可能な額まで負けさせるのにはほんの二時間しかかからなかった。ジャックはメルの性格の別の一面を知り、誇らしく思った――彼女は容易に折れない交渉の達人だったのだ。

次にふたりは病院の備品を買いに行き、ハマーの後部に細動除去器から酸素ボンベにいたる救急救命具を積みこんだ。注文して二週間以内にヴァージンリバーに届けられることになった医薬品もいくつかあった。ふたりは高速道路に乗って帰途につき、山を越えてヴァージンリバーへ向かった。「この車がどこから来たのか、町のみんなには知られたくないはずだ」ジャックはメルに言った。「どう説明するつもりだい？」

「以前、ロサンゼルスでお金と暇を持て余している大勢の医者たちと働いていたので、彼らから町への寄付をとりつけたって言おうと思って」

「そうか」とジャックは言った。「きみが町から出ていくことになったら？」ジャックは〝出ていくときには〟とは言えなかった。

「たぶん、金と暇を持て余している医者の知り合いにほんとうに連絡して、寄付を募ることにする」とメル。「でも、ハマーについての心配はあとでしましょう」

ジャックは笑った。「そうだな」


メルとジャックはハマーに乗ってバーに戻った。夕食をとりに来た常連客には車を見せて説明することになった。誰もがすぐさま町じゅうに噂を広げた。ドック・マリンズは町に不必要なものが加えられて迷惑だとでも言わんばかりに自分の古いピックアップトラックで充分間に合っていると文句を言った。しかし、メルはそんなドックに対し、翌朝自分の目で新しい車を調べるべきだと言い張った。すぐにドックがわざと腹を立てたふりをしていたのが明らかとなった。ドックは車を調べながら、一、二度笑みを浮かべすらしていた。リッキーはひとっ走り乗せてくれとメルを説得し、プリーチャーはたくましい胸のまえで腕を組んでバーのポーチに立ち、小学生の女の子のようににこにこしていた。

翌朝メルがジューン・ハドソンに電話して新しい車の話をすると、ジューンは次の日曜日に自分の家でハンバーガーとホットドッグの簡単な食事会をしようと言い出した。「ポテトサラダとビールを持参するとしたら、友達をひとり連れていってもいい？」とメルは訊いた。そして、このささやかなバーベキューはジューンの父親の老ドック・ハドソン以外はカップルで参加する会になるだろうから、妙にさみしく感じたくなかったのだと自分に言い訳した。しかしじっさいは、ジャックからあまり離れていたくないというのが本音だった。

「それで――」ジャックはにやにやしながら言った。「おれをいきなり連れていくっていうのかい？」

「その日だけよ」とメルは答えた。「あなたがとてもよくしてくれたから」

ジューンの家は、メルが都会から逃げ出そうと考えていたときに夢見ていたようなかわいらしい田舎の家だった――谷を見晴らす小さな丘の上に建ち、ポーチは広々としていて外壁には明るい色のペンキが塗られ、居心地のいい家具調度が置かれている。刺繍を施されたクッションやキルトもインテリアの装飾の一部となっていた。ジューンは縫い物の達人だった。田舎の医師として願ってもないような生活を送っているように見えた。支えとなってくれ、赤ん坊の世話も手伝ってくれる夫のジム、しじゅう口出ししてくる偏屈な父、協力的で感じの良い友人であるジョンとスーザンのストーン夫妻。

スーザンは看護師だったので、メルと意見を交換した。おまけに、スーザンとジョンも都会から田舎へ移り住んだ人たちだった。スーザンはグレースヴァレーののんびりしたペースを評価し、設備の不足に慣れるまでにしばらくかかったと包み隠さず語ってくれた。「以前は街中にあるサロンに通って顔と眉の脱毛をしてもらっていたのよ」とスーザンは言った。「それなのにいまは、食料品を買うだけでも大仕事なの」スーザンは臨月の妊婦でもあった。絶えず腰を押して突き出た腹をさらに突き出していた。

女たちはポーチに陣取った。ジューンはポーチのブランコを揺らして赤ん坊をあやし、スーザンは腰にうまくクッションをあてすわろうとしていた。前庭では男たちがビールを片手にハマーのまわりに立ち、なかをのぞきこんだり、ボンネットを開けてみたりしている。

「あなたが連れてきた人はとても魅力的ね」

メルは男たちに目をやった。ジムとジャックはほぼ同じ背格好で、両方ともジーンズと格子柄かデニムのシャツとブーツというお決まりの恰好だ。それよりは多少背の低いジョンも百八十センチとそれなりの身長があり、ふたりよりは多少よそいきのカーキのズボンとポロシャツという装いで、男ぶりはすばらしかった。「あの人たちを見て」とメルは言った。「いい男を集めた雑誌の広告みたいじゃない。母なる自然が生み出した傑作ね」

「母なる自然は心がねじ曲がっているわね」スーザンがもぞもぞしながら言った。「思いやりがあったら、妊娠期間を六週間にしてくれるはずよ」そう言って顔をしかめた。「じっさいには父なる自然にちがいない。いけ好かないやつ」

「居心地悪いの？」とメルは訊いた。

「また腰に陣痛が来るんだわ。わかってるの。こんないい日にこんな大きなおなかでいるなんて」

「ここはすてきね、ジューン。お招きありがとう」とメルは言った。「とてもリラックスできて、ストレスもあまり感じない。かわいそうなスーザンはちがうかもしれないけど、わたしにとっては。この盆地の人たちはみんなこんなシンプルで単純な暮らしをしているの？」

驚いたことに、ジューンが笑い声をあげ、あとからそこにスーザンも加わった。スーザンの七歳の娘シドニーが玄関のドアからブロンドの巻き毛をなびかせて飛び出てくると、あとから追いかけてきたジューンのコリー犬のセイディといっしょに前庭へと階段を駆け下りた。彼女は父親のところへ走り寄ってしばらく足につかまっていたが、やがて追ってくる犬とともに庭を駆けまわりはじめた。コリーは彼女を群れに戻そうとしているのだ。

「何かおかしかった？」とメルは訊いた。

「ここでは物事が単純だったことなんてないから。二年まえには、わたしは赤ちゃんを産むことはもちろん、結婚だって絶対にしないと思っていたの」

それを聞いて思わずメルは椅子から身を乗り出した。「あなたとジムはもうずっとまえからいっしょにいるようなのに」

「ジムは一年あまりまえの夜遅く、同僚が銃で撃たれたので助けを求めてうちの診療所に来たの。いまは引退しているけど、警官だったのよ。わたしと出会ったころは、田舎でひそかに捜査にあたっていた――それで、夜の暗闇にまぎれてわたしの寝室に忍びこむようになったの。しばらくは彼のこと、ささやかな秘密にしていたんだけど、そのうちおなかがふくらみはじめてね」

「まさか」

「そうなの。町の人は誰もわたしに恋人がいることすら知らなかった。それなのに、突然わたしは身ごもったわけ。しかも、早期にわかったわけじゃなかった――気づいたときには、すでに妊娠してだいぶ経っていた。わたしたちは結婚してまだ数カ月よ。

赤ちゃんが生まれるまで結婚式もあげられなかったから」

「こんな小さな町で？」メルは面食らった。

「それについてはみんな寛大だった。だって、この町は洪水に見舞われて、しばらく牧師さんもいなかったし、森のなかでは麻薬の大きな手入れもあって、次から次へと大事件が起こっていたの。それにたぶん、みんなすぐにジムのことを気に入ったから。でも、父は心臓発作を起こしかけてたけど」

「ジムがあなたの家に移って、あなたが結婚に同意するまで片時もそばを離れなかったせいでもあるわよね」スーザンが付け加えて言った。

「独身生活が長かったから――」ジューンは言った。「結婚するってことにちょっと不安があったの。だって、それほど長く付き合っていたわけでもないし――それほど頻繁に会っていたわけでもない。どうしてこうなったのかわからないぐらいよ」とジューンは言った。「でも、あっというまの出来事だったのはたしかね」

「ちがう――どうしてかはわかってるはずよ」とスーザンは言った。「これこそ――」彼女ははすぐにもおむつを替えろと大泣きすることになる巨大なふくらみを軽くたたきながら言った。「大きな謎よ。シドニーを身ごもるまではずいぶん長いこと頑張らなきゃならなかったの。じっさい、多少の手助けが必要だったぐらい。わたしは妊娠しにくいみたいで」

そのうちメルにも自分の秘密を打ち明ける番が来るのだろうが、いまは彼女たちの話をただ聞いていたかった。

「ジョンとわたしは大げんかをしたの」とスーザンは言った。「ほとんど口もきかなかった。彼のことはソファーで寝させたぐらい――ほんとうに憎らしかった。許すことにして、ベッドでいっしょに寝させたときには、彼はえらく精力を増していたのよ」スーザンは忍び笑いをもらした。目が輝いている。

「少なくとも、あなたたちは結婚しているじゃない」ジューンが口をはさんだ。

「あなたの恋人について話して」とスーザンが言った。

「あら、ジャックは恋人じゃないわ」反射的にメルは言った。「でも、ヴァージンリバーではじめてできた友人であるのはたしか。ドックの診療所から通りを隔てたお向かいで、食事を出す小さなバーを経営しているの――レストランでもあり、集会所でもあるような場所よ。店にはメニューすらないの。彼のパートナーはプリーチャーと呼ばれている怖そうな見かけの大男なんだけど、じつは天使のような人で、毎日朝、昼、晩に一品ずつ料理してる。やる気に満ちた日は二品用意することもあるけど――前日の残りということが多いわね。バーでは飲み物も食べ物も安いし、魚料理が多いわ。ジャックとプリーチャーは必要とあれば、町じゅうの人の手伝いもしている。わたしが町にいるあいだ滞在することになったロッジを修理してくれたのもジャックよ」

しばしジューンもスーザンも何も言わなかった。やがてスーザンが口を開いた。

「ねえ、彼のほうはあなたを友達とは思っていない感じよ。あなたを見る目に気づいてる？」

メルはジャックに目を向けた。ジャックは視線に気づいたかのように目を向けてきた。やさしくもあり、強くもある視線。「ええ」とメルは言った。「そういう目で見るのはやめるって約束してたけど」

「まったく、わたしだったら、やめろなんて絶対に言わない！　あなたってわかってないのね、彼がどれだけ――」

「スーザン」とジューンが言った。「わたしたち、詮索するつもりはないのよ、メル」

「ジューンはないだろうけど、わたしはある。つまり、彼とは……？」

メルは頬が燃えるのを感じた。「その、あなたが想像しているようなことじゃないのよ」と答える。

ジューンとスーザンは噴き出した。男たちが会話をやめてポーチを見上げるほどの大声だった。メルもつられて笑った。ああ、こういうのが恋しかったのだ――女友達。秘密や個人的なことを打ち明け、弱点や強味を笑い合う友達。

「それこそわたしが想像したことよ」とスーザンは言った。「彼はあなたとふたりきりになるのが待ちきれないって様子だもの。それで、口には出せないようなことをあなたにするってわけ」

メルは思わず息を吐いた。頬がさらに熱くなる。〝待ちきれない〟と口に出しそうになる。そして、ああ……。

ジューンは赤ん坊を胸から放し、げっぷをさせようと肩に乗せた。男たちは一斉に振り向いてポーチへ歩いてきた。ジムが最初だった。「どうやらこっちは困ったことになってるようだね」と言って、赤ん坊に手を伸ばし、げっぷをさせようとするのを代わった。

ジョンはスーザンの額へと唇を下ろし、キスをすると、片手を妻の腹にさっと走らせた。「どんな具合だい、スーザン？」と心配そうに訊く。

「最高よ。夕食が済んだら、これを引き出してほしいぐらい」

ジョンはスーザンにビールを手渡した。「ほら。ひと口飲んで気を鎮めるんだ」

ジャックはメルの後ろに立ち、肩に手を置いた。メルは自分でも気づかないうちにその手を撫でていた。

「焼きはじめるぞ」老ドック・ハドソンが玄関まで来て言った。

全員が裏庭に置かれたピクニックテーブルを囲んですわり、町での出来事や患者のことについておしゃべりした。メルは自宅出産についてジョンから助言をもらった。彼は家庭医療で後期研修をおこなうまえは産科にいたと説明した。サウサリートで自宅出産を経験したことはなかったが、グレースヴァレーに来てみると、医者というよりも助産師の役割をはたすことになったという。病院での出産のほうが望ましいが、出産のために家を離れるようすべての女性を説得することはできないからだ。小さな町の逸話が語られ、笑い合ううちに、すぐにもあたりは暗くなりはじめた。

ジャックとともに帰途につくまえに、メルは機会を見つけてジューンに赤ん坊のクロエのことを相談した。まだソーシャル・サービスから何も連絡がないことに懸念をあらわにして。

ジューンは眉根を寄せた。「郡当局がかなり広い地域を一手に担っているのはたしかだけど、ふつうはとてもよくやってくれているわ。わたしの親友のひとりもソーシャル・ワーカーよ。メンドシーノ郡のだけど。彼女にどういうことか意見を訊いてみてもいいわね」

「そうしてもらえるとありがたいかも。これがふつうでないと思うならとくに」とメルは言った。

「そうするわ。連絡するわね。ところで、その赤ちゃんを患者とみなすなら、状況判断も可能なはずよ。何か見つかるかどうかやってみて。ドック・マリンズは見かけよりも賢い人よ」とジューンは言った。「悪知恵に長《た》けた老人ってやつ。何か隠してないか、探ってみたほうがいいかも」

メルはジューンを抱きしめた。ジャックは車のところで待っていた。「ありがとう。何もかも。最高の一日だった」

ヴァージンリバーへ戻る途中、メルは久しぶりにどこまでも安らかな気分でいた。この地とのつながりが、新たな友人たちのおかげで深まり、彼らがジャックを受け入れてくれたことも大きく作用していた。

「ずいぶん静かなんだな」とジャックが言った。

「とてもいい時間を過ごしたから」メルは夢見るように言った。

「おれもさ。いい連中だった。きみの友達は」

「向こうもあなたを気に入っていた。ジムが以前警官だったのは知ってた?」

「ああ、聞いた」

「それで、ジョンとスーザンは二年まえに都会からここへ来たの。年輩のドック——エルマーはとっても愉快な人ね。ああやって集まってほんとうによかった」

車内は心地よい沈黙に包まれていたが、ヴァージンリバーに近づくと、ジャックが言った。「今夜はどうしたい？　おれのところかい？」

「ひと晩お休みするって言ったら、うんと傷つく？」

「きみのいいように、メル。何も問題ないかぎりは」

「問題は何もないの。それどころか、この世界をこれ以上しっくり感じたことはないぐらい。ただ、家に帰って、バーベキューのにおいを洗い流し、よく眠りたいだけなの」

「きみ次第さ」ジャックは助手席に手を伸ばし、彼女の手をつかんだ。「いつもきみ次第だ」そう言って彼女の手を唇に持っていき、てのひらにやさしいキスを押しつけた。

ジャックはバーのまえで車を停め、彼女が家まで運転できるように運転席を明け渡した。お休みのキスのあと、メルはジャックをそこに残してロッジへ向かった。

家のまえの空き地に車を乗り入れ、最初に気づいたのは、家の真んまえに停まっている大きくて黒っぽいＳＵＶだった。その車の運転手らしき、名も知らぬ大柄な男が助手席のドアにもたれている。男は野球帽をかぶっていて、その下からカールした髪の毛がのぞいていた。メルが車を停めると、男は身を起こし、両手の親指をまえのポケットに突っこんだ。すぐに男と車に見覚えのあることがわかった。数週間まえ、ドックのところに来た大男だ。心に浮かんだのは、〝誰かが妊娠している〟ということだった。それから、彼が身に着けている武器に気がついた。太腿のストラップについたホルスターに大きな銃がおさめられている。しかし、男の両手は銃から離れたままだった。

こういう場所では、武器を携えた人間をどうみなせばいいかはっきりしなかった。これが都会だったら、身をかがめて隠れようとしただろう。しかしここでは、必ずしもそれは危険を意味するものではない。大事をとって逃げることもできるが、まだハマーをそこまでうまく操れなかった。それに、この男はすでに日中一度、出産について訊きに来たことがあった。メルがヘッドライトを男に向けたままエンジンを切ると、男は期待するように背筋を伸ばしてSUVから離れた。メルはドアを開けて車から降りた。「ここで何をしてるんです？」

「赤ん坊が生まれるんだ」と男は言った。

状況がどうであれ、そのことばを聞いたときに必ず起こることがそのときも起こった。メルは自分のことを考えるのをやめ、患者に注意を集中させた。母親と子供に。

「それはずいぶん早かったわね」と言う。

「いや。かなりゆっくりだ」と男は言った。「彼女が長いこと何も言わなかったので、ここまで迫っているとは気づかなかった。なあ、あんたに来てほしいんだ。力を貸してほしい」

「でも、どうしてここにいるの？　どうして町のドックのオフィスに行かなかったの？　今夜、わたしはこの家に帰らなかったかもしれないのに……」

「帰ってきてくれて幸運だったよ。町には行けないんだ。あんたといっしょに誰かが来ると言い出すかもしれないからな。そんな危険を冒すわけにはいかない。おれについていくなとあんたが誰かに言われることもあり得る。お願いだ、いっしょに来てくれ」

「どこへ？」

「おれの車で連れていくよ」と男は言った。

「いいえ。行くならわたしは自分の車で行く。家のなかにはいって、電話をしてから――」

男は一歩メルに近づいた。「そういうわけにはいかない。これから行く場所をあんたが知らないほうがみんなにとっていいんだ。それに、あんたひとりに来てもらわなければならない」

「ちょっと、いい加減にしてよ」メルは笑い声をあげて言った。「その車にあなたといっしょに乗るですって？　あなたのこと知らないし、どこへ行くかもわからないのに？」

「ああ、おおよそそういうことだ」と男は言った。「彼女はひとりでなんとかするつもりでいる。赤ん坊を産むのを。でも、おれはあんたにいっしょに来てもらったほうがいいと思うんだ。万が一……。問題が起こったらどうする？　そうだろう？」

「ドック・マリンズに連絡すればいいわ。彼があなたといっしょに行けばいい。わたしは知らない人の車に乗る習慣はないの。どことも知れない場所での出産を手伝いに……」

「そうさ、どことも知れないままにしておきたいんだ。こんなことになってほしくはなかったんだが、なってしまった。こんなことはしたくないんだが――防ごうと思えば防げたのに、ばかなことで困ったことになるのも嫌だ。不要な問題を起こしたくない。あんたにはそこにいてもらわなきゃならない。万一のために」

「それってあなたの赤ちゃんなの？」とメルは男に訊いた。

男は肩をすくめた。「ああ、かもしれない。たぶん」

「わたしにはほんとうに赤ちゃんが生まれるかどうかもわからないのよ。お母さんに会ったこともないし」とメルは言った。「赤ちゃんなんていなかったらどうなるの？」

男はメルのほうへためらいながら一歩踏み出し、「いたらどうする？」と訊いた。

メルはまわりを見まわした。男が害をおよぼすつもりなら、どこかへ連れていかれるまでもなかった。携えている武器を使う必要すらなかった。そこには完全にふたりきりだったのだから。男がたった十歩近づき、メルの顎をなぐればそれで終わりだった。

男は腕を大きく広げた。「あの場所を大っぴらにするわけにはいかないんだ。ビジネスの場所だから。わかるだろう？　いっしょに行って赤ん坊を産む手助けをするわけにはいかないかい？　おれは嘘を言っているわけじゃない。怖くてたまらないんだ。一日じゅう痛いと言っているし、血も出てる」

「大量に？」

「大量ってどのぐらいだ？　血の海ができるほどじゃないが、おれが車に飛び乗ってあんたを迎えに来ようと思うぐらいには大量だ。頼むよ」

「あなたは銃を持ってる」メルは男を指差した。「わたしは銃が大嫌いなの」

男はうなじを手でこすった。「あんたを守るためさ」と言う。「おれは単にビジネスをしているだけだが、森のなかではいかれた連中に遭遇することもある。あんたの身に害がおよぶようなことにはしないつもりだ——そうなったら、おれの人生もだいぶ複雑なことになるからな。保安官の注意を引くようなことはしたくないんだ。ほんとうに行かなくちゃならない。赤ん坊が生まれるんだ。ほんとうにすぐに」

「ああ、まったく」とメルは言った。「わたしにこんなことしないで」

「おれがあんたに何かしてるかい？ ただ頼んでいる。それだけだ。赤ん坊に無事生まれてほしい。何かばかげたまちがいが赤ん坊やその母親に起こってほしくない。おれの言いたいことがわかるかい？」

「どうして病院に連れていかないの？」とメルは訊いた。

「いいかい？ 彼女はおれのもとで働いているんだが、逮捕令状が出てる人間だ。病院で身許を調べられたら、刑務所行きになる。刑務所に入れられたら、赤ん坊の面倒も見られない。だから、こうするしかないわけだ」

「ねえ、彼女を町のドックのところへ連れてきて。そこで赤ちゃんを産ませられるから。誰も何も訊かないし——」

「時間がないって言ってるだろう！」男は叫んだ。必死の形相になり、てのひらを上に向けて腕を大きく開くと、懇願するように一歩まえに踏み出した。「もうすぐ生まれちまうんだ。彼女を置いてきてほぼ一時間も経っている！　もう間に合わないかもしれない！」

メルは大きく息を吸った。「ハマーに乗っていくべきよ……」

「無理だ」男は言った。「誰かがあんたを探しに来て、おれの車しか停まっていないのを見つけるかもしれないから、おれの車をここに置いていくわけにはいかない。悪いけど」

「往診かばんをとってくる」メルは渋々答えた。

メルはハマーからかばんをとってくると、男のＳＵＶに乗りこんだ。男は手に持った黒い布を差し出した。「目隠しをしてもらわなければならない」と言う。

「冗談はやめて」とメルは応じた。「そんなのつけないわよ。急いで。一日じゅう痛みに襲われていたんだとしたら、ひたすら急いで」

「つけてくれ。お願いだ」

「わたしが何も見られないように？　どこへ向かうというの？　わたしはロサンゼルスから来たばかりなの。ここへ来てまだ三カ月よ。日中だってこの山のなかの道を町へたどりつくのがやっとよ。いまは真っ暗じゃない。とにかく車を出して。どこへ行ったのか、わたしが誰かに教えるなんてこと、絶対にないから」そう言うと、やさしい声になって言った。「それに、教えようとも思わない。わたしがそうするとしたら、あなたか彼女を見つけて命を救わなければならなくなったときだけよ」

「これは策略か何かかい？」と男は訊いた。

「もう、いい加減にして。わたしを怖がらせるのはやめて。パニックになって車から飛び降りるかもしれないわよ。そうしたら、あなたはどうなる？」

男はSUVのギアを入れ、空き地を出て東へ向かった。「嘘をついておれをはめようとしてるんじゃないといいが。このことの片がついたら、あんたがおれに会う必要は二度とないんだから。ただ……」

「あなたをはめる？」メルは笑った。「家を訪ねてきたのはわたしのほう？　その赤ちゃんを自分たちだけで誕生させたいの？」とメルは訊いた。

「こんなことをするのははじめてなんだ」男は重々しく真剣な声で言った。「赤ん坊が生まれるとわかっていたら、彼女のことはどこかへ連れていっていたはずだ。この郡を離れて。でも、知らなかった。金は払うから、やるべきことをやってくれ。そうすれば片がつく。いいかい？」

「片がつく？」とメルは訊いた。「誰も望まない赤ちゃんは？　これから九十年も生きる赤ちゃんもいるのよ！　お産のあとにもやることはあるの！　子供は育てなきゃならないんだから！」

「そうだな」男はうんざりしたように言い、道に注意を向けると、SUVのハンドルを大きく切って急カーブを曲がった。道がまっすぐになると、アクセルを踏みこんだ。しかし、まっすぐな道は短く、さらに急カーブが続いた。ほぼずっと速度計は時速三十キロあまりを差していた。ヘッドライトだけでなく、ルーフに積んだライトもついている。しばらく沈黙が流れたあとで男は言った。「母子《おやこ》のことはおれが面倒を見る。赤ん坊が生まれて、母親が動けるようになったら、ネバダにいる姉のところへ身を寄せられるはずだ」

「どうして何もかもこれほど内緒にしなきゃならないの？」とメルは訊いた。男の横顔を見ていると、男はにやりとした。鼻には小さなこぶがあり、そうして笑みを浮かべると、野球帽のつばの下の目に皺が寄った。荒っぽくむさくるしくはあっても、魅力のない男ではない。

「まったく、あんたはたいしたタマだな。自分でわかってるのかい？　いいから、黙っていてくれればいいんだ」

「わたしがどこに住んでいるか、どうやってわかったの？」とメルは訊いた。

男は笑った。「あそこに隠れているつもりじゃないといいんだが。新たに町に来た助産師がどこに住んでいるかはみんなが知っているからな」

「へえ、すごい」メルは声を殺して言った。「それってほんとにすごい」

「別に問題はないさ。誰もあんたをどうにかしようとは思わないから。そんなことをすれば、大勢の人間が問題の山を抱えることになる」男はメルをちらりと見た。「あんたのような人がいなくなったりすれば、三つの郡が山々をしらみつぶしに探すだろう。そんなことになれば、ビジネスに支障が出る」

「そう」メルは小声で言った。「たぶん、そう言われて光栄に思うべきなんでしょうね」彼女は男に目を向けた。「でも、どうして光栄に思わないのかしら？」

男は肩をすくめた。「あんたにとっては何もかも目新しいことだからじゃないか」

「たしかに」とメルは言った。「ほんとにすごい」

ふたりはしばらく黙りこみ、車は山道をのぼったり降りたり曲がったりとくねくねと進んだ。「あなたはどうしてこんなことに足を突っこむことになったの？」とメルは訊いた。

男は肩をすくめた。「よくあることさ。もうこの話はやめよう」

「彼女が大丈夫だといいんだけど」とメルは言った。

「おれも同じ気持ちだ。くそっ、大丈夫だといいんだが」

メルは大都市であれば得られる協力についてまた考えずにいられなかった――大勢の協力が得られるはずだ。それが警官であることも少なくない――ほんとうに役に立ってくれる。警官は病院に常駐しているも同然だった。ここでは自分しかいない。自分が来るまえはドックしかいなかったのだ。女性がどことも知れない場所で赤ん坊を産むことになり、その地域にたったひとりしか助産師がいないとしたら、ほかに選択肢があるだろうか？

メルの体が震え出した。手遅れで、何かよくないことが起こっていたら――困った状況になったらどうする？

車でどのぐらい走ったのかははっきりしなかった。三十分以上であるのはまちがいない。おそらくは四十五分。車は舗装されていない一車線の道へと左に曲がった。道は行き止まりになっているようだった。男は車から降り、全体が茂みでおおわれているゲートのようなものを押し開いた。車はゲートを抜け、大きな木々にうっそうと囲まれた穴だらけのでこぼこ道を下った。ＳＵＶのルーフにつけられている強力なライトが、道の先に小さな建物とそれよりもさらに小さなトレイラーを照らし出した。トレイラーのなかの明かりはついている。

「あれだ。彼女はあそこにいる」男は小さなトレイラーを指差して言った。

そのときになってようやくメルは悟った。もっと早くわからなかったことが驚きだった。大都市の医療の醜い一面をあれほどにけなしていたにもかかわらず、自分はきれいに見える山々やのどかだと思っていた小さな町の生活についてはあまりにも無知だった。目のまえの家とトレイラーは背の高い松の木に隠され、木々の下に埋もれたようになっている。家とトレイラーのあいだには発電機があった。これこそがすべてをこれほどに秘密にする理由だ。身を守るのに銃が必要な理由。この男は大麻を育てている。さらには、刑務所行きが決まっているような重罪の逮捕令状の出ている誰かを雇う理由もそこにある。そういう人間だからこそ、森のなかにひそませ、こういう作物の見張りをさせられるのだ。

「あのなかにひとりでいるの？」とメルは訊いた。

「ああ」と男は答えた。

「だったら、あなたに手伝ってもらわないと。いくつかそろえてもらわなければならないものがあるから」

「おれは手伝うつもりは――」

「わたしの言うとおりにしてくれたほうがいいわね。この状況をどうにかしようと思うなら」メルは内心は少々びくびくしながらも、声には威圧的な響きをこめた。トレイラーへと急ぎ、ドアを開けてなかに足を踏み入れる。小さなキッチンを五歩で通り抜け、寝室らしき一角にある寝台へと近づいた。寝台の上のシーツの下で、血と体液にまみれた若い女が身もだえしていた。

メルは寝台に片膝をつき、往診かばんを膝のそばに置いて開いた。肩から上着を背後の床に落とす。そこで内心に変化が起こった。怯えて不安だった気持ちが、何かに突き動かされ、一点に集中するものに変わったのだ。自信に満ちたものに。「気を楽にして」とメルはやさしく言った。「診てみましょう」肩越しにメルは言った。「大きな空の鍋かボウルが要るわ。それとタオルか毛布も——赤ちゃんのためにできるだけ柔らかいものを。赤ちゃんをきれいにするのに鍋一杯のお湯も。ああ……」メルはシーツを持ち上げて声をもらした。「大丈夫よ。わたしに協力してくれなくちゃならないけど。こんなふうに呼吸して」メルは手袋をはめながら呼吸の仕方をやってみせた。「いきまないで。もっと明かりを！」メルは肩越しに叫んだ。

赤ん坊は頭が発露していた。あと五分遅かったら、すでに生まれていたかもしれない。背後で男が動きまわる音が聞こえ、ふいに往診かばんの横にシチュー鍋が現われた。それから、タオルが二枚用意され、頭上の明かりがついた。メルは往診かばんに懐中電灯を入れておくことと頭のなかでメモした。

女は弱々しい声をもらした。赤ん坊の頭が出てきた。「呼吸して」メルは指示した。「いきまないの――へその緒がからまっているから。ゆっくり、ゆっくり……」メルはねばつく紫色のへその緒をそっと引っ張り、首からはずして赤ん坊を自由にした。まだトレイラーにはいって五分も経っていなかったが、この新生児の命がもっとも危険にさらされた数分だった。メルは手袋をはめた指を産道にすべりこませ、そっと赤ん坊を引っ張り出した。赤ん坊がすっかり産道から出てくるまえに泣き声が部屋を満たした。新生児の力強く、健康な泣き声。ほっとしてメルは心が浮き立つ気がした。たくましい赤ん坊だ。吸引も必要なかったほどに。

「息子さんよ」とメルは小声で言った。「きれいな赤ちゃん」患者が立てている膝越しに顔に目を向けると、おそらくは多く見積もっても二十五歳ほどの若い女だった。黒っぽい長い髪は汗のせいで湿り、黒い目は疲れてはいたが、輝いている。唇にはかすかな笑みが浮かんでいた。メルはへその緒をクランプではさんで切ると、赤ん坊をタオルでくるんで狭いスペースをまわりこみ、女の頭のほうへ行った。「赤ちゃんを胸の上に置きましょう」と小声で言う。「そうしたら、わたしは胎盤を処理するから」女は赤ん坊に手を伸ばした。メルは寝台の患者の隣に赤ん坊用の大きなバスケットが置いてあるのに気がついた。「はじめてのお子さんじゃないのね」とメルは言った。女は首を振った。息子を受けとる際には大粒の涙が頬を伝った。「三人目よ」とささやくように言う。「ほかの子たちは手放したの」

メルは女の額から濡れた髪を払いのけてやった。「ここにはひとりで？」

「このひと月ほどは。いっしょにここへ来た人がいたんだけど、いなくなったの」

「臨月のあなたを森のなかのトレイラーに置き去りにしたっていうの？」メルは赤ん坊の完璧な形の頭に指を走らせながら小声で訊いた。「とても怖かったにちがいないわね。さあ」メルは女が着ているTシャツを引っ張って言った。「赤ちゃんにおっぱいをあげましょう。ずっと気分がよくなるわよ」生まれたばかりの赤ん坊は少しだけ乳首を探していたが、まもなく見つけて吸いはじめた。

メルは元いた位置に戻り、かばんから新しい手袋を出してはめると、子宮をもみはじめた。背後でトレイラーのドアが閉まる音がし、肩越しに振り返ると、キッチンの短いカウンターの上にお湯のはいった洗い桶が見えた。

メルの患者は新生児用のおむつから除菌シートまで、必要なものがどこにあるか教えてくれた。メルはきれいなシーツとお産用パッドを見つけ、赤ん坊と母親をお湯できれいにすると、しばらくベッドの端にすわって赤ん坊を抱いていた。患者は何度か手を伸ばしてメルの手をとり、感謝するようににぎりしめたが、会話は交わさなかった。出産から一時間して、メルは冷蔵庫のなかをのぞいた。グラスを探し、女のためにジュースを注いでやった。それから、飲み水のはいったプラスティックの入れ物をベッドのそばに持ってきた。患者の出血を確認すると、異常はなかった。往診かばんから聴診器をとり出して赤ん坊の心音を聞き、次に母親の心音を聞いた。顔色も悪くなく、呼吸にも異常はなかったが、母親は疲れはてており、赤ん坊は満足して眠っていた。すべて完了だった。

「ひとつ教えて」とメルは言った。「赤ちゃんにドラッグの問題は出そう？」女は首を振り、目を閉じた。「だったらいい——ヴァージンリバーに小さな診療所があるの。わたしはそこで医師といっしょに働いている。その医師はあなたのことも赤ちゃんのことも何も訊かないから、まったく心配要らない。自分は医者であって警官ではないって言う人よ。あなたも赤ちゃんも診てもらうべきだと思う。何も問題ないかどうかたしかめるために」

メルは上着を床から拾い上げた。「ほかに何かほしいものはある？」と患者に訊く。女は首を振った。「今夜は水分をたくさんとってね。母乳のために」そう言って狭いスペースをベッドの頭のほうへ行くと、身をかがめ、患者の額に軽くキスをして「おめでとう」とささやいた。それから、患者の頬から涙をそっとぬぐった。「あなたにとっても赤ちゃんにとっても、すべてがうまくいくように祈ってる。身の安全を守るように気をつけて」

「ありがとう」女は小声で言った。「あなたが来てくれなかったら……」

「しっ」メルは言った。「こうして来たんだから。あなたも大丈夫だしね」

そう思うのははじめてではなかったが、メルは患者が幸せな結婚をしていて長年最初の赤ん坊を待ち望んでいた日曜学校の先生であれ、ベッドに手錠でつながれている重罪犯であれ、関係ないと思った。出産は万人を平等にする偉大なる出来事だ。安全とは言えないこんな状況でも、母親は母親で、彼女たちの力になることに自分は情熱を傾けている。赤ん坊を安全にこの世に導き、その母親が健康で尊厳を保って出産を成し遂げるための力になることだけが重要だ。そのせいで多少危険を冒すことになっても、できることをしなければならない。自分が去ったあとに母と子がどうなるかについては自分にはどうしようもないが、こうして必要とされたときには、断ることなどできない。

トレイラーの外に出ると、運転手を務めた男はＳＵＶのそばで待っていた。彼はメルのために助手席のドアを開けた。「ふたりとも大丈夫かい？」と不安そうに訊いてくる。

「考えてみれば、とてもうまくいったように思えるわ。もしかして、彼女たちといっしょには住んでいないの？」

男は首を振った。「だから、彼女が妊娠しているのがわからなかったんだ。ときどき寄るだけで、たいていは彼女の男とやりとりしていたからな。おそらく、男が出ていったのは——」

「あなたが彼女とも多少やりとりしていると気づいたときだった？」メルは代わりに言ってやった。それから首を振って車に乗りこんだ。男が運転席に乗ると、メルは言った。「あなたにはふたつやってほしいことがある。わたしからすれば、あなたにはそうする義務があるから。今夜はあそこに戻って、母子に付き添って。そうすれば、夜のあいだに何か問題が起こっても、ふたりを病院に連れていける。出血がだいぶひどかったり、赤ちゃんに問題があったりした場合に。あわてないで——ふたりとも大丈夫そうだから——でも、不必要な危険を冒したくなかったら、そうしてくれなくちゃならない。それから、数日のうちに——二日から四日のうちに——ふたりを診療所に連れてきて診察を受けさせて。ヴァージンリバーのドック・マリンズはあれこれ質問したりしないし、わたしのいまの気がかりも彼女たちが健康でいるかどうかだけだから」メルは男に目を向けた。「そうしてくれる？」

「わかった」と男は答えた。

メルはシートに頭をあずけ、目を閉じた。鼓動が速まって激しくなっているのは、いまは不安からではなく、緊急事態に対処したあとに必ず起こるアドレナリンの急激な減少によるものだ。そのせいで、自分を弱々しく感じ、体が少し震え、わずかに胸がむかついた。状況がちがえば、赤ん坊の誕生まえよりももっと活き活きとした気分になったかもしれない。しかし、今回は状況が複雑すぎた。

車がロッジのまえで停まると、男は札束を彼女に差し出した。「あなたのお金は要らない」とメルは言った。「ドラッグがらみのお金だもの」

「好きにすればいいさ」と男は言い、札束を上着のポケットにしまった。

メルはしばらく男をじっと見つめた。「彼女にひとりでお産させていたか、わたしがあなたといっしょに行かなかったとしたら、あの赤ちゃんはきっと――。へその緒についてはわかるでしょう？　赤ちゃんの首に巻きついていたことは？」

「ああ、わかるさ。礼を言うよ」

「わたしがあなたといっしょに行かなかった可能性もあった。じっさい、あなたを信用する理由はないんだから」

「ああ。あんたは勇敢なお嬢さんだ。おれの顔は忘れるんだな。あんたの身のために」

「ねえ、わたしは医療従事者で警官じゃないの」とメルは言った。それから弱々しい笑い声をあげた。かつてはロサンゼルス市警のバックアップがあるのがふつうだったが、今夜は何もかも自分次第だった。バックアップは何もなかった。それに、自分があそこへ行かなければ、齢《よわい》七十になるドックがそれを担うことになったかもしれない。これから五年後にはどうなるのだろう？　運転手を務めた男にメルは言った。「これからはむやみに事におよばないか、避妊具を使うのね――もうあなたとはかかわりたくないから」

男はにやりとした。「タフなお嬢さんってわけだな？　心配要らない。もうその手の問題に首を突っこむ気はないから」

メルは何も言わずにSUVから降りて玄関ポーチへ向かった。玄関のドアへ近づくころには、車はUターンして空き地から出ていっていた。メルはポーチの椅子に腰を沈め、暗闇のなかにすわった。夜の音がまわりで響いていた。コオロギの羽音、ときおり聞こえるフクロウの声、背の高い松林を吹き抜ける風の音。

家のなかにはいって服を脱ぎ、ひとりでベッドにはいればいいのにと思ったが、気が高ぶっていて、夜をひとりで過ごす勇気もなかった。しばらくして、大きなSUVのエンジン音が聞こえなくなってから、階段を降りてハマーのところへ向かった。車で町へ行き、バーの裏のジャックのピックアップトラックの隣に車を停めた。エンジンの音と車のドアの音で目を覚ましたらしく、明かりがついてジャックの住まいの裏口のドアが開いた。背後から薄暗い明かりを受けたジャックの姿がドア枠のところに浮かび上がった。急いで穿いたらしいジーンズ姿だ。メルは彼の腕のなかにまっすぐ飛びこんだ。

「ここで何をしているんだい？」ジャックが彼女をそっとなかに引き入れ、ドアを閉めて小声で訊いた。

「呼ばれて外出していたの。赤ちゃんよ。それで、家に帰りたくなくて。あのあとでひとりになりたくなくて。あやういところだったの、ジャック」

ジャックは両手を彼女の上着のなかにすべりこませ、ほっそりした体をきつく抱きしめた。「すべてうまくいったのかい？」

「ええ」とメルは答えた。「でも、あまり猶予はなかった。あそこに着くのが五分遅かったら……。へその緒が赤ちゃんの首にからまっていたの」メルは首を振った。

「でも、間に合った。それに、生まれた子はきれいな男の子だった」

「どこで？」ジャックは彼女の髪を耳にかけてやりながら訊いた。

「クリアリバーの反対側」男がドックの診療所のまえに車を停めたときに言っていたことを思い出してメルは答えた。じっさい、どこへ連れていかれたのかは見当もつかなかった。男がぐるぐると同じところをまわって遠まわりした可能性もあった。

「震えているね」ジャックはメルの額に唇を押しつけて言った。

「ええ、ちょっと。ああいうことを経験したから」メルは顔をあおむけて彼を見上げた。「わたしがここにいても大丈夫？」

「もちろんさ。メル、どうかしたのか？」

「母親はひとりで出産するつもりでいたんだけど、父親が不安になってわたしのところに来たの」メルは身震いした。「ロサンゼルスで荒っぽいことも経験したと思っていたんだけど」そう言って弱々しく笑った。「真夜中に赤ちゃんの出産のために森のなかのみすぼらしいトレイラーまで出かけていくことになるなんて、一年まえに誰かに言われていたら、それだけは絶対にお断りと答えていたでしょうね」

ジャックは彼女の頬を手の節でなぞった。「誰だったんだ？」

メルは首を振った。見当もつかないと答えたら、ジャックは怒り出すことだろう。

「このあたりの人じゃないの、ジャック。少しまえに、出産に手を貸せる人間を探してドックのところに来た人。患者については、患者から了承を得ないかぎり話せないんだけど、この患者の場合、詳しく事情を訊くこともしなかった。ちゃんとした夫婦じゃなかったしね。母親のほうは小さくて汚いトレイラーにひとりで住んでいるの。かなりひどい環境だった」そして、胸の内でつぶやいた。この山に囲まれた土地で、わたしは自分には絶対にできないと思っていたことをしている。恐ろしくて、あり得なくて、危険なことを。ほかの誰もしようと思わないような刺激的なことを。誰もそれをしなかったら、赤ちゃんは死んでいたはず。そしておそらくは母親の命も危険にさらされていた。メルはジャックの胸に顔を寄せて気持ちをおちつかせるように深呼吸した。

「電話が来たのかい？」とジャックは訊いた。

まったく。率直な質問に真っ赤な嘘で応じるのはわたしにはむずかしすぎる。「父親が家のまえで待っていたの。ここであなたと過ごしていたら、その人にも会わず、赤ちゃんも助からなかった」

「仕事を終えたあとでどこへ行けばきみが見つかるか、教えてあったのかい？」

メルは首を振り、答えることばを考えた。「誰かに訊いたにちがいないわ」と彼女は言った。「ヴァージンリバーのみんながわたしの住まいは知っているから。それと、クリアリバーの半分の人も」

「なあ」ジャックは彼女を抱く腕に力を加えた。「危険を冒すことになるとは考えもしなかったのかい？」と訊く。

「多少は考えた」とメルは答えた。それから彼を見上げてほほ笑んだ。「理解してもらえるとは思わないけど、赤ちゃんが生まれようとしていたの。それに、行ってよかった。問題も起こらなかったし。母親は困っていたけど」

ジャックはゆっくりと安堵の息を吐いた。「まったく。きみにはもっと目を光らせておかないといけないな」そう言って彼女の額にキスをした。「今夜、何かがあったが、きみはそれをおれに言うつもりはないわけだ。それがなんであったとしても——二度と同じことはしないでくれ」

「ねえ、ベッドにはいらない？　あなたに抱きしめてほしくてたまらないの」

ジャックがハエを追い払いながらバーのポーチにすわっていると、見覚えのあるレンジローバーがゆっくりと町にはいってきて、ドックの家のまえに停まった。ジャックがポーチの椅子の上で身を乗り出して見ていると、運転手が降り、助手席側にまわってドアを開けた。小さな包みを抱えた女が車から降り、ポーチの階段をのぼって診療所へはいっていった。ジャックの鼓動が大きくなった。

女がドックの家にはいると、男はSUVに戻り、ジャックに背を向けたままボンネットに寄りかかった。それから小さなペンナイフをとり出し、ぼんやりと爪を掃除しはじめた。この手の男である以上、ジャックがポーチにすわっているのには気づいているはずだった。ジャックがその男だったとしても、町に来たときには、目を配るべきもののすべてに目を配るはずだからだ。ありとあらゆる逃走ルートを知っていて、何が脅威かもわかっている。今日、女と新生児を連れて町にやってくるにあたり、あの車のなかに違法な品は何も積んでいないだろう。武器を携えていたとしても登録済みのもののはずだ。そして……ナンバープレートには泥が塗りたくられ、読めないようになっている。苦しいやり方だ。しかし、ジャックはあの車のナンバーを覚えていた。最初にこの男が町に来たときに記憶したのだ。

つまり、少しまえにこの男がヴァージンリバーに現われたのは酒を飲むためではなかった。ここで医療の助けを得られないかどうか調べに来たのだ。あの晩、動揺していたメルは、出産の場所はクリアリバーの反対側だったと言っていた。その町には医者もいなければ、診療所もない。グレースヴァレーとガーバーヴィルはほんの少し遠いだけだが、どちらも人の数がここよりも多い。

　三十分あまりで女が診療所から出てきた。メルがその後ろにいる。女は振り返ってメルと握手をした。メルは女の腕をつかんだ。女が車に乗るのに男が手を貸し、車はゆっくりと町を出ていった。

　ジャックが立ち上がり、通りをはさんでメルは彼と目を合わせた。ふたりはそれぞれポーチの上に立っていて、かなり距離はあったが、ジャックが顔をしかめているのがメルにはわかった。やがて彼は歩み寄ってきた。

　メルは彼がそばに来るまでジーンズのポケットに手を突っこんで待った。近くに来ると、ジャックは片足をポーチの階段にかけ、曲げた膝に腕を載せてメルを見上げた。しかめ面は怒っている顔ではなかったが、不満そうであるのはまちがいなかった。

「きみのしたことをドックは知っているのか？」とジャックは訊いた。

　メルはうなずいた。「わたしがお産を手伝ったことは知ってる。そういう意味で訊いたなら。それがわたしの仕事よ、ジャック」

「約束してくれ。二度とそういうことはしないと。あの男のような人間のために」

「あの人を知っているの？」とメルは訊いた。

「いや。ただ、バーに来たことがあって、何をしている人間かはわかる。そう、やつが女性を医者に連れてきたことが問題なんじゃない。問題はきみがやつの縄張りに出向いたことだ。真夜中にやつといっしょに行くなんて。それもひとりで。やつに脅されーー」

「脅されたりはしなかった」とメルは言った。「頼まれたの。以前医者を探して診療所に来たことがあったから、まったく見も知らない人でもなかった」

「よく聞いてくれ」ジャックはきっぱりと言った。「ああいう連中はきみの診療所でもおれのバーでも脅しをかけたりはしないだろう。目立たないようにしたいと思っているからだ。育てている作物に警察の手入れがはいると困るからな。でも、向こうでは」ジャックは東の山のほうへ顎をしゃくって言った。「そういうこともあり得る。きみのことを自分のビジネスを脅かす存在とみなさないともかぎらないーー」

「ううん」メルは首を振って言った。「あの人はわたしの身に害がおよぶのは許さなかったはずよ。それこそが彼のビジネスを脅かすことになるからーー」

「あいつにそう言われたのか？　おれならやつのことばをそうはとらないだろうな」ジャックは首を振った。「もうこんなことをしちゃだめだ、メリンダ。違法な大麻栽培のキャンプにひとりで行くなんて」

「あんな状況になることは二度とないと思う」とメルは答えた。

「しないと約束してくれ」とジャックは言った。

メルは首を振った。「わたしの仕事なの、ジャック。わたしが行かなかったら――」

「メル、おれの言っていることがわからないかい？　きみがみずから進んで愚かな危険を冒したせいできみを失うのは嫌だ。約束してくれ」

メルは唇を引き結んで反抗的に顎を上げただけだった。「わたしのこと、愚かだなんて二度とほのめかさないで」

「そんなことほのめかしていないさ。でも、わかってもらわなくちゃならない――」

「わたし次第だったのよ。赤ちゃんが生まれそうになっていて、ほんとうにぎりぎりだった。わたしは行かなくちゃならなかったの。行かなかったら、最悪の事態になっていたかもしれないんだから。それについて考えている暇はなかった」

「きみはいつもそんなに頑固なのか？」とジャックが訊いた。

「赤ちゃんが生まれるところだったの。わたしにとってはその女性が誰であっても、何を仕事にしていても関係ない」

「ロサンゼルスでも同じことをしたかい？」ジャックは眉を上げながら訊いた。

メルはロサンゼルスをあとにしてからの人生の激変ぶりについてしばらく思いをめぐらした。銃を携えた違法な大麻栽培者に車で連れていかれ、森の奥で赤ん坊の出産に手を貸したとなったら、荷物をまとめてとっととここを出ていくべきでは？　命からがら逃げ出すべきでは？　あんな立場に置かれるなど、二度とごめんなのでは？　しかし、そうせずに、頭のなかでドックの冷蔵庫に眠っているものを思い浮かべ、そろそろポーリスのキャンプにいくつか届けるころあいではないかと考えている。

大麻栽培者とのかかわりは二度とごめんだと思いながらも、その経験の何かが心に引っかかっていた。ロサンゼルスをあとにしたときには、病院にとってその穴を埋めるのは造作もないことだった。自分のすることはほかに十人もが同じようにできた。ヴァージンリバーやそのまわりの地域では、自分とドックしかいない。ほかには誰もいないのだ。一日の休みも、一週間の休みもない。あのときためらってドックにいっしょに来てもらうことにしていたら、あの赤ん坊は生きていなかっただろう。

より単純で、楽で、静かな生活が送れるだろうと思ってここへ来たのだった。困難なことなどほとんどなく、恐れることは何もないだろうと。都会より安全だろうから、自分がより強くならなくてもいいはずだと思っていた。より勇敢にならなくても。

メルはジャックにほほ笑んでみせた。「ロサンゼルスだったら、救急隊員を派遣すると思う。ここに救急隊員なんている？　この小さな町には複雑なことなど何もないって言ってたわよね。あなたって大嘘つきね。ほんとうに……」

「言ったはずだ。ここにはここなりの問題があると。メル、きみはおれの言うことを聞くべきだ――」

「ここってときどきほんとうに厄介な場所になるのね。わたしはわたしの仕事を精一杯はたすだけだけど」

ジャックはポーチの上にのぼり、彼女の顎の下に指をあてて顎を持ち上げ、目をのぞきこんだ。「メリンダ、きみは手にあまる女になりそうだな」

「そう?」メルはほほ笑んで訊いた。「あなたもね」

13

メルはドックにどこへ行くか告げなかった。様子をたしかめたい患者が何人かいると言っただけだ。ドックは出かけるなら、フラニー・バトラーのところへ寄って様子を見てきてくれと頼んだ。フラニーはひとり暮らしの老婦人で、高血圧の症状があった。「薬が足りていて、ちゃんと呑んでいるかたしかめてきてくれ」とドックは言った。それから、制酸剤を口に放りこんだ。

「そんなに胸焼けばかり起こすの？」とメルは訊いた。

「私の年になれば、誰だってこのぐらいの胸焼けはあるさ」ドックは軽くいなすように答えた。

メルはまず遠まわりしてフラニーの血圧を測りに行った。さっさと済ませるというわけにはいかなかったが。このような小さな町の往診の問題は、お茶とクッキーとおしゃべりが付き物ということだ。医療行為というよりは社交に近かった。それからメルはアンダーソン家の牧場へ行った。車を停めると、バックがシャベルを手に小屋から出てきたが、ハマーを見てびっくりした顔になった。「ほお。いつこんなのが登場したんだ?」

「先週よ」とメルは答えた。「ドックが言うように、わたしの外国製のちっちゃな車より裏道を走りまわるのにいいから」

「ちょっと見てもいいかい?」バックは窓からなかをのぞきこんで訊いた。

「ご自由に。わたしはクロエの様子を見に行くから。リリーは家にいます?」

「ああ。キッチンにいるよ。そのままはいってくれ——ドアは開いているから」そう言うと、バックは車にすっかり気をとられ、すぐさま運転席に首を突っこんだ。

メルは裏へまわった。キッチンの窓から、キッチン・テーブルについているリリーの横顔が見えた。ドアは開いており、スクリーン・ドアだけが閉まっていた。メルはすばやく何度かスクリーン・ドアをノックして呼びかけた。「こんにちは、リリー」そう言ってドアを開けた。が、そこではっと足を止めた。

リリーはむき出しの胸に赤ん坊用の毛布を引き寄せたが、遅かった。彼女はクロエに母乳を与えていた。

メルはその場で凍りついたようになった。「リリー?」と面食らって言う。

リリーの目に涙があふれた。「メル」発した声は涙声だった。赤ん坊はすぐさまむずかりだし、リリーはなだめようとしたが、クロエはまだ満足していなかった。リリーの頬が即座に赤くなって湿った。シャツを整え、赤ん坊を抱く手は震えていた。

「どうしてそんなことが可能なの？」メルはすっかり当惑して訊いた。リリーの末っ子はもう大きくなっていた――母乳が出るはずがない。しかし、そこで事情が呑みこめた。「ああ、嘘！」クロエはリリーの赤ちゃんなのだ！　メルはゆっくりとキッチン・テーブルへ歩み寄り、椅子を引いてすわった。膝が震えていたからだ。「家族のみんなは知っているの？」

　リリーは首を振って目をきつく閉じた。「わたしとバックだけ」しばらくしてリリーは答えた。「わたしは正気じゃなかった」

　メルは当惑して首を振った。「リリー、いったい何があったの？」

「連れていってくれると思ったのよ――郡が。それで、誰かがこの子をすぐにほしがってくれるって。赤ちゃんを持てない善良な若い夫婦が。そうすれば、赤ちゃんには若い両親ができるし、わたしには――」リリーは痛々しく首を振った。「もう一度できるとは思えなかった」リリーはすすり泣きながら言った。

　メルは椅子から立ってリリーのそばへ行き、むずかる赤ん坊を受けとってなだめようとした。リリーはテーブルに突っ伏して激しく泣き出した。

「恥ずかしくてたまらない」彼女は叫んだ。それからまた目を上げ、メルを見て言った。「わたしは六人の子供を育てたの。三十年も子育てに費やして、七人の孫がいる。もうひとりなんて想像もできなかった。こんな年になってから」

「このことについて誰か相談できる人はいなかったの？」とメルは訊いた。

「誰かに話したら、こんな小さな町ではみんなに知られてしまう……。いいえ」リリーは首を振って言った。「四十八歳で妊娠したと気づいたときには、胸がむかついたわ。具合が悪くなって、ちょっとおかしくなってしまった」

「中絶は考えなかったの？」

「考えたけど、できなかった。できなかったのよ。判断力もなくなっていたのに、おなかには赤ちゃんがいた」

「養子縁組を考えたことは？」とメルは訊いた。

「この家では、そういう意味ではこの町でも、それを理解してくれる人なんて誰もいないわ。わたしはわが子をこの手で殺《あや》めた母親みたいに見られたでしょうね。お友達だって――同い年ぐらいの善良な人たちで、わたしの気持ちを理解してはくれるでしょうけど――実子であっても、もうひとり育てるのは嫌だと言ったら、それを受け入れてはくれないわ。ほかにどうしたらいいかわからなかったの」

「それで、これからどうするつもりなの？」とメルは訊いた。

「わからない」リリーはすすり泣いた。「わからないのよ」

「いま、彼らが来たらどうするの――ソーシャル・サービスが？　リリー、赤ちゃんをあきらめられる？」

リリーは首を振った。「わからない。あきらめられない気がする。ああ、もう一度やり直せたらいいのに」

「リリー、妊娠しているのはどうやって隠していたの？　どうやってひとりで出産したの？」

「誰もそんなに注意を払ったりしないものよ――わたしは太りすぎだし。バックが力を貸してくれたわ。かわいそうなバック――臨月になるまで彼も知らなかったの――彼からも隠していたから。もしかして、わたしたちがいまこの子を養女にできるんじゃないかしら？」

メルは赤ん坊を揺らしながらまた椅子にすわった。クロエを見下ろすと、こぶしを口に突っこみ、不満そうにもぞもぞと体を動かしている。「養女にする必要はないわ。自分で産んだんだから。でも、あなたのことがとても心配。この子を捨てたことで、死んでしまいたくなったにちがいないもの」

「ずっと見ていたの。あなたとジャックがポーチに来るまで。この子を危険にさらすわけにはいかなかったから。ほんとうに辛いことだったけど、やらなくちゃならないと思っていた。ほかにどうしていいかわからなかったのよ」

「ああ、リリー」とメルは言った。「まだあなたが大丈夫かどうか確信が持てない。あまりに常軌を逸したことだから」そう言って赤ん坊をリリーに返した。「さあ、おっぱいをあげて。おなかが空いているのよ」

「できるかどうかわからないわ」リリーはそう言いながらも赤ん坊を受けとった。

「動揺しすぎているかも」

「彼女をおっぱいに近づけてあげればいいはず——自分で見つけるから」とメルは言った。赤ん坊がまた胸に吸いつくと、メルはリリーの体に腕をまわしてしばらくふたりをただ抱きしめていた。

「あなたはどうするつもり？」リリーが混乱した震える声で訊いた。

「ああ、リリー、わたしにもわからない。医師や助産師が患者の秘密を守ることはわかってるわよね？　あなたの妊娠がわかったときにわたしがこの町にいたら、あなたはわたしを信頼して秘密を打ち明けてくれることができた。ドックのことや、グレースヴァレーのドクター・ストーンのことも信頼できたはず。家族計画クリニックでも記録の秘密は守られるから——力になってくれたでしょうね。でも……」メルは息を吸った。「わたしたちは法にもしばられている」

「どこへ相談していいかわからなかったの」

メルは悲しく首を振った。「きっととても怖かったにちがいないわね」

「こんなに辛かったこと、生まれてはじめてだったわ、メル。バックとふたり、ほんとうに大変な思いをして家族と牧場を守ってきたんだけど」

「母乳をあげているのはどうやって子供たちから隠していたの？　みんなよく訪ねてくるでしょうし、息子さんたちはバックといっしょに牧場で働いているんじゃなかった？」

「誰かがまわりにいるときは哺乳瓶でミルクをあげているわ。母乳をあげるのはふたりきりのときだけよ」

「手放すつもりだったのに、母乳をあげたの？　そんなことしなくていいのに」

リリーは肩をすくめた。「わたしがこの子にできるせめてものことだって気がして。あんなことをしてしまって。ごめんなさい。ほんとうに、ほんとうにごめんなさい。どんな感じか、あなたにはわからない——一生を子育てに費やしてきて——孫までいるのに、もうひとり授かるなんて。バックとわたし、結婚してからずっとお金に困ってばかりだった！　あなたにはわからないわ」

「ああ、リリー。怖くてどうしようもなかったのね。わたしだって想像はできる。でも、なぐさめは言わない。入り組んだ状況になっているのはたしかだから」

「でも、力にはなってくれる？　クロエを助けてくれる？」

「できることはする――でも、法律が……」メルはため息をついた。「できることはなんでもするわ」とやさしく言う。「うまく片をつける方法を見つけましょう。ちょっと考えさせて」

しばらくして、リリーが気を鎮め、もう大丈夫であることをたしかめてから、メルはリリーのもとをあとにした。リリーとは四十分ほどもいっしょにいたのだが、バックはまだうらやましそうな目でハマーを検分していた。「すごい車だよ、メル」彼はにやりとして言った。

「バック、家に行って奥さんをなぐさめてあげて。リリーがあなたのお嬢さんに母乳をあげているところに行きあたってしまったの」

「ああ、なんてことだ」とバックは言った。

町へ戻る途中、メルはドック・マリンズがこの事実に気づいていたのではないかとふと思った。それどころか、赤ん坊の出産に手を貸したと言ってもいいのかもしれない。最初からずっと母親は現われるだろうと言っていて、ほんとうに現われたのだから。何週間かまえにリリーが赤ん坊を引き受けると言ってきたと告げたときには、驚いて眉を上げていた。まさかそれがリリーだとは思っていなかったのだ。ドックは最初からソーシャル・サービスに連絡などしていなかった。そして、その事実を教えてくれようとしなかった。

ドックの家に戻ったときには四時を過ぎており、メルはかなり怒りを募らせていた。ドックはいまにも死にそうなほどに空咳や痰《たん》のからんだ咳に悩まされている患者を診療していた。メルは待たざるを得なかった。待っているあいだに怒りは沸き立ちはじめた。ようやく患者が尻にペニシリンの注射を打たれ、薬でポケットを一杯にして診療所をあとにすると、メルはドックのまえに立ちはだかった。「あなたのオフィスで」とだけ言うと、先に立ってオフィスへ向かった。

「何を怒っているんだ？」とドックは訊いた。

「アンダーソンの家に行ったの。家にはいったら、リリーが赤ちゃんに母乳をあげていた」

「ああ」ドックはひとことだけ言って足を引きずりながらメルの脇をまわりこみ、机のの奥にすわった。また関節炎が悪化しているようだ。

メルは机に両手をついて顔と顔を突き合わせるようにした。「ソーシャル・サービスには最初から連絡してなかったのね」

「その必要を感じなかったからね。母親が赤ん坊を迎えに来たわけだし」

「出生証明書はどうするつもりなの？」

「まあ、この問題にもう少しうまく片がついたら、サインして日付を記入するさ」

「ドック、そんなふうにはいかない！　あの赤ちゃんは捨てられていたのよ！　母親が引きとりに来たとしても、犯罪とみなされる可能性はある！」

「おちつきなさい。リリーがちょっと動揺しただけのことだ。いまはもう大丈夫だ——それについては私がずっと目を配ってきた」

「少なくとも、わたしに話してくれてもよかったはず！」

「それできみがこんなふうによくわからないまま怒りを爆発させてるってわけか？　あの赤ん坊を母親からとり上げて彼女を告発するのか？　リリーは行きづまっていたんだ——結局、必要だったのは冷静さをとり戻す時間だった。われに返るための」

「産後、医者に診てもらうべきだったし」

「ああ、リリーはどの子も家で産んだんだ。具合が悪かったら、ここへ来ただろう。

じっさい、リリーがもっと早く現われていたら――私も念のために診察しようと言ったはずだ。しかし、彼女がやってきたときには、健康に問題がないことは明らかだったからね」

メルは怒りを爆発させた。「こんなんだったら、働けない。わたしはここで良質で健全な医療を提供しようとしているの。あなたが何をたくらんでいるのか想像して堂々めぐりをするためじゃなく」

「きみに誰が頼んだ？」とドックは言い返した。

メルはしばし呆然として口を閉じた。それから「くそっ！」と言って、踵を返し、オフィスをあとにした。

「まだ話は終わっていない」ドックが怒鳴った。「どこへ行く？」

「ビールを飲みに！」メルは怒鳴り返した。

ジャックのバーへ行ってからも、怒り狂っていることは隠しようもなかったが、それについて話すこともできなかった。メルは誰にも挨拶せずにバーカウンターへまっすぐ歩み寄った。

ジャックが彼女をひと目見て言った。「おやおや」

「ビール」とメルは言った。

ジャックはビールを出して言った。「話したいかい?」

「ごめんなさい。話せないの」メルは冷たいビールをひと口飲んだ。「仕事のことだから」

「厄介な仕事にちがいないな。怒り狂ってるようだから」

「そのとおりよ」

「おれに何かできることはないかい?」

「何も訊かないでくれればいい。守秘義務があるから」

「きっとすごい秘密なんだろうな」とジャックは言った。

そうよ、すごい秘密よとメルは胸の内でつぶやいた。

ジャックはバーカウンターの上に封筒をすべらせてよこした。メルは差出人の名前を見た。ジャックが検査に行ったユリーカの診療所からだった。「これを見れば、少しだけ気分も明るくなるかもな。おれは問題なしだ」

メルはかすかな笑みを浮かべ、「それはよかったわ、ジャック」と言った。「そうだとは思っていたけど」

「結果を見ないのかい?」とジャックは訊いた。

「ええ」メルは首を振って言った。「あなたを信じる」

ジャックは身を乗り出し、彼女の額に軽くキスをして言った。「ありがとう。それはうれしいね。思う存分むっつりとビールを飲むといい。何かほしいものがあったら言ってくれ」

ビールとともに怒りも鎮まってきた。三十分ほどして、ドック・マリンズがバーに来て彼女の隣のスツールにすわった。メルはドックをひとにらみしてから、自分のグラスに注意を戻した。

ドックはジャックに向かって指を立てた。ジャックはウィスキーを用意した。それから賢くもふたりのそばを離れた。

ドックはウィスキーをひと口飲み、もうひと口飲んでから言った。「きみが正しい。きみがこの町の医療を手伝うつもりでいるのなら、あんなふうに蚊帳《かや》の外に置いてはならない」

メルはドックのほうに目を向け、片眉を上げた。「わたしに謝ったの？」

「そういうわけじゃない。ただ、この件についてはきみが正しい。私はただ、独断で行動することに慣れている、それだけのことだ。きみを軽視したわけじゃない」

「それで、これからどうするの？」とメルは訊いた。

「きみは何もしない。これは私が引き受ける。不正処置の問題になるとしたら、きみにとばっちりがいかないようにしたい。きみはいつも正しいことをしようと心がけていたわけだからな。私も正しいことをしようとはしていたんだが、やり方がちがった」

「彼女は診察を受けるべきだと思う。わたしがやってもいいし、ジョン・ストーンに予約を入れてもいい」

「ジョンに連絡しておくよ」ドックはウィスキーをもうひと口飲んで言った。「しばらくきみにはこの件から遠ざかっていてもらいたい」

「で、今回はほんとうに連絡するつもり？」

ドックは彼女に目を向けてにらみ返した。「彼には電話する」

メルはビールに注意を戻した。ぬるくまずくなっていた。

「きみはよくやってくれているよ、お嬢さん」とドックは言った。「私には年のせいでできなくなっていることがある。とくに赤ん坊に関することは」そう言って手に目を落とした。曲がった指や腫れた節ばかりの手。「まだできることもあるが、この老いぼれた手では産婦人科関係はうまくいかない。産婦人科についてはきみが受け持ってくれたほうがいい」

メルはドックのほうに顔を振り向けた。「最初は中途半端な謝罪で、今度は中途半端な褒めことばなのね」

「謝るよ」ドックはメルには目を向けずに言った。「私が思うに、きみはここで必要とされている」

メルはゆっくりと息を吐き出した。それを言うのがドックにとってどれほど大変なことかわかっていたからだ。もう一度深呼吸すると、腕をドックの肩にまわし、頭を頭に寄せた。

「わたしに対してやわにならないで」とメルは言った。

「まさか」とドックは返した。


メルとドックのあいだでどんな会話が交わされたのかはジャックには知る由もなかったが、メルは診療所に戻ってドックといっしょに夕食をとると言った。おそらく、ふたりで解決すべき問題があるのだろう。それからメルは家に帰るまえにバーに寄ると約束した。

六時にはかなりの数の客がいた。七時になって客が減り、ほんの数人になったところでドアが開いた。シャーメインだった。これまで彼女がヴァージンリバーに来たことは一度もなかった。こちらと向こうの生活をはっきり分けておきたい意思を示してあったからだ。今夜はウエイトレスの制服ではなかったので、彼女の意図はかなりはっきりしていた。折り目のついた上等なスラックスを穿き、糊《のり》のきいた白いブラウスの襟をダークブルーのブレザーの上に出している。髪は下ろしており、メイクアップは濃かったが完璧で、ヒールを履いていた。それを見て、彼女が恰好のよい女性であることを思い出したのはうれしかった。とくに、大きな胸に注意を引くための体にぴったりした制服を着ていないときには。彼女は洗練された女性に見えた。成熟した女性に。

シャーメインはバーカウンターのスツールにすわり、ジャックにほほ笑みかけた。

「ちょっと寄ってあなたが元気かどうかたしかめようと思ったの」と言う。

「元気さ、シャー。きみは？」

「とても元気よ」

「何か飲むかい？」とジャックは訊いた。

「ええ、もちろん。ジョニーウォーカーをロックで。おいしいジョニーにしてね」

「了解」ジャックはブラックラベルのウィスキーを注いだ。ブルーラベルは店になかった。常連客には高価すぎるのだ。じっさい、ブラックラベルも店で出ることはあまりなかった。「それで、どうしておれの町へ？」

「ちょっとたしかめたくて。あなたの状況に変わりがないかどうか」

ジャックはがっかりしてしばらく目を伏せた。もう一度こういうことをくり返さずに済めばいいと思っていたからだ。とくにここでは。ここはふたりの関係——終わった関係——を話し合う場所ではない。ジャックはシャーメインの目をのぞきこんでたずうなずいた。

「じゃあ、変わりはないのね？」

ジャックは首を振った。そういうことにしておきたかった。

「そう」シャーメインはウィスキーをひと口飲んだ。「それは残念だわ。期待してたのよ。もしかしたら、わたしたちまた……。気にしないで。あなたの表情を見ればわかるから——」

「シャー、頼むよ。ここでいまはまずい」

「おちついて、ジャック。迫ったりしないから。ちゃんとたしかめたいと思ったからって責められないはずよ。だって、わたしたちの関係はかなり特別だったんだから。わたしにとってはそうだった」

「おれにとってもそうだったさ。でも、ごめん、おれはまえへ進まなきゃならない」

「で——まだほかに誰もいないっていうの？」

「あのときいなかったのはたしかだ。きみに嘘はついていない。きみに嘘をついたことは一度もない。でもいまは――」

ジャックが言いかけたちょうどそのとき、ドアが勢いよく開いてメルがはいってきた。さっきまで怒りに満ちていた表情がいまはおちついている。疲れた顔だ。そして、これまでしたことがないことをした。スツールに腰を下ろしてビールを頼むのではなく、バーカウンターをまわりこんで奥へ来ようとした。シャーメインに向かってジャックは「ちょっと失礼」と言い、バーカウンターの端でメルを迎えた。

メルはすぐさま腕を彼の腰にまわして抱きしめ、顔を彼の胸に寄せた。ジャックも腕を彼女にまわして抱きしめ返した。シャーメインが自分の背中を穴が開くほどに見つめていることが痛いほど意識された。

「今日は試練だった」メルが小声で言った。「ドックと、これからいっしょにやっていくなら、どのようにやっていくか話し合う反省会を開いたの。思った以上にきつかった。精神的にへとへとになった」

「大丈夫かい？」とジャックは訊いた。

「大丈夫。あの上等のクラウンを一杯だけもらえる？　食事は済ませたし、一杯だけにすると約束するから。ロックで。今夜はわたしを家に連れて帰ってくれていいし。

あなたが望むなら」

「なあ、あたりまえだろう？　きみをひとりで家に帰すなんて死ぬほど怖いよ。きみが何をするかわからないんだから。誰の車に乗っていってしまうか」ジャックは彼女の額に軽くキスをし、バーカウンターの外に行けるよう振り返らせた。シャーメインとは目を合わせず、飲み物を作ってメルのまえに置いた。そのときにはメルはバーカウンターの端のスツールに腰を下ろしていた。「ちょっと待っていてもらわなければならない」

「もちろんよ」とメルは言った。「急がないで。わたしはリラックスしたいだけだから」

「リラックスしきってくれ」ジャックはシャーメインのところへ戻った。

シャーメインの目には傷ついた色が浮かんでいたが、少なくともその目はすっきりしていた。

「わかった気がする」彼女はもうひと口ウィスキーを飲んで言った。

ジャックは彼女の手をとった。「シャーメイン、おれは嘘をついていた。たぶん、いまとなってはどうでもいいことだろうが、おれが真実を言っているときみに信じてもらいたかったんだ。ほかに誰もいないと」

「でも、いてほしいと思ってはいたのね」

ジャックはしかたなくうなずいた。メルのほうに目を向けると、じっとこちらを見つめていた。当惑した悲しそうな顔をしている。

「そう。これでわかったわ」シャーメインはジャックの手から手を引き抜いた。「帰るとする。あなたのことは放っておいてあげる」

シャーメインは二十ドル札をカウンターに置いた。飲み物をおごるつもりでいる元恋人への侮辱だった。それからスツールを降りてドアへ向かった。ジャックは二十ドル札をつかんでバーカウンターの端へ向かった。「メル、すぐに戻る。待っていてくれ」

「ごゆっくり」とメルは言ったが、うれしそうではなかった。

それでも、ジャックはシャーメインを追って外へ出た。背中に呼びかけると、彼女は車のところまで行って足を止めた。ジャックは追いついて言った。「こんなふうになって悪かった。電話してくれたらよかったんだが」

「きっとそうでしょうね」シャーメインは涙目になっていた。涙はすぐにも目からあふれそうだった。「もうわかったから」と彼女は言った。

「そうかな。これは……。こうなったのはつい最近のことなんだ」とジャックは言った。

「でも、彼女のことは念頭にあった?」

ジャックは息を吸った。「ああ」

「彼女を愛しているのね」とシャーメインは言った。

ジャックはうなずいた。「ああ、そうだ。うんとね」

シャーメインはうつろな笑い声をあげた。「まったく、わからないものね。誰にも執着しないって人が」

「きみをあざむくつもりはなかったんだ、シャー。だから、関係を終わらせた。メルが半分でもチャンスをくれたなら、同時にふたりと付き合うことになってしまう。そんなことはきみたちのどちらに対してもできない。そんなつもりはけっして……」

「ねえ、おちついて。彼女は若くてきれいで——あなたはわたしとの関係を終わらせたがった。これでわたしにもわかったわ。ただたしかめたかったの」

ジャックはシャーメインの手をつかみ、二十ドル札をその手に押しつけた。「おれが自分のバーできみに金を払わせるなんて思ってないだろうな」

「昔の恋人はただで飲めるの?」とシャーメインは皮肉っぽく訊いた。

「ちがう」とジャックは言った。「いい友人はただで飲めるんだ」そう言って身を寄せ、彼女の額にキスをした。「傷つけたとしたら、すまない。そのつもりはなかった」

ジャックは深く息を吸った。「こうなるとは思ってもみなかった」

シャーメインはため息をついた。「わたしにはわかっていたわ、ジャック。あなたが恋しかっただけのことよ。あなたにとって何もかもうまくいくといいなと思うけど、もしいかなかったら……」

「シャー、これがうまくいかなかったら、おれはほんとうにどうしようもない人間だ」

シャーメインは忍び笑いをもらした。「だったら、いい。帰るわね。幸運を祈るわ、ジャック」彼女は車に乗りこんでバックし、走り去った。ジャックは車が見えなくなるまで見送り、バーのなかに戻った。

バーカウンターの奥のメルのまえに立った。「あんなことになってすまなかった」

「あんなことって？」

「昔の友達さ」

「クリアリバーの？」

「ああ。たしかめに来たんだ」

「あなたとやり直したいって？」

ジャックはうなずいた。「はっきり言っておいた……」

「何をはっきり言ったの？　ねえ、ジャック？」

「おれにはもう恋人がいるって。やさしく言ったつもりだが」

メルの表情がどこかやわらかくなった。彼女はかすかな笑みを浮かべると、彼の頬にてのひらをあてた。「だったら、それについて文句は言えないわね。やさしいのがあなたのとりえのひとつだもの。でも、教えて。あの人、ここへまたたびたびやってくるかしら？」

「いや」

「よかった。張り合うのは嫌だから」

「張り合う必要なんかないさ、メリンダ。これまでだってなかった」

「ないといいわね。どうやらわたし、すごく自分勝手な女みたいだから」

「おれが彼女と別れたのは、きみと手すらにぎっていないときだ」

メルはおもしろがるように眉を上げた。「ずいぶんと楽観的だったのね。手元に誰も残らない可能性もあったのに」

「危険なら喜んで冒したさ。逆に――冒したくない危険もあった。望みを完全に絶たれる危険が。おれの望みはきみだった」ジャックはメルにほほ笑みかけた。「きみはこのことについてはえらくものわかりがいいんだな」

「ちょっと。彼女がここへ来た理由はわかっているのよ。銃を突きつけられたってわたしはあなたのことをあきらめるつもりはないんだから。家に連れて帰ってくれるの？　それで泊まっていく？」

「ああ」ジャックは笑みを浮かべて言った。「いつもそうしたいと思ってるさ」

「だったら、この店の髪の毛のない人に許しを得てきて。今夜、真心を示してもらいたいから。もう一度」そう言ってメルはほほ笑んだ。


七月になると、陽射しが強くなって暖かくなり、たまに雨が降るようになった。ジャックがポーチにすわっていると、リッキーが仕事にやってきた。学校がない夏は昼間の早い時間にバーに来るのだった。朝食と昼食のあいだの時間にやってくることもあった。リッキーの顔に妙な表情が浮かんでいたため、ジャックはこう呼びかけずにいられなかった。「おい、ちょっと待てよ。元気か？」

「元気さ、ジャック」とリッキーは答えた。

「椅子を持ってこいよ。訊きたくはなかったんだが、ずっと気になっていたんだ。おまえとリズのことだが」

「ああ」リッキーは椅子にはすわらず、ポーチの手すりに寄りかかって答えた。

「顔にはっきり書いてあった？」

「はっきりじゃなくても多少な。大丈夫なのか？」

「うん、たぶん」リッキーは息を吸った。「問題ないかどうか教えてくれってずっと頼んでいたのは知ってるでしょう？　それで、ようやく大丈夫、妊娠も何もしていないって彼女が言ってきたときに、お互い少し冷却期間を置いたほうがいいかもしれないって言ったんだ。そうしたら、かんかんになっちゃって」

「そうか」とジャックは言った。「大変だな」

「最低のくそ犬になった気分だよ」

「おまえにはおまえなりの理由があったはずだ」

「説明しようとしたさ——きみのことを嫌いになったからじゃないって。何度も。彼女のことはうんと好きなんだから。口に出して言わないだけで。それに、ぼくらがしたことのせいでもない。わかると思うけど」

「わかるさ、ああ」とジャックは言った。

「ひとつ打ち明けてもいい？」

「好きにするさ」

「ほんとうにあの子のことはとても好きなんだ。ばかばかしく聞こえるかもしれないけど、愛しているのかもしれない。でも、熱くなりすぎちゃって、ぼくには手に余るんだ。そのせいで自分の人生や彼女の人生をだめにしたくない。あのときだって——ジャック、あんなことになるとは思わなかった。だから、ちょっと距離を置いたほうがお互いにとっていちばんだと思って。でもそれって弱虫の言い分かな？」

ジャックは自分の唇にゆっくりと笑みが浮かぶのを感じた。「いや。ちゃんとした頭を持つ人間の言い分に聞こえるよ」

「ぼくはくそ犬になった気分だけどね。でも、ジャック、あの子——彼女のせいなんだ。まったく。あの子のそばに行くと、頭なんか吹っ飛んじまう」

ジャックは椅子にすわったままリッキーのほうへ身を乗り出した。「熱くなりすぎて手に余っても、そのせいで人生がだめになったりしないときも来るよ、リック。でも、おまえももう十六じゃなくなる。賢くならなきゃな。話を聞いていると充分賢いようだが。おまえとあの子がこのことで辛い思いをしているのは気の毒だよ」

「あんたの言うとおりだといいんだけど。だって、自分のことくそみたいに感じるから。おかしくなりそうなほど彼女に会いたいし。それに、それだけじゃなくて……彼女が恋しい」

「リッキー、パパになるにはおまえは若すぎるぞ。このことで切ない思いをしているのは気の毒だが、ときには辛くてもしなきゃならないこともある。彼女はそういう立場に置かれるにはあまりに幼すぎる。誰かが大人にならなきゃな。おまえは正しいことをしているんだ。彼女がほんとうの相手だとしたら、関係が切れることはないさ」

「どうかな」リッキーは悲しそうに首を振って言った。

「あの子がもう少し大人になるのを待つんだな、リッキー。しばらくしてから、また連絡すればいい」

「でも、だめかもね、ジャック。彼女のこと、うんと傷つけた気がするんだ。もうとり返しはつかないかもしれない」

「悪いことは言わない。犯行現場に何度も戻ってはだめだ。厄介事を背負いこむだけだからな」

　メルは明るい夏の陽射しのなかで輝きを放ちはじめていた。はじめての赤ん坊の妊娠後期にはいっている患者がいて、初産の赤ん坊はたのしみも非常に大きかった。この夫婦はポリーとダリルとも、森のなかの誰とも知れない悲しいカップルともちがい、長いあいだ赤ん坊を作ろうと努力してきた人たちだったので、不安と興奮に駆られていた。アンとジェレミーのギヴンズ夫妻は二十代後半で、結婚して八年になる。ジェレミーの父親は大きな果樹園を所有していて、ジェレミーとアンはその土地に大家族とともに暮らしていた。赤ん坊の誕生はリンゴの収穫のまえになりそうだった。

ジャックとメルは、ジューンとジム、ジョンとスーザンと、カップル同士の友情を固めていた。ふたりがグレースヴァレーで過ごす時間も増え、ほかの二組がヴァージンリバーに来たことも二度あった。一度はメルのロッジでの夕食会に、二度目はジャックのバーを訪ねてきたのだった。最後に来たときに、でこぼこだらけの曲がりくねった道を三十分も車に揺られることで陣痛を引き起こそうとするのでないかぎり、もう二度と町を離れることはしないとスーザンが宣言した。そのおなかははじけそうだった。ジャックはジムとエルマー・ハドソンとエルマーの友人のフォレスト判事をヴァージン川での釣りに招待し、そこにはプリーチャーも参加した。釣果《ちょうか》は悪くなかった。女性たちと自分が友人同士になったのと同じだけ、男性陣が親しくなったことがメルにはうれしかった。

女友達と過ごす時間が増えるにつれ、メルは少しずつ、ほんの少しずつ心を開いていった。ジャックと付き合っていることを認め、彼との出会いがヴァージンリバーでの最高の出来事だと告白した。「あなたたち、お互いのために生まれてきたみたいに見えるもの」とスーザンが言った。「ジューンとジムみたいにね――知り合ってまもないのに、昔からのソウルメイトに見える」

ジョーイにはこう報告した。「もうひとりで寝ることはなくなったの。彼がそばにいるのがより自然に感じられるようになった。それにね、ジョーイ、もうひとりじゃないってとてもすばらしいことよ」姉には話さなかったが、大麻栽培のキャンプへ行って出産を手助けしてからというもの、ジャックは彼女からほとんど目を離さなくなったのだった。内心メルはほくそえんだ。何にしても、明るい側面はあるものね。

「少しは眠れているの？」とジョーイは訊いた。

メルは笑った。「毎晩よく寝てる。でもね、ジョーイ」と身震いしながら言う。「こんなのこれまでなかったことだけど、彼を見るたびに、服を脱ぎたくてたまらなくなるの」

「それでいいのよ、メル」

「ちょっと緊張するようなこともお願いされた――ジャックは末の妹さんの誕生日にサクラメントに行く予定なの――家族全員が集まるそうよ。それで、わたしにも来てほしいって」

「それでどうして緊張するの？　わたしのことは彼になんの前触れもなしに会わせた

けど、とてもうまくいったじゃない。ジャックはわたしのこと、大いに気に入ってくれたわよ」ジョーイは笑って付け加えた。

「気に入られないかもしれないって心配してるわけじゃない。まだ何も約束したわけじゃないのに、そういう関係だと思われるんじゃないかと心配なの」

「ああ」ジョーイは言った。「まだちょっとためらいがあるのね」

「わざと足踏みしているわけじゃないのよ」とメルは答えた。「なぜか、自分は既婚者なんだって気がしてしまって」

「ああ、メル――やめて！　あの人――彼とまだ結婚している気がするのね？　彼もこのことについては邪魔しないわよ。それどころか、見守っているとしたら、きっと寒い夜に温めてくれる特別な誰かをあなたが見つけたことをうれしく思っている」

「見守られていたら――」メルは言った。「恥ずかしいな」

メルはジャックの説得に負けた。サクラメントへ向かう途中、ずっと猫のようにぴりぴりしていたが。「あなたの家族にわたしたちが真剣な付き合いだって思われたくないだけよ」

「真剣じゃないのか？」とジャックは訊いた「きみはちがうのか？」

「わたしにほかの男性がいないことはわかってるはず」とメルは言った。「わたしってどこまでも一夫一婦主義者だから、時間が必要なだけ……。そう……」

「まったく」ジャックは笑いながら言った。「当然の報いか」

「え？」

「これまでずっと、付き合う女性には、おれをしばることはできないと理解してもらってきたんだ……。メル、その女性たちがこのことを知ったら、おれがいまその報いを受けていると思うだろうよ」

「わたしの言いたいことはわかるはずよ。これはわたしの問題で……」

「その問題が解決するのを待つよ。おれは本気だ」

「わたしにとても辛抱強くしてくれるのね、ジャック。ありがたく思ってる。ただ、あなたの家族に誤解してほしくないの。あなたのお父様の家では別々の部屋に泊まらせてもらいましょう」

「だめだ」ジャックはきっぱりと言った。「おれは四十を超えているんだぜ。毎晩きみと寝てる。父には寝室はひとつでいいと言ってある」

メルは深々とため息をついた。ぴりぴりしながら。「だったらいいわ。でも、あなたのお父様の家ではしないわよ」ジャックはまた笑った。

七月のサクラメントはヴァージンリバーよりもずっと暑かった。七月のロサンゼルスよりも暑いぐらいだった――サクラメントは内陸の盆地にあり、涼しい潮風も吹かなかったからだ。

サム・シェリダンは五人の子供たちを育てた家でまだ暮らしていた――緑豊かな庭とプールと大きなキッチンのある郊外の広々とした牧場風の家。彼と顔を合わせたメルは、年を重ねたジャックの目をのぞきこむ思いだった。身長と体つきは息子と変わらず、ふさふさとした髪は鋼色《はがね》で、満面の笑みを浮かべ、握手する手は力強かった。ジャックとサムは兄弟のように抱き合い、再会を大いに喜んだ。

三人は裏庭のバーベキューで焼いたステーキと赤ワインの夕食をとり、心地良い夕べを過ごした。男性たちが皿洗いをすると言ってきかなかったので、メルはワインのグラスを持ってもう少し家のなかを見てまわった。サムの書斎かオフィスか自慢部屋とでもいうような部屋を見つけた。そこには机とテレビとコンピューターと本棚があり、壁という壁に写真や賞状が飾られていた。娘たち全員のウェディングドレス姿の写真や、五歳から十八歳までさまざまな年ごろの孫娘たち全員の写真があったが、メルがまったく予期していなかったのは、ジャックの写真だった。ジャックの部屋では見たことのない写真――いくつもの勲章を身に着けた海兵隊員の写真。ジャックとさまざまな分隊や小隊の写真。ジャックと両親の写真。ジャックと将軍たちの写真。ジャックと同窓会のためにヴァージンリバーにやってきた男たちの写真。そして勲章のはいったケースもあった。メルは軍の勲章については詳しくなかったが、誰にでもわかる三つのパープルハート章、シルバースター、ブロンズスターメダルがあった。

メルは手を伸ばして指でそっと勲章のはいったケースを撫でた。サムが背後にやってきて、肩に手を置いた。「ジャックは英雄なんだ」と小声で言う。「何度も軍功を立てた」

メルは肩越しにサムに目を向けた。「彼と話しても、そんなこと一度も聞いたことがない」と答える。

「ああ、そうだろうね」サムは笑った。「控えめなやつだから」

「父さん」ジャックがふきんでワイングラスを拭きながら部屋にはいってきて呼びかけた。「そういうくだらないものは片づけておいてくれって言ったはずだ」

「ふん」サムは息子に背を向けたまま、そのことばを無視してメルに言った。「これは湾岸戦争のときのものだ。それで、これはボスニア。不時着した戦闘機のパイロットがいて――ジャックとその分隊が危険地帯にはいりこんで彼らを救出した。アフガニスタンでは銃弾を受けたが、それでも、どうにか自分の分隊を危機から脱出させたんだ。それにこれは――最近のイラク紛争で――六人を助けた」

「父さん……」

「皿洗いは終わったのか？」サムは振り返りもせずにそう訊いてジャックを追い払った。

メルはサムを見上げた。「このことにジャックが悩まされていると思います？　戦地の記憶に？」

「ああ、きっとなかにはそういう記憶もあるだろう。でも、だからといって、息子が何度も戦地へおもむく妨げにはならなかった。いずれにしても派遣されたのかもしれないが、訓練にしても戦闘にしても、すべて息子は志願して行ったんだ。大勢の将軍と、一度は大統領からも勲章を授与された。最高の海兵隊員さ――私は息子のことをうんと誇りに思っている。息子は勲章を手元に置いておこうとしないんだ。どこかにしまいこんでしまおうとする。だから、安全のためにここに置いておかなくちゃならないのさ」

「彼自身は誇りに思っていないんですか？」とメルは訊いた。

サムはメルを見下ろした。「勲章よりも部下たちのほうを誇りに思っていたよ。軍功を上げるよりも部下たちのことを考えていた。うちの息子のそういうところは知らなかったかい?」

「海兵隊にいたことは知っていたし、親しい人たちにも何人か会いました。この人たち」メルはそう言って写真を指差した。

「息子は彼らのリーダーなんだ、メリンダ」とサムは言った。それから、肩越しに目を後ろに向け、息子がいなくなっているのをたしかめてから言った。「息子は自分が高卒なのを恥ずかしがる様子を見せることがある。姉や妹たちが――そういう意味ではその夫たちも――みな大学の学位を持っていて、なかには修士をとっている者もいるからね。でも、私が思うに、息子は高学歴の人間よりも多くを成し遂げ、人の役に立ち、多くの命を救ったんだ。それに、彼をよく知れば、とても頭がいいのもわかる。大学へ行っていれば、そこでも優秀な成績をおさめたはずだが、これこそが彼の選んだ道だった」

「ジャックはとてもやさしいわ」メルは思わず口に出していた。

「そうさ。孫娘といっしょのところを目にするんだが、扱いをまちがうと爆発するニトログリセリンか何かのように扱っている。ただ、戦闘においてはやさしいとは言えない。ただの海兵隊員というだけでなく、軍功を立てた英雄なんだ。娘たちも私も畏敬の念を抱いているよ」

「息子さんが戦争に行っていたときは辛かったでしょうね」

「ああ」サムは物憂げな表情を顔に浮かべて写真と勲章に目を向けた。「ジャックの母親と私がどれほど彼を恋しく思っていたかは想像もできないだろうよ。心配でたまらなかった。でも、ジャックは使命感に駆られて戦っていたんだ。そして軍功を上げた」サムはほほ笑んだ。「キッチンに戻ったほうがいいな。息子は私が自慢すると腹を立てるんだ」

翌朝メルが目覚めると、隣にジャックの姿はなかった。別の部屋で父親と話している声が聞こえてきた。笑い合っていたので、メルはシャワーを浴びて着替えてからふたりのところへ行った。ふたりはダイニングルームにいて、テーブルの上には書類が広げられている。

「理事会か何か？」とメルは訊いた。

「そんなようなものさ」とサムが答えた。「で、ジャック、すべて問題なしに見えるかい？」

「すごいよ。いつもそうだけど」ジャックは手を差し出し、父親と握手した。「ありがとう、父さん。感謝するよ」

サムは書類をまとめ、アコーディング・ファイルに突っこんで部屋を出ていった。

「父は引退するまで証券会社の社員だったんだ。海兵隊時代、おれはときどき父に金を送っていた。父は二十年もおれのために投資を続けてくれている」

「海兵隊員がそれほど稼ぎがいいとは思わなかった」とメルは言った。

「そんなによくはないさ」ジャックは肩をすくめた。「でも、独身で、契約を更新しつづけて戦争へ行ってばかりいたら、賞与や報奨金や戦闘割増賃金や奨励金が支給される。仲間たち——のほとんど——は、住宅の資金やら、子供の歯の矯正やらにそういう金をあてていた。おれは昔から安いところに住んで金は貯めておいた。子供のころ——」ジャックは言った。「父からいつもそれが重要だと言い聞かされていたから」

「賢いわ」とメルは言った。サムのことではなかった。

ジャックはにやりとした。「おれがあのヴァージンリバーのちっぽけなバーで大もうけしていると思ったかい？」

「大もうけする必要はないと思っていた。軍の年金もあるし、生活費もあまりかからないから……」

「ああ。それもあるが、おれは金銭的には問題なしだ」とジャックは言った。「あのバーが火事になって全焼したとしても、プリーチャーの生活を一生支えられればそれでいい。それから、リッキーがちゃんとした教育を受けられるようにできれば。それだけだ」ジャックは彼女の手をつかんだ。「それ以外は、ほしいものはすべて手に入れた」

その日の午後、家族のほかの面々がシェリダン家に次々と集まった――ジャックの四人の姉妹とその夫たち、八人の姪。一家族ずつやってくると、みなジャックに飛びついた。姉妹は彼のところへ走り、抱きついてキスをした。義理の兄弟は親しげに彼を抱擁した。姪たちのことはジャックがひとりひとり抱き上げ、自分の娘であるかのように抱きしめてぐるぐるとまわし、かわいらしい顔に笑いかけた。

メルはどんな家族を期待していたのか自分でもよくわからなかった。ジャックの部屋やこの家にある家族写真は見ていたので、見栄えのする家族であることはわかっていた――遺伝子がいいのだ。姉妹たちはそれぞれまったく異なるタイプだったが、みなすらりとしていて、きれいで、洗練されていた。長女のドンナはとても背が高く――おそらくは百七十五センチほどで――短い髪にはハイライトがはいっていた。つぎに長身ジーニーも同じぐらいの身長で、とてもほっそりしていてシックだった。つぎに長身なのはおそらく百六十五センチほどのメアリーだったが、とてもほっそりとしたか弱い見た目で、大きな民間のジェット機を操縦している姿を想像するのはむずかしかった。ドンナとジーニーにはそれぞれ三人の娘がいて、メアリーにはふたりいた。それから、三十歳の誕生日を迎える末っ子のブリーがいる。姉妹のなかでまだ子供がいないのは彼女だけだった。体つきはメルとほぼ同じぐらいで、明るい茶色の長い髪を腰のあたりまで垂らし、小柄ながら、こわもての犯罪者を片づけることを生業としていた。そして、姉妹の夫たちはジャックやサムと同じく大柄で、姪たちはみなきれいだった。

ジャックの姉妹はメルにとってなじみ深いものを身に着けていた——ラルフ・ローレン、リリー・ピュリッツァー、マイケル・コース、コーチなど。みなスタイルに強いこだわりを持っていたが、ファッションのセンス以上に明らかだったのは、その温かでユーモアあふれる人柄だった。みなメルに会えたことを喜び、手を差し出したメルを即座に抱きしめた。愛情たっぷりにスキンシップする家族だった。メルがちらりとジャックを見るたびに、彼は姉妹や姪に腕をまわし、その頭や頬に何度もキスの雨を降らせていた。同じぐらい頻繁にメルのそばに来て自分のものというように肩や腰に腕をまわした。長年の知り合いででもあるかのように、サムにも同じようにされたことはメルには驚きだった。

ブリーが誕生日に望んだのは、家族が集まることと、兄が家に帰ってくることだけだった。「そんなに遠くにいるわけじゃないから」とメルは言った。「頻繁に会えるんじゃないの？」

「充分とは言えないわ」とブリーは言った。「ジャックは実質二十三年まえに家を出たも同然なの。十七歳のころに」

笑い声とおいしい食べ物に満ちたにぎやかな一日となった。サムが肉を用意し、姉妹はおいしい副菜を持ってきていた。夕食後、子供たちは大きな画面でDVDを見たり、裏庭のプールに飛びこんだり、おじいちゃんのコンピューターでビデオゲームをしたりするためにいなくなった。パティオのテーブルを囲むのは大人だけとなり、みなジャックについて彼が顔を赤くするような逸話を披露した。

「覚えてる、パパ？　ジャックの身長がうんと伸びたので、彼のベッドを処分して、新しい大きなベッドを買って驚かせようとしたことがあったじゃない？」すぐさまみな笑い声をあげたが、メルだけはその話を知らなかった。「家族の友達が小さい子供のためにそのベッドをほしがったの。その人、ＰＴＡの立派な役員だったんだけど……」

「なあ、彼がお堅い牧師だったみたいな言い草だな」ジャックが抗議した。

「それで、その家でマットレスをベッドから引きはがしたら、ジャックの個人的な蔵書がみんなの目にさらされることになったの」とドンナが言い、全員が大笑いした。「女の子ばかり育てていたもので――」サムが言った。「男の子ってのが宿題をやっている振りをして何をしているものか、完全に忘れていたんだ」

「少なくとも、それはまともで品のあるヌード雑誌で、シアーズのカタログからブラジャー姿のモデルの写真を切りとったものじゃなかった」ジャックが弁明するように言った。「きれいですらりとした裸の女の写真さ！」

「ほらほら」義理の兄弟のひとりが抑揚をつけて言った。

「そう」とメルは言った。「この家には主寝室のバスルーム以外はたったひとつしかバスルームがないみたいなんだけど……」

すぐさま大騒ぎとなった――叫び声、笑い声、ささやき声、ひやかしの声。「バスルームについては大喧嘩ばかりだった」姉妹の誰かが言った。

「おれはそこには加わらなかった」とジャックは言い張った。

「あなたが最悪だったじゃない！」非難の声。

「それに、ジャックがバスルームにはいると、何時間もこもるの！　お湯が全部なくなるまでいすわるんだから！」

「ママが彼のシャワーの時間をタイマーではからなきゃならないほどだった――残りのわたしたちもシャワーを浴びられるようにね。でも、もちろん、ジャックはそんなの無視してた。ママがよく言っていたものよ。さあさあ、ジャックも頑張ってるんだからって。ジャックはママの小さな宝物だったから」

「わたしは夜にシャワーを浴びるようになった――しかたなくて」とドンナ。

「夜と言えば、夜にジャックがわたしたちに何をしたか知ってる？　メアリーとわたしは同じ部屋で寝ていて、部屋は天井までわたしたちの持ち物で一杯だったの。わたしたちが寝ているときにジャックが友達の誰かといっしょにこっそり忍びこんできて、わたしたちの指先と爪先に糸を結びつけて、その糸を部屋じゅうのものにつなげたのよ。それで、寝返りを打ったら、ありとあらゆるものがベッドのまわりに崩れ落ちてきたの！」

「そんなのどうってことないじゃない」とジーニーが言った。「わたしなんか、学校から帰ってきたら、全部のぬいぐるみが首に縄を巻かれてベッドの天蓋から吊り下げられていたのよ！」

「まるで自分たちはおれに何もしなかったような言い草だな」とジャックが言った。

「五人全員が居間にいたときに、ママが手にコンドームの束を持って部屋にはいってきたときのことを覚えてる？『洗濯機に何が浮かんでいたと思う？　ジャックス、これはきっとあなたのよね』ってママが言ったのを」

大笑いが湧き起り、ジャックが挑発に乗った。「ああ、でも、それはおれのじゃなかっただろう？　おれのはしまっておいたところにあったから！　あやしいのはドンナさ！」

「わたしはフェミニストだったのよ」とドンナが言い放った。

「ドンナだったとしても、ママは信じなかったでしょうね——ママにとってドンナは自慢と喜びの種だったから！」

「ドンナはやりまくってた！」

「そういう話は聞いてられないな」と言ってサムが立ち上がり、ビールをとりに行ったので、みな大笑いとなった。

「大丈夫よ、パパ」ドンナが叫んだ。「もう避妊は必要ないから！」

後片づけの時間となり、日が沈むと、男たちはどこかへ消え、姉妹のうち三人が後片づけは自分たちがやるから誕生日の主役とお客はのんびりしていてと主張した。メルはブリーとともに残された。ふたりは蠟燭の明かりのもと、パティオのテーブルをはさんですわった。

「兄が女性を家に連れてきたのははじめてよ」とブリーが言った。「家族と――これだけの女性たちと――いる彼を見たら、想像しがたいわね。女性にまったく気を遣わずにいられるようだもの。何年もまえに結婚していてもおかしくなかったはずよ。自分の大家族を持っていても」とメルは言った。

「そうはならなかったの」とブリーは言った。「海兵隊のせいだと思う」

「はじめて会ったときに、結婚したことはあるのかって聞いたら、『海兵隊と結婚していた。最悪の相手だった』って言ってた」ブリーは笑った。「ヴァージンリバーに彼を訪ねたことはあるの？」とメルは訊いた。

「みんないっしょにはないわね」とブリーは答えた。「でも、それぞれ何度か訪ねたことはある。男性陣はジャックとプリーチャーと釣りをしたがるし。父は一度に二週間ほども滞在するの――あのジャックの小さなバーが気に入っているのよ」

「ジャックは自分にぴったりの場所を見つけたようね。幸せでいられる場所を」とメルは言った。「わたしはまだあそこへ行ってほんの四カ月ちょっとで、それほど簡単になじめなかった。ほしいものがなんでもすぐに手にはいる大都市の医療に慣れていたから。まったくちがう世界だもの。ちゃんとしたヘアカットとハイライトをしてもらいに行くのに車で二時間もかかるのよ」

「どうしてヴァージンリバーを選んだの？」とブリーが訊いた。

「うーん。大都市の医療とは真逆だから——大都市では混乱と犯罪が付きものだった。ジャックにも言ったんだけど、ERを辞めたのは、助産師の仕事に引かれたからだけじゃなくて、患者の半分が警察に連れてこられるような状況から逃げ出したかったからだと思う。どんな感じかわかる？　最初に出産を手伝った女性は重罪の逮捕令状が複数出ている人で、陣痛がはじまったところで逮捕されたの。妊婦健診をおこなったときには、ベッドに手錠でつながれていた」メルは忍び笑いをもらした。「わたしはもっとささやかで単純なものを求めていたの」そう言って笑った。「ささやかはささやかだったけど、単純だったか？　ヴァージンリバーのような小さな町にもそれなりに大変なことはあるのね」

「どんな？」

「たとえば、命の危険がある患者をピックアップトラックの荷台に乗せて、患者が心停止になるまえに病院に運ぼうと山道を猛スピードで下る車に必死でしがみつくとかね。ああ、あの日はじめて、混沌とした大きなERが恋しくなった。それに、真夜中に、銃を携えた大麻栽培者にいっしょに来てくれと頼まれたりする冒険にも事欠かないし……。えっと、その話をジャックにしたら、また大騒ぎになるけど」

ブリーは笑った。「ジャックは知らないの？」

「細かいことは。わたしがほとんど見も知らない男の人といっしょに知らない場所へひとりで出かけたってことで、ジャックはひどく怒ったの」

「嘘でしょう」

「ほんとうよ。でも、行ってよかった。お産に問題があったから。だからといって、ジャックの機嫌が直るわけじゃないけど」メルは肩をすくめた。「ジャックは守ってくれようという意識が強いから。誰に対しても」

「あなたは自分の場所を見つけたの？」とブリーが訊いた。

「わたしはどちらかと言えば、〈ノードストローム〉へ買い物に行きたくてたまらないタイプの人間よ」とメルは言った。「顔と脚の脱毛もしたい。でも、逆に言えば、こんなに何もなくてもやっていけるんだってことに気づいていなかったの。こんなに単純でも。なんとなくだけど……。ある意味解放された気がする。きれいな場所であるのは疑問の余地がないし。ときどきあまりに静かなので耳鳴りがするぐらいよ。でも、あそこに着いたばかりのときは、大きなまちがいを犯したと思った――思っていた以上に荒れていて人里離れていたから。山道は怖かったし。ドックの診療所にはほんとうに基本的な設備しかないしね。一年間無料で借りられると約束されていた家は最悪だった。じっさい、最初に迎えた朝にポーチが崩れてわたしは深くて冷たい泥の水たまりに落ちることになったの。ほんとうに汚い家だった。命からがら町を出るつもりだったのに、緊急事態が起こって足止めをくってしまい、渋々数日残ることにしたら、それが何週間にもなった」

「そして何カ月にも……」とブリーがあとを引きとって言った。

「わたしがドックの家に泊まっているあいだに、ジャックが頼まれもしないのにロッジを修理してくれたの」とメルは言った。「ちょうどまた町から逃げ出そうとしていたときに、修理した家を見せてくれた。それでわたしはあと数日残ることにするって言った。それから、はじめてのお産があって、ここでもうしばらくやってみるべきかもしれないって思ったの。ヴァージンリバーのように、バックアップも麻酔もないような場所でもいいお産ができるってなんかすごいって……。わたしと母親だけで……。ことばでは表わしようがないけど」

「それにジャックもいた」とブリー。

「ジャックも」とメルも言った。「あんなにやさしくて、強くて、寛容な男性には会ったことがない気がする。あなたのお兄さんはすばらしいわ、ブリー。驚くほどに。ヴァージンリバーのみんなが彼を大好きよ」

「兄はあなたを愛している」とブリーは言った。

そうであっても驚きではないはずだった。はっきりことばにされたわけではないが、すでにわかってはいたのだから。感じてはいた。最初はセックスの相手としてすばらしい人としか思わなかったが、すぐに、彼に触れられるときには、そこに肉体的な欲望だけでなく、感情もこめられていることに気づいたのだった。ジャックは持てるすべてを与えてくれていた——寝室においてだけではなく。メルは心のなかでブリーにこう叫んだ——わたしは最近未亡人になったばかりなの！　このことをよく考える時間が必要だわ！　まだ自分が自由な気がしないの——自由にほかの男性の愛を受け入れられる気が！　頬が熱くなり、メルは何も言わなかった。

「わたしが色眼鏡で見ているのはわかっているけど、ジャックみたいな男性に愛されたら、それはとても誇らしいことよ」

「わたしもそう思う」とメルは静かに同意した。

その晩遅く、夜の暗闇のなかで、ジャックが父親の家のベッドでメルを腕に抱いていると、メルが言った。「あなたの家族ってほんとうにすばらしい」

「うちの家族もきみのことを大いに気に入っていたよ」

「あなたたちがいっしょにいるのを見ているだけでたのしいもの。みんな容赦ないのね――何ひとつ秘密にできない！」そう言ってメルは笑った。

「言ったはずだ。ここでは退屈しないって」

「でも、あんな逸話があって、どれもあんなにおかしいなんて」

「ああ――おれもきみとジョーイの話を何日か聞いていたよ。きみだって恵まれない子供時代を送ったわけじゃなかった」ジャックは彼女のうなじにキスをした。「きみがたのしんでくれてうれしいよ。そうなるとはわかっていたけど」ジャックはまたうなじにキスをし、顔をすり寄せた。

「あなたのお姉さんたちや妹さんたちはとても団結力が強いのね」とメルは言った。「とてもしゃれていて、鋭いし。わたしも昔はあんな恰好をしていたものよ。上等のジーンズでも着飾りすぎだと感じるような場所へ移るまえは。ロサンゼルス時代のクローゼットを見せてあげたいぐらい――広々としたクローゼットが服で一杯だった」

ジャックは彼女が着ているTシャツを引き上げ、頭から脱がせた。「おれはきみがいま着ているもののほうがいいな。それどころか、このひもみたいなショーツだけでも着すぎだと思うよ」

「ジャック、約束したはずよ。あなたのお父さんの家ではしないって……」

「いや、きみがしないと言っただけだ」ジャックはショーツを下ろした。「おれはまたあのGスポットをねらうつもりでいる……」

「ああ、ちょっと」メルは決意が揺らぐのを感じながら言った。「だめよ。きっと……」

ジャックは彼女の上になって目をのぞきこんだ。「口に靴下を突っこまれたいかい？」

スーザン・ストーンは八月に息子を出産した――三千六百グラムの元気な男の子だった。ヴァレー病院へ行ってすばらしいお産を経験し、四十八時間もしないうちにグレースヴァレーの自宅に戻ってきた。メルはしばらく赤ちゃんと家族だけの時間を持たせてあげたほうがいいと思ったが、ジョンとジューンの両方が電話してきて、次の日曜日の午後にまだ生後一週間の赤ん坊を見に来るように言った。

ジャックも置いていかれるつもりはなく、ビールと葉巻を持参した。

スーザンは出産したばかりの女性にしてはとても体調がよさそうだったが、そばに揺りかごを置いてソファーにすわったまま、友人たちにあれこれと世話を焼いてもらっていた。昔ながらの田舎の流儀として、親になったばかりの夫婦が料理をしなくて済むように、女たちが食べ物を持ち寄った。赤ん坊を家に連れ帰ったばかりだというのに、その場がお祝いの空気と自宅開放の雰囲気に満ちていることにメルは驚いた。

そこには別のカップルもいた。だいぶおなかが大きくなっているジュリアナ・ディクソンとその夫マイク。ジョンがジュリアナの肩に手をまわしてメルに言った。「こちらは伝説的な人物だ――医者の関与を待てないようでね。ジューンとぼくはようやく一度だけ彼女の出産に立ち会えた――この子のまえの赤ん坊で、それはただ運がよかっただけだ。この人はものの十五分で出産してしまう。今度のは六番目だ。明日入院させて陣痛を誘発させることになってる」

「赤ちゃんにそんな話を聞かせないで」とジュリアナは言った。「どうなるかわかってるはずよ」

「いますぐ病院に行ったほうがいいかな?」

「わたしから離れずにいて、手をずっとおなかにあてててくれていたほうがいいかもね」

女性陣はコーヒーとケーキとともに居間のスーザンのまわりに集まった。ジョンは揺りかごから息子を抱き上げて見せてまわった。ジムはすでに自分の息子のジェイミーを腕に抱いていたので、ジョンはジャックに赤ん坊を差し出した。ジャックはうれしそうに腕に赤ん坊を受けとった。小さな包みに向かって喉を鳴らしている。

その様子を眺めるうちにメルの目頭が熱くなった。

「独身のわりに上手だな」とジョンが褒めるように言った。

「姪っ子がいるからね」とジャックは答えた。

「八人も」とメルが付け加えた。

ジャックが軽く揺すると、赤ん坊は大きな泣き声をあげた。「どうやらそこまで上手ではないようだな」とジョンは言った。

「ジャックのせいじゃない。おなかが空いているのよ」とスーザンが言い、赤ん坊を受けとろうと手を伸ばした。

「よし――母乳の時間だ」とジョンは言った。「何かほかにやることを見つけなきゃ」

ジャックが胸ポケットから葉巻をとり出すと、すぐさま称賛の声が湧きあがった。

ジムはジェイミーをジューンに渡し、女性たちと赤ん坊を家のなかに残して葉巻を吸いに外へ出ていった。

「あとでにおうわね」とジュリアナが行った。

「ものすごくね」とジューンも言った。

「少なくともわたしたちの髪ににおいはつかない」スーザンは生まれたばかりの赤ん

坊を胸に引き寄せた。メルはあこがれのまなざしでそれを見つめた。「メル」とスーザンが言った。「サクラメントではどうだったの？　ジャックの家族に会ったんでしょう？」

「ええ、すばらしい人たちよ」とメルはわれに返って言った。「四人の姉妹がいて、ジャックが内緒にしておきたいと思うような秘密を何から何まで明かしてくれた。八人の姪っ子たちはみんなかわいい子ばかりで、ジャックおじさんに夢中なの。喜ばしいひとときだった。それで、スーザン――お産はどうだったの？　まえに言っていたように、腰に痛みがあった？」

「麻酔をしてもらったから――」スーザンは笑みを浮かべて言った。「ちょろいものだった」

「わたしの場合、そういうものを使う暇があったためしがないわね」ジュリアナが丸い腹を片手で撫でながらどこかうらやましそうに言った。

「あなたとジュリアナって出産予定日がほぼ同じよね」とメルは言った。

みな笑った。「この子を身ごもるまえにジョンと大喧嘩したこと――言うのを忘れてたかしら？　それって、ジュリアナとマイクとカードをした晩だったの」

「わたしたち、どちらもそれぞれの夫にうんと腹を立てることになって――接近禁止にしたの。それで、ベッドにはいるのを許したのが同じぐらいの時期だったらしい」

また笑い声。ジュリアナはふくらんだ腹をこすった。「もうおしまいにするつもりだったのに……」

「いったい何があったの？」メルは知りたかった。

「手短に言うと――男たちはビールを何杯か飲んで、働く女についてつべこべ言いはじめたの。わたしはジョンやジューンといっしょに診療所で働きたいと思っていたけど、ジョンはわたしには家にいて、家事や掃除をしてほしいと思っていた。それで、自分が家に帰ったときにはちゃんとした田舎の食事が目のまえに並んでいるようにしてほしいって。わたしのほうは、細切りのチキンがはいったサラダがご馳走っていうような地域の出身なのに」

「マイクのほうはわたしが働いていないことをすばらしいことだと思っていた。五人の子供の世話をして、農場の家を切り盛りしていることが」とジュリアナは言った。

「ああ、まったく」とメルは言った。

「どちらもちゃんとおしおきされたから」ジューンが口をはさんだ。「会話もセックスもなし。愚か者にぴったりのおしおきね」

「それでどうなったの？」とメルは訊いた。

「そう、わたしは臨月でもなく、産後の授乳中でもないときには、診療所をとり仕切っている」

「それもとてもうまく」

「でも、副作用もあった……。そう、ご覧のとおりよ——妊娠することになった。この水のせいかも。ここでは水を飲まないほうがいいかもしれないわよ」スーザンが助言した。

「ばか言わないで」ジューンがジェイミーを肩に乗せて言った。

水なら飲んだとメルは言いそうになった。

授乳が終わると、スーザンは赤ん坊をメルに渡してよこした。メルはありがとうというように笑みを浮かべ、小さな赤ん坊を受けとった。眠っているバラ色の丸い顔は満足げで、小さな赤ん坊らしい声がもれていた。

女性たちはお産や夫たちについて語り合い、助産師の経験について質問することでメルのこともうまく会話に加わらせた。ジューンがコーヒーポットをとりにキッチンへ行き、全員にお代わりを注いでくれ、メルは喜んで新生児を抱いていた。赤ん坊を抱いていると胸がじっさいに痛んだ。ホルモンってすごい、とメルは考えていた。

ヴァージンリバーへ戻る途中、ジャックが言った。「きみの友人たちのパーティーはささやかだけど悪くないな」

「そうよね？」とメルは答え、運転席に手を伸ばして彼の手をにぎった。

「あれだけの赤ん坊が集まるとはね」とジャックは言った。「どこに目をやっても赤ん坊だらけだった」

「ほんとに」

ジャックはメルの家のまえに車を停めた。「葉巻のにおいをシャワーで落とすよ」と彼は言った。

「助かる」とメルは答えた。「じつを言うと、ちょっと胸がむかつくから」

「悪い、メル。気がつかなかったよ」

「たいしたことじゃない。でも、シャワーを浴びてもらえると助かる。ベッドでね。なんだか急にへとへとになっちゃった」


翌朝、メルが診療所のまえに車を停めようとすると、となりの駐車スペースに古いピックアップトラックが停まった。運転手の男はすぐに誰だかわかった――キャルヴィン。はじめて会ったときに顔の傷の手当てをしてやって以来だ。メルがハマーから降りると、彼もピックアップトラックから飛び降りた。ポケットに両手を突っこみ、そわそわと体を震わせているように見えた。ふいにひとつ気づいたことがあった――お産のために森の奥へメルを連れていった男も大麻栽培者だったが、ドラッグをやっている様子はなかった。この男はやっていた。ハイになっていた。赤ん坊が生まれようがどうしようが、真夜中にキャルヴィンのピックアップトラックに乗りこむことは絶対にないだろう。おまけに、キャルヴィンからそう要請されてにべもなく断ったら、ただでは済まないかもしれなかった。かなり恐ろしく、見るからに精神的に不安定な男だ。

メルが話しかけるまえに彼は言った。「薬がほしい。腰が痛むんだ」

「何がほしいって？」とメルは穏やかに訊いた。ロサンゼルスにいるころ、彼のようなタイプの扱いには慣れていた。

「痛み止めさ。痛みに効くやつがほしい。フェンタニルか何か。オキシコドンでも。モルヒネでも。なんでも」

「腰を痛めたの？」メルは彼と目を合わせようとせずにドックの家の玄関ポーチへと歩きながら訊いた。キャルヴィンの体は震えたりぴくついたりしていた。まえに会ったときは低いスツールにすわっていたが、今回は立っていたため、体の大きさを意識せずにいられなかった。身長百八十センチほどで肩幅が広い。何かハイになるようなものを使っているのは明らかだ。おそらくはまえにドックが疑っていたようにメタフェタミンだろう。ハイになりすぎた自分を引き戻してくれる麻薬がほしいというわけだ。育てている大麻では効き目がないにちがいない。

「崖から落ちたんだ。骨が折れているかもしれない。大丈夫だろうけど、ちょっとばかり薬が必要だ」

「いいわ。ドックに診てもらわないと」とメルは言った。

キャルヴィンはびくびくと足を動かした、片手をポケットから出してメルの上着の袖をつかんだ。メルはその手を振り払った。

キャルヴィンがメルの袖をつかんだのは、あとからメルの家を出たジャックがちょうど町に車を乗り入れたときだった。一瞬、メルはキャルヴィンが気の毒になった。ジャックはアクセルを踏みこんでドックのポーチからほんの数十センチのところにタイヤをきしらせながら車を停め、すばやく車から降りた。「彼女から離れろ!」と叫ぶ。

キャルヴィンはあとずさったが、ほんの少しだった。メルに目を向けて言った。

「腰の痛みに薬がほしいだけなんだ」

ジャックはピックアップトラックのなかに手を突っこみ、ライフルに手をかけた。その目には脅すような光が宿っている。「大丈夫よ」とメルはジャックに言った。それから身をよじっている若者に向かって言った。「あなたがほしがっているような薬の処方はわたしにはできない。それは医師の仕事だから。きっとレントゲンを撮るって言うと思うけど」

男はじっとメルを見つめ、愚かな笑みを浮かべた。「レントゲンの機械なんかないだろうに」

「ヴァレー病院にならあるわ」と彼女は答えた。

ジャックはラックからライフルを手にとり、一瞬横に掲げた。それからピックアップトラックのドアを蹴って閉め、ポーチにのぼってメルの隣に立った。肩に腕をまわして彼女を自分のほうに引き寄せる。「医者に会うかい？」彼はライフルを手に持ったままキャルヴィンに訊いた。

「なんだよ」キャルヴィンはおどおどと笑った。「どうしたっていうんだ？」そう言っててのひらをジャックに向けて両手をあげ、あとずさった。「おちついてくれよ。おれは谷へ戻るから」そう言うと、階段も使わずにポーチから飛び降りた。腰が痛むなんてよく言うわとメルは胸の内でつぶやいた。キャルヴィンは古びたピックアップトラックに乗るとエンジンをかけ、ギアを入れて車を出した。しかし、谷のほうへは向かわず、森へと向かった。

「あいつを知っているのか?」とジャックが訊いた。

「何カ月かまえにドックといっしょに行ったキャンプにいたの。あなたがわたしたちのために赤ちゃんを見ていてくれたときに。覚えてないかしら……」

「ポーリスのキャンプか?」

「そう。それを持ち出さなきゃならなかったの?」とメルは訊いた。「あの人、じっさいに脅すようなことは何もしていなかったのに」

ジャックは遠ざかっていくピックアップトラックを目で追いつつ言った。「ああ。持ち出さなきゃならなかった。あいつはよくない。どう見てもよくないやつだ」

14

毎年八月、学校がはじまるまえに、アンダーソン家は牧場で大規模な夏の終わりのバーベキューを催すのが習わしだった。ヴァージンリバーの知り合い全員と周辺の町の人も何人か参加する催しだ。バックが囲いの外の牧草地に大きな布テントを張り、バーベキューの焼き台がしつらえられ、参加者がテーブルや椅子を持ち寄った。ブリストル家が小型馬を連れてきて、ポニーの乗馬コースが作られた。ジャックはいつもいくつかビール樽を寄付し、プリーチャーはお得意のポテトサラダを、第三世界の一国全体をまかなえるのではないかと思うほどの大きな容器一杯にこしらえた。レモネードやアイスティーのはいったバケツのような容器や、ソーダがつまったアイスボックスもいくつもあった。午後にはピックアップトラックやＳＵＶから自家製アイスクリーム製造器が下ろされ、手まわしでアイスクリームが作られた。

納屋の床はきれいに掃除され、カントリーダンスのために小さなバンドが置かれた。

子供たちはいたるところにいて、牧場の端から端まで、囲いから干し草置き場まで走りまわっていた。

メルはクロエを抱っこできる機会として、このバーベキューをたのしみにしていた。また、これまでなかったこと――アンダーソン家のほかの家族に会えること――もたのしみだった。三人の息子のうち、バックといっしょに牧場で働いているふたりとは面識があり、娘のひとりはドックの診療所に妊婦健診に来たことがあったが、ほかの家族は知らない人たちだった。

しかし、みなすぐに知らない人ではなくなった。息子たちも、娘たちも、その配偶者も、子供たちも、クロエを家族にくれた恩人としてメルに挨拶した。赤ん坊はアンダーソン家の面々に次々に抱っこされ、高い高いをされたり、キスをされたり、くすぐられたりした。小さい子たち――リリーとバックの七人の孫――もクロエに駆け寄り、家に来たばかりのかわいらしい子犬であるかのように顔をすり寄せた。バックは納屋やバーベキューの焼き場を行ったり来たりするのにかなり忙しくしていたが、ときおりピクニックテーブルや食べ物を載せたテーブルのそばに現われ、クロエを楽々と腰に乗せて抱いている姿が垣間見られた。

アンダーソン家の面々はひたすら愛情豊かで、素朴で、裏表のない、すばらしい人たちだった。やさしく、母性にあふれ、穏やかなリリーとまったく同じだ。ジャックが赤ん坊を抱いてポーチのブランコにすわっているメルを見つけてビールの瓶を手渡したときには、夕方の空に日が沈みつつあった。ジャックはメルの隣にすわり、クロエの黒っぽい巻き毛を指に巻きつけると、「ここで幸せに暮らしているようだね」と言った。

「それはそうよ」とメルは言った。「自分の家だもの」ありとあらゆる意味でそれが真実であることに深い満足を覚える。

「納屋で多少はきみをくるくるまわしたかったたな」赤ん坊の頭越しに身を寄せてメルにキスをしながらジャックは言った。

「またも驚きね。あなた、ダンスするの？」

「すると言ったら、楽観的にすぎるかもな」とジャックは言った。「それっぽいものはするけどね。きみに痛い思いをさせないようには気をつけるよ」

リリーがエプロンで手をぬぐいながら家から出てきた。「さあ、メル、赤ちゃんを引きとるわ。ベッドに入れるから」

メルは赤ん坊を抱いたまま立ち上がって家のなかにはいった。リリーがそのすぐ後ろに従った。メルは振り返って赤ん坊をリリーの腕にあずけ、身を寄せてリリーの頬にキスをした。「あなたの家族ってすばらしい。　彼らに打ち明けるにふさわしいときがきっと見つかると思う」

メルはグレースヴァレーの診療所に予約を入れていた。どちらの医師も予約可能だったのは予想外だったが、産科医の予約を希望した。妊婦健診だとメルは告げた。「じゃあ、患者さんをドクター・ストーンの予約に入れておきますね」と受付係は言い、メルは訂正しなかった。何度か妊婦のために超音波検査の予約を入れたことがあり、病院側ではメルを上流の町の助産師だと認識していたのだ。何人か患者を診察したあとで、メルは午後にグレースヴァレーへ向かった。

ストーン家での集まりからまだそれほど経っていなかったが、もはや真実は否定できなくなっていた。メルは身ごもっていた。すでにそれはわかっていた。ドックのところには妊娠検査薬が山ほどあったので、ひとつ使ってみたのだ。それからもうひとつ。さらにもうひとつ。まちがいであってくれと願う一方、ほんとうであってほしいという気持ちもあった。

診療所に着くと、ジューンが受付のところで待っていた。「ああ、来たわね」彼女はメルのまわりに目を走らせた。「妊婦健診を受ける患者さんを連れてくるんじゃなかったの?」

「ええ」とメルは言った。「わたしよ」

ジューンは驚いて一瞬目を丸くした。

「きっと水のせいね」とメルが肩をすくめて言った。

「奥に来て。ジョンとの予約がはいってる。知ってのとおり、うちの看護師は産休中よ。わたしに立ち会ってほしい? それともかかわらないでほしい?」

メルは緊張して身震いした。「お願い。いっしょに来て。いくつか説明しなきゃならないことがあるの」と言った。

「あら」ジューンはメルの肩に腕をまわして言った。「ちょっと複雑な事情があるみたいね」

「ちょっとじゃない」とメルは答えた。

ジョンが奥から出てきて言った。「やあ、メリンダ。妊婦健診を希望する患者を連れてきたって?」メルが答えるまえにジューンがメルのほうに頭を傾けた。「へえ」とジョンが言った。「じゃあ、まずは重要なことからだな——ジューン、あっちで準備してくれ。事実をたしかめよう」

「ええ」メルはふいに意気地を失い、びくびくして言った。「でも、もうわかってるの」

「ぼくの仕事をそんなに楽なものにしないでくれよ」とジョンは笑って言った。「たいして大変なこともないんだから」

メルは診察室にはいり、ガウンとシーツを見つけた。服を脱いで診察台にすわって待つ。こうなってどう感じるべきなの？　ずっとほしくてたまらなかった赤ちゃんを身ごもっているいま。どうしてこんなに混乱しているの？　何かがまちがっているような気がしてならない。じっさいにはようやく望みがかなったというのに。

しかし、これは予想外だった。ジャックにとってもきっとそうだ。自分のほうで避妊しようかと言っていたのだから。ああ、ジャックは驚くことになる。

ジョンがはいってきた。すぐ後ろにジューンもいる。「どんな気分だい、メル？」

「ひどく混乱している以外に？　朝ちょっと吐き気があった」

「いやなものだよな？　でも、吐かずにいるんだね？」

「ええ」

ジョンがメルの血圧を測るあいだ、ジューンが検査器具や子宮頸がんの細胞診《パップテスト》の準備をした。「最初に話すかい？　それともあとで？」とジョンが訊いた。

「あとで」

「わかった。ジューン、超音波を始動させてくれるかい？　ありがとう。メル、背中をつけて体を下ろしてくれ、いいかい？」ジョンはメルの足を吊り輪へと入れさせ、体を下ろしすぎて診察台から落ちたりしないように脚に手を添えた。位置が定まると、スツールに腰をかけ、ゴム手袋をはめた。それから膣鏡《スペキュラ》を挿入した。「どのぐらいになるかわかるかい？」

「三カ月」とメルはふだんよりも静かな声で答えた。「おおよそ」

「おめでとう」とジョンが言った。そばでは超音波診断装置が音を立てて始動していた。ジョンはパップテストを終えると、膣スペキュラを引き出し、そっと子宮を触診して大きさをはかった。「これについてはぼくと同じぐらいきみもよくわかってるよな、メル」とジョンは言った。「きみの診断はほぼあたってる。良好だ。すべて良好」

そう言って超音波の深触子《プローブ》を手にとった。妊娠初期のため、まだふくらんでいない腹に上からあてるよりも、膣内にプローブを入れたほうがよく見えるはずだった。「こちらを向いてごらん、メル」とジョンは言った。「きれいだ」と付け加える。

メルはモニターに目をやった。目から涙がこぼれ、こめかみの髪に落ちた。小さな塊があった。訓練を積んだ目だからこそわかる手足が子宮のなかで動いている。三人はしばらく新たな命をじっと見つめていた。メルは思わずしゃくり上げ、震える手で口をおおった。

「ほぼ十二週間ちょうど」とジョンが言った。「流産の危険からは脱している。写真を印刷するよ。あと数週間経ってからのほうがずっといい写真が撮れるけどね」

ジョンはプローブを引き出し、メルが身を起こすのに手を貸した。ジューンはカウンターに腰をあずけ、ジョンはスツールにすわり直した。

「きみは健康にはまったく問題がない」とジョンは言った。

ジューンがメルにティッシュを渡して言った。「わたしも経験者よ、メル。信じて」

しばらくしてジョンが言った。「何が問題なんだい、メル？　ぼくらが力になれるかな？」

メルはティッシュで目を拭いた。「面倒をかけてごめんなさい。でも、あまりに事情が複雑で」

ジョンは手を伸ばしてメルの膝をつかんだ。「きみが思っているほど複雑じゃないかもしれないぞ」

「ああ、待って」メルは弱々しく恥ずかしそうに笑って言った。「まず、わたしがどうしようもないほど不妊症だと言ったらどうかしら」

ジョンは小さな笑い声をもらした。「そうだな――きみには子宮も卵巣も卵管もある……。これまでも、妊婦から自分は妊娠できない体だって話は聞いたことがある」

「それに、三年も手術を含む不妊治療をしたのに成功しなかったの。とても高価な体外受精も試みたけど、失敗だった」

「そうか、状況に興味深い変化が起こったわけだ。少しおちついたほうがいい。われわれに話してくれる必要はないんだ、メル。きみ次第だが」

「ううん、話したいの。助言が必要なのよ。ひどく混乱しているから。そう——ロサンゼルスからここへ来るまえ、わたしは結婚していたの。夫は医師で——同じ病院の勤務だった。夫とは必死になって赤ちゃんを作ろうとしたの。でも、夫は強盗事件に遭遇して殺されてしまった。それが一年と三カ月まえよ。ほぼぴったりに。わたしはもっと単純で安全な生活を求めてここへ来たの。一からやり直したくて」

ジョンが肩をすくめた。「きみは求めていたものを見つけたように見えるけど」

メルは笑った。「ヴァージンリバーはそれほど単純じゃない。でも、そう、大事な点では求めていたものを見つけた」と認める。「もちろん、こうなったのは予想外だったけど。わたしが妊娠するなんてあり得ないと思っていたから」

「問題はジャックなの?」とジューンが訊いた。

「ええ、でも、彼はこのことを知らないの。とてもすばらしい人だけど、最初から、わたしが夫のことを乗り越えていないことは知っていた。ジャックのことは大好きよ──きっと想像もつかないほどに──でも、まだ、自由にまえに進んでいいって思える心境には達していなくて──」メルは息を吸った。「ほかの男性を愛してもいいって心境には」ふたりはメルにしばらくの間《ま》とティッシュをくれた。「この子は夫との子のはずだった。作ろうとあれほど頑張った赤ちゃん」メルは鼻をかんだ。

ジューンは一歩まえに進み出てメルの手をとった。「ジャックがあなたを愛しているのは明らかだと思う。彼がいい人だってことも」

「子供の扱いも心得ている」とジョンも口をはさんだ。

「これが予想していたことでも、そうでなくても」ジューンは肩をすくめて言った。

「どうやらあなたはまえに進んでしまったようよ。少なくともある意味では」

「以前、心と魂をささげた男性は死んでしまった」メルは鼻をすりながら言った。顔をうつむけると涙が組んで膝に置いていた手に落ちた。「同じことが起こったら、もう生きていけないと思う」

ジューンがまえに進み出てメルを抱きしめ、ジョンもすばやくそこに加わった。ふたりはしばらくメルを抱きしめたままでいた。やがてジョンがメルの肩をつかんで言った。「メル、ジャックにチャンスを与えてやってほしいな。五つの戦争を生き残った男だ」

「五つの戦争？」とジューンが訊いた。

ジョンは肩をすくめた。「知らなかったのかい？」

「海兵隊にいたことは知ってたけど！」

「男ってのはそういうことを話すのさ」とジョンは言った。

「わたしの夫って」ジューンは不満を口にした。「まったく教育がなってない！」

「ひどく混乱してしまって」とメルは言った。「ほんとうにどうしたらいいかわからない！」

「いや、そうじゃないね。これはもう既成事実なんだ、メル」とジョンが言った。「きみは少しばかり自分にやさしくして、最後までやり遂げなきゃならない。赤ちゃんをうんとほしがっていて、いま身ごもっているわけなんだから。ジャックは——このことを知らないのかい？」

「ええ。わたしが未亡人だってことは知ってる——ヴァージンリバーで彼だけよ、それを知っているのは。でも、わたしが赤ちゃんを作ろうと懸命に努力していたことは知らない。わたしが悲嘆に暮れているときにジャックはほんとうに支えになってくれたの——わたしが言わないでって言ったから、そのことは誰にもひとことも言わないし。そう、人にそういう目で見られないほうが楽だから。いつも心を痛めているんじゃないかって目で。でも——」メルは言った。「ジャックは避妊についても自分が気をつけようかと言ってくれたんだけど、もちろん、わたしはこっちでしてるから大丈夫って言ったの。わたしが妊娠できないのは絶対にたしかだと思っていたから。ああ、男の人をこんな目にあわせるなんて！」

「いいやつだ、ジャックは。わかってくれるさ」

「わたしがはめたと思うんじゃない？　だって、彼は四十歳なのよ！」

「たしかに、そういうこともよくある話よ」とジューンが言った。「わたしも自分が妊娠したってわかったときに、同じ問題に直面した。父親になるってことを打ち明けたとき、ジムは四十歳を超えていたの。彼が逃げ出すんじゃないかって怖かった」

「わたしは子宮内膜症の手術も受けたし、卵管をふくらませたり、ホルモンを摂取したり、二年間も毎日体温を測ったりしてた……」メルはしゃくり上げた。「何もかもやってみたの。マークもわたしと同じぐらい赤ちゃんをほしがっていたから。でも——わたしは完全に不妊だった！」

「そう……」ふたりは同時に言った。

「なんともおかしな話だよな」とジョンが言った。「自然はどうにかして穴を埋めようとするものだ。奇跡的な妊娠をこれまでどれほど目にしてきたか、信じられないぐらいさ……」

「ジャックが怒ったらどうしたらいい？　怒ったとしても、誰が彼を責められる？　だって、彼は真剣な付き合いをしているつもりもないのに、わたしがこんなことになってしまったのよ。どこからともなく突然町に現われた女が、避妊はまかせてなんて言っていたんだもの。彼が子供は要らないって言ったらどうする？」

「そんなことは言わない気がするけどね」とジョンが言った。「でも、たしかめる方法はひとつだ。それに——妊娠三カ月なんだから——あまり遅くならずに打ち明けたほうがいいと思うね」

「怖いの」とメルは静かに言った。

「ジャックのことが？」ジューンが驚いて訊いた。

「ちがう。何もかもが！　自分がここにいるべきなのかどうかすらわからないのに！　最初から、まちがいだと思っていた。こんな大きな変化を求めるなんて。わたしは都会に慣れた人間なのに」

「それはわからないわよ」とジューンが言った。「うまく順応しているように見えるしね」

「ここそがわたしに必要な場所だと思う日もあれば、ここでいったい何をしているの、と自問する日もあるの。それだけじゃなくて、誰かと深い関係を築いて、心を開いたあげく、何かとんでもなく恐ろしいことが起こってまた痛みにさらされるかもしれないと考えるのがどれほど怖いことかわかる？　まえに進むのが怖いの――あなたが言ったとおり――すでに進んでいるのだとしても。まだときどき亡くなった夫を思って泣くこともあるしね。別の人にそれを我慢してなんてどうして頼めて？」メルは切れ切れの息を吸った。「少なくとも、赤ちゃんができる可能性について話し合えていれば……」

ジューンがメルの手をとった。「誰だってそんなにうまく物事を進められるものじゃない」と言って、メルの顎を指で持ち上げて目をのぞきこんだ。「ふたつだけ覚えておいたほうがいいと思う――いま、あなたのおなかには赤ちゃんがいるの。ずっと望んでいた赤ちゃんが。それから、ヴァージンリバーには善良な男性が待っている。さあ、行きなさい、メル。どうしたらいいかわかるはずよ」

ジョンとジューンの言うことが正しいことはわかっていた。このことにまっすぐ向き合い、できるだけ急いでジャックに話すのが重要だということは。彼に反応する時間を与えるのだ。答える時間を。ヴァージンリバーに戻ったメルはまっすぐバーに向かうつもりだった。しかし、ドックの診療所のまえに見覚えのある一台の車が停まっているのに気がついた。アンとジェレミーのギヴンズ夫妻。アンはそろそろ予定日だった。

診療所のなかにはいると、ギヴンズ夫妻はドックといっしょにキッチンでお茶を飲みながら待っていた。「それで、はじまったの？」とメルは訊いた。

「たぶん」とアンが答えた。「丸一日陣痛が続いているし、収縮の間隔がいまは五分以内になっていて、少し出血もあるの。そうなったら連絡するようにって言ってたでしょう？」

「そう約束したわよね。二階に来て準備して、診させてくれる？」

「怖いわ」とアンは言った。「怖がるなんて思わなかったのに」

「アン、何も怖がることなんてないわ。あなたなら楽々できることよ。ジェレミー、まずアンが居心地いいようにわたしが整えるから、それから二階に来て」

「でも、全部に立ち会いたいんだ」とジェレミーは言った。

メルはおもしろがるように笑った。「アンは服を脱ぐだけよ、ジェレミー。服を脱ぐところにはきっと百万回も立ち会ったでしょうに」そう言ってアンのスーツケースを持ち、腕をつかんだ。「来て、アン。赤ちゃんを産みましょう」

　準備ができてみると、アンの子宮口はまだ四センチしか開いていなかった。ロサンゼルスの病院では、それを入場料と呼んでいた。四センチ以下なら、もう少し産気づくまで待つようにと患者は家に帰された。二度ほど子宮収縮が見られ、強く長く起こるようになっていた。楽々できるというのはおそらく楽観的にすぎる見解のようだ。

　ジェレミーは許されるやいなや妻のそばに付き添った。ダリルとはちがい、分娩の大変さにすっかり心の準備ができていた。この夫婦は出産まえのトレーニングも受けていた。メルはアンに二階の廊下を行ったり来たりさせるようジェレミーに指示し、アンを頼れる夫にまかせて階下《した》に降り、ジャックに電話をかけた。

「もしもし」メルは言った。「これから出産があるので、バーには行かない」

「長くかかりそうかい？」とジャックは訊いた。

「わからない。まだあまり進んでいないのはたしかだけど」

「何か持っていこうか？　食べるものでも？」

「ううん、ジャック、わたしは要らない。ドックは食べたかったらそっちへ行けるし。でも、ねえ——今夜はドックもウィスキーを飲まないほうがいいような気がするの」

「ドックのことは心配しなくていい——彼の直感も頼りになるからね。メル？　おれの家のドアには鍵をかけないでおくから」

「ありがとう」とメルは言った。「朝になるまえに終わったら、あなたの部屋に忍びこませてもらう。それでもいい？」

ジャックはセクシーな低い笑い声をあげた。「だめなときなんかないさ、メリンダ。おれは期待で眠れないかもしれないな」

「わたしも期待はしてる――でも、あなたやわたしのことじゃなくて、アンのことで」

アンの血圧は安定していたが、分娩は困難を極めた。三時間後、歩いたり、スクワットをしたり、いきんだりしたにもかかわらず、子宮口はまだ四センチのままだった。真夜中にはどうにか五センチになった。ドックはピトシンの点滴をして破水させることを提案した。それはメルも考えていたことだった。陣痛は二分ごとになっていた。午前〇時近くになって調べると、大いにほっとしたことに、子宮口は八センチに広がっていた。しかし、それからちょうど三十分後に、また五センチに戻った。こうしたことは以前にも経験があった――子宮頸管が腫れるせいで収縮して見えるのだ。つまり、自然分娩は無理かもしれないということだ。収縮によって子宮頸管が開大しているあいだに診察をおこない、文字どおり子宮頸管を開いたままにしてみたが、患者にひどい苦痛を与えただけであまり効き目はなかった。アンは汗まみれになり、時間を追うごとにひどく疲弊していった。

午前三時半にメルはジョン・ストーンに電話をかけた。「ああ、こんな時間にごめんなさい」と彼女は言った。「患者が分娩にはいっているんだけど、まずいことになりそうなの。陣痛がはじまってから何時間も経つのに子宮口が五センチのままなの。八センチに開大したんだけど、子宮頸管が腫れてまた五センチに戻ってしまった。進展が見られないの。どうにか乗り越えられるとは思うんだけど、母親が弱ってきていて、生まれる兆候が見られないから……。赤ちゃんが大きすぎる可能性が高いと思う。もしかしたら、帝王切開が必要かもしれない」

「ピトシンの投与は？」

「したわ。ピトシンを点滴して、破水を起こした」

「よし、ピトシンの投与をやめて、左を向かせるんだ。四センチか五センチのまま、どのぐらい経つんだい？」

「ここへ来て十時間。そのまえに陣痛がはじまってから自宅に約八時間いた」

「子宮頸管を広げようとはしてみたかい？」

「うまくいかなかった」とメルは答えた。「おたくの診療所で超音波検査をしたときには、骨盤もしっかりしていたし、赤ちゃんの大きさもふつうだったのに」

「状況は変わるものさ」とジョンは言った。「胎児仮死の兆候は？」

「まだない。ドップラー胎児モニターは、規則的な強い心音を示しているけど、母親の血圧はちょっと上がってる」

「しばらくそのままで行けるだろうけど、母親が疲弊しているとしたら、待たないほうがいいだろうな。ヴァレー病院で会おう。運転できるかい？　それとも、ヘリの搬送が必要かい？」

「あのハマーの緩衝器はほんとうにすばらしいの」とメルは言った。「いずれにしても、病院までは一時間あまりかかる。ジャックを起こして力を貸してもらうことにする」

メルはもう一度アンの状態をたしかめた。子宮口はようやく六センチに広がっていたが、アンは弱ってきていた。心拍数は上がっており、赤ん坊のほうはわずかに下がっていた。こうなるのはめずらしいことではないと何度言ってやっても、ジェレミーは不安を募らせ、顔色をなくしつつあった。赤ん坊が出てくる準備ができたとしても、アンに赤ん坊を押し出すエネルギーが残っていない可能性が見えはじめていた。

メルがジャックに連絡したときには午前四時になっていた。応じた声は眠っていたようではなかった。「ジャック、患者を帝王切開のためにヴァレー病院に運ばなきゃならないの。ジョンがそこで待っててくれることになってる。力を貸してもらいたいんだけど」

「すぐに行く」とジャックは言った。

「彼女を階下《した》に下ろすから、あなたは――」

「だめだ、メル」とジャック。「そのままにしておくんだ。階下《した》にはおれが下ろすから。ふたりとも階段から落ちたりしたら困る」

「わかった。ありがとう」

それからメルは患者のもとに戻った。ドックもそばにいたが、これはメルの患者で、判断を下すのはメルだった。「アン」汗に濡れた額から髪をそっと払いのけてやりながらメルは言った。「ヴァレー病院に搬送するわ。帝王切開のために……」

「いやよ」アンは叫んだ。「赤ちゃんはふつうに産みたいの」

「帝王切開がふつうじゃないなんてことはないのよ」とメルは言った。「すばらしい手術で、あなたも赤ちゃんも苦しみから解放される。幸い、時間があるから、まだ危険はそれほど大きくないしね。でも、病院までの距離を考えれば、危険な状態になるまで待つべきじゃないと思う。きっと大丈夫よ、アン」

「ああ、いや」アンは叫んだ。

それからまた強い陣痛が起こり、不安は痛みにとって代わった。夫は妻と呼吸を合わせようとしたが、何時間も続いた辛い分娩のあとではなんの意味もなかった。陣痛と残存痛とのあいだにほとんど間がなかったため、患者にとっては陣痛が連続しているように感じられているはずだ。

メルはこれまでにも難しい出産をまのあたりにしてきたが、病院にいるのとは事情がちがった。病院では患者をストレッチャーで手術室に運び、外科医や麻酔医にまかせればよかった。母親が望めば、最後まで自然分娩を試みるチャンスを与えることもある。ここでは話がちがう。病院までは遠く、病院のスタッフも設備も通常の処置や手術にしか対応できない。メルはアンのためにひどくがっかりせずにいられなかった。夫との子供を自然分娩したいとあれほどに待ち望んでいたのだから。

「アン、こういうことはよくあることなの。帝王切開が最善の策のときもある」とメルは言った。「ここで赤ちゃんを産むことにはならないけど、あなたには望むだけたくさんの健康な赤ちゃんを産んでもらいたいの」

「もちろん、あなたの言うとおりよ」アンは息を切らして答えた。

玄関のドアが開き、階段をのぼってくるジャックの足音が聞こえたと思うと、ドアの外で声がした。「メル？」

メルはドアを押し開けた。

「アンを階下《した》へ下ろさせてくれ。それから、ハマーで病院まで送るよ」

「ありがとう。はいって。次の陣痛のあいだだけ待って」

ジャックは部屋にはいってジェレミーに会釈した。「大丈夫かい？」と訊く。「奥さんはおれが階下《した》へ下ろすよ。あんたはへとへとみたいだから。車もおれが運転するから、あんたとメルは奥さんと後ろに乗っていけばいい」アンの体から多少こわばりがなくなったように見えたところで、ジャックがベッドに身をかがめ、楽々と腕に抱き上げた。「つかまってくれ、アン。次のやつが来るまえに階下《した》へ下ろすから。それでいいかな？」

メルは往診かばんを手に持った。「ジェレミー、アンのスーツケースをとってきて」そう言ってジャックのあとから一階へ降り、コートをつかんだ。ジャックはアンを抱き上げたままでいて、メルはハマーの後部を開けてストレッチャーを外に出した。「アン、左側を下にして」アンを車内に乗せると、メルとジェレミーが両側に膝をついて付き添い、ジャックがハンドルをにぎってヴァレー病院の方角へと出発した。

メルは胎児鏡をすぐ出せるところに置いておき、血圧計のカフをアンの腕に巻いておいた。そして、数分ごとに血圧と胎児の心拍数をはかった。病院まであと半分ほどのところに来たときに、手をまえに伸ばして感謝するようにジャックの肩をつかんだ。その手にすぐに彼の手が重ねられた。「まだ起きていてくれたのね」とメルが小声で言った。

「きみに何か必要な場合に備えてね」とジャックは答えた
メルはそっと肩をつかむ手に力を加えたが、ほんとうは両腕を彼の体にまわしたかった。メルの仕事に対してジャックがごく自然に援助してくれるやり方がほんとうにありがたかった。

病院に着いてERにはいると、メルはジャックにコートを渡して言った。

「車を別の場所に動かしたほうがいいと思う。ジェレミーとわたしはアンを産科に連れていくから。ジョンがそこで待っているの。こんなことをお願いするのは嫌なんだけど……」

「もちろん、待ってるさ。ここで待ってる。おれのことは心配しなくていい」

「ぼくはなかに入れてもらえるかな?」エレベーターに乗ると、ジェレミーが訊いた。

「ドクター・ストーン次第ね」とメルは答えた。「わたしが決めていいなら、なかにはいってくれてまったくかまわないけど」

メルはストレッチャーを押してスウィングドアを通り抜けた。シンクのところで手洗いを終えようとしているジョンを見つけたときはとてもうれしかった。ジョンは両手を上げ、メルのほうを向くと、うなずいて笑みを浮かべた。「第二手術室を準備してあるよ、メル。麻酔医も来てる」

集合シンクのジョンの隣に、足でペダルを踏んで水を出している手術着姿の看護師がいた。マスクを首にぶら下げている。その看護師はメルのほうを見て皮肉っぽく唇をゆがめて言った。「また自宅出産に失敗したの?」

メルは平手打ちをくらったかのように口をぽかんと開け、目をみはった。ジョンは看護師のほうを振り返ってにらみつけた。それから、メルのほうに顔を戻して言った。

「手術室にはいってくれるかい、メル?」

「介助の準備はできてますけど、ドクター・ストーン?」看護師が背後から言った。

「ありがとう、ジュリエット、でも、プロとしてもっとすぐれた人に頼みたいから。きみにはあとで話がある」それから、メルに向かって言った。「準備を整えるのに十五分もないが」

「大丈夫よ。ジェレミーも立ち会いたいって言ってるんだけど」とメルは言った。

「もちろんかまわないさ。ジュリエット、お父さんに手術着を見つけてあげてくれ。

メル、きみのはロッカールームにあるはずだ。さあ、すぐにはじめるぞ」

メルはストレッチャーを第二手術室へ押していき、アンのことは〝外まわり看護師〟に手術室のなかへ入れてもらった。それからロッカールームで緑の手術着を身に着け、シンクのところで手を洗っているジェレミーの横に並んだ。「手を洗って手術室にはいるとしたら、息子さんが生まれたときに医師が抱かせてくれようとするかもしれない。だから、こうやって洗って」と言って、手の洗い方をやってみせた。「それについて保証はないから、抱かせてもらえなくてもすねてはだめよ。それから、必ずアンの頭のほうにいること」

「まえにも経験があるのかい？」とジェレミーがメルに訊いた。「帝王切開の手術を手伝った経験が？」

「何度も」とメルは答えた。

「メル？」とジェレミーは訊いた。「それって失敗に終わってないよね？」

「もちろん。いまアンがおちいっている状況はそれほどめずらしくはないの。あなたもあの場にいたでしょう、ジェレミー。気になるようなことが何か起こった？　もし起こっていたら、そのことを言ってくれるか、少なくともいくつか質問してくれたはずよ」メルはにっこりとほほ笑んでみせた。「これからあなたは頑固な男の子を育てることになるの。幸い、わたしたちにはいい外科医がついている」

ふたりが手術室にはいったときには、アンは麻酔医から硬膜外麻酔を受け、痛みもずっと楽になっているようだった。ジョンは準備ができていて、メルは器械台《メイヨスタンド》に器具を並べてその隣に立った。

「メス」とジョンが言った。

メルはその手にメスを強く押しつけた。「ありがとう」と言いながら。「シンクでのことだけど」

「彼女はいい看護師なんだが、嫉妬しているとは思ってもみなかった。彼女に代わって謝るよ。あの発言は撤回する」ジョンはそう言って忍び笑いをもらした。「きみはとてもよくやってるよ、メル。きみになら、うちの家内のお産も安心してまかせられる」

ヴァージンリバーへ戻る道中は静かとはとうてい言えなかった。ジェレミーは文字どおり口にモーターでもついているかのようにしゃべりつづけた。ジャックは手術の詳細を何度も聞かされるはめになった。ジェレミーの妻は回復室に、息子は保育器に入れられたが、ジェレミーは自分の車でまた病院に戻ってこられるよう、町まで送ってもらう必要があった。彼は運転するジャックに対してぺらぺらとしゃべりまくり、メルは助手席で座席に頭をあずけていた。

「へとへとかい、メル？」とジャックがメルに訊いた。

「少し寝れば大丈夫」とメルは答えた。

「メルはドクター・ストーンの介助をしたんだ」ジェレミーが後部座席から言った。「医者からのご指名でね。信じられないぐらいだったよ。手術の手順をよく心得ていて」

ジャックはメルに目を向けてほほ笑んだ。「信じられないことと言えば、なんだと思う、ジェレミー？」とジャックは言い、手を伸ばして彼女の太腿をつかんだ。「メルがどんなすごいことをしても、おれはもうびっくりしたりしないってことさ」

車は午前九時すぎにヴァージンリバーに戻ってきた。メルはドックのところへ報告に行った。「母親も赤ちゃんもとてもよく頑張ったわ。ジョン・ストーンは手際のよいすばらしい外科医よ」

「正しい判断だったな」とドックは言った。「都会っ子にしては」それから、めったにないことだが、メルににやりとしてみせた。

メルは午前中の予約が三人しかはいっておらず、ドックひとりで充分対応できることを知った。ジャックには五時間か六時間以内に連絡をくれるよう頼んであった。丸一日眠って過ごしたくはなかったからだ。そうすると、夜に眠れなくなってしまうだろう。しかし、出産は荷の重い仕事であり、メルは疲れはてていた。

ジャックはプリーチャーを手伝って客にランチを提供し、それから二時間ほど川へ釣りに出かけた。考えることが山ほどあった。ここのところ、メルがふさぎこんでいることが気になってしかたなかった。泣いていたのではないかと疑われるときもあった。おまけに彼女は一日の終わりのビールも飲まなくなっていた。しばらくもてあそんでから脇に押しやり、氷のはいった水をくれと言うのだった。

午後三時ごろ、プリーチャーが夕食の仕込みにはいるころに、ジャックはメルの家に向かった。玄関ポーチでブーツを脱ぎ、足音を忍ばせて家のなかにはいる。それから服を脱いでボクサーショーツ姿となり、彼女のベッドの隣にすべりこんでそっと首筋にキスをした。メルはわずかに身動きし、首をまわして彼にほほ笑みかけた。

「起こしてくれるやり方としては最高ね」メルはそうつぶやき、また目を閉じて彼に顔をすり寄せた。

ジャックはしばらく彼女を抱いていたが、やがて手をさまよわせはじめた。やさしく、愛情をこめて。すぐにメルも手を動かしはじめ、体を彼に押しつけた。体に体がきつく押しつけられるようになると、ジャックはメルがパジャマ代わりにしていたTシャツを脱がせ、自分もボクサーショーツを下ろした、それから、彼女が居心地よく安心していられるように気をつけながら、そっと動きはじめた。メルが夢中になってペースを速め、いっそう強く求めてくると、ジャックも激しく動かずにいられなかったが。いまは彼女自身と同じだけ彼女の体のことはわかっていて、もっとも大きな悦びを与えられる場所もよくわかっていた。

天上へと舞い上がっていたメルはゆっくりと地上へ降りてきた。「電話をくれるものだと思っていた」と言う。

「このほうがよくないかい？」

「あなたっていつも何をすればいいかわかっているのね」と彼女は言った。

「いつもじゃないさ」ジャックはメルをきつく抱きしめて言った。「たとえばいまだって、どうしていいかよくわからない」

「どうして？」メルはまだ目をつぶって彼の胸に顔をうずめたまま訊いた。

「いつ教えてくれるつもりだい？」

メルは首をもたげた。「教えるって？」

「赤ん坊のことさ」

「でも、ジャック、あなただって知ってるじゃない。赤ちゃんとお母さんは――」

「きみのおなかの子のことだ」ジャックは大きな手を平らな腹の上に置いて言った。

メルの顔に驚きの色が走った。メルはほんの少しジャックの体を遠ざけた。「誰かに何か言われたの？」と訊く。

「誰にもなんにも言われる必要はなかった。そのことを知るのはおれが最後だとは言わないでくれよ」

「昨日ジョンに診てもらったばかりよ――どうやってわかったの？」

「メル」ジャックは指の節で彼女の頰をなぞった。「きみの体に変化が起こっているからさ。生理も来ていない。しばらくは、きみが子宮切除手術か何か受けているのかと思っていた。最初に愛を交わしてから、きみが生理になったことがない気がしたからね。でも、バスルームのシンクの下に青い箱があった。きみはビールを飲まなくなったし、ときおり吐き気を催しているようだった。まえよりも疲れやすくなったのは言うまでもなく」

「まったく」とメルは言った。「男の人は気づかないものだと思うじゃない。そういうことについては」

「それで？」

メルはため息をついた。「昨日ジョンに会いに行って、すでに疑っていたことをたしかめたの。妊娠してる。三カ月よ」

「きみは助産師だ。どうして三週間で気づかなかった？」

「不妊だとばかり思っていたから。妊娠できないと。マークとは赤ちゃんを作るためにありとあらゆることをしたの——体外受精まで。うまくいかなかったけど。まさかわたしが妊娠するなんて思ってもみなかったから」

「そうか」ジャックは彼女がそれを隠していた理由がようやくはっきりしたというふうに言った。「それで、こうなったわけだ」

「ごめんなさい、ジャック、わたしのこと、ばかだと思うわよね」

ジャックはメルにキスをした。「もちろん、思わないさ。メル、きみを愛している」

メルはつかのま身動きを止めた。「ああ、なんてこと」しばらくしてそう言うと、わっと泣き出した。「ああ、ジャック！」メルは彼の胸に顔をうずめて泣いた。

「なあ、泣くことはないさ、メル。ちょっと驚いたんだろう？　驚いたのはおれのほうだよ」彼は笑った。「こんなことが自分の身に起こるなんて思ってもみなかったから。かなりの衝撃だった。崩れ落ちそうになるほどの。でも、きみを愛しているのはたしかだ」メルはまだ静かに泣いていた。「大丈夫だ、メル。大丈夫になるから」ジャックは彼女の髪を撫でた。「きみは赤ん坊をほしいと思っている、それはまちがいない」

メルは顔を上げた。「ほしくてたまらなかった。ほんとうに。でも、あなたはどうなの？」とメルは訊いた。「だって、あなたは四十歳よ」

「きみとのあいだだったら、なんであってもほしいよ。なんでも。それに、赤ん坊は好きだしね。妊娠している女性も大好きだ」

「いつまちがいないと思ったの？」とメルは訊いた。

「少なくとも一カ月まえだな」ジャックは彼女の胸に手を置いた。「痛むかい？　きみは変化に気がつかなかったのかい？　てっぺんの色が濃くなっている」

「否定しようとしていたから」とメルは涙を拭きながら言った。「赤ちゃんのことはほんとうにほしくてたまらなかったけど——できないんだって事実を受け入れていたの。そうじゃなかったら、こんなふうにはしなかった」

「正確にはどんなふうにしたっていうんだい？」

「わずかでも妊娠できる可能性があると思っていたら、少なくとも、あなたが家族を望んでいるかどうかたしかめたはず。そうすれば、こういう決断もいっしょにできたはずだから。何もかもわかり合ったうえで。そうだとしたら、こうなったとしても、問題はなかった。突然あなたをこんな立場に置いてしまったことは嫌でたまらない。なんの警告もなしに」

「状況を考えれば、そういうことにはならなかっただろうな。不可能だと思いこんでいるきみは子供を作ろうなんて思わなかっただろうから。だから——かえってこうなってよかったのかもしれない」

「逆だったらどう？　この世の何よりも赤ちゃんがほしいから、わたしとのあいだで作ってってお願いしたとしたら？」

　ジャックはメルをわずかに引き寄せた。「喜んで力になったさ」それから、彼女の目をのぞきこんでほほ笑んだ。

「なんて言っていいかわからない。あなたってなんでも受け入れてくれるんだもの。驚くべき人ね。うんと腹を立てるだろうと思っていたのに」

「まさか。唯一がっかりなのは、きみを見つけるのにこれだけ長くかかったことさ」

「わたしがこんなに重荷を背負っていても？」とメルは訊いた。

「これを重荷とはみなさないよ」ジャックは身をかがめて彼女の腹にキスをした。

「これは大きなご褒美だ」

「ほしいと思う？」と彼女は訊いた。

「言っただろう」とジャックは言った。「ほしいに決まってる。おれを幸せにしてくれるものだ」

「ああ」メルは息を吐きながら言った。「怖かったの」

「何が？」

「あなたに『やめてくれよ――おれは四十なんだぜ！　赤ん坊なんかできてどうするんだ？』って言われるのが」

ジャックは笑った。「そんなこと言わなかっただろう？　いや、心の準備はできている。家族ってことばは響きがいいな」

「ジャック」とメルは言った。「わたしはまだ怖い」

「何が？」

「わたしたちのことを信じるのが。こういう感情をまえに持ったときには、最悪の結末に終わった。そのことは絶対に乗り越えられないと思った。いまもまだ乗り越えてはいない気がする」

「そう、きみは大丈夫と信じて思いきらなきゃならないだけさ」とジャックは言った。

「それはできる気がする」とメルは言った。「あなたがそこで受け止めてくれるなら」

「おれはここにいる」とジャックは言った。「まだきみをがっかりさせたりはしていないだろう？」

メルは彼の顔に手をあてた。「ええ、ジャック。ほんとうに」

妻を妊娠させ、赤ん坊が生まれたときに、義理の兄弟たちがテストステロンをみなぎらせて得意がっている姿はたびたび目にしてきたが、ジャック自身はそれを理解できる振りすらしたことはなかった。海兵隊で軍功をあげることに忙しく、女を妊娠させるなど、男が出世を棒に振る最悪の出来事のように思えたからだ。義理の兄弟たちの男としての自尊心は理解できなかった。姉たちや妹はただ太って自分勝手になる気がした。

いまはそれが理解できた。ふくらみすぎて胸が破裂するのではないかと思うほどだった。腹のあたりに火が燃えていて、旗をあげずにいるのが精一杯だった。メルと将来の計画を立て、結婚し、ふたりが生涯のパートナーで、そこに赤ん坊が加わるのだと世間に告げるのが待ちきれなかった。

メルはジャックを家から追い立て、自分が患者に付き添った長い夜の疲れをシャワーで落とすあいだ、バーで夕食をとる客の給仕をするように言った。あとでダイエッコークを飲みにバーへ行き、バーの客たちにアンとジェレミーと生まれた男の子は元気だと報告すると約束して。それからふたりでいっしょに家に戻ってくることになった。

ジャックはもうすぐ町へ着くときになってUターンしてメルの家へ戻ることにした。料理しながらバーカウンターにも張りついていなければならないことでプリーチャーは怒るかもしれないが、あともう一分だけ彼女を抱きしめずにいられなかったのだ。メルの家に着くと、足音を忍ばせてポーチの階段をのぼり、ブーツを脱いで物音を立てずにドアを開けた。シャワーの水音が聞こえるものと思っていたのだが、聞こえてきたのは泣き声だった。

「ごめんなさい」メルが涙声で言っていた。「ほんとうにごめんなさい」つかのますすり泣く声。「こんなことになるとは思っていなかったの。ああ、マーク、わかって……」

ジャックが寝室をのぞきこむと、メルはベッドの端にすわって亡くなった夫の写真に話しかけていた。その光景はジャックの胸をナイフのように切り裂き、心臓を切りとってしまうかに思えた。

「どうかわかって――こうなるとは思ってもみなかったの」メルは泣いた。「なぜかこうなってしまって、わたしも虚をつかれたの。青天の霹靂《へきれき》だった。あなたのことを忘れることはないと約束する！」

ジャックが咳払いをすると、メルは飛び上がり、涙で頬を濡らしながらジャックのほうに目を向けた。「ジャック！」彼女は息を呑んだ。

ジャックは片手を上げて言った。「もう行くよ。きみはこのことについてマークと折り合いをつけるといい。あとで会おう」

ジャックが振り返って出ていこうとすると、メルがあとを追ってきてシャツにしがみついた。「ジャック、お願い……」

「いいんだ、メル」ジャックは目に悲しみをあらわにしつつも言った。無理に笑みを浮かべる。「そういう問題があることを知らなかったわけじゃないんだから」

「ちがうの！　あなたはわかっていない！」

「もちろんわかってるさ」ジャックはやさしく彼女の頬に触れて言った。「あわてる必要はない。おれはどこにも行かないから。これからバーには戻るけどね。何か飲みたい気がするんだ」

ジャックは家を出てポーチでブーツを拾い、ピックアップトラックに戻った。つまり、人生最高の日が最悪の日に変わったってわけだなと胸でつぶやく。彼女はまだ過去に、マークといっしょにいる。おまえを愛し、おまえのもののように振る舞えても、そうじゃない。まだおまえのものじゃないんだ。

メルを愛するかぎり、その可能性があることは最初からわかっていたんじゃないのか？ 彼女が彼を忘れられないかもしれないことは。いつまで経っても。

ちくしょう。ジャックは胸の内で毒づいた。メルはいつまでもおれのものにはならないかもしれない。マークが墓から戻ってきて彼女をさらっていけないのはありがたかった。それでも、赤ん坊はおれのものだ。おれも赤ん坊を望んでいる。彼女を望んでいる。彼女が与えてくれるものはなんでも……。

15

メルはシャワーを浴び、きれいな服に着替えて罰を受けるためにバーへ行く準備を整えた。気分は最悪だった。ジャックの目に浮かんだ表情を思い出すと、心が痛んだ。あんな姿を見られてはいけなかったのだ。きっと心がずたずたになったにちがいない。ジャックに許してもらえるといいのだが。

メルは翌日のための着替えと化粧道具を持っていくことにした。いっしょにここへ来たくないと言われたら、彼のところに無理やり泊まるつもりだったからだ。ふたりでこの問題を乗り越えなければならない。悪いのはわたし。もうふたりだけの問題ではなくなっていた。ジャックはこの赤ちゃんをほしがっている。わたしと赤ちゃんの両方を。どうにかして問題を解決する方法を見つけるつもりだった。

バーに行ってみると、十人ほどの客しかいなかった。四人がけのテーブルにブリストル夫妻とカーペンター夫妻がいて、バーカウンターにはホープとドックがいる。

ビールのピッチャーとともにクリベッジに興じている男がふたりと若い夫婦がひと組。ジャックはバーカウンターの奥で店にはいってきたメルに挨拶するように顎をわずかに上げた。ずいぶんと控えめな身振りだった。罪を贖《あがな》わなければならないようだ。メルはテーブルのところで足を止め、ブリストル夫妻とカーペンター夫妻とおしゃべりし、ギヴンズ家の赤ん坊について知らせてから、バーカウンターへ向かった。ドックの隣のスツールに腰を下ろす。「今日、少しは休めたの？」とメルはドックに訊いた。

「昼寝などせんよ」とドックはぶっきらぼうに答えた。それから制酸剤を口に放りこみ、ジャックがそのまえにウイスキーのグラスを置いた。

「長い夜だったの？」とホープがメルに訊いた。

「ギヴンズ夫妻にとっては長い夜だった」とメルは答えた。「でも、ふたりとも大丈夫よ」

「よくやったわ、メル」とホープが言った。「あなたをここに呼んだのは賢明なことだとわかっていたのよ」そう言って煙草を消し、途中ほかの客たちとおしゃべりしながら店を出ていった。

頼まれもしないのに、ジャックがメルのまえにコーラを置いた。メルはごめんなさいと声に出さずに言った。ジャックは目に傷ついた光を浮かべたまま、かすかに唇の端を持ち上げ、身を乗り出してメルの額にやさしくキスをした。ああ、よくない印だわとメルは胸の内でつぶやいた。

そして状況はその後も悪化する一方だった。メルが夕食をとるあいだ、ふたりはどこまでもあたりさわりのない会話しか交わさなかった。しかし、メルはバーに客がいなくなるのを待とうと決心していた。プリーチャーが床を掃き、ジャックがきれいにしたグラスをしまうころには八時になっていた。「あのことについて話せる?」とメルは静かにジャックに訊いた。

「それについては触れないままにするというのはどうだい?」とジャックは言った。

「ジャック」メルはプリーチャーに聞こえないように声をひそめた。「愛してるの」

「そんなことは言わなくていい」

「でも、ほんとうのことだから。わたしを信じて」

ジャックはメルの顎を持ち上げ、唇に軽くキスをして言った。「わかった。信じるよ」

「ああ、どうしよう」とメルは言った。目に涙がにじんだ。

「やめてくれ、メル」とジャックは言った。「また泣くのは。おれにはその理由がわからなくて——さらにぎくしゃくすることになる」

メルは息を吸って涙をこらえ、張りつめつつあった神経をおちつかせようとした。つかのま胸でつぶやく。ああ、このせいで彼にうんざりされたらどうしたらいい？

「あなたの部屋に行ってる」メルはジャックに言った。「あなたが来てくれるまで待ってる。どうにかして、お互い離れられない関係だって納得してもらうつもり。とくにいまは」

ジャックはほとんどわからないほどかすかにうなずいた。メルはスツールから降り、バーカウンターの奥からジャックの住まいへ向かった。ひとりになると、涙をこらえることができなかった。滂沱《ぼうだ》の涙が頬を伝う。ジャックはわたしがこれから一生、彼を愛したことを亡くなった夫に謝って過ごすと思っている。そう、それがわたしのしていたこと——それを見た彼にどう思えというの？　そうではないと、今後はそんなことはないと伝えても、信じてはもらえないだろう。あれはいっときのことだったのに——ショックと、疲れと、感情が高ぶったあまりの出来事。

メルはジャックの部屋の大きな椅子にすわり、雨でずぶ濡れになってここにすわっていた晩のことを思い返していた。ジャックがやさしく服を脱がせて体を拭いてくれ、ベッドに入れてくれたのだった。そのときに、疑う余地なく、自分にとってのパートナーがここにいると悟った。しばらくは自分自身にすらそれを認めることはできなかったが。超音波検査を受けてからというもの、あの晩に身ごもったのはたしかな気がしていた。ジャックのおかげで心を開くことができ、自分の内に存在することすら知らなかった情熱を知ることができた。そして赤ん坊を身ごもった。まさに奇跡と言っていい――愛と情熱と赤ん坊。そうして新しい人生へと足を踏み出すことがどれほどむずかしいか知らなかっただけなのだ。第二の人生。まったくちがう人生。

メルは一時間もその椅子にすわったままでいた。待ちながら。

ジャックはきれいにしたグラスや皿をすべてしまい、バーカウンターを拭いて自分のために飲み物を注いだ。特別な場合のためにとってある古いシングルモルト――年代物のザ・グレンリベットがあった。特別の場合、もしくは緊急事態のために。

プリーチャーはほうきをしまってバーカウンターのところに戻ってきた。「大丈夫かい？」と訊く。

ジャックはグラスを出して友人のためにも一杯注いだ。それから乾杯というようにプリーチャーに向かってグラスを掲げ、真面目な顔で「メルが妊娠してる」と言うと、グラスの中身を一気にあおった。

「へえ」とプリーチャーは言った。「どうするつもりだい?」

「おれは父親になる」とジャックは言った「彼女と結婚するつもりだ」

プリーチャーはグラスをそっと持ち上げると、ひと口飲んだ。「本気かい?」

「ああ、本気さ」

「あんたがそれを望んでいると?」

「もちろんだ」

プリーチャーはにやりとした。「軍曹がね。家族持ちか。誰が想像した?」

ジャックは再度ボトルを傾けて両方のグラスを満たした。「ああ」と言う。

「でも、いまはあまり大喜びって感じじゃないようだな」とプリーチャーは言った。

「そんなことないさ」ジャックは嘘をついた。「わかったばかりだからな」と嘘を重ねる。「うまくいくさ。完璧に」それから笑みを浮かべた。「知ってのとおり、おれは望まないことはけっしてしない人間だ。プリーチャーおじさん」ジャックは二杯目も飲み干すと、グラスをバーカウンターに置いた。「おやすみ」

これほど長いあいだメルを部屋で待たせておいたのは悪いと思ったが、どちらも気を鎮めるのに多少時間が必要だった。彼女がまた涙に暮れるなら、今度は誰にも邪魔されずに存分に泣かせてやりたかった。自分にできるのはそのぐらいだ。だからジャックはメルのもとに急ごうとはしなかったのだった。彼女はきっと少々焦れる思いに駆られていることだろう——妊娠したことをマークの写真に謝っているのを見つかったことで、それがふたりの仲におよぼす影響を恐れているはずだ。それについてはどちらもどうすることもできない。彼女の人生に——心のなかに——マークがまだ存在することは最初からわかっていたことだ。彼女のすべてを手に入れることなどけっしてできない。だからこそ、手にはいるものを最大限喜ぼうとしてきた。そのせいで彼女が卑屈になるのを許すつもりもなかった。ただ、彼女を愛したかった。この状況は理想的とはとうてい言えないが、どうにか切り抜けることはできるはずだ。そのうちメルの気持ちも変わってくるかもしれない。マークの記憶が薄れ、自分が彼女の人生における唯一の男でなくても、いちばん重要な男だと思える日も来るにちがいない。ふたりの子供を胸に抱けば、メルも人生は生きている人間のものだと気づくはずだ。

ジャックは部屋にはいり、部屋の奥にいるメルに目を向けると、身をかがめてブーツを脱いだ。ズボンからシャツを引き出して体からはぎとると、クローゼットの釘にかけた。それからベルトをはずして脇に放り、彼女のそばへ行って片手を差し出した。

メルはその手に自分の手をあずけ、引っ張られるままに立ち上がった。彼の胸に頭を寄せてまた言った。「ごめんなさい。愛してる。あなたといっしょにいたい」

ジャックは彼女の体に腕をまわして答えた。「おれにはそれだけでいい」

それから、やさしくキスをした
「何杯か飲んだのね」とメルは言った。「スコッチを」

「そうせずにいられない気がしたんだ」ジャックはそう答えると、ゆっくりとメルの服を脱がせはじめ、そのまま床に落とした。ことばが出てこなくても、体に話しかけることに失敗したことはなかったからだ。そこに混乱はなかった。手で触れる彼女は全部自分のものだった。反応するときのメルは何も隠さなかった。心には問題を抱えているかもしれず、過去に執着する気持ちもあるのかもしれないが、唇や手で触れる体は生命力にあふれていた。

ジャックはメルをベッドに運び、シーツの上にそっと下ろして愛撫をはじめた。彼女を満足させ、悦ばせ、解放できるとわかっているやり方で触れ、キスをし、愛撫する。メルは熱くなって準備のできた体を彼に押しつけ、脚を巻きつけてみずからを差し出した。差し出すと同時に奪い、声をもらしながら。

ああ、これほどにほしいと思うことがあるとは知らなかった。これほどにいとしいと思うことも。

いいさ。ジャックは胸の内でつぶやいた。現実はここにある。これはいつでもおれのものだ。男が感じ得るだけの信じがたい熱狂へと引きこまれながら、彼女の体を歌わせてやればいい。毎晩彼女を抱き、毎朝ともに目覚める。これから何度でも、こんなふうにふたりで類いまれな情熱にとらわれ、ほかに何があろうとも、ふたりだけの悦びにともにひたることはできるはずだ。ふたりだけの。この瞬間に幽霊は存在しない。

埋め合わせとしては充分だ。甘いなぐさめ。

「ジャック」メルは彼に体をすり寄せて言った。「あなたを傷つけるのは嫌」

ジャックは彼女の髪に顔をうずめ、その甘いかおりを嗅いだ。「もうその話はよそう。済んだことだ。おれたちには未来がある」

「しばらくわたしがジョーイのところへ行ったほうがいいとは思わない？　あなたに多少の猶予を与えたほうが？　わたしも考えをまとめたほうがいいんじゃない？」

ジャックは彼女の上で身を起こし、目をのぞきこんだ。「だめだ、メル。障害に突きあたったからって、逃げちゃだめだ。これについてはいっしょに解決しよう」

「本気なの？」

「メル」ジャックはかすれた声で言った。ささやくような声になる。「きみのおなかにはおれの子がいるんだ。おれも無関係ではいられない。なあ……」

メルは目を刺す涙をこらえた。「わたしみたいな情緒不安定な人間の相手をするのはきっと大変よ」

ジャックはほほ笑んで言った。「妊娠している女性はそうなるっていうよな」

「まさにわたしもそうなってるのよ」

「おれと結婚してくれ」とジャックは言った。

メルは彼のきれいな顔に触れた。「そんなこと、言ってくれなくていいのよ」

「メリンダ、六カ月まえ、おれたちはなんの関係もないふたりだった。誰とも深い関係を結ばないと決め、家族を持つこともないだろうと考えていたふたり。それなのにいまはそのすべてを手にしている。互いがいて、赤ん坊がいる。おれたちふたりが望む赤ん坊だ。それを台無しにするのはやめよう」

「本気で言っているの？」

「何につけても、これ以上本気になったことはないよ。本気で望んでいる。きみがここにいられないというなら、きみの行きたいところへどこへでもついていく」

「でも、ジャック、あなたはここが大好きじゃない！」

「きみを思う気持ちのほうが上まわってるのがわからないのかい？　おれの人生には

きみが必要だ。きみとおれたちの赤ん坊が。ああ、メル——どこに住もうと関係ない。きみと赤ん坊といっしょにいられるなら」

「ジャック」メルはささやくように言った。「あなたが心変わりしたら？　何かが起こったら？　思い出してもらいたいんだけど、最悪のことが起こるなんて思ったこともなかったのに——」

ジャックは彼女の唇に指をあててことばをさえぎった。その名前を聞きたくなかったからだ。いまは。「シッ」と彼は言った。「おれを信じてほしい。おれといれば、きみは安全だ」

メルはハミングとともに目を覚ました。今朝の歌はこともあろうにアバの『マンマ・ミーア』だった。思わず笑みが浮かぶ。メルはベッドから出てシャワーを浴びた。シャワーから出てジャックのシャツをはおると、バスルームのカウンターに湯気の立つコーヒーのはいったカップがあった。その下にはメモが置いてある——〝カフェインは半分のにした。パパより〟。ジャックはすでに起きてバーへ行き、朝食の準備をしているのだ。わたしの世話もしてくれてから。わたしからカフェインを奪って。

メルはその日の仕事に向けて着替えた。最近は集中力を欠いているせいで、その日の予定をまったく思い出せなかった。午前中に予約がはいっているかすら覚えていなかった。それでも、ドックの診療所へ急ぐつもりはない。まだ朝早く、大事な電話をかけなければならないからだ。

「これから言うことを聞いたときのあなたの顔を見たかったな、ジョーイ」とメルは言った。「いますわってるといいんだけど。わたし、赤ちゃんができたの」

はっと息を呑む音がして、沈黙が流れた。

「赤ちゃんができたの」とメルはくり返した。「びっくり仰天しちゃったわね」

「ほんとうなの？」

「三カ月」とメルは言った。

「ああ、すごい！　メル！」

「そうね。わたしもなんだか度肝を抜かれちゃった」

「三カ月？　だったら……」

「わざわざ計算してくれなくていいって。彼に最初に触れられてから、生理が来てないの。彼の生殖能力がふたり分を補ってあまりあったのね。最初はあり得ないと思った。ばかげた空想だって。ストレスと、環境の変化と、人生がおかしなことになったせいで遅れてるんだと思っていた。でも、現実だった。超音波検査を受けたの」

「メル！　どうしてそんなことがあり得るの？」

「わたしに訊かないで——これまでもっと奇妙なことだってあったじゃない。でも、どうやらここはちがうようなの。わたしのまわりにも、妊娠できないって確信していた女性たちがいるんだけど、そうしたらどう！　水のせいだって噂もある……。ロサンゼルス時代の不妊治療の専門家に連絡して、この場所のこと、教えてあげようかって考えてるぐらい」

「どうするつもりなの？」

「ジャックと結婚するつもり」

「メル——彼を愛してるの？」ジョーイは声をひそめて訊いた。警戒するように。

メルは息を吸い、穏やかな声を保とうとした。そうでなければ、感情的な震える声になってしまうのはたしかだった。「ええ」と答える。「ジョーイ、彼をとても愛しているの。心が痛くなるほどに。こんなに誰かを愛せるとは思ったこともなかった。しばらくはそれを否定していたんだけど」

「メル」とジョーイは言い、やがて泣き出した。「ああ、わたしのかわいい妹」

「罪の意識にも駆られたわ。何かまちがったことをしているような気分になった——たったひとつの真実の愛をなくしたんだから、一生、それに近い感情すら抱くことはないはずって思いこんでいた。もっと強い思いを見つけることがあり得るなんて考えもしなかったの。少しのあいだ、それが裏切りに思えた。昨日はマークの写真に向かって、こんなことになるとは思ってもみなかったって泣きながら謝ってる姿をジャックに見られてしまったの。あなたのことは絶対に忘れないってマークに約束している姿を。まったく。あれは最悪の瞬間だった」

「メル、あなたは何も悪いことはしてないわ。あれだけ辛い思いをしたんだもの」

「そうね。おちついているときはそうとわかっているの。ジャックはわたしが問題を抱えていることを知っても、あきらめることなく、ひたすらわたしを愛しつづけ、わたしの望みを優先させ、彼といれば、わたしは安全だと約束してくれた。彼のことは信頼できると。ああ」とメルは言った。心の底から幸せなのにもかかわらず、涙があふれた。「ああ、彼ってすばらしい人よ、ジョーイ」ほとんどささやくような声になる。「わたしと同じだけ、赤ちゃんを望んでくれている」

「ただもう信じられない。いつ結婚するつもり？　わたしたちもそっちへ行くから」

「そのことを相談する暇さえなかった——赤ちゃんのことも昨日彼に話したばかりで、結婚しようって言われたのは昨日の晩だもの。結婚式がいつになるかわかったら知らせるわ」

「でも、それってつまり、あなたはそこにいつづけるってこと？」

メルは笑った。「そうよ。たしかに――ここへ来るなんて、完全にどうかしてた。理性を失っていた。エステサロンはもちろん、ショッピングモールもない町へ来ようと決心するなんて。たったひとつあるレストランにはメニューもないのよ。まったく。医療機器もなければ、救急車も警察もない――そのほうが気が楽でストレスも少ないだろうと思っていたなんてね。この町へ来る途中には崖から落ちそうになったし！」

「ねえ……メル……」

「ここにはケーブルテレビさえないのよ。たいていいつも携帯の電波は届かないし。わたしのコール・ハーンのブーツを褒めてくれる人もひとりもいない。そのブーツも森や農場を歩きまわっているうちに、すっかり汚くなってきちゃったけど。ここでは重病や重傷の患者は航空搬送しなきゃならないって知ってた？　ここがリラックスできる場所だと思う人はどこかおかしいのね。ここで新たにはじめようなんて思う人は」メルは笑った。「ロサンゼルスをあとにしたときのわたしの精神状態がそれだった。なんとかしてすべての試練から逃げ出さなきゃって思ってたの。試練も自分にとって悪くないものだなんて思ってもみなかった。まったく新しい試練なら」

「メル……」

「ジャックに妊娠してるって打ち明けたとき、避妊は任せてと言ってあったんだから、彼は『きみとはさよならだ』って言ってもよかったのよ。でも、彼がなんて言ったかわかる？『おれの人生にきみと赤ん坊は必要だ。だから、きみがここにいられないと言うなら、おれもいっしょに行く』だって」メルは鼻をすすった。頬を涙が伝う。「朝起きてわたしがまずするのは、庭に鹿が来ているかどうかたしかめることよ。それから、プリーチャーが夕食に何を作る気分でいるのか想像するの。ジャックはふつうすでに町に戻ってる——早朝に薪を割るのが気に入っているから。町の半分の人が、彼が薪を割る音で目を覚ますのよ。彼には一日に五回から十回も会うんだけど、会うたびに、一年も離れ離れだったような目を向けてくるの。お産の患者がいるときには、わたしが何か必要としたときのために、彼もひと晩じゅう起きていてくれる。それに、夜に患者がいないときには、わたしが眠りに落ちるまで抱いていてくれる。ここのテレビの受信状態が最悪でも、そんなことどうでもいいことだわ。

わたしがここに残るかって？　わたしがここへ来たのは、大事なものを何もかも失ったと思ったからよ。それで結局、この世で望むすべてを見つけることになった。ええ、ジョーイ。わたしは残る。ジャックがここにいるんだもの。それに、いまはわたしもこの町の一員なの。町の人たちにはわたしが必要だし、わたしには彼らが必要なの」

軽い朝食をとってすぐに、メルはドックの家に向かった。すぐにドックに話すのが道理と思っていたのだが、家のなかにはいってみると、静寂に出迎えられた。よかった、とメルは胸の内でつぶやいた。まだ患者は来ていないのね。ドックのオフィスに行き、軽くノックしてからドアを開けた。ドックは机の奥の椅子にすわっていた。椅子に背をあずけ、目を閉じている。へえ、昼寝はしないって言ってなかった？　メルはそばに立った。おとなしいドックを見るのは悪くなかった。

メルは打ち明けるのは別のときにしようと立ち去りかけたが、何かが心に引っかかり、ドックをまじまじと見つめた。目はきつく閉じられており、顔は苦痛にゆがんでいる。顔色もおかしかった。灰色に変わっている。メルはドックの手首をとって人差し指をあてた。脈が速い。額に触れると、肌はねっとりと冷たかった。ドックはわずかに目を開けた。「どうしたの？」とメルは訊いた。

「別に」とドックは答えた。「胸焼けだ」

胸焼けのせいで脈が速まることはなく、肌がねっとりと冷たくなることもない。メルはそうことばに出さずにつぶやくと、診察室へ走り、聴診器と血圧計を持って戻ってきた。「どんな症状か話してくれる？　それとも、わたしに推測させたい？」

「言ったはずだ……なんでもない。少し経てばよくなる」

メルは嫌がるドックを抑えて血圧を測った。「朝食は？」と訊く。

「少しまえにとった」

「何を食べたの？　ベーコン・エッグ？　ソーセージ？」

「そんないいもんじゃなかったよ。プリーチャーはちょっと手を抜いてるな……」

血圧は高かった。「胸の痛みは？」とメルは訊いた。

「ない」

メルは腹部を触診したが、突き出た腹につきすぎた皮下脂肪のせいで、すわった状態で内臓を触診するのは不可能だった。おまけにドックはメルの手を払いのけて押しやろうとした。それでもメルが触診を続けると、痛みに鼻を鳴らした。「これまでこういうことは何回あったの？」とメルは訊いた。

「何が？」

「発作よ。こういう」

「一度か二度だな」とドックは答えた。

「有能な看護師に嘘を言わないで」とメルは叱りつけるように言った。「いつからこの状態が続いているの？」メルはドックのまぶたを引っくり返した。目は黄色くなりはじめていた。黄疸《おうだん》を起こしている。「肝臓が破裂するのを待ってるってわけ？」

「すぐにおさまる」

ドックは重篤《じゅうとく》な胆石の発作を起こしており、メルが思うに、それだけではなさそうだった。メルはほぼ無意識に受話器を持ち上げ、バーに電話をかけていた。「ジャック、すぐに来て。お願い。ドックを病院に連れていかなければならないの」そう言って電話を切った。

「だめだ」とドックが言った。

「行くのよ」メルは言い張った。「言い争うつもりなら、ジャックとプリーチャーに肩にかついで運んでもらってハマーに放りこむから。そうすると、おなかの具合もよくなるでしょうよ」メルはドックの顔を見た。「背中はどう？」

「最悪だ。今回のはひどいな」

「黄疸が出てるもの、ドック」とメルは言った。「猶予はないわね。胆石の発作だと思う。点滴をはじめるから、口答えはなしよ」

針を刺すまえにジャックとプリーチャーがやってきた。「ドックを車に乗せておれが運転するよ」とジャックが言った。「ドックはどうしたんだ？」

「胆石の発作だと思うけど、話してくれないの。深刻な症状だわ。血圧が上がってい
て、痛みもひどいみたい」

「時間の無駄だ」とドックが言った。「痛みはおさまる」

「じっとしていて」メルは懇願するように言った。「この大男たちにあなたを押さえつけておいてと頼みたくはないから」

点滴の針が刺さると、メルは全速力で薬品棚へ走り、ジャックとプリーチャーがドックを両側から支えながら、ゆっくりと歩いて家の外へ向かった。リンゲル液の点滴の袋はジャックが持っていた。三人がハマーまでたどりついたときに、メルがそこに追いついた。ドックが言った。「横にはならん」

「そのほうが――」

「無理なんだ」とドックは言った。「すわってるだけで辛い」

「だったらいい。ストレッチャーを下ろして、後部座席の背を起こしましょう。点滴の袋はまえにかけて、わたしがそばに付き添うことにする。もう鎮痛剤は何か服用した？」

「モルヒネの使用について考えをやわらげようかと思いはじめていたところさ」とドックは言った。ジャックがストレッチャーを下ろしてドックの家のポーチに置き、

後部座席を整えた。ドックはぎごちなく後部座席に乗りこみ、「ここには薬が充分じゃないからな」とつぶやいた。

「痛み止めなしで病院まで行ける？　判断を病院の医師にまかせる？」

「あああああ」ドックはうめいた。

「どうしてもと言うなら、何か投与するけど――でも、最適な処置が何か判断するのはERの医師にまかせたほうがいいと思う」メルは息をついた。「モルヒネなら少し持ってる」

ドックは細めた目をメルに向けた。「やってくれ」と言う。「痛みが最悪なんだ」

メルはため息をついてかばんのなかから小瓶を出し、注射器で中身を吸い上げて点滴に注入した。ドックが「ああ……」と声をもらすまで、ほんの少ししかかからなかった。

「これを誰かに診てもらったことは？」とメルは訊いた。

「お嬢さん、私は医者だ。自分のことぐらい自分で診られる」

「もう、よく言うわ」とメルは言った。

「ガーバーヴィルに診療所がある」ジャックが車を発進させながら言った。「ヴァレー病院よりも近い」

「手術が必要になるから」とメルはジャックに言った。

「私には手術は必要ないぞ」と老人が否定した。

「賭ける？」とだけメルは言った。

ドック・マリンズは麻薬を摂取したことで多少楽になったようだった。ジャックの運転技術とスピードをもってしても、病院までは一時間以上かかったので、それはありがたかった。距離というよりは道路が問題だった。高速道路につながる郡道に達するまで、曲がりくねった急カーブの道が続き、スピードは出せなかった。メルは窓の外へ目をやり、ここへ来た最初の晩を思い出していた。この急カーブや崖や険しいのぼり坂に恐怖した晩のことを。いまはジャックがハマーを操ってくれていることで楽な気分でいられた。車はまもなく山岳地帯を抜け、盆地にはいってスピードを上げた。

ドックの状態に注意を向けていたせいで、景色をたのしむ余裕はあまりなかったが、ふと思わずにいられなかった。この郡のどこへ行くにも、はじめて目にするようにその美しさに驚嘆する。

ドックの身に何かあったら、何もかも自分が引き受けることになるのだとメルはつかのま考えた。これから赤ん坊を産むのに、どうしたら町の人たちの面倒も見られるだろう？

ジョーイの質問についても考えた――そこにいつづけるってこと？　そしてにっこりした。このすばらしい場所で生涯を過ごすとしても、それは罰とはならないだろう。

メルにとってはERを訪れるのはまだ二回目だった――最初のときはコニーに付き添っていた。ジェレミーとアンの赤ん坊が生まれた晩は彼らを産科へ連れていったので、ERのスタッフとは知り合いとは言えなかった。しかし、みなドックのことは知っていた。四十年にわたって、頻繁にそこへ姿を現わしていたからだ。メルに対しても、旧友に再会したかのように温かく挨拶してくれた。

ドックはあれこれ世話を焼かれるのを嫌う人間で、ERへ行く必要はないときっぱりと主張した。ERの医師がドックを診察するあいだ、メルとジャックは診察室の外で待っていた。それから、別の医師が診察室にはいっていくと、ドックが怒鳴っているのが聞こえた。「おい、いいかげんにしてくれ！　あんたよりはましな外科医にやってもらえないのか？　手術台の上で死にたくはないぞ！」

メルは青くなったが、スタッフのなかには忍び笑いをもらしている人もいた。しばらくして、外科医が診察室の外へ出てきた。顔には笑みが浮かんでいる。外科医は手を差し出した。「ドクター・サイモンです。ミス……？」

メルは立ち上がってその手をとり、「モンローです」と名乗った。「メル・モンローです。ドックといっしょに働いています。ドックは大丈夫でしょうか？」

「ああ、大丈夫だと思いますよ。医者ってのは、患者としては最高じゃないですか？　彼のことは入院させるつもりです。あの胆嚢《たんのう》はとってしまわなくてはならないが、胆石の発作がおさまるまで、手術はできませんから。一日、もしくは一週間ほどかかるかもしれない。よく連れてきてくれました、ミス・モンロー。きっと彼はあまり協力的ではなかったでしょうが」

「意地を張ってました。会ってもいいですか？」

「もちろん」

ドックはベッドで上半身を起こしており、看護師が点滴を調節していた。ERの医師がカルテを記入していて、メルの姿を見ると、挨拶代わりに会釈した。ドックの顔には、メルには好ましく思えるようになった不快そうな表情が浮かんでいた。

メルはERを見まわした——ロサンゼルスで勤務していたERに比べ、ずっと小さく、人も少ない。それでも、記憶がどっと蘇ってきた——あの環境のなかで昼も夜も働いて過ごしていたときのことが。緊急事態にアドレナリンが噴出し、きわどい状況に精神がたかぶり、刺激された日々。ナース・ステーションでは若い医師が看護師のほうに身をかがめ、彼女の肩越しにカルテを見て何かささやき、笑わせている。それは数年まえのメルとマークと言ってもよかった。メルはゆっくりと目を閉じた。もうすっかり乗り越えたことに気づいたのだ。会いたくてたまらないという、なじみ深い心の痛みももう起こらなかった。いま会いたいと思う唯一の人は、この部屋のすぐ外で待っていて、彼女のためならなんでもするつもりでいる。メルの手が無意識に腹にあてられ、そこに留まった。大丈夫。わたしは最悪の経験をしたけれど、いまは最高のものを手にしている。

「お嬢さん」ドックが鋭く言った。「具合悪くなりそうなのか？」

「え？」メルは物思いから覚めて言った。「いいえ。もちろん、そんなことないわ」

「少しまえには、泣きそうな顔をしていたぞ。もしくは吐きそうな」

メルはドックにほほ笑みかけた。「ごめんなさい。一瞬別の惑星に行っていたみたい。気分はよくなった？」

「死ぬことはないさ。もう帰ったほうがいい。診療所で患者が待っているかもしれない」

「手術のときにまた来ます」とメルは言った。

「来るな！　あの若造に切り刻まれたら、どっちにしても手術で死ぬことになりそうだからな――きみにはヴァージンリバーで仕事がある。誰かがやらなきゃならない仕事がな。きみにかかってるってわけだ。まったく、なんてことだ」

「あとで電話して状態をたしかめるわ。それで、手術のときにまた来ます。ドック？お行儀よくしていてね。ここから放り出されないように」

「ふん」ドックは鼻を鳴らした。

メルは冷たい小さな手をドックの皺の寄った額に置いた。「具合よくなってね。診療所はわたしにまかせて」

ドックらしくない小さな声が聞こえてきた。「悪いな」

ヴァージンリバーに戻る途中、メルは言った。「回復してまた患者を診られるようになるまでにはだいぶ時間がかかるはずよ。ドックが家に戻ったら、しばらくわたしもドックのところに泊まることにする」

ドックの年齢と体重と血圧が、手術においても、回復においても、不都合に働いた。外科医が手術できるようになるまで一週間かかり、胆嚢摘出術の入院期間はふつう短い――多くて二日ほどだ――が、ドックは術後も一週間入院させられた。

その二週間のあいだ、メルはドックの様子をたしかめに何度もヴァレー病院へ通いながら、ヴァージンリバーの数少ない患者にも対応していた。ジューンとジョンが必要であれば手助けすると申し出てくれたが、どうにかメルひとりで持ちこたえていた。昼のあいだは診療所にずっといて、夜は通り向こうのジャックのところに泊まった。唯一大きな影響をこうむったのは、結婚式の計画と実行だった。

ジャックが父と姉たちと妹たちにメルと結婚することを告げると、その知らせは称賛と興奮をもって迎えられた。赤ん坊のことはまだ知らせずにおいた。それがわかったときの彼らの顔を見たかったからだ。ヴァージンリバーにはホテルもモーテルもなかったため、ふたりはできるようになったらすぐにサクラメントのシェリダン家で身内だけのささやかな結婚式をあげることに決めた。ジャックは姉たちや妹たちにドックが入院してからの三週間で、簡素で静かですみやかな式を計画してくれと頼んだ。彼とメルはサクラメントまで行って誓いを立て、急いでヴァージンリバーに戻ってくるつもりだった。「新婚旅行はどうするんだい？」とサムが訊いた。

「それは心配してくれなくていい」とジャックは言った。心のなかでは、これから一生新婚旅行のようなものだからとつぶやいていた。

リッキーはメルの妊娠とまもなく結婚式がおこなわれると知らされて、少なからずショックを受けた。「それでいいの？」とジャックに訊いた。

「ああ、もちろん。潮時さ。家族を持つ心の準備はできているんだ、リック」ジャックは少年の首の後ろに手をまわして肩に引き寄せた。「おまえとプリーチャーに加えてな。おまえはそれでいいかい?」

「まあ、そうだな。あんたがそこまで若くないのはたしかだからね」そう言ってリッキーはにやりとした。「彼女はあんたには手が届かないってほんとうに思ってたんだけどな」

「そうさ、リック。でも、それがどうした」

メルがヴァレー病院にドックを迎えに行って家に連れ帰ることになっていた日の前日の夕方、ジャックが訊いた。「これから夜もドックのところで過ごさなきゃならないかい?」

「たぶん、何日かは——ドックが支障なく動きまわれることがたしかめられるまでは。病院では歩かされていたけど、辛そうなの。いましかめ面をしているのは怒りっぽいからだけじゃない。鎮痛剤の服用が必要になるでしょうね。その薬の管理を自分でしてほしくないのよ。混乱して過剰に摂取してしまう可能性もあるから」

自宅の大きな椅子にすわっていたジャックは「こっちへおいで」とメルに言った。メルがそばへ行くと、ジャックは彼女を膝に引き寄せた。「きみに渡したいものがあるんだ」そう言ってポケットから小さな箱をとり出した。メルは驚いて黙りこんだ。

指輪の箱にちがいない。「ヴァージンリバーのような場所で、これをふだんつけられるものかどうかはわからない。ちょっと派手かもな。でも、買わずにいられなかったんだ。きみにはすべてをささげたい――でも、これも渡さずにいられない」

メルが箱を開けると、ダイヤモンドの指輪がはいっていた。そのあまりの美しさにメルの目に涙がにじんだ。幅の広いゴールドのリングに三つの大きなダイヤモンドがあしらわれている。上品で、派手すぎないものの、とても上等で独特のものだった。

「ジャック、何を考えていたの？　これってきれい！　ダイヤモンドがとても大きい！」

「きみの仕事柄、頻繁につけられないとしても仕方ないと思ってる。それに、デザインが気に入らなかったら――」

「何言ってるの？　すばらしいわ！」

「それから、自分用にそれに似た指輪でダイヤモンドのついていないものも作った。それでいいかな？」

「完璧よ。いったいこんなのをどこで見つけたの？」

「ヴァージンリバーの宝石店でないのだけはたしかだな。沿岸まで車を飛ばさなきゃならなかった。ほんとうに気に入ったかい？」

メルはジャックの首に腕を投げかけた。「あなたはわたしに赤ちゃんをさずけてくれたのよ」と言う。「こんなのまでくれるとは思ってもみなかった」

「きみに赤ん坊をさずけたのは知らずにしたことだ」ジャックはにやりとして言った。

「こっちは意図的に用意したものだけどね」

メルは笑って言った。「みんなに上品ぶってるって思われるかも」

「メル――それを買ったのは少しまえなんだ。きみが身ごもったんじゃないかとはじめて疑ったときだ。身ごもるまえだったかもしれない。きみが妊娠していないとわかったとしても、この指輪は渡すつもりでいた。きみと結婚して、ともに人生を歩んでいくという考えは……義務感から生じたものじゃない。心からの望みなんだ」

「ああ、どうしてこんなことがあり得るの？」

「どうしてかはどうでもいい」とジャックは言った。

翌日、ジャックはメルといっしょにドックを迎えに行き、自宅に連れ帰った。メルはドックをベッドにおちつかせたが、ドックは非常に厄介な患者だった。それでも、すぐに完全に回復し、元の生活に戻れそうには見えた。メルとジャックが二日ほどサクラメントへ行ってくるまでに患者の診察を再開させるのは無理そうだったが、自分で自分の面倒ぐらいは見られるように思われた。

それまでのあいだ、患者の診察とドックの世話をメルが一手に引き受け、ジャックかプリーチャーかリッキーがドックの食事を運んでくれた。メルは一時間かそこら、息抜きをしにバーへ逃げ出すことはできた。夜はドックの部屋のそばの廊下に病院のベッドを置いてそこで過ごした。ひとりで。

そういう夜をいくつか過ごしたある晩、階下《した》で物音がしてメルははっと目を覚ました。寝ぼけまなこで身を起こして耳を澄ます。めずらしいことではあったが、診療時間外に誰かがドックの家のドアをたたくこともないわけではなかったので、メルはノックの音に気づくと、身を転がして時計を見た。午前一時。つまり、緊急ということだ。メルはローブをはおりながら、往診に行かなければならなかった場合の緊急時対策を考えはじめた。ジャックに家に来てもらってドックの面倒を見てもらうこともできる——もしくは、ジャックにいっしょに来てもらい、ドックには朝までひとりで眠ってもらってもいい。

何年かまえに起こった、命にかかわるトラック事故の話を思い出し、自問せずにいられなかった。わたしでは力不足だったらどうする？　誰に連絡すればいい？

玄関のドアを開けると、そこには誰もいなかった。そのときまたドアをたたく音が聞こえてきて、訪ねてきたのが誰であれ、裏のキッチンのドアのところにいるのだと気がついた。ドアのガラス窓から外を見ると、あのキャンプにいたキャルヴィンであることがわかった。あのキャンプへ来てほしいと呼びに来たのだとしたら、行くつもりはない。彼を追い払わなければならない。薬がほしいと頼みに来たのだとしたら、ジャックを呼ばなければならないかもしれない。

メルが断る理由を口先まで出しながらドアを開けると、キャルヴィンが首に腕を押しつけるようにしてぶつかってきた。押されたメルは後ろに飛ばされ、椅子を倒してカウンターにぶつかった。乾かすために皿用のラックに置かれていたコーヒーカップが音を立てて床に転がった。キャルヴィンはどんよりとした目で歯をむき出し、手には大きな狩猟用のナイフを持っていた。メルは悲鳴をあげたが、キャルヴィンに髪をつかまれて喉にナイフを突きつけられ、その声はすぐに途切れた。

「薬だ」彼はひとこと言った。「ここにある薬をよこせ。そうしたら、このあたりの山からはとんずらしてやる」

「あそこにある……鍵をとってこなくては」メルは薬品棚を示して言った。

「そんなもの」とキャルヴィンは言い、メルをつかまえたまま木製の扉を蹴り壊そうとした。棚全体が揺れて倒れそうになる。棚のなかのものが倒れる音が聞こえてきた。

「やめて！」メルは叫んだ。「瓶が割れる！　薬がほしいんじゃないの？」

キャルヴィンは蹴るのをやめた。「鍵はどこだ?」と問う。

「オフィスよ」

キャルヴィンはメルを後ろ向きに引っ張り、裏のドアの鍵をかけた。「来い。急ぐんだ」片腕をメルの腰にまわし、ナイフを喉に突きつけたまま、キャルヴィンはキッチンからメルを連れ出した。メルは彼をオフィスに連れていくよりほかになかった。

キャルヴィンは人質であるかのようにメルをまえに歩かせ、すり足でオフィスへとゆっくり廊下を進んだ。メルが引き出しを開けて鍵をとろうとすると、彼は笑い出し、メルの手をつかんだ。「これももらう」そう言って指輪を引っ張った。

「ああ、いや」と叫んでメルは手を引き抜いた。しかし、簡単に髪をつかまれて引き戻され、顔のまえにナイフを突きつけられた。メルは身を凍りつかせ、指輪を引き抜かれるままになった。

キャルヴィンは指輪をポケットに入れて言った。「急げ。ひと晩じゅうこうしてはいられない」

「痛くしないで」とメルは言った。「望みのものはなんでも持っていっていいから」

彼は笑った。「あんたのこともほしいと言ったらどうする?」

メルはその場で吐くかと思った。意志の力で勇気を振りしぼり、気を強く持って、この試練が終わるのを待とうとした。

しかし、キャルヴィンはメルを殺すつもりだった。彼が誰で、何をしたのか知っているのだから。突然メルにはわかった——この人に殺される。望みのものを手に入れたらすぐに、あのナイフで喉を引き裂くつもりでいる。

机の上にはハマーのキーが載っていた。トレードマークとリモコンのせいで一目瞭然だった。キャルヴィンはそれを手にとって指輪を入れたポケットに突っこむと、メルをオフィスから連れ出し、キッチンへ戻ろうとした。そうしながらつぶやいた。「マキシンや老人どもといっしょにあの森のなかにひそんでいてやってるってのに、くそ野郎めが充分払ってくれないんだ。でも、これで埋め合わせになるな」そう言って笑った。

ジャックは身を転がしてベッドから出ると、鳴りつづける電話に出た。「メルが困ったことになってる」ドックの真剣な声が聞こえた。「誰かが家の裏口から押し入ろうとしている。一階だ。メルが階下《した》に行った。ガラスの割れる音がした」

ジャックは電話を落とすと、椅子にかけてあったジーンズをつかんだ。シャツや靴を身に着ける暇はなく、クローゼットの鉤にかかっていたホルスターから九ミリ口径の拳銃を手にとり、弾丸がこめてあるのをたしかめると、ドアの外へ飛び出した。全速力で通りを横切りながら、頭を働かせることはなかった——無意識に動いていた。顎はきしり、こめかみは脈打ち、耳の奥で血が轟音《ごうおん》を立てている。

診療所にはドックのピックアップトラックとメルのハマーのそばに古いピックアップトラックが停まっていた。家のなかにいるのが誰かははっきりわかった。

ジャックが玄関のドアののぞき窓からなかを見ると、キャルヴィンがメルを後ろから押してオフィスへはいるところだった。ふたりは薬品棚があるキッチンのほうからやってきた。ジャックは家の裏手へまわり、キッチンのドアののぞき窓からなかを見た。ふたりの姿はまだ見えなかった。やがて廊下の向こうからふたりが戻ってくるのが見え、ジャックは首をかがめた——が、キャルヴィンがぎざぎざの刃の大きなナイフをメルの首に突きつけているのはわかった。ジャックはタイミングをはかった。キャルヴィンに逃げる暇や機会を与えるつもりも、逃げるまえにメルを傷つけさせるつもりもなかったからだ。ふたりがキッチンに戻ってくるまでのほんの数秒が長く感じられた。ふたりの動く音や、メルをつかまえている男の敵意に満ちた声が聞こえた。

ふたりが薬品棚のところまで到達するかしないかのときにジャックはドアを蹴った。ドアは勢いよく開き、反対側の壁にぶつかって戻ったが、ジャックはすでになかにはいっていた。足を開いて立ち、腕を上げ、自分の女をつかまえている男に拳銃を向けて言った。「ナイフを下ろせ。ゆっくりとだ」
「ここからおれを逃がしてもらう。この女は安全のためにいっしょに連れていく」とキャルヴィンは言った。

喉にナイフを突きつけられたまま、メルはジャックに目を向けた。そこにはこれまで見たことのない男がいた。メルをつかまえている男がすくみあがりそうな表情が顔に浮かんでいる。上半身裸で、裸足で、ジーンズのジッパーは上がっているが、ボタンははずれている。肩と腕は恐ろしいほどに大きく、筋肉の盛り上がった二の腕にはタトゥーがはいっている。野人のような見かけだ。ジャックは拳銃の銃身越しに目を細めて狙いをつけていた。行動するつもりでいることはその顎にはっきりと表われている。それはまちがいなかった。メルには目を向けず、じっとキャルヴィンを見つめている。銃には恐怖を感じているはずなのに、メルは怖くなかった。ジャックを信頼していたからだ。その瞬間、彼が命を賭して守ってくれようとしているのはわかった。そして、自分を危険にさらすことはけっしてないということも。けっして。ジャックが動くとしても、危険はない。メルの怯えた表情が信頼するものに変わった。

ジャックから標的までは一メートルあまりだった。狙いをつけているのはキャルヴィンの頭の左側で、そのすぐ横にはメルの頭があった。メルの美しい顔が。そして喉にはナイフが突きつけられている。それについては考えるまでもなかった――こんなふうに彼女を失うつもりはなかったからだ。

「あと一秒」

目の端で、メルが視線を送ってくるのがわかった。その一瞬、そのまなざしから、彼女が自分を愛し、信じてくれているのがわかった。それからメルは目を閉じ、ほんのわずかに首を右に傾けた。

「下がれ――」

ジャックは銃を発射し、男を後ろに吹き飛ばした。ナイフは男の手を離れて飛んだ。

メルはジャックのところに走った。銃を持っている腕は脇に垂れ、もう一方が彼女にまわされた。その腕に抱きしめられたメルは彼にしがみつき、裸の胸に顔を押しつけてゆっくりと息を吐いた。ジャックは敵から目を離さなかった。キャルヴィンの頭にはきれいな穴が開いており、ぴくりともせずに横たわる体の下には血だまりが広がりつつあった。

ふたりはしばらくそうして立ったままでいた。メルは息を整えようとし、ジャックはじっと目を凝らしていた。もう大丈夫。メルは少し身を離して彼を見上げたが、怒りに満ちた険しい顔にまた驚愕しそうになった。「あの人、わたしを殺すつもりだったのよ」とメルはささやくように言った。

ジャックは男から目を離さずに言った。「きみの身に危険がおよぶことはおれが許さない」

背後から駆け寄ってくる足音が聞こえたが、ジャックは振り返らなかった。

プリーチャーがドアのところではっと足を止めた。息を切らしながら、左右のドア枠を両手でつかんで身を乗り出し、キッチンをのぞきこんだ。床に男が倒れていて、メルは守られるようにジャックに抱かれ、ジャックが脇に下ろした手に銃がにぎられているのを見てとると、プリーチャーの眉根が寄り、口の端が下がって表情が暗くなった。彼はキッチンにはいってくると、ナイフを蹴り飛ばし、男のほうに身をかがめた。男の頸動脈に触れると、肩越しにジャックに目を向け、首を振った。「大丈夫だ、ジャック。片づいた」

ジャックは銃をテーブルに置き、メルを守るように抱いたまま、壁の電話のところへ向かった。受話器を手にとり、いくつか番号を押して告げる。「こちらヴァージンリバーのジャック・シェリダンだ。ドック・マリンズの家にいるんだが――男を殺した」

16

保安官助手のヘンリー・ドパルデューは、ヴァージンリバーへ到着するまでの時間ほどもかけずに、ジャックの行為が命の危険にさらされていたメルのための正当防衛だったと判断した。いずれにしても、その晩ジャックが次に電話をかけたのは、ジューン・ハドソンの夫のジム・ポストだった。彼が法の執行機関にいたことが役に立った。じっさい、ジムが町に到着したのはヘンリーよりも早かった。その晩ジャックは、ジムが引退まえはその地域でじっさいに捜査にあたったことのある麻薬捜査官だったことを知った。

「キャルヴィンのキャンプをちょっと調べておいたほうがいいな」とジムは言った。「そこが浮浪者たちの暮らす小さな集落というだけなら問題はない。でも、それだけじゃない気がするんだ。そうだとしたら、保安官に知らせたほうがいいだろう」

ジャックはその後朝までドックの家でメルとともに過ごすよう勧められた。メルは存在することすら知らなかった彼の一面を目にしたのだった。このやさしくて穏やかな大男が怒りに駆られる姿を。それは静かで恐ろしい怒りだった。小さな病院用のベッドにふたりで横たわり、ジャックはメルを抱きしめて夜を過ごした。メルにとって眠るのはむずかしく、ときおりうとうとするだけだったが、目を開けてジャックを見るたびに、彼も起きていて彼女を見ているのだった。顔を見上げると、怒りのせいで顎がこわばり、目が細められていたが、メルが頰に手をあてると、こわばった顔がゆるみ、やさしい目が彼女に向けられた。「大丈夫だ、メル」と彼は言った。「少し眠るんだ。怖がらなくていい」

「あなたといっしょなら怖くない」とメルはささやいた。それはまぎれもない真実だった。

翌朝早く、ジューンとジムが町にやってきた。ジムはジャックの家に行き、ジューンは診療所に来た。「ストレスのせいであなたの妊娠に問題が起こってないかどうかたしかめたかったの」とジューンは言った。「引きつったり、出血したりは?」

「すべて問題ないと思う。ただ、どうなっていただろうと考えて何度も身震いしてしまうけど」

「この町には二時間ほどしかいられないけど——」とジューンは言った「診るべき患

者がいたら、わたしが力になるわ。休む必要はある？」

「昨日の晩はジャックがここにいてくれたの。彼は寝てないと思うけど、わたしは少し休めた。赤ちゃんはどうしたの？」とメルは訊いた。

「スーザンがジェイミーの面倒を見てくれていて、診療所はジョンとうちの父にまかせてきた」ジューンはにっこりした。「わたしたち田舎の医者は柔軟に対応しないといけないから」

「ジムは何をしているの？」とメルは訊いた。

「ジャックとプリーチャーといっしょにいるわ。長くはかからないはず。あの男がいた場所を調べてみなきゃならないそうよ、メル。町へ来て命の脅しをかけてくるような人間がほかにもいると困るから」

「え、嘘」とメルは言った。

「彼らがうまく処理してくれると思う」とジューンは言った。「たぶん、そうしなきゃならないのよ」

「そういうことじゃないの、ジューン。わたし、あのキャンプにはもう何度も足を運んでいるのよ。あそこでキャルヴィン・トンプソンに会ったのは、ドックに同行して、傷の手当てを手伝った最初のときだけだった。でも、その後も行くなと言われていたのに行ったの。ちょっと怖くてびくびくしていたけど、あそこの誰かに、喉にナイフを突きつけられるなんて思ってもみなかった――」メルはそれ以上続けられずにことばを止めた。

「ああ、なんてこと」とジューンは言った。「そこで何をしていたの?」

メルは肩をすくめた。答える声は小さかった。「あの人たち、おなかが空いているように見えたから」

ジューン・ハドソンの顔にゆっくりと笑みが広がった。「そんなことまでしていたのに、自分をよそ者だなんて感じていたのね。まったく、ばかよ」

ジャックとプリーチャーとジムはジャックのピックアップトラックに乗りこみ、森の奥へと向かった。キャンプまでは三十キロほどだったが、古い材木道路や隠れた山道が多く、到達するまでにほぼ一時間かかった。キャンプはあまりに森の奥深くに埋もれているため、ふつうはここの人間が危険をもたらすかもしれないと不安に思うことはなかった。

ナイフを持ってやってきた若者、キャルヴィン・トンプソンはここへ来てまだまもなかった。浮浪者というだけでなく、粗暴な悪党でもあった。ヘンリー・ドパルデューが調べたところ、キャルヴィンがカリフォルニア州のほかの都市で麻薬がらみの長い犯罪歴を持ち、重罪による逮捕令状が出ていたため、森に身を隠していたことはすぐにもわかった。どうやらマキシンが自分の父親の森のなかの隠れ場所に彼を連れてきたらしかった。

キャンプに着くと、ジム・ポストが「ああ、そうだと思った」と言ってカモフラージュされたセミトレイラーとそのそばの発電機を指差した。ヴァージンリバーからやってきた三人はピックアップトラックから降り、一撃でアメリカクロクマを殺せる威力を持つライフルを振り上げた。人間だったら体を真っ二つにできるほどのライフルだ。もちろん、その証明となる人間はいなかったが。「ポーリス！」とジャックが呼んだ。

ひとつの小屋——掘っ建て小屋——から、骨と皮にやせ細り、ひげを生やした男が出てきた。その後ろにはよれよれの髪のやせた若い女がいた。さらに何人かの男が壊れたトレイラーの裏からゆっくりと現われた。誰も武器は持っていなかったが、ジャックとジムとプリーチャーが持っている武器については知識があるようで、みな離れた場所で足を止めた。

ジャックがポーリスに近づいた。「あんたは大麻を栽培してるのか？」と訊く。

男は首を振った。

「トンプソンがここへ大麻栽培を持ちこんだのか？」

若い女が声をもらし、手で口をおおった。ポーリスはうなずいた。

「やつは昨日の晩、ある女性を殺そうとした。麻薬と彼女の所有物を奪おうとして。やつは死んだ。あのトレイラーを持ちこんだのは誰だ？」

ポーリスは首を振った。「ここじゃ、名前を教え合ったりしない」

「どんなやつだ？」とジムが訊いた。

ポーリスは肩をすくめた。

「おいおい。そいつのために刑務所に入れられたいのか？　車は何を運転している？」

ポーリスはまた肩をすくめたが、マキシンが父の後ろから一歩踏み出した。青ざめた頬を涙が濡らしている。「大きな黒いレンジローバーよ。ルーフにライトがついているやつ。どんなのかはわかるでしょう。そいつがキャルヴィンに大麻を見張らせて金を払っていた」

「そいつのことは知っている」ジャックがジムに向かって静かに言った。「どこにいるかはわからないが、そいつが管理しているのがここだけじゃないのはたしかだ。それに、そいつが乗っている大きなSUVのナンバーも知っている」

「そうか、それは役立ちそうだな」

それからクリフォード・ポーリスに向かってジャックは言った。「二十四時間やるから、このキャンプを引き払ってよそへ移れ。保安官助手がすぐにもここへ来てこの場所を閉鎖するはずだ。そのときにあんたがここにいたら、逮捕されることになる──あれはいまはあんたの所有物ということになるからな。いますぐよそへ移らなきゃならない。あんたにはこのあたりにいてほしくないんだ。おれの言うことが聞こえたかい？」

ポーリスはうなずいた。

「キャルヴィンが脅したのはおれの女だった」ジャックはさらに静かに言った。「あんたを探しに来るからな。それで、おれに見つかったら、あんたは充分遠くへ移っていないということだ。わかったか？」

ポーリスは再度顎を下げた。

男たちのちがいは顕著だった──キャンプの男たちと、ジャック、ジム、プリーチャーは。どんな戦いが為されようとも、どちらが勝つかについては疑問の余地がないほどに。帰途につくために車に乗りこむ直前に、ジャックは30-06弾を積んだボルトアクション方式のライフルを持ち上げ、地面に半ば埋もれたセミトレーラーのそばにある発電機に狙いをつけて弾丸を発射し、破壊した。その音はまわりの木々を揺らすほどに鳴り響いた。それを見ていた男たちは身をひるませ、両手で顔をおおったり、あとずさったりした。

「明日もう一度来るからな」とジャックは言った。「早朝に」

ピックアップトラックに乗りこむと、ジャックがジムに訊いた。「やつらのことはどう思う？」

「浮浪者どもだ。森で暮らしているだけの。連中にはあのトレイラーをあそこに持ってくるすべはなかっただろう。キャルヴィンが誰のために働いていたにせよ、そいつが手配したことだ。きっと連中はあそこを出ていくな。さらに森の奥にはいるんだろう。またキャンプを張って放っておいてもらえるところに。ヘンリーにはあのキャンプの場所を知らせておこう。それでも、脅しは実行に移したほうがいいな。やつらはもうここにはいられない。やつら自身が危険でなくても、危険な連中にほいほい利用されるだろうから」

「銃はなかったな。武器を持っているはずだが」

「ああ、たしかに――でも、それほど多くは持っていない。おれたちが携えている武器を見たんだ――あの老人たちがおれたちに銃を向けてくることはない。心配すべきは、キャルヴィンを雇った人間のような連中だ。そのまたボスとか。何年かまえ、おれがまだ在籍していたころに、麻薬取締局がトリニティ・アルプスでひとつの町全体を立ち退かせたことがあった。それでいま、そういう連中が銃を持つようになった」ジムはジャックの腕をたたいた。「おれだったら、やつらには干渉しないな。森林局がそいつらに遭遇することがあったら、そっちで保安官事務所か、もしかしたら麻薬取締局に通報するだろう」

町の人々はみな気を張りつめ、心配していた。ジャックは町の人々にとってお気に入りの息子のような存在になっており、彼が選んだ女性――町の人の力になるためにここへ来た女性――が命の危険にさらされたのだ。

その日一日、近所の人々が食べ物を持ってドックの家に来ては会話をしていった。患者が来ることはなく、友人たちばかりだった。ドックまでがベッドから出て着替え、階下《した》へ降りてきた。午後に少し昼寝しただけで、ドックは一日じゅう起きていた。

ジムとジューンは二時間ほどしかいられなかったが、その日一日、ジャックがそばにいることが多かった。メルの様子をたしかめに来た人々が彼と話をしたがったので、それは都合がよかった。「彼女にナイフを突きつけている男を撃ったって聞いたけど」

ジャックはうなずいただけでメルの手をとった。「どうしてそんなことができたの？

狙いを一センチもずらさないってどうしてわかったの？」

「選択の余地はあまりなかったから」とジャックは言った。「狙いをはずす可能性があると思ったら、引き金は引かなかった」

もうひとつ大きな関心を引いたのは、メルの指に光る指輪だった。婚約は驚かれることなく、喜びと愛情をもって祝われた。結婚式についての質問も多く、数日のうちにサクラメントで身内だけのささやかな式をあげるつもりだと知らされると、みな真剣に反対した。

ジャックとドックとメルは見舞客が持ってきた食べ物を夕食にし、食事が済んで皿を洗うと、ドックが言った。「ベッドにはいるよ、メリンダ。きみはきみの婚約者のベッドに戻ったほうがいい。病院のベッドはきみたちふたりには小さすぎる」そう言うと、ゆっくりと階段をのぼっていった。

「ああ、そうすべきだな」とジャックも言い、メルを連れて通りを渡った。

まえの晩、ほとんど眠っていなかったため、ジャックのベッドにはいって温かい彼の体に体を押しつけて丸くなると、メルは疲労から意識を失うように眠りに落ちた。

翌朝、太陽が顔を出すまえに、メルは何台もの車の音に起こされた。時計に目をやると、まだ午前五時だった。メルは服を見つけて身に着け、なんの騒ぎかたしかめるためにバーを抜けてポーチに出た。通りにはピックアップトラックやキャンピングカーや四輪駆動車やSUVや普通車がひしめいていた。そのまわりで男たちがライフルをたしかめている。防弾ベストを着ている者までいた。ジーンズとワークシャツ姿の者もいれば、作業着姿の者もいる。そのなかには知っている顔もあった——ロサンゼルスのマイク・バレンズエラ、フレズノのジーク、オレゴン州グランツ・パスのポール・ハガティとジョー・ベンソン。ヴァージンリバーの隣人たちや、牧場主や、農場主もいた。いっぱしの大人の男のような顔をしたリッキーもそのなかにいた。

メルがしばらくその様子を眺めていると、寝癖のついた髪で裸足のままそこに立っている彼女にジャックが気づいた。彼は持っていたライフルをポールに渡してメルのところへやってきた。「女の子みたいに見えるな」と言う。「妊娠してるちっちゃな女の子だが、おれはだまされないぞ」ジャックはにやりとした。「きみはもう少し眠れると思ったんだが」

「こんな騒ぎのなかで？　どうなってるの？」

「清掃活動さ」とジャックは言った。「きみは何も心配しなくていい」

「ちょっと、ジャック」

「たしかめに行ってくる。森を一掃しなきゃならないかどうか」とジャックは言った。

「武器を持って？　防弾ベスト？　冗談でしょう、ジャック」

ジャックはメルをつかのま抱きしめて言った。「きっと問題は起こらないさ、メル。ただ、何に出くわすにしろ、準備は整えておかなきゃならない。町のまわりを大きくぐるりとまわって、町の近くに大麻栽培者や犯罪者がいないことをたしかめるだけだ。トンプソンが暮らしていたようなキャンプがないかどうか。トンプソンのような連中が隠れているキャンプがないかどうか」

「ふつうのキャンプに危険な人がいるかどうかどうやってわかるの？　このあたりにはああいうキャンプがあちこちにたくさんあるって聞いてる。土地の不法占拠者や、浮浪者や、山岳民族のキャンプ」

ジャックは肩をすくめた。「だったら、そこに誰がいるのか知っておくべきだな。連中のキャンプに何があるか、連中がどんな武器を持っているかたしかめて知っておく。大麻はすぐにわかる——特徴的な緑色で、必ずと言っていいほどカモフラージュされて発電機が置かれているから」

メルはジャックが着ているベストに手を置いた。「あなたがこれをするのは——」

「もうすぐ父親になるからさ。愚かしい危険を冒すつもりはない。ああいうばかな連中の誰かが誤射する可能性もあるわけだから」

「リッキーも連れていくの?」

「リッキーには目を配るつもりだ。みんながそうするだろうが、おれを信じてくれ——彼にもできるはずだ。銃の撃ち方はおれが自分で教えたしな。仲間はずれにはしない。きみのためにすることだから」

「こんなこと、ほんとうに必要なの?」

「ああ」ジャックはそう言って彼女を見下ろした。そこに浮かんだ表情の意味はメルにもよくわかるようになっていた。何があっても義務をはたすつもりだという表情。

ジム・ポストがにやにやしながらジャックの隣に来た。「おはよう」と言う。

「あなたがこういうことをしてること、ジューンは知ってるの?」とメルは訊いた。

「もちろん」

「それでなんて?」

「『気をつけて』みたいなことを言っていた。大変だったのは、来ないように年寄りのドック・ハドソンを説得することだった」

「警察にまかせたほうがよくない? 保安官に?」

ジムはポーチの階段に片足を載せ、肩をすくめた。「すでにヘンリーにはポーリスのキャンプについて話してあるし、あそこに大麻栽培を持ちこんだと思われる男が乗っていた車についても詳しいことを教えてある。ポーリスのキャンプがあそこを引き払っていて、大麻だけが残されているといいんだが。おれたちも見たんだ、メル――これだけは疑問の余地がない――あそこへセミトレイラーを持ちこんで埋め、カモフラージュして大麻栽培をはじめたのはあの年寄りの不法占拠者たちじゃない。誰かほかの人間だ。あれだけにかぎらないかもしれない。ほんとうに問題なのは、ずっと奥地の――連邦政府の所有地だ。おれたちはそこまで深追いはしない。やつらのビジネスに干渉するつもりもない。それはプロにまかせるつもりだ」

「ただ、ひどく自警団っぽく見えるから」とメルは言った。

「ちがうさ。違法なことは何もしないよ、メル。ちょっとしたメッセージを伝えるだけだ。われわれの女性たちや町に、仕返しが必要と思わせるようなことをするんじゃないってね。わかるかい?」メルは答えなかった。「あの手のキャンプがヴァージンリバーの安全を脅かすほど近くにあったら、当局にそいつらの居場所を通報するまえに、命からがら逃げ出す機会を与えてやるってわけだ。大丈夫だ。おれたちは暗くなるまでに帰る」

メルはジャックに言った。「一日じゅう死ぬほど怖い思いをすることになるかも」

「きみが怖くないよう、おれがそばにいなくちゃならないかい？」とジャックは訊いた。「それとも、おれをもう一度信じられるかい？」

メルは唇を嚙みつつも、うなずいた。ジャックはメルの腰に手をまわし、体を持ち上げて口を近づけ、濃厚なキスをした。「朝のきみはほんとうにいい味がする」ジャックはほほ笑んで言った。「それってふつうのことかい？」とからかうように訊く。

「気をつけてね」とメルは言った。「わたしがあなたを愛しているのを忘れないで」

「それだけで何も要らないよ」ジャックはメルを下ろして言った。

プリーチャーがポーチに出てきた。メルに会釈したが、太い眉をひそめてしかめ面をしている様子は身震いしたくなるほどだった。「彼のことも連れていって」とメルは言った。「そうすれば、みんな怖がって逃げるでしょうから」メルが驚いたことに、プリーチャーは満面の笑みを浮かべた。一瞬誰かわからなくなるほどだった。

ようやく男たちが派手な隊列を組んで出かけると、メルはジューンに電話をかけた。

「ご主人が何をしているか知ってるの？」と訊く。

「ええ」とジューンは答えた。苛立っているような声だ。「子守りはしてないわね」

「心配じゃないの？」

「誰か自分の爪先を吹き飛ばしてしまうんじゃないかとそれは心配ね。どうして？ あなたは心配なの？」

「その……もちろんよ！ あなたも彼らの様子を見るべきだった――防弾ベストを着けて、大きな銃を持っていた。そう、大きな銃！」

「まあ、そっちには熊がいるから。ちっちゃな銃じゃ役に立たないでしょう」とジューンは言った。「ジャックのことは心配要らないわ、メル。きっと撃つ必要に駆られても、銃の腕前はたしかでしょうから」

「ジムはどうなの？」

「ジム？」ジューンは笑った。「メル、ジムはこういうことを仕事にしていたのよ。そのころのことをほんのちょっとでもなつかしく思っているとしても、認めないでしょうけど。でも、忍び笑いをもらしているのは聞いた」

一日じゅうメルは森のなかでの銃撃戦を思い浮かべて過ごした。運悪く、患者がひとりも現われなかったことで、うろうろと動きまわるのをやめられなかった。バーも閉まっており、男たちの多くが清掃活動に出かけてしまったため、町はあり得ないほどに静まり返っていた。

メルはその日のほとんどをドックの家のポーチの階段にすわって過ごした。黒いレンジローバーが町にゆっくりとはいってきたのは昼ごろだった。診療所のまえまで来て、色のついた窓が開いた。「あんたの身に起こったことを聞いた」運転してきた男が言った。

「そうなの？　共通の友人はいないと思っていたけど」

「ふたつだけ伝えたいことがある。あんたには恩があるからな。ひとつは——おれはトンプソンを知っているということだ。やつは危険人物だ。森の奥で何がおこなわれているかについても多くを知っているが、ほかにやつのような人間はいない。おれの知るかぎりでは。ヴィッキー——あの赤ん坊を産んだ女——のような人間は多少問題を抱えてはいるが、誰にとっても危険ではない。なるべく目立たないように生きているんだが、ちょっとばかり不運に見舞われて、金を作る方法を多くは知らないっていうだけだ。それに——あの女はここを離れた。赤ん坊を連れてアリゾナに住む姉のもとへ行った。おれがバスに乗せてやったんだ」

「まえはネバダだって言ってたけど」メルは指摘した。

「いまもそう言っただろう？」男はかすかに笑みを浮かべて言った。「まあ、まちがって覚えたのかもしれない」

「どこに小切手を送ればいいのか、あなたがちゃんとわかってるといいなと思うだけよ。あの子はあなたの子供なんだから」

「言っただろう、彼女たちは必要なものをすべて与えられると。そう言わなかったか?」

メルはしばし口を閉じて考えをめぐらした。この男が送る小切手は大麻の売買で得たものだ。大麻はビールを数杯やるのとあまり変わらないと考える人もいる。メルはバーを経営する男を愛し、生涯をかけた約束をとりかわそうとしており、数杯のビールを客に提供することについてはなんとも思わなかった。また、医療用にも使われていると大麻の効用を認めている人もいた。一方で、危険なドラッグとみなす人もいる。まちがった人間の手に――おそらくは若い手に――渡れば、より危険な麻薬中毒へとつながりかねないと。メルにわかっているのはふたつだけだった。処方箋なしにそれを使うのはいまも違法だということと、違法であるがゆえに、犯罪に結びつくことも多いということだ。

「伝えたいことがふたつあるって言ったわね」とメルは言った。

「おれはこの地域を出ていくつもりだ。死人が出たからな。トンプソンが死んでも、社会にとってたいした損失にはならないが、そんなことは関係ない」男は肩をすくめて言った。「やつはここでいくつかのビジネスにかかわっていたから、捜査がおこなわれ、令状だの逮捕だのという事態になるだろう。おれはよそへ行くよ」男はメルにほほ笑んでみせた。「あんたの願いはかなうわけだ。もうおれとかかわることはない」

メルはポーチの階段にすわったまま身を乗り出した。「あなたは暴力行為にも手を染めたことがある？」

「さほどは」男は肩をすくめて言った。「これまでのところはな。ちょっとばかり誤解があるようだが、おれは単なるビジネスマンだ」

「もっと合法的なビジネスを見つけられなかったの？」

「そりゃ、見つけられたさ」男は笑みを浮かべて答えた。「これ以上に利益のあがるビジネスを見つけられなかっただけで」

窓が閉まり、車は通りを抜けて走り去った。メルはナンバーを覚えた。男がいまのビジネスで成功をおさめているとしたら、ナンバーを覚えても仕方がないだろうが。

夕方になっても、メルはドックのポーチにすわって待っていた。暗くなりはじめたところで、戻ってくる車の音が聞こえてきた。車の列はゆっくりと町にはいってきて、バーのまえで停まった。メルは男たちの気分を推し量ろうとした。ピックアップトラックやジープから降りてくる男たちはみな険しい顔で疲れきっており、背中や腕を伸ばそうとしていた。防弾ベストはなくなっており、銃はラックにしまわれていて、シャツの袖はまくり上げられている。しかし、すぐにみな背中をたたき合ったり、笑い合ったりしながら、ジャックの店のポーチに集まってきた。リッキーが集団の一員になって男たちといっしょに笑っているのを見てメルはほっとした。無事だったのだ。最後に停まったピックアップトラックはジャックも乗っているプリーチャーの車だった。荷台に何か大きなものを載せていて、それが荷台からはみ出している。車が停まると、男たちがみなそのまわりに集まり、その場の浮かれ気分がさらに高まったようだ。笑い声や大声が次々とあがった。

どうなっているのか知るのが怖いと思いながら、メルは通りを横切ろうとした。ジャックも彼女のほうにやってきたため、ふたりは途中で会った。

「それで? 何か見つかったの?」

「悪いやつらは見つからなかった」とジャックは言った。「ポーリスのキャンプは壊されていた。あとに残されたごみはおれたちが破壊した。ヘンリーと保安官助手がふたり現われて、やつらが植えていたものを押収した。大麻栽培を容認するなら、ポーリスの連中にはこの近くに戻ってきてほしくないな。ほんとうのところは、連中にそれを排除する力がないだけなんだろうから、おれらが排除するというわけさ」

「こう考えたことはないの——ただの大麻だって？」

「それについて意見するつもりはないよ」ジャックは肩をすくめて言った。「でも、それが合法で、薬品会社が栽培するというなら、おれたちも自分の女子供について心配する必要はなくなる」

「トラックに積んでるのは何？　ひどいにおいだけど、あれは何？」

「熊さ。見たいかい？」ジャックはほほ笑みながら訊いた。

「熊？　いったいどうして……？」

「えらく怒っていたんだ」とジャックは言った。「来て見てごらん——巨大な熊だ」

「誰が撃ったの？」とメルは訊いた。

「誰の手柄かって？　それとも、じっさいに撃ったのは誰かって？　手柄と言えば、みんなの手柄だろうな」ジャックはメルの腰に腕をまわし、バーのほうへいっしょに歩いた。

　メルの耳に男たちの声が届きはじめた。「絶対さ、プリーチャーの悲鳴が聞こえた」と誰かが言った。

「悲鳴なんかあげてないさ、ばか。ときの声だ」

「小さい女の子の悲鳴みたいだったぜ」

「あの熊は必要以上に弾丸をくらったな?」

「あの熊除けスプレーがあまりお気に召さなかったようだよな?」

「あのスプレーを浴びて向かってきた熊ははじめてだ。ふつうはちっこいかぼちゃ色の目をこすりながら、森へ逃げていくものだが」

「だから言ってるじゃないか、プリーチャーが悲鳴をあげたって。赤ん坊のように泣き出すかと思ったぜ」

「何も食わせてやらないぞ、ばか」

まわりじゅうで笑い声があがった。カーニバルのような雰囲気だ。朝、険しい顔で町を出て言った集団が、戦争に勝って意気揚々と帰還する兵士たちのように戻ってきたのだ。ただし、この戦争の相手は熊ということになったようだが。

メルはピックアップトラックの荷台をちらりと見て飛びすさった。熊の体は荷台全体を占めているだけでなく、端からはみ出してもいた。足の爪は恐ろしいほどで、死んでいるにもかかわらず、しばりあげられていた。目は開いていたが、生気はなく、口からは舌がだらんと垂れている。そしてとんでもない悪臭を発していた。

「誰が魚類野生生物局に連絡する?」

「ああ、連絡しなきゃならないかな? だって、熊を持っていかれるだけだぜ。おれの熊なのに！」

「おまえの熊じゃないぞ、ばか。撃ったのはおれだ」プリーチャーが大声で主張した。「おまえは女の子みたいに悲鳴をあげただけじゃないか。撃ったのはおまえ以外のみんなさ」

「じっさいに熊を撃ったのは誰なの？」とメルはジャックに訊いた。

「熊が襲ってきたときにプリーチャーが撃ったんだと思う。それから、ほかのみんなも撃った。それにそう、彼が悲鳴をあげたのもたしかだ。おれだってきっとあげたさ。あの熊はほんとうにすぐそこまで迫っていたんだから」しかし、そう言いながらも、ジャックはタッチダウンを決めたばかりの少年のようににやにやしていた。

プリーチャーはジャックとメルのところに足音高くやってきた。そして身をかがめてメルに耳打ちした。「おれは悲鳴なんかあげてない」そう言って踵を返すとまた足音高くその場を離れた。

「メル」ジャックが小声で言った。「今日はもうひとつ発見があった」メルは期待するようにジャックを見上げた。「黒いレンジローバーを見つけたんだ。道からはずれて崖の六十メートルぐらい下に落ちていた……」

「あの人は死んだの？」メルはそれを気にする自分に驚きながらも、こわごわ訊いた。

「死体はなかった」

メルは唐突に短い笑い声をあげた。「まったく」と言う。「今日のお昼ごろ、ここに来たの。車の窓を開けて、わたしには恩があるから、知っておいてもらいたいことがあるって言ってた。彼の知るかぎり、このあたりでトンプソンみたいに大麻売買にかかわっている人間はほかにはいないそうよ。それから、自分はこの地域を離れるつもりだって」「ジャック、あの人が車を捨てたにちがいない」

「おそらく」とジャックは言った。「つまり、新しい車と見かけを手に入れて、戻ってくるかもしれないということだ。そいつとは二度といっしょに行ったりしないでくれ、メル。約束してくれ」

あの男は自分をちゃんと扱ってくれたし、多少の良心を持ち合わせているようにも見えたとメルは考えていた――そんなことを考えるのは正気とは言えなかったが。また誰かに医療の助けが必要だと彼が言ってきたら、断るのはむずかしいだろう。「あの人がどれだけ子供を作れるっていうの？」メルは笑って訊いた。

「男は判断をまちがうものだからな」

「そうなの？　あなたはそれほど何度もまちがってないといいんだけど」とメルは言った。

「おれはまちがったことはないさ」ジャックはほほ笑んで言った。

「それで、収穫はそれだけ？　壊れたＳＵＶと熊？　あなたにとっては少々物足りない結果だったにちがいないわね」とメルは言った。

「あの熊を物足りないっていうのかい？　メル、あんな巨大な熊だぞ！」

そこには二十五人ほどの男たちがいたにちがいなく、みなひどいにおいだったが、ぞろぞろとバーにはいっていった。メルはジャックのシャツのにおいを嗅いでみた。「うっ」と声がもれる。「熊と同じぐらいひどいにおい」

「においはもっとずっとひどくなるぞ」とジャックは言った。「これからビールを飲んで食事をし、葉巻を吸うんだから。おれはバーに行ってビールを出さなきゃならない。そのあいだプリーチャーとリッキーがバーベキューの火を起こす」

「手伝うわ」とメルは彼の手をとって言った。「無駄足だったのね？」

「おれにとってはちがうね。おれたちの森はきれいですばらしい場所だ。おれたちは大麻で一杯のトレイラーを保安官に引き渡し、獰猛《どうもう》な年寄り熊をやっつけた」

「おたのしみだったってわけね」とメルは責めるように言った。

「はからずもね」とジャックは言ったが、笑みは深くなった。

「すべて片がついたの、ジャック？」とメルは訊いた。

「たぶんね、メル。ああ、たぶん」

今度ばかりはメルもバーカウンターの奥にはいった。ビールや飲み物を出すのを手伝い、プリーチャーがグリルでステーキを引っくり返しているあいだに大量のサラダをトスした。皿やフォークなどはビュッフェスタイルで提供された。男たちは互いをからかい、夜が更けるにつれてその笑い声は大きく、荒っぽくなっていった。リッキーは一応給仕を務めてはいたが、誰かのそばを通るたびに、たくましい腕に抱擁され、一人前の仲間として褒められていた。ドックはウィスキーを飲みに通りを横切ってやってきて、しばらく男たちと談笑してから、家に戻っていった。町の人々の多くは食事が出されるまえにバーをあとにした。家に帰って熊を撃ったことを妻に自慢するためだ。

九時ごろになると、カードと葉巻が出された。ジャックはメルの手をつかんで言った。「ここを出よう。きみはへとへとのはずだ」

「ふう」メルは彼に寄りかかって言った。「あなたが仲間たちとここに残っても、わたしは気を悪くしたりしないわよ」

「連中は一日か二日ここにいるさ。はるばるやってきたんだから、釣りをしたり、このバーを悪臭で一杯にしたりしたいはずだ。釣りにもいい季節になってきたしな」ジャックはメルに腕をまわし、バーの裏へ向かった。「赤ん坊を昼寝させてやらないと」

「赤ちゃんのお父さんにはシャワーを浴びさせてあげないと」メルは鼻に皺を寄せて言った。

ジャックがシャワーを浴びているあいだ、メルは彼のシャツのなかでお気に入りのシャンブレー織りのシャツをはおった。足をたたんでソファーにすわり、膝に載せたジャックの雑誌のページをめくる。〈フィールド・アンド・ストリーム〉よりはましなものを見つけなきゃね、とメルは胸の内でつぶやいた。

バーからは騒々しい笑い声が聞こえてきた。葉巻のにおいも感じるほどだったが、メルの顔には笑みが浮かんだ。いい人たち——危険が迫っているかもしれないと考えて駆けつけてくれた人たちだ。ジャックの友人たちと近所のよしみというものを心得ている町の人たち。

ロサンゼルスでは両隣の隣人としか知り合いではなかった。メルは人付き合いを望んでいたが、マークの長時間勤務のせいで、さほどその時間を持てなかった。大都市で暮らす人々はあまり友好的ではないのかもしれない。誰もが仕事や金儲けや買い物にばかり夢中になっている。メル自身もそういうことばかりに注意を向けていた。ここに来てからの六カ月は、仕事に必要で、自分のためというよりも町のために買ったあのハマー以外はほとんど何も買っていなかった。メルは腹を軽くたたいた。すぐに服を買わなくてはならなくなる。すでにジーンズのまえは留められなくなっていた。そう考えても、特別なブランドがほしいとは思わなかった。メルはほほ笑んだ。最近、自分が自分でない気がする。六カ月まえにあやうく崖から落ちそうになった女とは別人だ。

ジャックがシャワーを終え、腰にタオルを巻いてもう一枚のタオルで短い髪を乾かしながらバスルームから出てきた。髪を乾かしていたタオルを放り、ベッドへ行くと、上掛けをめくり上げてメルのほうに首を傾けた。メルは雑誌を脇に置いて彼のところへ行き、ベッドにはいった。「ほんとうに、ポーカーをやったり、いやなにおいを体につけたりしなくていいの？　いずれにしても、あの騒ぎだとひと晩じゅう眠れそうもないけど」

ジャックはタオルを落としてベッドの彼女の横にすべりこんだ。「冗談だろう？」そう言ってメルを引き寄せると、彼女は体をすり寄せた。

「あなたと寝るのがどれほど好きか、もう言ったかしら？」とメルは訊いた。「あなたってとてもよく寝るのよね。しかも、いびきをかかないし。でも、起きるのは早すぎると思う」

「朝が好きなんだ」

「もうズボンがはいらなくなってるの」メルは体を持ち上げ、肘をジャックの胸に置いて言った。「あの人たち、連絡したら、すぐに来るのね」

「おれが連絡したのはひとりだけさ――ロサンゼルスのマイクだけだ。彼がほかのみんなに連絡した。連中はそんなふうなんだ。誰かが連絡してきたら――おれも行くけどね」ジャックはメルに笑みを向けた。「あんな大部隊になるとは思ってもみなかった。みんながきみのことをどう思っているかよくわかるな」

「でも、じっさいには危険な人は誰も見つからなかったのよね」

「それがわかっただけでもよかったよ。どんな危険も冒すつもりはなかったから。ほかのみんなもそうだ。ほかにどんな危機に見舞われても、同じことになったさ――たとえば、熊が襲ってきたり、山火事があったり、誰かが森で行方不明になったりしても。みんなで集まって出かけていき、できることなら問題を解決する。ほかにどうするっていうんだい？」

メルは彼の濡れた胸毛を無意識にもてあそんでいた。「あなたが誰かと対決しているときの表情、それがどのぐらい怖いかわかってる？　ああいう表情は隠しておいてくれたほうがいい——不安になるから」

「ひとつ言っておきたいんだが」ジャックは言った。「きみのお姉さんにきみのご主人のことを聞いたんだ。マークのことを」

「そうなの？」

「ああ。すごい人間だったんだな。頭がよくて——やさしくて。世のなかのためになることを山ほどしていた。きみにとってもいい夫だった。彼のことは心から尊敬するよ」

「そのこと、姉は言ってなかった」

「おれはきみにどう伝えたらいいか考えていた。うまく言えないかもしれないが、聞いてくれ。二週間まえ、おれはきみをひとりで泣かせておいた。腹が立ったからだ。きみが彼の写真に話しかけているのを見て、脅かされた気がした。死んだ人間に脅かされた気が。そのせいで、本物の腰抜けになってしまった」ジャックはメルの髪に触れた。「もう二度とあんな態度はとらないよ、メル。きみが彼を愛している理由もわかるし、いつまでもきみが——」

「ジャック——」

「いや、言わせてくれ。ちゃんと聞くんだ。きみはあんなふうに人生が変わるのを望んでいなかったはずだが、それはどうしようもなかった。感情をコントロールできないのといっしょさ。彼のことを考えていないふりをする必要はない。恋しく思っていないふりを。悲しくなって、彼のことをとり戻したいと思うときがあったら、おれに正直にそう言ってくれていい。月経前症候群のふりなんてしなくていいんだ」ジャックは笑みを浮かべた。「もういまは月経前症候群がないのはお互いわかってるしね」

「ジャック、なんの話をしているの？」

「おれの望みはひとつだ。マークがきみにとっていつまでも大事な存在だという事実をおれが受け入れるとしたら、おれと結婚して赤ん坊を産むことを彼に対して申し訳ないと思わないでいられないかい？　これだけは言えるが、おれはどんなことでも受け入れる心の準備はできている。嫉妬しないように精一杯努めるよ。きみにとってはおれがいちばんじゃないのはわかってるが、二番手ではあるはずだ。おれにとってはそれで充分さ。亡くなった人間については気の毒に思っている。きみが彼を亡くしたことについては」

「どうしてそんなことを言うの？　そんなばかげたことを」

「聞いたからさ」とジャックは言った。「きみが妊娠したことを謝っているのを聞いた。思いがけずそうなってしまったと。彼のことは絶対に忘れないと約束していた」

メルは信じられないという目でジャックを見た。「あなたが傷ついたのは、わたしのことばを聞いたせいだと思っていたけど、聞いてもいないことで傷ついていたのね！」

「は？」

「ジャック、わたしは妊娠したことを残念に思ったりしてない。わくわくしてるの！　あり得ないと思うほどにあなたを愛していると気づいて、有頂天になったぐらい。いままでの人生でここまで誰かを愛したことはないかもしれない。それでも、ばかげてるんだけど、つかのまマークの思い出を裏切ったような気がすることはあった。不倫か何かをしているような気が。それはほんとうよ――自分ではそんなつもりはないのに、そう感じてしまうの。わたしはあなたを拒もうとしたけど、あなたはわたしの心にはいりこんでくれた。マークにはずっと忘れないと約束したわ。あなたの言うとおり、いい人だったから、きっと忘れない。尊敬もしているし」

「は？」彼はまた言った。

「ねえ」メルは彼の濡れた濃い髪をもてあそびながら言った。「あのときのわたしは動揺してちょっと混乱していたの。マークのこと、とても愛していた。あんなふうに感じることは二度とないと思っていた。それも誰か別の人に対して。それよりも強い思いを抱いていると気づいたときにわたしがどれほど驚愕したか想像してみて。もっとずっと強烈な思いだった。ジャック、あのときマークには、乗り越えて先に進むって告げていたのよ。さよならを言っていたの——辛いことだったけど。もう未亡人でいるつもりはない。妻になるの。あなたとのあいだのことは——驚くべきことよ」

「本気で言っているのかい？」

「すごく感傷的になっていたの」とメルは肩をすくめて言った。「妊婦で、疲れはてていた。ジャック、あなたのこと、とても愛してる。わからないの？」

「そ……そうか」ジャックはベッドのなかでわずかに身を起こして言った。「でも、肉体的なものだけかと思っていたんだ。つまり——ああ、メル。おれたちはすごく相性がいいから。おれたちがひとつになるときのこと——そのことを考えるだけで膝が崩れる気がするほどだ」

「肉体的なものももちろん大事よ」メルはいたずらっぽい笑みを浮かべて言った。「でも、それよりもあなた自身をもっと愛してる。たとえば、あなたの性格を。寛容で、勇敢なあなたを。ああ、無数にあるけど、もうおしゃべりはたくさん」メルは彼にキスをした。「いまはこのシャツをわたしの体からはぎとるまえに、何かすばらしいことを言ってほしい」

ジャックはメルをあおむけにし、目をのぞきこんで言った。「メル、きみはおれの人生にもたらされた最高の存在だ。きみのことはうんと幸せにするよ。きみがもう耐えられないと思うほどに。きみは毎朝歌いながら目覚めることになる」

「それはもうしてるわ、ジャック」

謝辞

認定助産師・理学修士のパメラ・S・F・グレンに感謝する――彼女の助産術における専門知識がなかったら、本書は生み出されなかった。すべての原稿を鋭い目で精査して容赦ない訂正を入れ、まちがいを正してくれたことに深い感謝をささげる。そしてウィメンズ・ヘルス・ナース・プラクティショナーとしての専門知識を分け与えてくれた登録看護師・ウィメンズ・ヘルス・ナース・プラクティショナーのシャロン・ランバートにも感謝する。何よりも、どこにいても携帯電話に出てくれて、女性の体の仕組みや機能についてのデリケートな質問に端的に正直に答えてくれたことに。食料品店やビューティ・サロンや車両登録局でおもしろいことを小耳にはさんだと、いまだに話題にしている人がきっとどこかにいるにちがいない。このおふたりのプロフェッショナルが情熱と熱意を持って女性の患者に相対する姿は感動的で、献身的なナース・プラクティショナーで資格を持った助産師のキャラクターの造形に大いに役立ってくれた。

アメリカ合衆国海兵隊での経験を教えてくれたポール・ボジックと、二十三年の海軍予備役の経験を持つ登録看護師のリチャード・グスタフソンにも感謝する。おふたりはそれぞれ原稿を読んで非常に貴重な技術的な意見を下さった。

カリフォルニア州フォーチュナの警察長クリス・キトナには、その地域の法の執行機関について貴重な情報を頂戴したことに謝意を表する。狩りや釣りや火器についても詳しく教えていただいた。

作家にとって考え得るかぎり最高のアシスタントであり、長年の友人でもあるケイト・バンディには、原稿を読んで助言をくれただけでなく、ハンボルト郡への刺激的な取材旅行に同行してくれたことにとくに感謝する。あなたがいてくれなかったら、わたしは道に迷うか……スリップして崖から落ちるかしていただろう。

デニスとジェフのニコル夫妻には、初稿を読んでくれ、細かいメモをとって無数の質問に答えてくれたことに感謝する。最初から最後まで変わらずに示してくれた友情と支えはわたしにとって非常に大きな意味を持つものだ。

スペイン語について手助けしてくれたネリー・バルデス＝ホーソンにも深い感謝を。

早い段階で原稿を読み、貴重な意見をくれたジェイミー・カー、ローリー・フェイト、カレン・ギャリス、マーサ・グールド、パット・ハギー、ゴルディエーヌ・ジョーンズ、ローリー・ストヴェケンにも、ありがたい感想や助言をいただいた。『ヴァージンリバー』を読んで感想を寄せてくれたクライブ・カッスラーとデビー・マコーマーとカーラ・ネガーズにも深い感謝を。忙しいスケジュールの合間を縫って時間をとってくれただけでも、非常にうれしいことだ。

編集者のヴァレリー・グレイとエージェントのリサ・ドーソンに大いなる感謝を。このすばらしいシリーズを生み出す上で非常に力になってくれたことに。あなたたちの努力と熱意がすべてを変えてくれた。ほんとうに感謝している。

トゥルーディ・ケイシー、トム・フェイ、ミシェル・マザンティ、クリスティ・プライス、そしてヘンダーソン・パブリック・ライブラリーズの全スタッフに、大いなる支援と励ましをいただいたことに感謝する。出版業界において、これほどに身を粉にして働き、熱意にあふれた人々をわたしはほかに知らない。

そして最後に、愛情とともに支えてくれたジム・カーに感謝する。それにそう、料理してくれたことにも！

あなたが料理できること、何年もまえに知っていれば！

訳者あとがき

国有林や国立公園の広がるカリフォルニア州北部の豊かな森林地帯、そこが本書の舞台です。州の南部に位置するロサンゼルスから車ではるばるここへやってきたメルは、雨のなか、曲がりくねった山道でタイヤをスリップさせ、路肩のぬかるみにはまってしまいます。ロサンゼルスで診察看護師《ナース・プラクティショナー》兼助産師として働いていたメルは、ときに犯罪の被害者や加害者を診療しなければならない都会の医療に疲弊しながらも、それなりにやりがいを持って仕事をしていましたが、愛する夫を悲劇的な事件で亡くすことになり、悲しみから立ち直れず、都会の生活そのものが嫌になってヴァージンリバーという田舎の町へやってきたのでした。自分が心の傷を抱えていることを誰も知らないのどかな田舎町で、傷を癒しながら心穏やかに一からやり直したいという思いで。

しかし、そんなメルの思いはのっけから裏切られます。住まいとして提供される予定のロッジは何年も誰も住んでいなかったあばら家で、とても住める状態ではなく、小ぢんまりとした居心地のよい田舎のロッジでの静かな生活を夢見ていたメルの期待はつぶされます。そして、ぬかるみにはまったメルの車を牽引してくれた不愛想な老人が町の医師であることがわかりますが、自分には手伝いなど必要ないとにべもなくメルを撥ねつけます。すっかり失望したメルは翌日町を出ていこうとしますが、そこで思いがけない出来事に遭遇し、町にしばらく残ることになります。

メルにとって救いだったのは、町に一軒しかないバーの経営者ジャックがとても友好的で協力的だったことでした。メルは寛容でハンサムなジャックに魅力を感じますが、夫を亡くした悲しみから、別の誰かを愛することなど考えられず、その気持ちに蓋をします。元海兵隊員のジャックのほうもトラウマを抱え、女性と深い関係を結ぶことなく生きてきた人間です。町に突然現われた魅力的なメルには特別引かれるものを感じますが、彼女が心に闇を抱えていることに気づき、自分の感情を抑えようとします。そんなふたりがためらいながらも、じょじょに心を開き合っていく様子は、ロマンティックであると同時に感動的でもあります。

メルのジャックとのロマンスが本書の縦糸だとすると、さまざまな出来事を通した町の人々との交流が横糸となって物語が紡がれていきます。ぶっきらぼうで頑固ながら、意外と物わかりのよい老ドック・マリンズ、町のことを思ってメルを呼びよせながら、住まいの準備を怠ったずぼらな老女ホープ・マックリー、怖そうな見かけの大男なのに、説教師《プリーチャー》というあだ名がつくほどまじめで、料理の天才でもあるプリーチャー、ジャックを父親のように慕い、思春期らしく異性との関係に悩む少年リッキー、小柄で痩せていて消防車のような色の髪をしたコニーと大柄でふっくらしたジョイという幼馴染の中年女性のでこぼこコンビなど、町にはユニークなキャラクターが大勢います。メルはまた、近隣の町の医療関係者であるジューンとジム、ジョンとスーザンといったカップルとも親しくなります。そんな人々との関係が深まるとともに、メルはヴァージンリバーに自分の居場所を見つけていきます。

メルはナース・プラクティショナーという日本ではあまりなじみのない資格で診療をおこなっています。これはアメリカでは看護師と医師の中間職と位置づけられており、この資格を取得するのには看護師としての一定の職務経験と専門職大学院の学位が必要です。ナース・プラクティショナーは医者の補助のほか、初期症状の診療、処方、投薬等の診療行為をおこなうことができます。メルは助産師の資格も持っているので、産婦人科で妊婦健診から出産・分娩までをひとりで担うことができるわけですが、大都市の病院とはちがい、田舎では文字どおりすべてを一手に引き受けなければなりません。そうしてある意味原始的なお産を経験することで、命の誕生という奇跡をよりいっそう実感することになります。本書では、職業人としてのメルの成長もしっかりと描かれています。

ヴァージンリバーは架空の町ですが、ユリーカやガーバーヴィルのように実在の町も登場するため、その位置関係から、おそらくシャスタ・トリニティ国有林の周辺にある小さな町と想像できます。地図を見ても、航空写真を見ても、どこまでもうっそうとした森に囲まれた緑豊かな場所ですが、このあたりはアメリカ有数の大麻栽培地でもあります。この地がエメラルド・トライアングルと呼ばれているのもほんとうで、この物語が書かれた当時は違法だった大麻栽培のキャンプが森の奥に数多く点在し、そこで犯罪者が大勢雇われ、身を隠していた現実があります。本書では、美しい自然に囲まれ、人々が助け合いながら穏やかに暮らす理想的に思える田舎にも、そういった陰の側面があることが示され、アメリカ社会の現実もきちんと描き出されています。

著者のロビン・カーは自身看護師としての教育を受けた人でしたが、空軍勤務の夫は転勤が多く、看護師として職を得ることはかないませんでした。その代わり、彼女は幼い子供を抱えながら執筆活動をはじめます。当初はヒストリカル・ロマンスを執筆していましたが、やがてロマンティックな筋立てに現代の女性が直面する問題をからめたコンテンポラリー物を書くようになり、大きな成功をおさめます。本書をはじめとする〈ヴァージンリバー・シリーズ〉は本国ではすでに二十一巻が発表されており、ネットフリックスでドラマ化され、シーズン3までの配信が決まっています。シリーズのなかには、本書にも登場するプリーチャーやジャックの海兵隊時代の同僚たちのロマンスもあるようです。また、〈グレースヴァアレー・シリーズ〉では、犯罪と自然に翻弄されるジューンとジムのロマンスがくり広げられています。どれも魅力にあふれた作品ばかりですので、いつかご紹介できれば幸いです。

二〇二一年五月

ザ・ミステリ・コレクション

ヴァージンリバー

2021年 7月 20日 初版発行

著者 ロビン・カー
訳者 高橋佳奈子《たかはしかなこ》

発行所 株式会社 二見書房
東京都千代田区神田三崎町2-18-11
電話 03(3515)2311［営業］
03(3515)2313［編集］
振替 00170-4-2639

印刷 株式会社 堀内印刷所
製本 株式会社 村上製本所

落丁・乱丁本はお取り替えいたします。
定価は、カバーに表示してあります。

ISBN978-4-576-21090-2
https://www.futami.co.jp/

＊の作品は電子書籍もあります。

危険すぎる男
シャノン・マッケナ
寺下朋子［訳］

レストランを開く夢のためカフェで働く有力者の娘デミ。そこへ足繁く通う元海兵隊員エリック。ふたりは求めあう関係になるが……過激ながらも切ない新シリーズ始動！

悲しみの夜の向こう
アビー・グラインズ
林亜弥［訳］

亡母の治療費のために家も売ったブレア。唯一の肉親である父を頼ってやってきたフロリダで、運命の恋に落ち…。愛と悲劇に翻弄されるヒロインを描く官能ロマンス

世界の終わり、愛のはじまり
コリーン・フーヴァー
相山夏奏［訳］

リリーはセックスから始まる情熱的な恋に落ち結婚するが彼は実は心に闇を抱えていて…。NYタイムズベストラー作家が贈る、ホットでドラマチックな愛と再生の物語

時のかなたの恋人 ＊
ジュード・デヴロー
久賀美緒［訳］

イギリス旅行中、十六世紀から来た騎士ニコラスと恋に落ちたダグラス。時を超えて愛し合う恋人たちを描く、タイムトラベル・ロマンス永遠の名作、待望の新訳！

愛は闇のかなたに ＊
L・J・シェン
水野涼子［訳］

父の恩人の遺言で政略結婚をしたスパロウ。十も年上で裏社会にさえ顔がきくという男との結婚など青天の霹靂だったが、いつしか夫を愛してしまい…。全米ベストセラー！

あなたとめぐり逢う予感 ＊
ジュリー・ジェームズ
村岡栞［訳］

殺人事件の容疑者を目撃したことから、FBI捜査官のジャックと再会したキャメロン。因縁ある相手だが、ボディガードとして彼がキャメロンの自宅に寝泊まりすることに…

夜の果ての恋人 ＊
アリー・マルティネス
氷川由子［訳］

テレビ電話で会話中、電話の向こうで妻を殺害されたペン。コーラと出会い、心も癒えていくが、再び事件に巻き込まれ…。真実の愛を問う、全米騒然の衝撃作！